中國新聞史研究輯刊

二 編

主編　方漢奇

副主編　王潤澤、程曼麗

第3冊

新聞與訓政：
國統區新聞事業研究（1927～1937）（上）

劉繼忠 著

花木蘭文化出版社

國家圖書館出版品預行編目資料

新聞與訓政：國統區新聞事業研究（1927～1937）（上）／劉繼
忠 著 -- 初版 -- 新北市：花木蘭文化出版社，2014〔民103〕

目 8+244 面；19×26 公分

（中國新聞史研究輯刊 二編；第 3 冊）

ISBN 978-986-322-810-3（精裝）

1.新聞業 2.中國

890.9208 103013282

ISBN-978-986-322-810-3

9 789863 228103

中國新聞史研究輯刊
二 編 第三冊　　　　　　ISBN：978-986-322-810-3

新聞與訓政：
國統區新聞事業研究（1927～1937）（上）

作　　者　劉繼忠
主　　編　方漢奇
副 主 編　王潤澤、程曼麗
總 編 輯　杜潔祥
出　　版　花木蘭文化出版社
發 行 所　花木蘭文化出版社
發 行 人　高小娟
聯絡地址　235 新北市中和區中安街七二號十三樓
　　　　　電話：02-2923-1455 ／傳真：02-2923-1452
網　　址　http://www.huamulan.tw 信箱 hml810518@gmail.com
印　　刷　普羅文化出版廣告事業
初　　版　2014 年 9 月
定　　價　二編 11 冊（精裝）新台幣 22,000 元　　版權所有·請勿翻印

新聞與訓政：
國統區新聞事業研究（1927～1937）（上）

劉繼忠　著

作者簡介

劉繼忠，1977 年生於山東嘉祥，1997 年至 2004 年先後在煙臺大學、華中科技大學求學，2004 年起任教於青島農業大學，2010 年在中國人民大學新聞學院獲得博士學位，並與同年起任職于南京師範大學新聞與傳播學院。主要研究方向：新聞傳播史、新媒體，研究重點在民國新聞史領域。目前主持省、部級哲學社會科學基金課題項目兩項，校、廳級哲學社會科學基金項目三項，參與多項國家哲學社會科學基金項目。在《新聞與傳播研究》、《國際新聞界》、《電視研究》等國內核心期刊發表有影響的學術論文二十餘篇，合著《農業新聞傳播》，參著兩部。現爲南京師範大學新聞與傳播學院副教授。

提　　要

　　作為後發展中國家，要在 20 世紀二三十年代國際國內風雲變幻的環境下，建設中國的現代化，新聞與政治應圓滑進行，共趨一軌，共赴國難，事實卻是二者的互動衝突是近代中國歷史上最爲複雜、精細的時期。在半殖民地、半封建的社會土壤中，經過近一個世紀的磨難後，中國的新聞與政治分別初具現代化的雛形，雙方力量基本持衡，也有熟稔的實戰操作技術，本應在「訓政」召喚下共建國家的現代化，卻因國民黨的一黨獨裁、軍權專斷、派系衝突、權力內訌等因素，致使新聞與訓政處於尖銳的對立狀態。合則兩利、敗則兩傷。新聞與政治的尖銳對立，既使國統區的民國新聞業陷入謠言、流言、虛假新聞盛行的畸形狀態，也使國民黨的訓政政治陷入惡性循環的漩渦，成爲其失去大陸政權的新聞傳播學根源。

　　緒論部分主要論述本書選題的背景、由來、意義、文獻綜述，研究範圍、方法及論文的創新和不足，以及基本概念的界定等。

　　二、三章扼要敘述中國的新聞與政治關係在歷史長河中的演替過程，勾勒國民黨統治下新聞與訓政互動衝突的歷史舞臺。第二章先從原始「禁忌」文化與巫術政治、文禍與皇權政治、晚清報案與晚清憲政、民初報案與軍閥政治四個階段扼要概括了中國的新聞與政治互動衝突的演替過程，力圖挖掘新聞與政治互動衝突過程中的文化基因及這一基因的歷史演替。再從孫中山的訓政構想、報刊思想切入，將孫中山的訓政構想與報刊思想置入其救亡圖存的時代背景，分析了孫中山訓政構想的形成及其核心內容和訓政構想下的報刊思想和宣傳實踐，指出孫中山的訓政構想是孫氏結合中國國情，汲取歐美憲政經驗雜糅而成的「歷史選擇」，其中報刊和宣傳被孫中山視爲整合國人「一盤散沙」、建設國家心理基礎，推動訓政到憲政過渡的主要利器。第三章著重分析國民黨對孫中山訓政構想和報刊思想的繼承及變異，以此勾勒國民黨訓政名義下新聞與訓政互動衝突的歷史舞臺。訓政方面，胡漢民、蔣介石等黨政要人壟斷孫中山思想的話語解釋權，將其神化、教條化、形式化，並依據其闡釋的訓政思想建立了黨國體制下的五院制，試圖建立以黨權統御軍權，控制政權的權力格局，然卻形成了軍權控制黨權和政府權，蔣介石及其個人派系控制政權，政權日益法西斯化的權力格局。至於國民黨人的報刊新聞思想，則是披著新聞自由主義外衣而爲其集權專製作理論上辯護與粉飾。

第四、五章從「訓政」規制的角度論述了國民黨新聞傳播體系。第四章從「訓政」立場對國民黨新聞統制政策的「憲法」依據、演替歷程、制度特點、實施情況作了較全面的分析。論述了國民黨如何以「訓政」名義限制人民的自由與權利，並以此制定、完善其龐大的新聞統制政策，及其主要的新聞管理機構 國民黨中央宣傳部的組織演替及權力職能的勾勒。對國民黨新聞統制政策的評價，突破了學界普遍持有的「黨治」色彩的定論，認為「軍治」才是其本質。第五章則分析了國民黨如何在訓政名義下加強自身新聞媒體的物質建設，如何嚴屬控制使之成為黨國喉舌，以及政治高壓控制下對國民黨媒體發展的嚴重戕害。論述在借鑒已有研究成果的同時，也利用了中國國民黨歷屆中央執行委員會常務委員會會議記錄等檔案資料，對國民黨如何建設、控制其媒體提供了不少新史料。

　　第六、七章論述了國民黨新聞媒體政治宣傳的基本策略。六章首先分析了國民黨新聞宣傳的主體控制策略，勾勒了國民黨從信源、生產、流通等環節層層控制新聞傳播流程，力圖使聲音一元化的信息控制策略。其次以總理紀念周為個案，在紀念儀式傳播的視野下，論述了國民黨是如何灌輸「總理遺教」、三民主義等意識形態。最後以中原大戰，蔣、胡之間的宣傳攻擊為例，分析了南京中央與地方派系之間，國民黨黨魁高層之間的宣傳戰。第七章先從政治「污名化」的視角論述了國民黨新聞媒體攻擊中共的「赤匪」宣傳策略，以及為應對日本入侵這一中華民族的最大外患，面向國內外讀者而採取各種宣傳策略。分析借鑒了議程設置的方法，對《中央日報》標題資料庫中的相關標題進行了量化統計分析，結果發現《中央日報》的議程設置與國民黨「攘外必先安」的政策之間，是一種不完全的對應關係。在此基礎上對國民黨新聞媒體宣傳的歷史功過，作了辯證的、客觀的歷史評價：對孫中山和三民主義的「神化」宣傳基本是過大於功，而督促「訓政」、訓育民眾的宣傳幾乎被擱置，國民黨權力爭奪、派系鬥爭及攻擊中共等宣傳策略是其主要的歷史愆失；抗日救國的宣傳是其主要的歷史貢獻。

　　第八章將視野轉向民營新聞媒體，論述了自由主義新聞理念支撐的民營報刊，在國民黨新聞統制下的發展特點，並以《大公報》、《世界日報》報系為例，分析了民營報刊的生存與發展的基本策略。在此基礎上，以《大公報》為例，詳細勾勒了民營報人對「自由」、「訓政」、「憲政」的媒介想像：精英治國、法治至上、民主憲政、負責的言論自由、專業主義的新聞職業操守等為內核的政治與報界「各守法律範圍，而有互相尊重之善意」的圓滑互動關係。

　　在上述各章的研究基礎上，第九章將新聞與訓政的關係提到新聞哲學高度，縱論國民黨訓政統治下的新聞與訓政之間互動衝突對各自的歷史發展所產生的影響，以及衝突原因的扼要闡釋。本書認為國民黨訓政下的新聞自由的寬容程度並不亞於北洋軍閥時期，但這一自由的實質不是現代意義上民主憲政軌道內的新聞自由，而是被民國權力的無序內訌而非制度化的權力制衡的陰霾所籠罩的、扭曲的新聞自由。國民黨「訓政」的失敗、意識形態的脆弱性、大陸政權的丟失，民國新聞媒體的畸形發展的根源是新聞與訓政的尖銳對立。而這一對立而非合作的關係，背離了後發展中國家要實現現代化目標，新聞與政治須「圓滑進行、共趨一軌」（張季鸞語）的內在要求。

目

次

表目錄

第一章 緒 論

第一節 問題意識及其限定

　　1935 年的中國已是「國難」時期。這年 1 月 25 日，天津《大公報》刊發社評，再次呼籲政府與言論界同在一條戰線上，密切合作，應對此「國難嚴重關頭」。社評提出政府與言論界合作的根本前提：「爲各守法律範圍，而有互相尊重之善意」〔註 1〕。這是《大公報》對當局的肺腑之言，也是《大公報》堅守 10 年的夢想，更是民國報人的集體夙願。然而國民黨仍然未聽進《大公報》的諄諄諫言，沒有建構起政府與言論界合作的良好機制，致使雙方的互動衝突成爲民國史的一條主線〔註 2〕，並對各自的發展軌迹產生了深遠的負面影響〔註 3〕。國民黨未消除腐敗、內訌的毒瘤，也未把自己改造成戰鬥力很強的動員性現代政黨，結果是不僅未實現「訓政」到「憲政」的政制轉型，反而失去黨心民意，丟了大陸政權；至於言論界，表面是繁榮昌盛，數量龐大，

〔註 1〕 《關於言論自由》，《大公報》，1935 年 1 月 25 日。

〔註 2〕 中華民國史發展的主線，不同視角有不同觀點。從「言」與「行」的層面看，代表「行」的政府或政治與代表「言」的寬泛意義上的言論事業二者之間的互動衝突，無疑主導中華民國史發展的主線，言行不一、言行相悖亦是民國史的重要特徵。

〔註 3〕 實際上，近代新聞與政治的衝突對雙方的影響相當廣泛而深遠，乃至改變了各自系統的運行軌迹。政治高壓強力扭曲了近代報人的新聞理想，深刻影響了中國近代新聞史的歷史底色。媒介的多次「缺位」、「移位」，嚴重衝擊了政治家的政治藍圖、政治目標，讓近代政治難以完成現代化轉型，結果是近代中國以沉重的代價逃出「半殖民、半封建」的歷史窠臼，於 1949 年迎來新中國。

實則備受摧殘、信譽喪失、效果萎縮，乃至淪爲民國政治的附屬品，失去了主體性。

這一雙重歷史悲劇並非偶然。事實上，新聞與政治的互動衝突是古已有之的普遍現象，以言獲罪是二者互動衝突的歷史表象，中外概不例外。然當傳統中國向近代中國艱難轉型時，這一現象更爲凸顯，其表現形態迥異於傳統的「文禍」和文字獄，而轉化爲通俗意義上的報案及類似報案的媒介事件或現象〔註4〕。中國新聞史上曾先後出現6萬多種報刊、1000多個通訊社，200多個電臺電視臺〔註5〕，數量之多，堪稱世界之最，存活10年以上的新聞媒體卻鳳毛麟角，屈指可數。

理論上，新聞與政治的衝突在於二者屬性的內在排斥。新聞要求自由言說、以在信息碰撞中發現並傳播眞理；政治要求社會有序，整齊劃一，以整合資源應對內外危機。「夫思想與權力，常立於敵對地位。蓋思想富於排他性，權力素具佔有欲，惟具排他，故常欲破壁飛去，翔遊於時間空間以外；惟欲佔有，故當不願打毀現狀，致失其傳統的權威。〔註6〕理論雖是現實的高度濃縮，卻不能完全涵蓋現實。近代中國的新聞與政治的互動衝突的原因異常錯綜複雜。概言之：一是古代中國，統治者奉行「民可使由之，不可使知之」的牧民思想，對異議政見高壓鉗制，「邸報」是「國體尊而民聽一」（周麟之語）的御用工具，報刊無主體性可言。這使古代中國雖有重視人心、民意的民本傳統，卻也有悠久、濃厚的蔑視輿論的權術心理。二是古代中國文化中蘊含著強烈的媒介崇拜心結。「敬惜字紙」的文化傳統〔註7〕使國人重視教育、

〔註4〕 這一現象是指政治以法律、行政、武力、經濟等手段強力扭曲報刊出版者的意志，迫使報刊的採訪、編輯、出版、發行等新聞傳播活動受阻、變形或完全中止。如依法律程序扭曲報刊發行（包括停郵、停刊數日、扣發報刊、查封等不同程度的處罰）和懲罰報人（包括行政警告、拘留、監禁、罰款、（有期或無期）徒刑、乃至死刑等各種刑罰）和提高出版門檻（如設立出版登記制、特許制、審查制等）；以非法程序影響、組織報刊的新聞傳播活動，主要包括以行政命令取締、查封、沒收報刊，抓捕、懲罰報人的形式阻止報刊出版發行；以武力恐嚇、政治訛詐、津貼、內部改組、新聞社團等軟性策略影響報刊編輯方向；以武力迫害（如非法毆打、明目張膽的槍殺、不擇手段的暗殺、囚禁報人、搗毀報館等）形式影響報刊出版。此外，社團的倡導抵制、公眾集體拒絕購閱，及因經濟困頓、人才流失等因素導致版面緊縮、乃至停刊等。

〔註5〕 方漢奇：《新聞史是歷史的科學》，方漢奇：《方漢奇文集》，汕頭大學出版社，2003年10月1版，4頁。

〔註6〕 《思想自由與澈底研究》，《大公報》，1930年5月4日。

〔註7〕 「敬惜字紙」是我國一種民間習俗信仰，其本質是文字崇拜。有關「敬惜字

珍惜知識，其流弊卻是壟斷教育與知識，嚴厲控制信息的社會化傳播。三是面對西方文化的強勢衝擊，近代中國的統治者基本處於「被動應變」的尷尬地位。爲保住統治權，他們更關注內部衝突，而不是與外部環境協調。這使他們固守傳統的欺騙、強權與武力來維護統治地位，而不是動員民眾應對外部威脅。爲此，他們控制傳播渠道，只讓對統治者有利的東西傳播出去；扭曲傳播鏈條，讓信息邏輯符合權力、財富、榮譽的需要；採取法律或秘密的防範措施與鉗制手段，壓制對立的思想和意識形態等。但歷史已經斗轉星移，傳統政治即不能保護中國免受西方列強的侵略，也不能保證社會的穩定有序，傳統中國必須從觀念、制度、行爲三個層面完成現代化轉型。這樣，在百餘年來的「被迫」推倒重建的歷史進程中，近代新聞傳播隨著傳統政治的式微、衰落與崩潰，得以重塑其主體性，有了獨立言說的基本資格，並隨近代政治的初創與之建立了新的歷史關係。但因近代中國轉型的艱難，傳統文化的流弊、西方列強的殖民侵略等因素，近代新聞與政治始終未能達到「圓滑進行，共趨一軌」（張季鸞語）的理想境界，反而陷入新式的衝突漩渦。

國民黨於 1927 年執政，開黨國雙軌制之先河，建構了迥異於皇權政治的新的政治架構：黨國體制。這一體制是中西文化碰撞、雜糅，經孫中山提煉後的思想結晶。國民黨將之變成政治現實，企求適應國情，以「訓政」政體達到理想的民主憲政，完成政治的現代化轉型。但此時的國民黨已蛻化爲披著「革命」外衣的新式軍閥的混合體，其治理模式「與中國傳統社會以及傳統政治的統治架構並沒有本質的區別，它依舊是一種頭重腳輕、政權與被治之民上下脫節的統治結構，其統治模式依舊是以城市爲重心，中央與各地軍政官僚機構依靠縣以下的地方士紳或地主階層，來實現對廣大農村基層社會的徵繳與治理的模式」〔註8〕。這一治理模式決定國民黨的執政重心仍是關注內部衝突，依靠欺騙、強權、武力來維護其統治地位，對啓蒙民眾、喚醒民眾，主張自由的新聞界取統制、漠視態度。而此時的新聞界在經濟上、思想上都有了一定主體性，不再是政治的奴僕。這樣，經歷了半個多世紀的歐風美雨洗禮的近代中國的新聞與政治，在國民黨執政的舞臺內上演了更爲精細、複雜、多元、殘酷的互動衝突的歷史場景：強力封殺與僞裝出擊，檢查

紙」的最在記載是《顏氏家訓·治家》，最多的是明清文獻。見楊梅：《敬惜字紙信仰論》，《四川大學學報（哲學社會科學版），2007 年第 6 期。》

〔註8〕 楊奎松：《一九二七年南京國民黨「清黨」運動研究》，《歷史研究》，2005 年第 6 期。

與反檢查，停刊停郵與集體反抗，逮捕毆打與集體援救、封館暗殺與集體抗議、話語粉飾與話語攻擊，利用與反利用等統制與反統制的種種亂象迭出不窮。這一歷史表象大致分爲三個階段，1927 年南京政府建立到 1937 年抗日全面爆發爲「源」，八年中日戰爭爲「變」，三年「解放戰爭」爲「終」。具體而言，國民黨政府以「總理遺囑」建立「以黨治國」的訓政體系，實際是「軍權控制黨權和政府權，蔣介石及其個人派系控制政權，政權日益法西斯化〔註9〕」權力結構。爲保證國家領導權，國民黨把「三民主義」立爲主流意識形態，並建立龐大的新聞事業網、新聞統制體系向社會強力灌輸，然由於國共兩黨的「階級鬥爭」，國民黨內部的派系鬥爭，中日民族矛盾的激化及「三民主義」的內在缺陷〔註 10〕，國民黨強力灌注的三民主義意識形態不僅不能包容、消弭馬克思主義，民粹主義、自由主義及不同派系的「三民主義」〔註 11〕，反而與之發生強烈衝突，進而導致二者在媒介領域的封殺與狙擊。其次，深受英美自由主義新聞思想和傳統「諍臣」文化雙重影響的民國報人，在「民眾喉舌」感召下對「監督政府、向導國民」的樂觀想像和新聞實踐與國民黨官員的權力腐化發生尖銳衝突，構成了新聞與政治衝突的第二道風景線；三是在日本步步侵華的時代背景下，國民黨奉行的「攘外必先安內」政策使新聞成爲中日政治、軍事衝突的前沿陣地，構成了二者衝突的第三道風景線。三種形態的互動衝突，相互交織，貫串於民國政治的始終。1937 年「七七」事變發生後，中日戰爭全面爆發，新聞與政治雖達成團結禦侮的聯盟，整體上成爲抗日救國的工具，但內部的新聞鬥爭相當激烈，新聞管制亦趨嚴密。抗戰結束，新聞與政治的衝突博弈因國共兩黨戰爭的爆發而成三極對立的態勢，國共兩黨的新聞媒體勢不兩立，並緊隨軍事勢力而消長，民營媒體不得

〔註 9〕 Hong-Mao Tien: Government and Politics in Kuomintang China 1927-1937，Stanford University Press 1972（日田宏懋著，斯坦福大學出版社，1972 年版），轉王兆剛：《國民黨訓政體制研究》，中國社會科學出版社，2004 年，7 頁。

〔註 10〕關於三民主義的意識形態的缺陷，倪偉概括爲：符號生產能力弱，其理論是一些信條和綱領的鬆散結合，需要奇理斯瑪人物的整合；其次是缺乏超越性的精神價值指向，與英美式民主的內在精神背道而馳，具有較弱的政治動員能力，再次，文化價值取向上具有保守性。因此，三民主義理論上的脆弱性和含混的保守性使其無法充分發揮意識形態干預和解釋社會現實的功能。見倪偉：《「民族」想像與國家統制——1928～1949 年南京政府的文藝政策及文學運動》，上海教育出版社，2003 年 9 月，24～35 頁。

〔註 11〕汪精衛主導的「改組派」，胡漢民、孫科領導的「再造派」，鄧演達的「第三黨」對三民主義均有自己的詮釋，目的是政權，限制蔣介石的權力。

不做出政治排隊選擇。隨著中共在軍事上全面勝利，民國新聞與政治的互動衝突被送進了歷史博物館。

　　國民黨治下的新聞與政治的互動衝突，蘊含了深邃的歷史意蘊與啓示。一、它發生在中國式的黨國雙軌體制下，衝突雙方均受到了歐風美雨的薰陶，均以民主政治、言論自由爲旨歸，可謂是初步完成近代化轉型後的新聞與政治之間第一次大規模的衝突，而這場衝突內含近代報刊言論自由的現實尺度與人治社會的巨大差距；報人對報刊角色、功能的自我預期設定與政治權威的現實限定之間的巨大張力；報人「言論報國」的志趣與未上軌道的政治現實之間的巨大落差等三條相互交織的巨大矛盾，這些矛盾及由矛盾支配的新聞與政治的衝突，又交融在以「救亡圖存」爲時代主題，傳統帝國向現代化民族國家「被迫現代化〔註12〕」轉型的過程中。故其經驗教訓爲理順中國的新聞與政治的合理邊界與各自權責提供了寶貴、難得的歷史鏡鑒。二、這一時期的衝突是中國政治新聞傳播史上最爲精細、複雜、多元的時期，有著鮮明的中國特色。傳統中國，邸報是政府統馭民眾、傳達政令的工具，根本沒有對抗專制統治的資本，無所謂衝突與對抗（文字獄發生的主要場域是書籍）；晚清時期，近代報人初登政治舞臺，獲得了與皇權抗衡的社會資本，在「改良」、「革命」的社會運動中，展開了與晚清政府的第一次正面交鋒，由於晚清政府主要延續傳統鎮壓方式應對近代報刊的輿論圍攻（後期雖制定了有近代意義的《大清報律》等出版法，卻流於形式），使近代新聞與政治的交鋒顯得殘酷、野蠻。北洋時期，北洋政府治下的社會失序，使近代新聞與軍閥政治發生第二次正面衝突：報人地位的提高，自由體制的確立，民主憲政等觀念的盛行，讓報人擁有了「監督政府、向導國民」的神聖使命，但職業行爲的不成熟、軍閥的武功迷戀，使這一時期的新聞與政治的衝突整體上仍處在正面對抗狀態。軍閥張宗昌在山東召集記者的訓詞「只許說我好，不許說我壞，如果哪個說我壞，我就以軍法從事〔註13〕」的思維和做法，是各派

〔註12〕陶東風在《社會轉型與當代知識分子》一書中指出「從某種意義上說，中國的現代化是西方列強用「堅船利炮」打出來的。這一被迫現代化的事實，可以說是中國的最大的國情」。《社會轉型與當代知識分子》上海三聯書店，1999年版，第6頁。
〔註13〕原文是：「今天我請你們大家來，沒有別的話說，就是你們的報上登載的消息，只許說我好，不許說我壞，如果哪個說我壞，我就以軍法從事。」見方漢奇：《中國新聞事業通史》（二卷），中國人民大學出版社，1996年208頁。

軍閥對付報人的典型縮影。到了南京國民政府時期，國民黨黨政要員熟稔新聞宣傳，有著豐富的新聞宣傳經驗〔註14〕，新聞界既有社會地位與名望，也有一定的經濟基礎和輿論影響力，故二者的衝突就更為精細、現代了。三、這一時期的衝突發生「宣傳威力至上」的輿論氛圍中，而兩敗俱傷的結果，不僅終結了舊中國新聞媒介的運行模式與觀念系統，也使國民黨南京政府失去了大陸政權。這一結局蘊含的經驗教訓，既有助於從學理上辨清新聞傳播效果問題，有助於理解民國新聞與政治為何如此演變的歷史軌迹〔註15〕，也能為確立現實中的新聞與政治的合理邊界留下數條不可違背的歷史戒律。

　　基於此，本書以國民黨訓政時期（1927～1937）的新聞與政治的互動衝突為研究對象，以二者衝突的產物——報刊事變——為路徑，描述這一時期的新聞與政治的互動衝突的歷史概貌，回答國民黨如何以「訓政」名義規制新聞自由、規範新聞媒介秩序，納新聞界於黨化統制之內；如何利用新聞宣傳「訓政」，建構「三民主義」意識形態，為何如此構建？在規制下的新聞業如何宣傳「訓政」，傳播國民黨的主義、政綱、政策的？它們如何爭取新聞言說空間，又是如何生產新聞，經營媒體，維持自身生存與發展的等問題。在此基礎上，探索新聞與政治的良性互動的合理邊界。

第二節　國內外研究綜述

　　國民黨訓政時期的報刊事變異常豐富，它是中國新聞史上獨具史蘊的媒介現象，亦是同期的世界新聞史上少見的媒介景觀。對此，海內外學術界雖鮮有系統梳理、正面評述，但同期的新聞史、政治史研究均從不同層面、角

〔註14〕 國民黨重要黨政人員大多有過報刊工作經歷。汪精衛、胡漢民、于右任等辦過革命報刊，蔣介石的辦報經驗雖少，但他有邵力子、陳布雷等新聞人才的輔佐，國民黨的宣傳人員如程滄波、葉楚傖、蕭同茲、潘公弼、潘公展對報刊工作有相當的瞭解。

〔註15〕 比如，退居臺灣的國民黨反思為什麼會失去大陸？其中，「相當一部分國民黨人在退居臺灣後，依然認為國民黨的失敗，在很大程度上要歸因於意識形態鬥爭上的不力，而對文藝重視不夠，沒有有效地抵抗共產黨在文藝戰線上發動的進攻，致使國民黨失去了對於文藝的領導權和控制權，則是這種意識形態鬥爭中的癥結所在，正是意識形態鬥爭上的失敗，使國民黨喪失了民心，特別是知識分子和青年的支持，從而引發了一連串的失敗，最終導致敗退臺灣」。見《中國國民黨與文化教育》，臺北：正中書局，1984，第56頁，轉倪偉，1頁。

度大量論及，成果可謂汗牛充棟，奠定了本研究得以展開的基石。

　　報刊事變的前身是古老的「文禍」現象〔註16〕。中國「文禍」源遠流長。胡奇光的《中國文禍史》、謝蒼霖、萬芳珍的《三千年文禍史》、陳開科的《古代帝王文禍要論》、李鍾琴的《致命文字：中國古代文禍眞相》等著作梳理了古代文禍的不同面相。晚清民初，報刊事變頻繁發生，大案有康梁文字被禁、革命報刊被封（代表是蘇報案），民初有「癸丑報災」、黃遠生、邵飄萍、林白水等著名記者被害。其中，蘇報案的研究最爲豐富，目前有 7 部著作，46篇論文（3 篇碩士論文）問世〔註17〕。另外，「癸丑報災」、黃遠生、邵飄萍、林白水等著名記者被害事件亦有一定程度的開掘。此外，新聞通史、教材和同時期的專著均有相當篇幅的敘述。

　　南京國民政府時期（1927～1937）的報刊事變更爲頻繁。據各種數據綜合統計，1929～1934 年間查封的書刊約 887 種，1929～1935 年查禁共產黨刊物 462 種，1936 年查禁的社會科學書刊 676 種；1936 年 11 月至 1937 年 6 月，查禁了 130 種報刊〔註18〕。有影響的大案有《江聲日報》的劉煜生被槍殺案、《新生》事件、史量才被狙殺案、上海《民國日報》、南京《民生報》等被迫停刊，左翼文學、中共報刊被查封等。現實逼迫催生了對這一現象的最初研究。除了當時報刊的跟進報導、評說外，民國新聞教育機構、新聞團體創辦的數十本新聞學術期刊〔註19〕，對此有著豐富的論述。

〔註16〕「文禍」主要指文字獄、兼指焚書、禁書，在歷朝歷代均有。

〔註17〕據不完全檢索，著作方面有：章士釗的《蘇報案始末記敍》、張篁溪的《蘇報案實錄》、蔣愼吾的《蘇報案始末》、吳稚暉的《上海蘇報案記事》、中國國民黨黨史料編纂委員會等編的《蘇報案紀事》、上海人民出版社編輯的《蘇報案故事》、周佳榮的《蘇報及蘇報案：1903 年上海新聞事業》等著述，其中以周著最爲厚實。論文方面檢索到 46 篇（3 篇碩士論文），其中陳波的《「蘇報案」研究》（碩士論文）論述較爲全面，蔣含平的《「蘇報案」的辨正與思考》評論分析到位，富有啟發性（論文是通過中國期刊學術網於 2009 年 4 月份以關鍵詞「蘇報案」、「蘇報」檢索整理而成）。

〔註18〕各類統計數據的綜合。見楊師群《中國新聞傳播史》，北京大學出版社，2007年 8 月，166 頁，張靜廬《中國現代出版史料》，173 頁，206～254 頁。

〔註19〕主要有：北京新聞學會出版的《新聞學刊》（1927 年）、上海報學社的《報學月刊》（1929 年 2 月）、上海新聞記者聯合會編輯的《記者周報》（1930 年）、南京中央政治學校出版的《審查全國報紙雜誌刊物總報告》（1930 年）、上海市出版業商務編譯所發行的《編輯者》月刊（1931 年）、中共中央宣傳部主辦的內部刊物《宣傳者》（193 年 1）、上海新聞記者公會的《記者周刊》（1932年）、《世界日報》的《新聞學周刊》（1933 年 12 月）《大美晚報》的《記者座

　　與此同時，在民國報人、新聞學者對民國新聞史、新聞法制、新聞自由、新聞宣傳等研究中，也從各自角度論述了報刊事變的背後因素。據不完全統計，屬於 1927～1937 年間的新聞學各類著述 147 種〔註 20〕。上述著述以燕京大學新聞系師生、黃天鵬、張靜廬、趙君豪、謝六逸、胡道靜、戈公振、杜超彬、袁殊、張友漁、申報新聞函授學校等學術貢獻最為突出。邵力子的《十年來的中國新聞事業》（1937）、趙君豪的《中國近代之報業》（1938）、林語堂的《中國輿論及報紙史》（英文本）（1936）、黃天鵬的《中國新聞事業》（1930）等著作比較系統地梳理了這 10 年間的新聞業。其中，邵文常被後續研究徵引。被譽為「《中國報學史》的續篇〔註 21〕」的《中國近代之報業》，分從報館組織、新聞、廣告、發行、印刷、通訊社、報業教育、法律等 17 方面對「十餘年來」的中國新聞業做了最忠實的記錄，是系統研究這一時期新聞業的力作。杜超彬的《新聞政策》（1931）、梁士純的《戰時的輿論及其統制》、張九如的《戰時言論出版自由》（1930）、袁殊的《新聞法制論》（1932）、趙占元的《國防新聞事業之統制》、季達的《宣傳與新聞記者》（1931）、中央政治學院的《審查全國報紙雜誌刊物總報告》（1930）則探討了民國新聞與出版自由、新聞法制、新聞政策、戰時輿論、新聞宣傳等問題，對這一時期的新聞與政治的互動做了最初的解讀。另外，吳鐵城《新聞事業與政治社會之關係》、王陸一《輿論與監察》、黃少谷《政治改進與新聞宣傳》、錢端升《黨治與輿論》等論文正面論述媒介與政治的複雜關係，是本研究的重要史料之一。

　　1938～1949 年間，戰時新聞學崛起。在戰時新聞學的學術語境下，對抗戰前 10 年的歷史回顧自不能少。汪煥鼎《大公報社論與中日問題》、王繼樸《九一八以後中國報紙之文藝副刊》（1941）、張玉珩《中央社與我國報業》（1947）、劉益璽《中國戰時新聞檢查制度研究》、陳瓊惠《中國戰時宣傳》、張學孔《戰時新聞政策》、余理明《中國戰時報業之特色》等燕大學士畢業論

談》專欄（1934～1936）、中國左翼記者聯盟的《集納批判》周刊（1934 年）、上海申時通訊社的《報學季刊》（1934 年 10 月）、《江蘇月報》的《江蘇新聞事業專號》（1934 年）及復旦大學新聞系的《新聞事業》半月刊（1930 年）、《明日新聞》（1931 年）、《新聞學期刊》（1934 年）。

〔註 20〕據林德海主編的《中國新聞學書目大全（1903～1987）》年檢索而成。林德海主編：《中國新聞學書目大全（1903～1987）》，北京：新華出版社，1989 年版。

〔註 21〕李清棟、曹立新：《評趙君豪的〈中國近代之報業〉》，《湖北廣播電視大學學報》，2007 年 5 月。

文，及以「戰時」命名的數十本著述亦有論述〔註22〕，構成本研究最重要的二手史料。

1949年後的研究分為兩個時期。1978年前的研究，深受「極左」思潮影響，「階級鬥爭為綱」是學術研究的唯一政治標準，與政治密切的新聞學（包括新聞史學）更為嚴重，所受戕害更深。30年間出版的新聞史學著述，只有一部教學大綱：《中國報刊史教學大綱（草稿）》，三部新聞史講義，八部各類新聞史料彙編及近150篇新聞史方面的文章〔註23〕，研究主力是中共中央高級黨校新聞班中的部分高級研究人員及人大、復旦兩校新聞系從事新聞史教學的部分教師。上述研究成果，秉承了建國後意識形態的直接需要〔註24〕，

〔註22〕 這些著述主要有：王新常的《抗戰與新聞事業》、任畢明的《戰時新聞學》、吳成的《非常時期之報紙》、張友鸞的《戰時新聞紙》、趙超構的《戰時各國宣傳方案》、孫義慈的《戰時新聞檢查的理論與實際》、程其恒編著、馬星野校訂的《戰時中國報業》、鄧文儀的《軍事新聞工作概論》、趙占元的《國防新聞事業之統制》、任白濤的《抗戰時期的新聞宣傳》、杜紹文的《戰時報學講話》等。

〔註23〕 即1954年中共中央高級黨校新聞班編寫的《中國報刊史教學大綱》、1959年中國人民大學新聞系內部鉛印《中國現代報刊史講義》、1966年中國人民大學新聞系編輯出版的《中國新聞事業史（新民主主義時期）》、1962年復旦大學新聞系編輯出版的《中國新民主主義時期新聞事業史》）新聞史教材；及中共中央馬恩列斯著作編譯局編輯出版的《五四期刊介紹》（三集）、潘梓年等撰寫《新華日報的回憶》、張靜廬主編的《中國現代出版史料（甲、乙、丙、丁，補編）》和三大本的《中國近代出版史料》、徐忍寒輯錄《申報七十七年史料》、阿英的《晚清文藝報刊述略》、王熙華、朱一冰合輯的4卷本的《1927～1949禁書〔刊〕史料彙編》等史料性著述，及散見於《新聞戰線》、《新聞業務》和《文史資料選輯》等刊物上近150篇新聞史的文章。見方漢奇：《花枝春滿 蝶舞蜂喧──十一屆三中全會以來的新聞史研究工作》，《新聞研究資料》，1986年第34輯；方漢奇：《新聞史是歷史的科學》，載《新聞縱橫》，1985年第3期。

〔註24〕 《中國報刊史教學大綱（草稿）》是1954年馬列學院（即中共中央黨校）新聞班，為了教學需要組織了由該班副主任丁樹奇主持的編寫小組。草稿編寫完成後於1956年初送時任中共中央宣傳部副部長主管意識形態工作的胡喬木審閱。2月22日，中共中央宣傳部召開座談會，傳達胡喬木對大綱草稿及報刊史教學的意見，討論大綱草稿的修改問題。座談會由中宣部秘書長熊復主持，參加者有黎澍、廖蓋隆、王揖、姜丕之、何辛、江橫、丁樹奇、李龍牧等。當時，新聞界正跟隨「一邊倒」的對外政策，全盤學習蘇聯新聞界，並譯介了《蘇共報刊史》和《蘇共高級黨校新聞班講義》兩本教材，故不少論文說這一時期的新聞史研究是作為這兩本教材的主導下進行的。實際上兩本教材僅起到誘因作用，真正起作用的是，新中國建立後，為鞏固政權的意識形態的需要。參閱丁淦林：《中國新聞史研究需要創新──從1956年的教學

以僵硬的「階級分析法」和當時政治需要來擇取史實，設置禁區，評價報人，勾畫了一部黨領導下革命報刊和進步報刊與敵對勢力進行艱苦卓越的新聞鬥爭史。這不僅在《中國報刊史教學大綱》、《中國現代報刊史講義》、《中國新聞事業史（新民主主義時期)》、《中國新民主主義時期新聞事業史》教材中有直接體現，在史料性的《中國近代出版史料》、《中國現代出版史料》、《1927～1949 禁書〔刊〕史料彙編》、《新華日報的回憶》及王芸生、曹谷冰等人關於《大公報》的長篇回憶文章中亦有明顯的烙印。即強化階級仇恨，刻意貶低「國民黨反動派」的新聞活動；為獲取合法的「政治身份」，根據政治需要，規避、遺忘不利的新聞史實，或過於懺悔「對人民有罪」的歷史，或刻意「虛構」、拔高自己與進步報刊、進步報人的關係〔註25〕。為了當時運動需要，過於美化或拔高革命報人，極度醜化反動派報刊與報人，甚至公開宣稱「必須用階級分析的方法研究報刊史」、只承認「無產階級報刊的傳統」，摒棄資產階級報刊的「民主傳統〔註 26〕」。「文革」時，這種狀況發展到了極致，新聞學（包括新聞史）研究全部叫停。政治直接干預學術研究的後果是：近 30 年的新聞史學研究，除了留下了烙有時代痕迹的大量新聞史料〔註 27〕（其中有許多揭露 1927～1937 年間的國民黨的新聞政策、新聞法規，及國民黨摧殘新聞事業的大量資料和相關數據）和深刻的學術教訓外，還為 1978 年後的學術

大綱草稿說起》《新聞大學》，2007 年第 1 期。

〔註25〕 這以王芸生、曹谷冰《1926 至 1949 年的舊大公報》一文為代表，「小罵大幫忙」，政治評判代替了真正的學術研究。參閱曹立新《新聞歸新聞，政治歸政治——大公報歷史形象》，載《二十一世紀》（香港）2007 年 10 月號（總 103 期）。另外，張濤的《新華日報的回憶史實考訂》就訂正了《新華日報的回憶》一書中的 14 處錯誤，載《新聞研究資料》第 37 期。

〔註26〕 這在中國人民大學新聞系 1960～1961 年的「新聞學學術批判」中體現得最為明顯。在批判「現代修正主義」的旗號，人大新聞系黨總支發動了持續 1 年多的新聞學術大批判。其中的批判矛頭之一是 1959 年內部印刷出版的《中現代報刊史講義》，「共查錯誤觀點 169 條」。主要是「歪曲報紙的性質、任務和作用，貶低黨的領導；誇大黨報的缺點，美化資產階級的報刊、報人，混淆兩種報紙的階級界限；客觀主義地敘述史實，階級立場模糊，缺乏階級分析；混淆無產階級報刊和資產階級報刊的根本對立，說黨報繼承了資產階級報刊的民主傳統。」在批判中，系黨總支只承認繼承黨報傳統，並揚言「必須粉碎資產階級報刊傳統」，有學生甚至撰文直接提出「必須用階級分析的方法研究報刊史」。1961 年雖然中宣部派人否定了系黨總支的觀點，但也僅含混地承認批評繼承我國報刊遺產。見《中國人民大學新聞系新聞學術批判報告會》（內部材料）。

〔註27〕 這一時期，有許多報刊史料被毀損。僅方漢奇先生捐給人大新聞資料室的 3000 多種報刊，就損毀了三分之一還多。方漢奇先生口述。

研究留下了「撥亂反正」的靶子，解放思想、突破禁區的思維障礙。

　　1978 年十一屆三中全會以後，「極左」的政治氛圍轉變爲「改革開放」新氣象。在《關於建國以來黨的若干歷史問題的決議》等政治標準下，新聞史學研究獲得生機，並逐漸步入學術研究的正常軌道。基礎逐步夯實、成果逐步豐碩、團隊逐漸擴大、視野步步開闊是中國新聞史學研究的突出特點〔註28〕。至今，這種「解放著〔註29〕」的學術氛圍正蓬勃發展。初步統計，1978～2008 年間，全國出版各類新聞傳播史著作達 260 多部，累計發表的論文和有關文章 6000 多篇〔註30〕。上述著述與論文，其中有較大部分是屬於這一時期的新聞史研究。

　　新聞史料的搜集整理方面，民國新聞史（1927～1937）〔註31〕是重點對

〔註28〕　對 1978 年以來的新聞史學史的梳理與反思，可見方漢奇：《1949 年以來大陸的新聞史研究》（一、二）《新聞寫作》，2007 年第 1、2 期，尹韻公：《2000年以來新聞傳播史研究的現狀及其走勢——以〈新聞與傳播研究〉和〈新聞大學〉爲例》《北方論叢》，2008 年第 1 期，張謙：《激活歷史——評 30 年中國新聞傳播史研究》《新聞與傳播研究》，2009 年第 1 期，丁淦林：《20 世紀中國新聞史研究》，復旦學報（社會科學版）2000 第 6 期，喻春梅：《20 世紀90 年代以來中國近代報刊史研究回顧》，《吉首大學學報（社會科學版）》，2006年 3 月，等，至今這一話題仍在熱烈討論中。

〔註29〕　用「解放著」這個詞，旨在表明 1978 年至今的新聞史研究，無論從研究對象的圈定、歷史敘述、歷史評價看，均是一個動態的思想解放的過程。其表現是研究者逐步擺脫了「極左」思想影響。這從方漢奇先生的不同年代的著作，從 80 年代、90 年代、20 世紀，乃至今天仍在修訂新聞史教材中亦能觀察到。最明顯的一個變化是，「國民黨反動派」的稱呼逐漸消失，而換成了比較客觀的「國民政府」、「國民黨政府」。

〔註30〕　統計資料是根據各種數據綜合的。據方漢奇先生初步統計，「從 1949 到 2005年。在 56 年的時間內，累計出版的新聞史專著和教材達 253 種，累計發表的新聞史方面的論文和有關文章達 6021 篇」，考慮到 1949～1978 年的新聞史學研究成果過少，及近兩年的發展。故定爲 260 多種著作和 6000 多篇論文。見方漢奇：《1949 年以來大陸的新聞史研究（1）》《新聞寫作》，2007 年第 1 期。另尹韻公的《2000 年以來新聞傳播史研究的現狀及其走勢——以〈新聞與傳播研究〉和〈新聞大學〉爲例》（《北方論叢》，2008 年第 1 期），張謙的《激活歷史——評 30 年中國新聞傳播史研究》（《新聞與傳播研究》，2009 年第 1期，25～31 頁。）等文也有統計數據。尹文稱，2000 年以來，有分量的新聞史專著有 50 多種。張文借助《中國期刊全文數據庫》統計了 1998 至 2008 年10 月刊登在《新聞與傳播研究》、《國際新聞界》、《新聞大學》、《現代傳播》四種學術 20 年的新聞傳播史論文由 480 多篇。（文中說是 10 年，注釋的起至10 年卻是 1998～2008 年）

〔註31〕　下文提到民國新聞史，沒有特別注明，均指抗戰前 10 年的新聞史，這一時期的新聞史有不同的學術稱爲：「第一次國內戰爭期間的新聞事業」、「十年內戰

象之一。國內新聞史料整理工作，90 年代以前，做得相當紮實，90 年代後略有遲緩，至今仍在進行之中。《新聞研究資料》（《新聞與傳播研究》的前身）、《中國新聞事業史研究資料》、《中國近代新聞事業史教學參考資料》、《中國現代新聞事業史教學參考資料》、天津《新聞史料》〔註 32〕、《湖北省武漢市新聞志參考史料》、《武漢新聞史料》、《新聞界人物》等刊物登載了大量新聞史料。其中《新聞研究資料》貢獻最爲突出，自 1979 年開始至 1985 年，該刊共發表史料性文字累計 600 餘萬言。《中國新聞事業編年史》（3 卷本）、《世界日報興衰史》、《報海舊聞》、《舊聞札記》、《記者生活三十年》、《報人生涯三十年》、《謝覺哉與新聞工作》、《韜奮文集》、《范長江文集》、《斯諾文集》、《斯特朗文集》、《釧影樓回憶錄》、《釧影樓回憶錄續編》（包天笑）、《邵力子文集》等著述、回憶錄、個人文集的相繼出版，搜集整理了民國時期報刊與報人的大量第一手史料，其中方漢奇先生主編的《中國新聞事業編年史》爲本研究提供了大量線索。80 年代興起的地方新聞志的編纂工作，對民國時期地方新聞史的史料搜集整理、學術研究做出了重大貢獻〔註 33〕，其中馬光仁的《上海新聞史 1850～1949》（1996）、彭繼良的《廣西新聞事業史》（1998）、秦紹德的《上海近代報刊史論》（1993）等貢獻較爲突出。另外，數以萬計的民間集報人也對民國新聞史料的搜集整理、保存工作做出了不可磨滅的貢獻。

　　通史和斷代史方面，1927～1937 年的新聞史亦是重點書寫的對象。方漢奇、丁淦林、吳廷俊、劉家林等新聞史學家的通史類教材、專著是這方面的

期間的新聞鬥爭」、「十年內戰期間的新聞事業」、「國民黨統治早期的新聞業」、「北伐建國時期的新聞事業」等。

〔註 32〕天津日報新聞研究室主編，主要刊載天津和華北地區新聞史料，到 1985 年已出版 11 輯，發表 130 多篇史料和史論文章。

〔註 33〕80 年代，全國有 25 個省市地區的新聞研究機構和新聞史研究工作者從事地方史的研究。湖南（1979 年）、湖北（1956 年開啓端緒，1982 年成立省市新聞史志編輯室）、黑龍江（1981 年）、原察哈爾地區（1982 年），吉林、廣東（1979 年）、河南（河南日報新聞研究室）、天津（天津日報新聞研究室）及廣西、上海、四川、江蘇、浙江、福建、雲南、貴州、山東、山西、陝西、寧夏、新疆、青海、安徽等省、自治區和太行地區也開展了地方新聞史的史料、搜集整理工作，1985 年 6 月統計，全國已有 26 各省、市、自治區和 1613 個縣在積極進行地方志的編纂工作。這一工作至今仍在進行中，並成爲中國新聞史研究的一個重要分支。見方漢奇：《花枝春滿　蝶舞蜂喧——十一屆三中全會以來的新聞史研究工作》，載《新聞研究資料》，1986 年第 34 輯；方漢奇：《1949 年以來大陸的新聞史研究》（一、二）《新聞寫作》，2007 年第 1、2 期。

代表〔註34〕。方漢奇主編的《中國新聞事業通史》（第二卷）對這 10 年的敘
述最爲翔實、也最爲典型。該著作在「十年內戰」的框架下用了 4 章 363 頁
分別敘述了共產黨新聞事業、國民黨新聞事業、私營新聞事業，及反文化「圍
剿」中的革命報刊和抗日救亡運動中的新聞事業，爲這 10 年的新聞史研究奠
定了紮實的基礎。但國內通史和斷代史的著述在 30 年間的不斷書寫，基本上
是在「第一次國內革命戰爭」的框架內展開的，史料擇取、史實評價，基本
上沒跳出「階級分析」的框架，只不過其論域逐步擴大，評價趨於客觀，「政
治」色彩趨於淡化。許煥隆、李彬、黃瑚、楊師群、許正林等新聞史學者的
通史著作〔註35〕，雖努力嘗試按照新聞事業的本位來書寫，仍未徹底顚覆新
聞史書寫的「階級」範式。

　　新聞史學分支研究方面，學者對這一時期學術透視相當豐富，可謂遍地
開花。出版史、編輯史、新聞評論史、報刊文體史、新聞業務史、新聞倫理
史、副刊史，及國民黨新聞史、共產黨新聞史、民營報刊史、報刊（報人）
個案史、電視史、廣播史、通訊社史、在華日本新聞史等專業史，均從不同
視野分析了這一時期的新聞傳播與政治經濟文化之間互動的不同層面。

　　嚴帆的《中央革命根據地新聞出版史》（1991）、黃河、張之華的《中國
人民軍隊報刊史》（1986）、鄭保衛的《中國共產黨新聞思想史》（2004）等著
作，對這一時期的共產黨新聞史做了系統梳理。蔡銘澤《中國國民黨報刊史
（1927～1949）》（1998）、李煜博士論文《中國廣播現代性的流變——國民黨
廣播研究（1928～1949）》、張莉博士論文《南京國民政府新聞出版立法研究》、
汪英博士論文《上海廣播與社會生活互動機制研究（1927～1937）》（2007）、

〔註34〕方漢奇有《中國新聞事業簡史》（1983）、《中國新聞史》（1988）、《中國新聞
　　　事業簡史》（第 2 版，1995）《中國新聞事業通史》（2 卷，1999）、《中國新聞
　　　傳播史》（2002）、《中國新聞傳播史》（修訂本）（2009）等；丁淦林有《中國
　　　新聞事業史》（2005）、《中國新聞事業史》（2007）、《中國新聞事業史新修》
　　　（2008）；吳廷俊有《中國新聞業歷史綱要》（1990）、《中國新聞傳播史稿》
　　　（1999）、《中國新聞傳播史稿新修》（2008）；劉家林有《中國新聞通史》
　　　（1995）、《中國新聞通史》（修訂本，2005）。其它還有李龍牧的《中國新聞
　　　事業史稿》（1985）、復旦大學新聞系新聞史教研室主編《簡明中國新聞史》
　　　（1985）、白潤生《中國新聞通史綱要》（修訂本，2004）等 50 多本新聞通史
　　　或教材。
〔註35〕許煥隆有《中國現代新聞史簡編輯》（1988）、李彬有《中國新聞社會史》
　　　（2007）、《中國新聞社會史》（插圖本，2008）、黃瑚有《中國新聞事業發展
　　　史》（2001）、楊師群有《中國新聞傳播史》（2007）、許正林有《中國新聞史》。

向芬博士論文《國民黨新聞傳播制度研究》、王靜碩士論文《國民黨統治前期（1927～1935）新聞政策研究》（2007）等著述對這一時期國民黨的新聞活動做了較全面的系統梳理。其中，「彌補中國新聞史研究空白的力作」的《中國國民黨報刊史》著重描述了 1927～1949 年間國民黨黨報在大陸的興盛及退出的歷程，是研究國民黨新聞史必備的專業書籍。周佳榮《近代日人在華報業活動》（2007）、馮悅《日本在華官方報：英文〈華北正報〉研究（1919～1930）》（2008）對這一時期的在華日本媒體作了集中的系統梳理。胡太春《中國近代新聞思想史》（1996）、黃旦博士論文《「耳目」與「喉舌」的歷史性轉換：中國百年新聞思想主潮論》（1998）、黃瑚《中國近代新聞法制史論》（1999）、楊雪梅博士論文《中國新聞思潮的源流》（2000）、童兵、林涵《20 世紀中國新聞學與傳播學：理論新聞學卷》（2001）、單波《20 世紀中國新聞學與傳播學：應用新聞學卷》（2001）、張育仁《自由的歷險——中國自由主義新聞思想史》（2002）、張昆《傳播觀念的考察》（1997）、《中外新聞傳播思想史導論》（2006）、李秀雲《中國新聞學術史》（2004）、《中國現代新聞思想史》（2007）、金冠軍、戴元光主編《中國傳播思想史（現當代卷）》（2005）、馬光仁《中國近代新聞法制史》（2007）等著述，對這一時期的新聞思想、新聞法制、新聞自由、新聞教育有大量論述。

個案史研究方面。《大公報》、《申報》、《新民報》、《世界日報》、《民生報》、《立報》等民營報刊；張季鸞、胡政之、史量才、成舍我、張恨水等民營報人，均得到深度開掘，儼然形成學術研究中的「民營」現象。《大公報》是這一現象中的「顯學」，其研究最為全面，至今已有數十本著作出版〔註36〕，數千篇論文問世。《申報》的研究雖不如《大公報》厚重，但亦有數部專著〔註37〕，上千論文問世，涉及到《自由談》、《申報月刊》、《申報廣告》、《申

〔註36〕 主要著作有：周雨的《大公報史》（1993）、《大公報人憶舊》，王芝琛、劉自立編的《1949 年以前的〈大公報〉》，方蒙的《大公報與現代中國（1926 至 1949 年大事記實錄）》，吳廷俊的《新記大公報史事編年》、和《新記〈大公報〉史稿》，方漢奇的《〈大公報〉百年史》（2004），賈曉慧的《〈大公報〉新論：20 世紀 30 年代〈大公報〉與中國現代化》（2002），任桐的《徘徊於民本於民主之間——〈大公報〉政治改良言論述評（1927～1937）》（2004）、李秀雲的《〈大公報〉專刊研究（1927～1937）》（2007）、劉淑玲的《〈大公報〉與中國現代文學》（2004），等。其中以吳廷俊先生的《新記大公報史稿》最為翔實，以方漢奇先生主編《〈大公報〉百年史》最為全面、厚實。

〔註37〕 主要有：徐忍韓的《申報七十七年史料》、宋軍《申報的興衰》（1996），龐

報》副刊、《申報》的經營管理,《申報》與上海文化等主題。《新民報》、《世界日報》、《立報》、《民生報》亦有數部專著或博碩論文問世;以胡適爲首的自由派報刊及其它民國雜誌,得到了文學、史學等學者的青睞,在他們的筆下,其報刊形態、新聞思想、新聞活動得到了系統梳理。其次,魯迅、范長江、鄒韜奮等「親共」報人、左翼報刊亦是這 30 年新聞史學研究的重點。

報刊事變的研究方面,雖沒有專著問世,但如《新生》事件、史量才被害、上海《民國日報》停刊、南京《民生報》停刊、顧祝同槍殺劉煜生案等重大報案,均有數篇紮實的學術論文,系統梳理之〔註 38〕。這些論文主要梳理事件的來龍去脈,建構的多是國民黨扼殺新聞自由的歷史圖景。其中,陳昌鳳的《〈從民生報〉停刊看國民黨南京政府控制下的民營報業》一文從報案入手初步論述了民營報業與南京國民政府的博弈,值得借鑑。

與此同時,文學、史學領域的學者對民國新聞媒介的關注亦相當濃厚,它們爲本研究提供了不同學科的新視角。倪偉的《「民族」想像與國家統制:1929～1949 年南京政府的文藝政策及文學運動》、江沛的《南京國民政府時期意識形態管理剖析》、王奇生的《黨員、黨權與黨爭——1924～1949 年中國國民黨的組織形態》著述分別探討了國民黨的文藝政策、意識形態與組織形態等問題、楊會清博士論文《中國蘇維埃運動中的動員模式研究(1927～1937)》(2006)對根據地的媒介的政治動員功能做了深度分析。

臺灣方面,退居臺灣的國民黨人對大陸時期的新聞事業的梳理與反思,在 50～60 年代萌起,70～90 年初相當興盛,90 年代後開始走向沒落,並延續至今。邵元沖的《女圍遺書》(1954)、劉偉森的《新聞政策之研究》(1954)、王新命的《新聞圈裏四十年》(1957)、呂光、潘賢模的《中國新聞法概論》

榮棣的《史量才——現代報業巨子》(1999),范繼忠的《晚清〈申報〉與上海城市文化研究》、王儒年的《〈申報〉廣告與上海市民的消費主義意識形態——1920～1930 年代〈申報〉廣告研究》、王燦發的《30 年代〈申報〉副刊研究》、孟金蓉的《現代性鈎沈:〈申報〉文學論》、方映九的《文學性與新聞性的消長:早期〈申報〉文人研究》、李嵐的《中國近代救荒思想研究:以〈申報〉爲中心》李彥東的《早期申報館:新聞傳播與小說生產之關係》何晶的《簡論鼎盛時期的〈申報〉(1831～1935)》(四川大學碩士論文,2002)、張瑋的《九一八事變後關於抗戰問題的討論——以〈大公報〉與〈申報〉的討論爲例》等著作、博碩論文。

〔註38〕據筆者根據中國期刊學術網在 2009 年 4 月份的不完全統計,直接論述「新生」事件的論文有 15 篇,史量才被殺案 14 篇,上海民國日報停刊事件 2 篇,南京《民生報》停刊事件 2 篇。

（1961）、戚長誠的《新聞法規通論》（1966）、思聖的《中央社創立史徵》（1963）、吳道一的《中廣四十年》（1968）等著述對國民黨的新聞法規、黨營媒體、新聞思想做了初步梳理。70～90年代初，臺灣學界的研究才興盛起來，有數10部專著問世。通史方面，以曾虛白的《中國新聞史》（1984）、李瞻的《中國新聞史》（1979）、賴光臨的《中國新聞傳播史》（1979）為代表。個案方面，《中央日報》、《中央通訊社》、《掃蕩報》等黨營媒體有較深入研究；葉楚傖、陳布雷、邵力子、潘公展、董顯光、曾虛白、沈劍虹、夏晉麟、龔德柏、王新命等國民黨新聞官員、黨營媒體負責人的文集、傳記、日記、回憶錄陸續出版〔註39〕，《報學》、《傳記文學》等雜誌亦發表了大量老報人的回憶文章；民營報刊及報人方面，《大公報》、《申報》得到較多關注，有陳紀瀅的《報人張季鸞》（1971）、《胡政之與大公報》（1974）等著作問世；另外，馬起華的《主義與傳播》（1986）、王洪鈞的《新聞法規》（1984）等著述深入探討國民黨的新聞法規與政策。90年代後至今，臺灣學術日趨商業化，「無論教學或研究，新聞或傳播歷史則是備受忽略的。……新聞史變得非常冷門〔註40〕」，但也有數部著述問世，其中王淩霄碩士論文《中國國

〔註39〕 主要有：馮志翔的《蕭同茲傳》（1975）、蕭同茲文化基金籌備處編印的《在茲集》（1974）、董顯光的《董顯光自傳》（1981）、蕭光邦的《新聞者宿潘公展》（1983）、馬之驌的《新聞界三老兵：曾虛白、成舍我、馬星野奮鬥歷程》（1986）、陶百川的《困勉強狷八十年》（1984）、曾虛白的《舊壞新焙》（1975）、《迎曦集》（1982）、《曾虛白自傳》（1988），龔德柏的《龔德柏回憶錄》（1989）、沈劍虹的《半生猶思：沈劍虹回憶錄》（1989）、王世杰的《王世杰日記》（1990），及中國國民黨黨史委員會編的《陳布雷先生文集》（1984）、《葉楚傖先生文集》（1983）、《胡漢民先生文集》等黨國要人文集。

〔註40〕 馬之驌：《新聞界三老兵》，《徐佳士序》，臺灣經世書局，1986年，第1頁。臺灣政治大學新聞學院教授潘家慶先生對此也深有認知：他說，「臺灣在新聞史專著方面，這些年來一直不多，考其原因，恐怕是真正的新聞史學者不多的關係。市面上的專著，比較多的是媒體人的回憶記述和評論，雖然它們是新聞史的珍貴資料，然離成熟的新聞史專著，尚有一段距離」。另外據他統計，臺灣國科會認可的傳播學科的唯一期刊《新聞學研究》，2004～2008年20期的內容，僅發現兩篇研究論文，屬於新聞史類。另外有一個計劃專題「報禁解除二十年」有三位學者提供論文，再就是一篇評論，有關電視史的寫法，引來了三位學者的響應。見潘家慶：《新聞史研究的困境》，《國際新聞界》，2009年04期。據夏春祥的《新聞與記憶：傳播史研究的文化取向》一文稱：新聞史研究與教學的遭遇瓶頸，在臺灣已有二十年的時間。……1980年代的臺灣，新聞史在公職與入學考試科目上才剛廢除，整個研究在1990年代就成了「一片空白」。見夏春祥：《新聞與記憶：傳播史研究的文化取向》，《國際新聞界》，2009年04期。

民黨新聞政策之研究》（1992）、高郁雅博士論文《國民黨的新聞宣傳與戰後中國政局變動（1945～1949）》（2005）、陸鏗《陸鏗回憶與懺悔錄》（1997）對本研究有重要價值。尤其是高文系統梳理了國民黨新聞宣傳的歷史演變，甚為厚實，值得借鑒。與大陸立在中共立場，重於紅色報刊的研究風格正相反，臺灣新聞史學的研究風格是立在國民黨立場，重視其黨營媒體，選材、敘述、評判帶有較強的政治「框架」，亦有著較濃的意識形態色彩，且這種色彩在研究進程中趨於淡化。臺灣史學者也關注這一時期的新聞事業，張玉法、蔣永敬等學者的研究成果對本研究也有幫助，其中，石佳音博士論文《中國國民黨的意識形態與組織特質》探討了國民黨的意識形態與組織特質，對本研究有借鑒意義。

　　國外方面，國外漢學家對民國史、民國媒體的研究，是值得借鑒的「它山之石」，但相關研究成果多包含在民國史範疇內〔註41〕。〔美〕費正清的《劍橋中華民國史》、〔美〕易勞逸（Eastman, Lloyd）的《流產的革命：1927～1937年國民黨統治下的中國》（漢譯本，1992）、〔美〕柯偉林（William Kirby）的《蔣介石政府與納粹德國》（漢譯本，1994）、〔法〕白吉爾的《中國資產階級的黃金時代 1911～1937》（漢譯本，1994）等著作為本研究觀察民國政治提供了西方視角。〔美〕季家珍（Joan Judge）的《印刷與政治——時報與晚清改革文化》（1996）、Barbara Mittler 的《A Newspaper of China? Power Identity,and change in shanghai's news media（1872～1912）》雖未涉及民國新聞史，對本研究卻有借鑒意義。Lee-hsia hsu Ting 的《現代中國出版自由》（Government Control of the Press in Modern China, 1900～1949）、美國政府編印室（Government Printing Office）編的《美國外交文件》（Foreign Relations of the United States Diplomatic Papers）等著述提供了國民黨政府與外籍媒體的重要第一手史料，值得重視。另外，蠔原八郎的《海外邦字新聞雜誌史》（1936）、小野秀雄的《中外報業史》（1975）、中下正治的《日本人經營新聞小史》、及山本書雄的《日本大眾傳媒史》（2007）等著作，為探討民國時期的在華日本媒體提供了日本學者的視角，值得參考。

　　總體而言，對民國新聞史研究，國內學界主要集中在三種致思路徑上。一是在《關於建國以來若干歷史問題的重要決議》的政治範疇內，以階級分

〔註41〕魏定熙（Timothy B. Weston）的《民國時期中文報紙的英文學術研究——對一個新興領域的初步觀察》一文對民國時期的英文學術研究做了較系統的文獻綜述。《國際新聞界》，2009 年 04 期。

析爲基本視角，對民國時期的新聞觀念、媒介行爲、媒介內容及其社會作用立在主流意識形態上進行把握、描述與評價。這一致思路徑，聲稱遵循馬克思主義的史學路徑，以「革命」、「進步」爲歷史主線，著重描述新聞宣傳的原則與內容，分析新聞宣傳在意識形態鬥爭與塑造中的作用，提煉新聞事業中「革命的」、「進步的」、「民主的」的優良傳統。它主要貫徹於絕大多數通史、斷代史、個案研究、地方新聞志的研究中，尤其以民國新聞史的研究最爲凸出。其優點是：視野開闊，階級定位鮮明，對媒介和報人背後的政治、經濟因素的描述較爲透徹，且能獲得對民國新聞史的總體定位，不足之處亦相當鮮明：遮蔽、扭曲「反動」媒介與報人的歷史面目；文本敘述中「非新聞」的背景資料臃腫，無意間掩蓋了新聞傳播的本體地位；結論達成與評價上烙有較深的「政治正確」的痕迹。中國新聞史是「黨報史、革命報刊史、解放區報刊史」、「黨史的新聞版」等譏諷之詞是學界對這一研究範式缺陷的形象注腳。有趣的是，臺灣新聞史學者的研究與大陸研究相映成趣，均把歷史研究作爲工具納入意識形態建構的範疇內，出現了互稱「土匪」、互相否認、貶低、遮蔽對方的媒介觀念、媒介行爲的研究現象〔註 42〕。這種學術生產現象有著複雜的政治因素，在大陸是「極左」思潮的歷史遺毒，在臺灣是「反攻大陸」的想像及國共兩黨的歷史仇恨，臺海間的現實的政治敵對態度等。幸運的是，這種新聞史學生產不是靜態的歷史延續，而是動態的、去政治化，逐步回歸新聞傳播本位的過程。從 1956 年初的《中國報刊史教學大綱（草稿）》，到李龍牧的《中國新聞事業史稿》（1985），到方漢奇先生主編的《中國新聞事業通史》，再到今天對中國新聞史學研究方法的總結與反思〔註 43〕，體現了中國新聞史學研究中「思想解放」的艱難心路。

〔註 42〕這一現象被學者戲稱爲「土匪史觀」。所謂「土匪史觀」，臺灣中央研究院院士張玉法在 1995 年的紀念抗戰勝利 50 週年研討會上提出來的，中國社科院研究員楊天石對此也有貢獻。它是指國共兩黨對中國近代史形成了自己的解釋視角，都要運用歷史爲當時的政治鬥爭服務，因此這個解釋的特徵概括來講，可稱「土匪史觀」，彼此互稱爲「匪」，「蔣匪」和「共匪」，其核心爲一個「匪」字。見 2007 年 11 月 29 日《南方周末》文化版上的文章《擺脫「土匪史觀」，跳出「內戰思維」》。

〔註 43〕總結與反思的文章有 50 多篇。最近幾年的總結與反思的文章以《新聞大學》，2007 年刊發的「中國新聞史研究現狀筆談」爲題刊發的丁淦林、黃旦、黃瑚、李彬、吳文虎、張昆、方漢奇、曹立新、程曼麗、郭麗華、寧樹藩等系列文章和《國際新聞界》，2008 年第 4 期以本期話題「新聞史教學與研究」爲題刊發的方漢奇、何明、陳娜、王潤澤、劉繼忠的研究文章。

　　二是把民國報刊的相關分支作為主要對象，如報刊編輯史、報刊文體發展史、新聞思想史、新聞教育史、副刊、專刊史等，細緻梳理民國新聞生產的各個環節的流變，形成對新聞自身發展規律的歷史分析。數量繁多的學術論文常採取這一致思路徑，但總體上仍處於階級分析的宏觀視野之內。

　　三是突破「左傾」思潮束縛下的學術創新之路。這一路徑的學人，不滿中國新聞史學研究中過濃的「階級分析」色彩，遂借鑒人文社科的學術資源，努力把現代化、政治學、傳播學、文化學、新史學等研究致思的結構、方法，拉到新聞史學研究中，出現了「新新聞史學」、「現代化範式」、「民族——國家範式」、「政治文化視角」、「社會文化史視角」、「本體視角」等新趨向〔註44〕。這在民國民營報刊個案研究上尤為突出，如對《大公報》的研究成果，有學者總結為「階級分析」、「現代化」、「民族——國家」三種範式〔註 45〕。這一學術創新，在有文學、史學、政治學等學科背景的新聞史學研究者中表現最為明顯，他們非常注重把媒介內容作為研究對象，從中國現代化的進程、民族國家的建構等視角展開論題，探討社會政治文化變遷中媒介的歷史功效，有意或無意中忽視了新聞傳播的本體意義，然由於史實、史識、史論等方面制約，其著述存在著不同程度的敘述生硬、論證牽強、結論倒推等弊病。目前其研究成果不足以替代「階級分析」範式，但若拋去借用的理論、概念，能隱約感到中國新聞史學研究的現代轉向：即從注重新聞觀念與行為、新聞宣傳的分析，轉移到媒介行為與歷史互動的學理闡釋上。至於海外的民國媒體研究，目前尚未形成主流，但對國內研究仍是不可或缺的參考。

　　總而言之，傳統的宏大新聞史敘事，「它突出強調報刊的階級範疇、遵循階級主線，在史料處理和結論達成上與階級觀念力求一致〔註46〕」。微觀的本

〔註44〕上述「範式」或「視角」在不同文章、不同語境中，使用不同，指代的卻是同一個問題。範式（paradigm）是庫恩在《科學革命的結構》一書中的提出的術語，意指「那些為各種模式和理論，包括對立的模式和理論所共同承認的、不言自明的信念，它們往往構成不同理論，模式間發生爭議時的共同前提和出發點。」筆者認為，把一兩部借鑒現代化、民族——國家、政治文化等理論的新聞史著作稱為相應的「範式」，頗為不妥，因他們並未向「階級分析」那樣，被國內新聞史學界「共同承認」，並有了「不言自明的信念」，如果用範式來指稱當前我國不同取向的新聞史研究，唯有傳統的階級分析尚可成為「階級分析」範式。

〔註45〕李彬、楊芳：《試論中國新聞史研究的範式演變——以〈大公報〉研究為例》，傳媒學術網，http://academic.mediachina.net/article.php 敢 id=4911。

〔註46〕唐海江：《清末政論報刊與民眾動員——一種政治文化的視角》，清華大學出

體研究致力於新聞本體歷史流變的梳理與分析。「本體」細化爲新聞生產中的採訪、寫作、編輯、評論、經營、技術等層面，力求再現新聞傳播的歷史表象與演變的自身規律。不滿於「階級分析」框架的各種創新研究企圖借鑒人文社科的學術資源，改造、乃至顛覆傳統的新聞史圖景，有現代化、民族——國家、政治文化、社會文化、媒介社會學、新史學等視角，但各種視角目前均面臨著理論功底不足和史料挖掘不透的通病。

這三種致思路徑在民國新聞史的研究中均有不同表現。它們各有側重、又相互聯繫，其研究旨趣上略有差異。宏大敘事，套用「革命史」的術語，企圖用階級分析的框架深度描述民國新聞與社會政治文化的歷史互動，但在實際的文本書寫中往往偏向了政治經濟對媒介的制約因素，尤其是政治的控製作用。本體研究，力求剝掉「宏大敘事」中的政治色彩，再現新聞傳播的本來面目，但新聞生產的諸多元素、複雜的制約因素、新聞檔案材料的極度缺乏等客觀原因，使本體研究多局限於微觀層面，闡釋的資源不得不借助於宏大敘事，進而使本體研究的「眞正的本體」難以再現。各種創新研究，旨在從文本的體例結構上顛覆宏大敘事模式，勾勒新的視域內的新聞史圖景。它沒有從根本上拋棄階級分析，反而把「階級分析」做得更加學理化、細緻化、抽象化。

「新聞史是一門科學、是一門考察和研究新聞事業發生發展歷史及其衍變規律的科學」。研究新聞史，「離不開各時期的階級鬥爭史、政治運動史、政黨史、生產鬥爭史、經濟發展史、文化史」〔註 47〕。新聞史學的這種特殊性，即具備多元透視、致思的可能空間。從問題意識來說，這一空間可劃分三大問題域：一是媒介生產（新聞生產）的歷史原貌是什麼？即它是如何記錄新聞，如何記錄歷史、呈現歷史的？（問題 1）。二是爲什麼是這種原貌，而不是其它的原貌？即社會的政治經濟文化技術對媒介生產的影響是什麼？（問題 2）。三是這種媒介生產對社會政治經濟文化產生了何種影響？（問題 3）。從這個視角審視上述三種致思路徑，宏大敘事主要以歷史描述的方法，濃筆重彩於問題（3）、問題（2），而遮蔽、扭曲了問題（1）的歷史面貌。本體研究著重於問題（1），對問題（2）、問題（3）有所忽視，各種創新研究更

版社，2007 年 6 頁。
〔註47〕方漢奇：《新聞史是歷史的科學》，原載《新聞縱橫》，1985（3），轉載：《方漢奇自選集》，536～537 頁。

多的傾向於問題（3），對問題（1）、問題（2）略有忽視。換言之，新聞史的研究目標是在人類活動的全景圖中，盡力再現人類的新聞活動及這種活動和人類社會的互動，即研究產生於人類社會的新聞信息〔註48〕，是如何被編碼，製作成什麼樣的文本，借助哪些渠道以穿越時空限制，這些渠道（媒介）是如何影響編碼，又如何向社會擴散的，擴散了哪些信息，扼殺了哪些信息，這種擴散對人類社會的動態演變產生了何種影響，以及上述動態互動的規律、意義與價值等問題〔註49〕。

　　媒介是既定歷史條件的社會信息生產、散播行為，它黏合了人類社會的各個層面，「具有連植物也具有的那種通常為人們所承認的東西〔註50〕」，其中的新聞傳播活動是當時歷史條件下的不同人群，在同一時間框架內，進行非在場互動的中介〔註51〕。作為一種社會性的溝通中介，當其潛在的價值被人們利用，成為控制、影響、爭奪他人或人群的工具時，其意義就不再限於理想化的、單純的信息交流，而成為充滿詭秘、權變的社會信息的博弈現象。美國學者 W・蘭斯・班尼特說，從根本上說，新聞是一種政治信息體系〔註52〕。作為「政治信息體系」的新聞，在艱難痛苦的中國現代化轉型中，其政治性表現就更為突兀。

　　新聞史研究首先應是歷史的研究，它必須能夠在對新聞生產與演變歷史的研究中體現出某種深邃的歷史觀，提供對於包括新聞在內的整個社會歷史運動的某種洞見，這種洞見是基於研究對象而生發的。中國新聞史與政治緊

〔註48〕　這兒的新聞信息，是寬泛意義上的，泛指媒體傳播的一切媒介信息，但主要以新聞為主。

〔註49〕　之所以要論證新聞史學的研究對象，主要因為筆者感到學界對這個問題比較模糊，這種模糊導致了新聞史學定位的模糊，繼而產生各種問題。目前新聞史學研究的各種提法，如新聞事業史、新聞傳播史、大眾傳播史、傳播史等，這種提法雖有創新的意蘊，但也極易模糊新聞史學的對象。

〔註50〕　原話是：「要使報刊完成自己的使命，首先必須不從外部為它規定任何使命，必須承認它具有連植物也具有的那種通常為人們所承認的東西，即承認它具有自己的內在規律，這些規律是它所不應該而且也不可能任意擺脫的。」見《馬克思恩格斯全集》，2版，第1卷，397頁。

〔註51〕　非在場傳播指非感官所及的範圍內所進行的傳播，它包括兩種情況：一種是以人為媒介而完成的異時異地傳播，一種是在傳播的傳受雙方之間加入了物質傳播媒介。見李慶林：《從傳播的分類看傳播學的研究重點》，《國際新聞界》，2008年第3期。

〔註52〕　〔美〕W・蘭斯・班尼特：《新聞：政治的幻象》，當代中國出版社，2005年版，5頁。

新聞與訓政：國統區新聞事業研究（1927～1937）

密相連，抽掉「政治」，新聞史研究將失去重心，淪爲脫離歷史語境的自言自語。過於突出政治，讓政治統領新聞史學研究，則陷入深受批評的「階級分析」範式；但因反感意識形態，刻意創新、規避「政治」，則是「理想主義」的另一極端，二者均不能很好的把握新聞史自身的規律。鑒於此，要對民國新聞史作「瞭解之同情」與「語境化」理解〔註 53〕，本書將以問題意識爲線索〔註 54〕，通過媒介與政治衝突的產物——民國報刊事變——探討民國媒體爲何如此生產、傳播新聞，及這種新聞生產、傳播對社會產生的各種影響。

第三節　研究範疇與章節架構

作爲一種言說事業，新聞傳播業是個複雜、動態、混沌、立體的系統結構，其核心要素是新聞信息的社會化生產與傳播。圍繞這個核心要素，可把新聞傳播業分解爲四個層面。一是媒介社會化生產的成品層面，它是由定期製作、傳播的海量新聞文本組成，這些文本是傳者依據媒介特性，在既定的傳播制度下，以某種傳播觀念爲指導，經過職業化流程製作而成，是傳者辛勤勞動的結晶，是公眾觀察社會、獲取社會動態信息的新聞文本，亦是記錄歷史的日記。二是承載、傳播媒介產品的渠道層面，它由傳播介質、媒介技術、傳播媒介等構成，承擔著鏈接傳者與受眾，把新聞產品傳播給受眾的任務；三是決定、規制新聞信息社會化生產的核心層面，它由傳播制度、新聞傳播觀念與約定俗稱的生產規則構成，它決定、規制了傳者的媒介生產行爲與傳播空間。四是支撐新聞生產的外圍層面，它包括社會的政治、經濟、文化系統，決定著新聞傳播事業的社會角色、功能與價值，是新聞業賴以生存與發展的宏觀環境。每個層面均有一系列要素構成，並自成系統，同時各個層面間又相互關聯，共同組成「言論事業」這一有機整體。

要再現歷史中的「有機整體」的新聞業，新聞史料的浩瀚、零散、遺失與殘缺等特性，注定完全還原歷史是一項永遠不可企及的理想彼岸，但從結

〔註 53〕詹姆斯・卡倫著、史安斌、董關鵬譯：《媒體與權力》，清華大學出版社，2006年 7 月版，65 頁。

〔註 54〕李金銓教授說：「問題意識能夠提綱挈領，把林林總總的史料串起來，否則材料必將如羽毛散飛一地。……經過問題意識的駕馭和統攝，材料不再是死的，而立刻鮮活生動起來，既看到內在邏輯，又彰顯背後一層層的意義。做歷史研究，敏銳的問題意識很重要」。見李金銓：《新聞史研究：「問題」與「理論」》，《國際新聞界》，2009 年第 4 期。

構分析的角度來說，是有可能勾勒歷史概貌的。歷史學者費爾南‧布羅代爾在《歷史學和社會科學——長時段》一文中對人類的系統結構，做了精彩的解讀：「所謂結構，社會觀察家們認為是現實與社會大眾之間存在的一種組織、一種緊密聯繫及一系列相當固定的關係。而我們的史學家則認為，一個結構也許是一種組合，一個建築體，但更是一種現實，時間對這種現實的磨損很小，對它的推動也非常緩慢。某些長期生存的結構成為世代相傳的穩定因素：這些結構在歷史中到處可見，它們阻礙著歷史因而也支配著歷史的進程。」〔註55〕因此，從這一路徑出發，研究民國媒體為何如此生產、傳播新聞文本，及其產品對社會的影響，即抓住了這一時期新聞史的核心本體，能夠最大限度的「解構披著歷史外衣的政治和社會神話」，還原歷史的本來面貌。

圖 1-1 影響新聞「把關」力量要素的結構關係圖

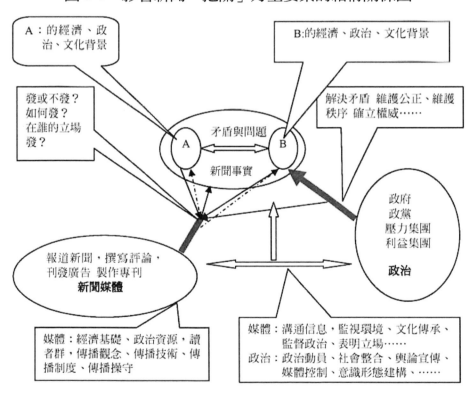

圖 1-1 從微觀層面描述了影響新聞把關的諸多力量要素的結構圖。它主要

〔註55〕J‧勒高夫、R‧夏蒂埃主編：《新史學》，上海譯文出版社，1989 年，262～263 頁。

由政治、信源、媒介三個系統及支撐信源與媒介系統的政治經濟、文化系統構成。理想的新聞傳播活動，是在共同的信念與規則下，各種力量動態平衡下的媒介信息的順暢流通。但當傳播信念發生分歧、傳播規則殘缺時，力量就成了決定新聞把關的主導因素，進而影響、建構新的傳播規則，乃至潛移默化地建構畸形的傳播信念，形成與決定性力量相一致的新的傳播秩序。

受社會轉型的制約，中國新聞傳播秩序始終在過渡、建構階段，其主要表現是新聞、公眾、政治三者之間始終沒有達成共同的新聞傳播信念，尚未形成建築在共同的傳播信念基礎上的傳播制度與規則系統，以致報刊事變現象成為中國新聞史上一道突出的風景線。在邏輯層面，報刊事變發生的外部因素是政治、新聞、信源三大系統及背後的支撐系統之間存在的不可調和的矛盾衝突，內部因素則是媒介系統內的傳播觀念、制度、行為及傳者與受眾等諸多要素的衝突與博弈。由於政治因素是主導中國近現代新聞事業發展、演變的支配性力量，而商業、技術、觀念等因素雖對近現代新聞事業的發展、演變有作用，卻沒有形成能夠抗衡政治的力量。這一特色貫穿於中國近現代新聞史的始終，20 世紀 20～30 年代新聞事業表現得尤為突出。因此，在新聞與政治範疇內能夠理清紛繁的民國報刊事變，反之，通過報刊事變也能夠清楚地看清新聞與政治良性互動的規律。在這個範疇內，根據政治系統對社會秩序的主要訴求與媒介系統的政治功能的衝突，把民國報刊事變劃分為三大類型。一、意識形態層面的媒介建構功能與政治訴求的衝突導致的報刊事變，主要表現為國民黨主導的「三民主義」意識形態對宣揚其它意識形態的媒體的鉗制與打壓；二是憲政秩序層面的新聞監督功能與政治現實的衝突導致的報刊事變，主要表現為媒介「監督政府、向導國民」的理念與民國政治權變現實的矛盾與衝突；三是民族危機背景下媒介的社會整合與政府對外政策之間的衝突導致的報刊事變，主要表現為「攘外必先安內」政策下，媒介的愛國情緒與政府的保守主義發生的尖銳衝突。

新聞與政治衝突導致的報刊事變，幾乎捲入了新聞與政治系統的所有要素，按照捲入的深淺程度，可分為微觀、中觀、宏觀三個層面。微觀層面主要是指媒體的傳播內容、策略與技巧與政治主體對報導內容的政治要求產生分歧，構成二者在新聞業務操作領域的博弈；中觀層面主要是媒介觀念、角色層面的衝突，表現為媒體對新聞自由、新聞功能的理想向往與現實政治對媒介角色、功能的政治定位的衝突，涉及到新聞自由、職業操守、新聞政策、

政治宣傳等主題；宏觀層面主要是媒體與現實政治的操縱者在意識形態、社會發展、國家建設等方面的認知上的錯位。如，在如何解決中國困局、應對日本入侵的問題上，國民黨、共產黨及自由主義知識分子均採取不同的求解思路，並主導了各自的新聞和政治行為。這三個層面密切相連，構成媒介與政治衝突的藍圖，其核心是新聞與政治之間在新聞自由與新聞統制之間的衝突與博弈。

圖 1-2　新聞與政治的關係模式圖

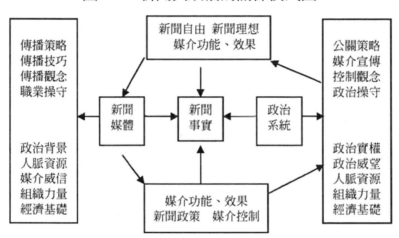

圖 1-2 的模型大致建構了雙方衝突捲入的各要素。其中橫線背後是雙方各自倚重的資源，由於新聞與政治的操縱者對同一新聞事實（事件）在是否傳播、如何傳播上的認知差異，導致二者在媒介觀念、媒介功能、媒介效果、媒介控制上產生重大認知錯位，錯位引發衝突，繼而引發二者倚重背後的資源，展開複雜的博弈，待博弈達到相對平衡後，新聞生產即按照力量平衡後達成的基本共識操作。

這一理論推演具有新聞傳播學的學理依據，是本書框架的學理依據。在這一致思路徑下，本書共分 9 章，第一章為緒論，敘述研究的起因、界定研究對象，梳理已往研究，敘述研究方法等。第二章為梳理新聞與訓政關係演變的歷史遠因與近因。第三章勾勒國民黨的黨國體制與新聞媒介思想，為新聞與訓政的互動衝突設定歷史舞臺。第四、五、六、七章為本書的重心，分別從國民黨的新聞統制政策，國民黨新聞媒介建設與管理，國民黨新聞宣傳三個層面論述國民黨是如何在「訓政」名義下設定新聞自由的權限，如何統

制新聞媒體，又是如何利用媒體宣傳其主義、政綱、政策等問題，八章將重心轉入民營媒體，看看具有自主性的民營媒體是如何看待國民黨的新聞統制，如何在其統制下生存與發展的，又是如何宣傳報導訓政，企圖推動訓政向憲政過渡的，等問題。第九章為結束篇，盡力把本書提升到學理化高度，探討新聞與政治的良性互動的機制。

第四節　研究方法

新聞史研究要突出「本體地位」，要「打深井〔註 57〕」，是今後一段時間內新聞史學研究的方向。但在如何突出「本體地位」、如何「打深井」問題上，應根據具體的研究內容確定恰當的研究方法，而不是不加分析的「拿來主義」。本書是以民國報刊事變為路徑，在民國新聞與政治互動衝突的框架內，探討政治因素如何影響新聞生產的一項新聞傳播史研究。研究遵循歷史學的基本研究方法，以史料和文本分析為基礎，盡量理清文本內在的脈絡與理路，並把相關的社會科學的理論資源作為解釋工具，求得達到史實、史識、史論的邏輯統一〔註 58〕。鑒於此，本書主要採用以下方法。

一是歷史文獻分析法。文獻分析是傳統的治史方法，旨在通過文獻的搜集、整理與挖掘，獲取文獻中的歷史信息。將該方法運用於本研究，旨在通過對原始文獻的文本解讀，二手文獻的再解讀，在宏觀上建構民國新聞與政治衝突下的媒介生產的基本圖景。

二是個案分析法。新聞與政治的互動衝突涉及諸多要素，不可能一一論述。故本書選擇特定個案，以點帶面，點面結合的方式描述民國新聞與政治互動衝突的歷史概貌。

〔註 57〕 「打深井」這一比喻性說法是方漢奇先生對我國新聞史研究未來方向的判斷。這一判斷相當科學、準確，指出了今後新聞史研究的最佳路徑。

〔註 58〕 「史實、史識、史論」是歷史研究的三大部分，「史實」即歷史材料，「史識」即是分析歷史材料使用的視野，「史論」也就是涉及歷史評價的問題。這三者之間有辯證的關係。史料是基礎，但史料不會自己開口說話，史識，即歷史分析很重要，是盤活材料的路徑。但歷史分析需要理論基礎，又不能脫離史料信口開河，因此，恰當的理論工具選擇至關重要，選擇正確，能夠「燭照史料」的作用，洞察材料背後的意義和內在聯繫，然若「理論先行」，勢必將材料塞進理論的緊箍咒。做好「史實」、「史識」功能，「史論」即歷史評價就能盡力做到客觀公正。可參加李金銓：《新聞史研究：「問題」與「理論」》，《國際新聞界》，2009 年 04 期。

　　三是實證分析。即對傳播內容的量化分析和傳播主體的材料統計分析。由於歷史研究不可能對所有的傳播內容進行處理和精確把握，只能以抽樣的方式獲得特定時期報刊的相關數據，以把握其中的規律。本書主要把量化分析運用到個案研究中，將以《中央日報》的標題數據庫爲數據來源，對國民黨黨營媒體的宣傳報導作量化研究。此外，比較分析、話語分析也是實證分析中常用的方法，本書亦會根據具體的研究內容而使用之。

第五節　基本概念的界定

　　清晰、簡潔、明瞭的概念不僅有助於邏輯推理，認清事物的本質聯繫，也有助於減少因詞語產生的誤解。作爲一門學科，新聞學倍受爭議的主要根源之一是尚未建立起一套成熟的概念術語體系，而概念是認識事物的操作工具，爲減少不必要的誤解起見，對於本書涉及到基本概念，有必要做相應的內涵界定。

一、新聞學方面的基本概念界定

　　媒體、傳媒、媒介、新聞媒體、新聞媒介、新聞事業、新聞業等概念即是新聞學的基本概念，又爲本書寫作中常用的基本術語，然其內涵與外延尚未在新聞學界達成共識，故有必要做一番說明。在本書中，媒體、傳媒、媒介這三個概念之間雖在語詞上有細微差別，但它們三者之間可以互相化爲等號，均是新聞傳媒、新聞媒體，而外延實際包含民國報紙、期刊、通訊社、電臺，也涉及少量的宣傳性書籍、小冊子、傳單等，而有別於現代意義上的媒體、傳媒、媒介的外延。由於報紙是這一時期的主流媒體，而報紙的稱謂主要是新聞紙，其內涵則包含各類日、晚報及期刊雜誌，有時還涵蓋通訊社、電臺等。故新聞紙、報館、報刊在某種意義上可被媒體、傳媒、媒介替代。新聞事業、新聞業、新聞傳播事業，亦在本書中經常出現，但它們在本書中其內涵與外延完全相同，均指以民國報館、通訊社、電臺爲主體的一切新聞傳播活動及其相應的組織機構。但在具體的行文表述中，常以術語「新聞」代替。

　　「新聞與政治」、「媒介與政治」、「傳播與政治」也是本書經常使用的基本概念。這三個概念的外延不盡相同，大致是「傳播與政治」＞「新聞與政治」＞「媒介與政治」。然在本書中，「媒介與政治」基本等同於「新聞與政

治」。由此而言，「新聞與訓政」等於「媒介與訓政」。此外，爲便於理解，文中將以注釋方式對提到的其他術語做界定，以免產生概念混淆。

二、政治學方面的術語界定

國民黨的歷史研究，因種種原因常常籠罩在國共兩黨的意識形態的陰霾內，大陸與臺灣概不例外，以致被學界冠以「土匪史觀」。這一現象在國民黨歷史的書寫中的突出表現是，基本術語使用中有強烈的褒貶色彩。如，南京國民政府，大陸學界常稱爲「蔣介石的國民政府」、臺灣則稱「南京當局」、「南京政府」、「國民政府」等，再如，大陸學界常常直呼國民黨黨政要人，臺灣則予以避諱，稱蔣介石爲「先總統蔣公」、「蔣中正」等。對於國民黨的各種機構，大陸學界常在機構前冠以「國民黨」，其表述模式常常是「國民黨中央宣傳部」、「國民黨中央黨部」、「國民黨中央常務委員會」等。臺灣學界則省略「國民黨」三字。爲表述簡潔計，也爲學術研究的客觀計，本書在有關國民黨的稱呼上，均採用客觀、中性的術語表述。如稱南京政府、南京中央、蔣介石、蔣氏等，對於涉及到國民黨的機構，除了第一次使用冠以「國民黨」外，其餘大多採用縮寫方式，如「國民黨中央宣傳部」，簡稱爲「中宣部」，將「國民黨中央執行委員會常務委員會」簡稱爲「中常會」。鑑於南京政府主要由蔣介石把持，在涉及國民黨內部的黨派鬥爭時，則稱蔣介石的南京國民政府，其餘情況均不再注明。

另外，本書的研究重心是國民黨訓政名義下新聞與政治的互動衝突關係，其時間段是從國民黨宣佈「訓政」到 1937 年 7 月 7 日盧溝橋事變後抗日戰爭的爆發。這一歷史分期在不同的學術文本中有不同表述，有「第一次國內革命戰爭時期」、「抗戰前」、「訓政前期」、「訓政時期」、「革命建國時期」、「20 世紀 20～30 年代」「二三十年代」等表述，然其所至均指 1927～1937 年的民國歷史。爲行文方便計，本書主要使用「訓政時期」、「抗戰前」、「20 世紀 20～30 年代」、「二三十年代」四個術語。

第二章　新聞與訓政的歷史遠因與近因

　　歷史發展有遠因與近因。國民黨在 20 世紀 20 年代雖完成「家天下」的「道統」到黨政雙軌制的「黨統」的結構轉型，但受傳統文化的影響，未建成現代意義上的政黨政治〔註1〕。與此同時，中國新聞媒體在經歷古代報紙、近代報紙發生與演變後，到了 20 世紀 20 年代迎來了其發展的又一個高峰。當二者從古代中國演進到國民黨執政時，表現出更為複雜、隱秘、詭異、多元互動的轉型特徵。這一特徵既是其歷史實踐的產物，也受歷史「前因」的影響。

　　本著厚今薄古的原則，本章將扼要梳理影響國民黨治下的新聞與政治關係的歷史遠因與近因。即扼要梳理我國報刊與政治的起源、流變的歷史演進過程及主要特點，分析對國民黨的訓政與新聞傳播的歷史實踐產生直接影響的歷史近因：以孫中山為代表的訓政構想與報刊實踐和思想，回答從哪兒來，到哪兒去的問題。

第一節　我國新聞傳播與政治互動衝突的歷史源頭 ——「禁忌」文化與巫術政治

　　新聞傳播與政治是伴隨人類社會始終的一對範疇〔註2〕。人是群居動物，

〔註1〕　見楊奎松：《一九二七年南京國民黨「清黨」運動研究》，《歷史研究》，2005 年第 6 期。

〔註2〕　因為古代社會中，很難有效區分哪些是新聞信息，哪些是非新聞信息，故對

無法離群索居，而只要聚集在一處共謀生計，就必然會有某種傳播與溝通行為發生，必然有「管理眾人」的政治行為發生〔註3〕。在類人猿向原始人過渡的過程中，原始群體是原始初民在大自然「魔鬼力量」的威脅下求生存圖發展的不二法門，而原始的傳播與政治行為是構建原始群體的必然路徑。雖然我們尚不能全面瞭解原始初民的傳播與政治行為，但借助民俗學、神話學、宗教學等研究成果，亦能管窺原始社會中的傳播與政治行為的大致概貌。

原始社會，自然為人類立法。馬克思指出：「自然界起初是作為一種完全異己的，有無限威力的和不可制服的力量與人們對立的，人們同它的關係像動物和它的關係一樣，人們就像牲畜一樣服從它的權力。」在長期仰賴自然界的恩賜和深刻體驗其「魔鬼」力量的驅使下，原始初民的「禁忌」心理萌發，在飲食、生產、生活等方面有了種種「禁忌」規則和「禁忌物」的圖騰崇拜。「禁忌」，國際學術界通稱「塔布」（Taboo 或 Tabu）〔註4〕，是建立在瑪那信仰〔註5〕基礎上的一種否定性的社會規範和社會心理層面上的民俗信仰。弗洛伊德在《圖騰與崇拜》中說，「伍恩特（Wundt）形容塔布是人類最古老的無形法律，它的存在通常被認為遠比神的觀念和任何宗教信仰的產生

於古代中國的新聞與政治的關係，主要從更為寬泛的傳播與政治這個層面進行分析。

〔註3〕 政治的內涵雖然沒有統一，眾多紛紜，但如何治理「群體」（包括社區、政黨、國家）是政治學研究的中心課題，孫中山先生曾說：「政治兩字的意思，淺而言之，政就是眾人的事，治就是管理，管理眾人的事便是政治」。

〔註4〕 「塔布」（Taboo 或 Tabu）是中太平洋波利尼亞群島的湯加島上當地土著一種非常奇特的生活現象，比如，某種物什只准酋長、巫師、頭人使用，而一般人不許用，寫東西只能用於某種特殊的目的，一般目的不准用，一些場所只允許成年男性進入，而不許女性或兒童進入等。這種現象由 1777 年英國航海家柯克船長發現，並把將該詞帶回歐洲。1816～1824 年埃利斯在太平洋群島居住了 8 年，並於 1829 年出版了《波利尼西亞研究》一書，對波利尼西亞人的「塔布」作了系統而翔實的描述。見：萬建中：《禁忌與中國文化》，人民日報出版社，2001 年，4 頁。關於「禁忌」文化的本質、起源、內在機制、傳播，該書均有較詳細的論述，本書多有借鑑。

〔註5〕 瑪那（Mana）是一種不可理解的神秘的超自然力量。泰勒的繼承人和門徒羅伯特·拉駑爾夫·馬雷特（Robert Ranulph Marett）反復強調：禁忌加瑪那是宗教的最低限度定義，瑪那——禁忌的超自然狀態是一種前萬物有靈狀態。（見〔英〕馬雷特：《宗教的開端》（The Thereshold of Religion）倫敦（英文版）1902 年，第 3～4 頁）。萬建中認為，瑪那是禁忌的內核，禁忌是瑪那外在的文化顯現，同時瑪那的強弱還與禁忌事物危險性的大小直接相關。靈力大即瑪那大，其危險性也就大；靈力小，其危險性也就小。見萬建中：《禁忌與中國文化》，人民日報出版社，2001 年，23 頁

還要早」〔註6〕。作爲一種「無形法律」，它是基於「聯想」基礎上的「相似律」和「接觸律」發揮作用〔註7〕，是原始人對因果律的錯誤運用的表現。「爲何要有禁忌」？在原始初民不發達的意識中，萌生了神靈、鬼魂觀念和巫術思想，神靈管轄自然界，鬼魂支配著自身，巫術以某種儀式，掌握著人與神、人與鬼對話的話語權力，三者交互作用構築了維護「禁忌」的意識形態。而巫師與鬼神對話的「儀式」、「文字」、「語言」等中介物，被巫師賦予了鬼神的意志，具有不可解釋的神秘性，使原始初民產生了最初的媒介崇拜。魯迅在《門外文談》曾說：「因爲文字是特權者的東西，所以就有了尊嚴性，並且有了神秘性。」〔註8〕

「禁忌」是維護原始群居生活的靜態法則。隨著原始初民生產工具的改進、活動範圍的擴大，人群的增多，關於大自然的許多「新聞」源源不斷地輸入原始群體，攪動靜態的「禁忌」生態。其中，部分「新聞」強化了部分禁忌、部分「新聞」增添了新的「禁忌」，部分「新聞」對原有「禁忌」產生了強烈衝擊。遂使原始新聞通過「禁忌」與巫術政治呈現出動態互動的演進狀態。當在某個原始突發新聞基礎上產生的「禁忌」，在突發事件過後原始初民不慎違反「禁忌物」並沒有產生預期的懲罰或獎賞時，就會萌生對「禁忌物」的反叛心理。這種反叛心理積累到一定程度，必將對負責闡釋「禁忌」文化的巫師權威產生強烈衝擊，促使巫師懲罰個體「違禁」行爲。當「違禁」行爲頻繁發生，原有「禁忌」就面臨著集體「脫敏」。由此，巫師的個人威望被解構，並在代際更替中被富有革新精神的新巫師所取代。

這種動態的禁忌文化與巫術政治的互動，其背後推手是原始初民源源不斷的新聞活動。禁忌文化與巫術政治之間的較量，對原始新聞的社會擴散的速度、頻率、範圍也產生抑制或加速作用。隨著原始群居生活向氏族社會過渡，氏族社會向奴隸社會過渡，負責溝通鬼神的巫師向氏族領袖的

〔註6〕　楊庸一譯，《圖騰與崇拜》，中國民間文藝出版社，1986年，第32頁。

〔註7〕　相似律、接觸律是英國學者弗雷澤在其名著《金枝》中提出來的，他認爲巫術賴以建立的思想原則有兩條，一是「相似律」，即彼此相似的事物可以產生同樣的結果，二是「接觸律」，即物體一經相互接觸，在切斷實體接觸之後還會繼續遠距離的互相作用。基於相似律的法術，叫「順勢巫術」；基於接觸律的法術，叫「接觸巫術」。可參閱萬建中：《禁忌與中國文化》，人民日報出版社，2001年，10～20頁；胡奇中的《中國文禍史》，上海人民出版社，2006年，4～5頁。

〔註8〕　魯迅：《且介亭雜文》，北京，人民文學出版社，1973年74頁。

過渡，「禍從口出」發生頻率亦趨於增多。留存至今的古文獻中有許多「禍從口出」的記載。《禮記・緇衣》中的《兌命》篇中有殷高宗大臣傅說的名言「唯口起羞」。周武王《機銘》中有「口生口，口戕口」；《盥盤銘》中有「溺於淵、猶可援也；溺於人，不可救也」、《筆書》中有「毫毛茂茂，陷水可脫、陷文不活」等警語〔註9〕。「口戕口」，錢鍾書先生的解釋是，前一個「口」字是口舌之口，代表言語；後一個口字指人口之口，表示人丁。凡以口舌撥弄是非、造謠污蔑、強詞奪理，惡語傷人，從而害人甚至害己，都屬於「口戕口」。對於「陷文不活」，錢先生感歎道：「文網語阱深密乃爾」。（《管錐篇》）〔註10〕。

　　可見，原始社會，尤其是原始社會後期，禁忌文化與巫術政治的頻繁衝突，不僅是新聞與政治互動衝突的歷史源頭，還在互動衝突中形成了文字禁忌、文字崇拜。從三星堆遺址出土的大型青銅祭器大耳突目人面像〔註11〕，到「昔者倉頡作書而天雨粟，鬼夜哭〔註12〕」的傳說；從源遠流長的「敬惜字紙〔註13〕」，到今天的「信息崇拜」、「媒介崇拜」，均能感受到原始思維的揮之不去的影子。

〔註 9〕　轉胡奇中：《中國文禍史》，上海人民出版社，2006 年，9～10 頁。

〔註10〕　轉李彬：《中國新聞社會史》（插圖本），清華大學出版社，16 頁。

〔註11〕　三星堆遺迹屬古蜀國，距今 5000 年左右。在三星堆遺址考古中發現了一件奇特的青銅面具，大耳突目青銅面具。該面具寬 138 釐米，高 65 釐米，耳朵像一面展開大旗，眼球呈柱狀突出達 16 釐米。對此，尹韻公先生從傳播學的角度，把「大耳突目青銅面具」解讀爲中華民族迄今發現的最早信息傳播圖騰或信息崇拜神靈。見尹韻公：《2000 年以來新聞傳播史研究的現狀及其走勢》，《新聞學論集》，65 頁。

〔註12〕　我國傳說認爲文字由倉頡所造。見《淮南子・本經篇》。「昔者倉頡作書而天雨粟，鬼夜哭」。高誘注：「鬼恐爲書文所劾，故夜哭也。」

〔註13〕　「敬惜字紙」是傳統中國的非常普遍的民間信仰。世俗文獻最早記載是《顏氏家訓・治家》、方外敬惜字紙信仰的醉在記載，是唐釋道宣所述《教誡新學比丘行護律儀》之上廁法蒂十四。對敬西字紙記載最多的還是明清文獻，如《七修類稿》、《北東園筆錄》等筆記，分別於道光、咸豐年間刊刻的《桂宮梯》、《青雲梯》等善書。我國道教、佛教亦有源遠流長的「敬惜字紙」的傳統。楊梅的《敬惜字紙信仰論》對於敬惜字紙信仰產生的背景、敬惜方式、敬惜字紙的迷信化，及社會功能做了系統探討。可參閱見楊梅：《敬惜字紙信仰論》，《四川大學學報》（哲學社會科學版），2007 年 6 期，桑良至：《中國古代的信息崇拜——惜字林、拾字僧與敦煌石窟》，《北京大學學報》（哲學社會科學版），1996 年 3 期。

第二節　我國媒介與政治互動衝突的流變

　　自原始社會進入封建社會後，中國新聞與政治的互動衝突大致可分為文禍與皇權政治、晚清報案與晚清政治、民國報案與軍閥政治三個時期。

一、文禍與皇權政治

　　中國自奴隸社會進入封建社會後，傳播生態與政治結構發生一大變局，並從秦始、經兩漢魏晉南北朝，到唐宋元明清，形成一個超穩定的社會結構系統。〔註14〕該系統綿延兩千多年，雖在不同朝代有不同特色，卻未發生整體性的結構變遷，直到近代列強入侵，才出現「三千年未有之變局」。訓政時期的新聞與政治的衝突，似乎與這個系統內的新聞與政治沒有任何因緣，事實是這個系統的傳播與政治的文化，以「先天注入」的固有偏見，影響著民國時期的新聞與政治的生態結構，構成訓政時期的新聞與政治衝突的歷史遠景。

　　從秦統一天下到清朝中後期，社會傳播技術的發展，始終未能突破社會信息的社會化大生產的藩籬，知識和信源始終掌握在少數階層手中。造紙術約在戰國時期發明，公元 105 年蔡倫發明了以樹皮、麻頭、破布及漁網造紙，為中國造紙術發明的標誌性事件。公元 3 世紀紙張完全取代傳統的竹簡和木牘，成為書寫的主要載體。雕版印刷術約在 7 世紀中葉在中國出現，主要刊印佛經，儒家經典在 10 世紀初才開始刊行。11 世紀活字印刷發明，標誌事件是畢昇發明活字印刷術；12 世紀或更早時期，套色印刷得到應用；13 世紀的木活字，15 世紀晚期到 16 世紀的銅活字。此後的數百年間，木、銅、錫、鉛、瓷、泥所造的活字，一直被交替應用。雕版印刷是中國印刷史上的主流，活字印刷僅是偶然的插曲，主要原因在於中國文字的字數數目龐大，雕版印刷比活字印刷經濟並更易於處理〔註 15〕。中國雖最早發明了造紙和印刷術，技術層面上實現了信息的批量生產，也最早產生了古代報紙——官方邸報〔註16〕、非法小報和邸報的翻版——民間京報，但並未實現傳播結構

〔註14〕金觀濤、劉青峰對此有深入的闡述。參見金觀濤、劉青峰：《興盛與危機——論中國封建社會的超穩定結構》，（湖南人民出版社，1987 年版）、《開放中的變遷——再論中國社會超穩定結構》（香港中文大學出版社，1993 年版）等著述。

〔註15〕錢存訓：《中國紙和印刷文化史》，廣西師範大學出版社，2004 年 5 月第 1 版，4～5 頁。

〔註16〕中國古代報紙的起源有西周說、漢代說、唐代說、宋代說，其中唐代說，最

的革命，催生出「印刷時代」。其根源在於傳統中國超穩定的政經結構，窒息了社會對傳播技術的需求，使其不能突破皇權對傳播的絕對控制，從而使在既定的傳播技術框架內，信息傳播、信息控制、統治權力構成三體一面的聯動關係。即統治者依靠權力完全掌控社會傳播的渠道、信源，以調控信息真偽、傳播範圍等方式，使信息傳播成為維護統治者合法統治的工具。

這個結構的核心是以皇權專制為核心的政統，皇帝（或君主）掌握國家的一切資源與權力，握有「選官、擇道、代法、統學」的功能〔註17〕，他能通過駕馭官僚體制統馭全國。從秦到清，社會雖一治一亂，循環發展，皇帝專權卻日趨強化、完善，到了明清，封建專制體制達到了歷史頂峰。支撐皇帝獨權，除了複雜的官僚科層體制外，還有儒、法、道三家各具特色的「尊君卑臣」的政治思想傳統。儒家為中國道統的核心，對政統影響深遠。這個「儒」不是先秦時期的孔、孟、荀三家學術，而是經過董仲舒等漢儒改造後被漢武帝「定於一尊」的「儒學」。這個儒學，余英時稱為「儒學的法家化」，核心已由「君輕民貴」變成「尊君卑臣」。「君為臣綱、父為子綱、夫為妻綱」的「三綱」是「尊君卑臣」的形象體現。道、法兩家均主張「反智」，道家從哲學高度把「尊君卑臣」的關係絕對化，法家從「法學」角度固定了「尊君卑臣」關係〔註18〕。

古代社會的權力格局與傳播格局是合二為一的，故與皇權政治、君主集權，伴隨的是以皇權為中心，向四周擴散的同心圓的傳播結構，信息依據權力等級，借助口語、詔書、書籍等有限載體，梯次散播。皇宮、內廷是政治信息傳播的中心樞紐，唯有皇權握有這個中心樞紐。詔書、上諭、口諭、布告、邸報等媒介借助官僚科層體制實現「上情下達」，樂官采風、言官諍諫、臣子奏章、連坐告密、遣吏循行、特務偵緝、密奏、皇帝巡視等方式實現「下情上達」。至於橫向的信息擴散，歷來不被皇權所鼓勵，歷朝歷代打壓、屠殺

為可靠，為學界主流；其它各說仍需要挖掘新史料予以佐證。

〔註17〕王鴻生對政統的「選官、擇道、代法、統學」的功能有詳細的分析和論述。參見王鴻生：《歷史的瀑布與峽谷——中華文明的文化結構和現代轉型》，中國人民大學出版社，2007年。

〔註18〕關於儒、道、法三家的「尊君卑臣」及「反智」的政治思想，參閱余英時：《反智論與中國政治傳統——論儒、道、法三家政治思想的分野與匯流》，轉自余英時：《文史傳統與文化重建》，生活·讀書·新知三聯書店，2004年，150～195頁。

朋黨是最好注腳。但是它們仍然存在，來往書信、親朋宴會、詩友唱和、酒店茶肆、婚喪嫁娶及各類祭祀活動，是信息橫向擴散的主要方式。這個傳播結構主要由握有皇權的君主與支撐皇權統治的紳商、文人、臣僚等構成的士人階層構成，至於構成社會基礎的農民階層，是被皇帝、士人階層共同統治的對象，被以「愚民」的身份被排斥在外。但是，農民階層這在朝代更替的輪替中起到了重新「洗牌」的關鍵性作用。

　　這個傳播結構相當不對稱，基本上是擁有皇權的君主與治理國家的臣民群體，在「尊君卑臣」的氛圍內，在權力等級設置的制度框架內展開傳播博弈活動，使國家政治權力的分割與信息控制的管理，成為一體兩面。君主雖擁有獨斷專行的豁免權、生殺大權，卻須由群臣延續其權力，擴充其耳目以統馭國家；群臣雖有數量優勢，其權力卻由君主授予，而支撐群臣的士人階層又脫離龐大的農民群體，使他們缺乏對抗皇權的階級資源，從而使「尊君卑臣」的道統有了現實根基。這樣，君臣之間的傳播活動，因染上了權力的授予與控制步入了無規則的傳播博弈的漩渦。這使君臣之間、君主與士人階層之間、廷臣之間、廷臣與士人階層之間溝通、交流，蒙上了相互猜疑的濃厚色彩。承載信息的文字符號，遂成了雙方權力博弈的重要戰場。為既讓皇權貫徹又防止皇權旁落，功臣擅權的可能，君主建立了龐大的官僚體制，發展出精密幽深的操控信息的「君臨之術」，扼住政治傳播線路的主要樞紐，力求達到「大權獨攬、小權分散」的政治效果。臣吏是皇權主導的傳播格局中的一道道信息柵欄，上是皇權意志的延伸，是皇帝的耳目爪牙和教化喉舌；下是社會事物的管理者將民情事態反饋到皇帝的主要通道。對上，臣吏伴君如伴虎，戰戰兢兢地以各種方式揣摸君主心理，瞭解權力意志的旨趣、趨向，或避免身亡或獲得榮華富貴，而「伴君」的恐懼心態和君主的任意肆為，也讓臣吏們具有「移權」求榮的心理，對皇權構成潛在威脅，為歷代君主所忌諱。對下，臣吏是皇權的化身，既負有管理社會、教化民眾的角色，又是皇權意志與下層社會信息交流、碰撞的重要樞紐、場所。從下的視角說，臣吏有向皇帝反映「民情社意」的道德良知和責任。這一良知和責任，被皇權賦予了言官身上，「諍諫」是其主要表現。其傳播結構如圖 2-1。

圖 2-1 古代政治傳播模式

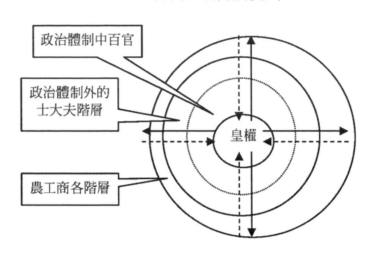

在圖 2-1 中，權力和傳播是一體兩面的關係，皇權爲皇帝一人擁有，他秉承的「上天」的意志，其行爲不受制約，專橫跋扈，其言語是「金口玉言」，權力和傳播的總源頭。越接近皇權，擁有的權力越大，掌握的「機密」越多，傳播與權力的結合越緊密，「移權」的可能性也越大；反之亦然。圍繞皇權的多是皇族血戚、功臣、丞相及皇帝的親信組成；略遠離皇權的是處在各種官僚機構中的百官臣工；爲百官臣工「造血」的是士大夫階層，最外一層是處在被統治的農工商各階層。傳統中國，沒有跨越時空的傳播媒介，皇帝、圍繞皇帝的權臣、權臣下的百官、支撐皇權統治的士人階層間的傳播，主要又是以皇帝爲中心的人際傳播、書面文字傳播，遂使這個傳播系統以詭譎多變的信息權變爲主，充滿了無數的文字陷阱、傳播禁忌，謠言、流言、謊言、欺騙等形式的「熵」、冗餘常常堵塞傳播通道，掩蓋事實眞相，君臣之間常常處於無休止的零和博弈狀態。有學者曾指出，「權變與傳播手段的結合，是中國古代政治領域裏的傳播活動的精要」〔註 19〕。權變與傳播手段的結合，在經過兩千多年的歷史積澱後，形成了以下主要媒介政治文化。

（一）傳播系統是否正常運行，主要取決於皇帝的賢愚優劣、權臣的政治品質，道德修養也有一定的影響

皇帝賢明，監視百官、評析朝政得失和規諫皇帝、權臣的補闕、拾遺的

〔註 19〕吳予敏：《無形的網絡──從傳播學的角度看中國的傳統文化》，國際文化出版公司，1988 年，126 頁。

等「反饋」信息體制，能無阻礙傳播，使皇帝成爲社會信息最靈通者，這既保證了政策決策的相對科學化，又確保皇帝手握皇權。如，漢代的文景之治，唐初的貞觀之治。當皇帝不能掌握皇權時（不賢不優或小兒皇帝），由於皇權的終身制和世襲制，傳播系統開始紊亂，乃至崩潰，權貴集團遂興風作浪、利用掌握信息渠道的便利，大搞陰謀政治，乃至篡權謀位。后妃臨朝、外戚、宦官專權的現象就很容易出現。后妃臨朝與外戚專擅，中國歷史上出現三次高峰，分別是漢、唐和清朝同治、光緒年間。漢朝西漢自呂后臨朝稱制八年後，先後有竇憲、鄧騭、閻顯、梁冀、竇武、何進諸外戚相繼專權，任意擺佈當朝小皇帝；唐朝主要有唐高宗時的武則天、唐中宗時期的韋后及唐玄宗時的楊貴妃和堂兄楊國忠專權誤國；清朝同治、光緒年間是慈禧太后垂簾聽政。至於宦官專權相當普遍。秦朝末年，宦官專權即萌發。宦官趙高，在秦始皇死後封鎖消息，趁機發動宮廷政變。東漢的宦官弄權，多半是在外戚交結、角逐的情況下實現的；唐代宦官之權「反在人主之上，立君、弒君、廢君，有同兒戲」。明代宦官專權特別突出，這在於明代宦官掌握著廠、衛等特務機構，自明英宗時的王振，到明熹宗的魏忠賢，終明之世，愈演愈烈〔註20〕。這種現象，有學者總結爲：「信息圈與法定的決策圈相一致時，政治就清明；信息圈與法定的決策圈不一致時，政治就腐敗。經常出現少數人壟斷某些重要信息，使得他們得以進行不應由他們，或不應只由他們進行的重大決策，這就是陰謀政治的特點。」〔註21〕

（二）傳播心理是以皇權爲中心的疑忌、猜測爲主特色，「君」與「臣」之間均有隱秘幽深的信息操控的諸多傳播策略與手段

政治是傳播的主神經，傳播是政治的控製器。〔註22〕封建君主以一身挾制億萬臣民，非有精通權術者，不可維繫於須臾，而操控信息是「君臨天下」最便捷有效、成本最低的工具。歷代君主深諳此道，並在駕馭官僚機器、監視百官等方面均有一套信息操控的策略。

官僚機器本是皇權的延伸，但爲了防止官僚機器架空皇權，皇帝常變更官職、調整職務。自秦到清，政治官僚結構的改革總是趨向於強化君主專制。秦代設丞相總管行政、太尉總領軍事、御史大夫執掌監察百官事務，丞相爲

〔註20〕孫旭培主編：《華夏傳播論》，人民出版社，1997年，230～231頁。
〔註21〕孫旭培主編：《華夏傳播論》，人民出版社，1997年，240頁。
〔註22〕邵培仁主編：《政治傳播學》，江蘇人民出版社，1991年，第18頁。

君主的輔佐，是政治信息通達皇帝的總樞紐。漢承秦制，設三公（丞相、太尉、御史大夫）、九卿，信息總樞紐卻移到內廷，管理收發文書的尚書臺，因掌管機要而扼居權要。東漢，尚書令「總典紀綱、無所不統」，已有內廷事務官變爲皇帝直屬的政務官。魏晉時期，尚書臺分曹趨密，由內廷的文書機構完全轉化爲外廷的行政機構。隋朝，設直隸於皇帝的尚書、中書、門下三省。中書掌機要，門下爲侍從機構，審議中書省的詔令，所有政令都需經門下省而轉至尚書省，尚書省是全國政務總匯，下轄吏、戶、兵、禮、刑、工六部，唐宋承隋制，亦有變化，如，爲防三省長官權勢過重，特定「同中書門下平章事」等低階官員參預朝政。明初，廢除了中書省及丞相官銜，皇帝親自總領六部政務，啓用文淵閣等處的大學士輔助皇帝處理政務，使文淵閣成爲帝國的神經中樞，首輔大學士成爲通往皇帝信息通道的總樞紐，其權力卻受到內廷宦官特別是司禮太監、六部尚書、侍郎、六科給事中的牽制。另外，還任用宦官建立東、西廠等特務機構，直接充當皇帝監視全國臣民的耳目。清朝的政治中樞轉入軍機處，由軍機處大臣三四人至五六人，每日晉見皇帝，共同議政，並得皇帝隨時召見，使決策和審議機構合一，內閣反成爲喉舌和執行工具。

監視百官方面，除了設置的諸如御史大夫、御史中丞、司隸校尉、御史臺等類似監察制度外，君主還建立了密察群臣的傳播網絡。連坐告密法始於秦國商鞅變法；遣吏循行法濫觴於周；特務偵緝法爲明代皇帝歷代奉行，並發展至極端；密奏傳呈法到了清代康熙、雍正、乾隆年間正式確立〔註 23〕，借助這些秘密網絡和監察制度，雖讓皇帝及時發現百官政治動向，但也因疑忌、禁忌誅殺了許多臣吏，製造了許多「流血的文字把戲」（魯迅語）。一部中國史，「文禍」史不絕書。據胡奇光研究，中國文禍悲劇，以殷周之際的「陷文不活」爲預告，秦始皇的「焚書」、「坑儒」爲正式揭幕，兩漢魏晉南北朝和盛唐爲文禍的「自發階段」，北宋至明朝爲「自覺」階段，清代達到「高潮」〔註 24〕。

「尊君卑臣」的傳播格局，使臣吏在與威權與私欲並存的「聖主」溝通

〔註 23〕 上述密報制度爲吳予敏總結。參閱吳予敏：《無形的網絡——從傳播學的角度看中國的傳統文化》，國際文化出版公司，1988 年，105～112 頁。

〔註 24〕 胡奇光：《中國文禍史》，上海：上海人民出版社，2006 年版，7～8 頁。該著作以上述四個階段分章詳細論述了各個朝代的文禍案件。

中發展出精細的臣奉之道。這種「奉君」的傳播思想可分為兩大類：清廉正直的臣工的「諫諍」傳統，外戚、宦官、弄臣等政治賭徒的惡劣傳統。「諫諍」方面，傳統中國有可歌可泣的「諫諍」史，有豐富多彩的諫諍藝術，有許多彪炳歷史的著名諫臣。如春秋時的晏子、唐代的魏徵，更有數不勝數的悲慘故事。因為諍諫成功與否、是否納諫，取決於君主個人的胸懷與雅量。《荀子・臣道》說，「事聖君者，有聽從無諫諍」、「事中君者，有諫諍無諂諛」、「事暴君者，有補削無撟拂」，精闢地道出臣工進諫之道。政治賭徒方面，歷代出現了許多奸臣禍國殃民，如秦代趙高、唐代李林甫、明代劉瑾、魏忠賢、阮大鋮，清代和珅等。他們也是從傳播渠道入手，利用君主的人性弱點達到「移奪君權」目的。精研君主專制的韓非子，對此總結的最為精闢。他在《韓非子・八奸》、《韓非子・說疑》中把「人臣成奸者」的伎倆高度概括為「八術」、「五奸」。「八術」是指「同床」、「在旁」、「父兄」、「養殃」、「流行」、「威強」、「四方」，「五奸」指「有侈用財貨以取譽者，有務慶賞賜予以移眾者，有務朋黨狗智尊士以擅逞者，有務解免赦罪獄以事威者，有務奉下直曲、怪言偉服瑰稱，以眩民耳目者」。

（三）「文禍」頻繁是這個傳播系統的最主要的媒介惡果

「文禍」即「文字獄」，也叫筆禍。史書中的「種豆種桃之禍」、「詩禍」、「史案」、「表箋禍」、「試題案」、「書禍」、「逆書案」等，均可概稱「文字禍」。「文禍」的發生，表面是事主觸犯了君主的「忌諱」，惹惱了「權貴」的利益或心理忌諱，實際是先古遺留下的文字崇拜變異後的文字迷信與皇權崇拜的結合所形成的疑忌、雄猜的傳播心理。胡奇光指出：「文字迷信一旦與皇權崇拜相結合，那就變成一股又嚇人又惑人的封建勢力：皇權崇拜賦予文字迷信以尊嚴性，文字迷信又增添皇權崇拜的神秘性。文字迷信與皇權崇拜成了傳統文化思想的一種共生現象。這兩者的接合點正在以皇帝名號為中心的一切事物的禁忌上。……，誰一觸犯禁忌，誰就遭到文字之禍。〔註25〕」

中國文禍史研究表明〔註26〕，中國歷代文禍的主要特點有：

〔註25〕胡奇光：《中國文禍史》，上海人民出版社，2006年版，6～7頁。
〔註26〕我國歷代的主要文禍（文字獄）可見附錄：「歷代主要文禍（文字獄）一覽表」。相關研究主要有胡奇光：《中國文禍史》，上海：上海人民出版社，2006年版；謝蒼霖、萬芳珍：《三千年文禍史》（修訂本），江西高校出版社，2002年版；陳開科：《古代帝王文禍要論》，嶽麓書社，1997年6月版；李鍾琴：《致命文字：中國古代文禍真相》，安徽人民出版社，2008年7月第1版，等。

1、歷代文禍的製造者主要是皇帝，越是苛刻、雄猜的皇帝，以文字殺人頻率越高，其名目即多。如明太祖朱元璋、明成祖朱棣、明世宗朱厚熜、明神宗朱翊鈞及清朝的順、康、雍、乾四朝黃帝。奸臣、權相亦是文禍的主要製造者，他們常以告訐、挑剔文字、誣告等方式，利用皇帝的皇權崇拜、文字迷信的心理，打擊政敵，如秦朝的趙高、西漢的呂后、唐代的李林甫、楊國忠、北宋的蔡京、南宋的秦檜、明代的魏忠賢等。文倀們的誣告之風，小人的以公報私的心理是文禍發生的重要推動力

2、「文禍」打擊對象主要是觸犯「人主」的臣僚、文人、作家等，只有到了清朝的乾隆時期，文禍的打擊範疇才擴展到少數平民身上，主要表現是乾隆製造了一些瘋話案、誣告案及文字怪案。

3、君主製造文字獄的目的，除了少數是滿足個人私欲外，主要是維護皇權及支撐皇權的意識形態，如明太祖借文字獄打擊文武大臣，順、康、雍、乾借文字獄打擊朋黨、打擊漢人的反滿意識等；權臣借用文字獄，利用皇帝的禁忌心理打擊其政敵，如北宋的文字獄主要是新黨與舊黨鬥爭的武器，南宋主要是主戰派與投降派鬥爭的武器。

4、文禍的發生介質，幾乎囊括了所有的文字載體，史學、文學（文章、詩詞）是文禍的重災區，章奏表箋、尺牘日記、書信、科場文字均能被皇權或權臣挑剔出「觸犯」皇權的文字，而作為向社會傳播新聞的邸報，因其是皇權聲音的傳聲筒，歷代有著嚴格的審查制度，故鮮有文禍發生；非法的小報、揭帖、告示則是文禍的重災區。

5、皇帝、權臣、奸相製造文禍的主要手段：撇開上下文語境，隨意摘字、摘句，從字形、字音、字義上歪曲願意，羅織罪名，常採用望文生義、任意拆字、強作諧音、歪曲字義，亂解句法及挑剔觸犯皇帝隱私、皇權相關的禁用字。對於觸犯者的打擊，各個朝代略有不同。唐、宋主要採取貶官流放的形式，明清主要採用屠殺政策，從重處理。

從傳播角度言，古代文禍的頻繁，是古代傳播結構系統內部死循環的一種表徵，這種表徵成為朝代更替的一種動因。即皇帝在加強皇權的目的下，用文字獄屠殺其支撐階級：君臣和士大夫階層。當文化高壓政策導致忠於皇權的官僚的銳減及士大夫階層的離心運動時，奸臣遂崛起並當道，加之社會腐敗，民不聊生等因素，促使部分讀書人與農民階層結合，而讀書人與農民的廣泛結合，必將成為顛覆舊王朝的掘墓人。依靠農民起義掌握皇權的朱元

璋對此看得最透，並制定「士人不爲用即殺」的政策。明法典《大誥》規定：
「率土之濱，莫非王臣，寰中士大夫不爲君用，是自外其教者，誅其身而沒
其家，不爲之過」〔註27〕。

這個極不穩定、內耗過重的傳播結構卻循環反復重建，延續了兩千多年，
其影響至今猶存。各種原因相當複雜，主要根源是以皇權爲核心的政經結構。
古代中國存在和發展的前提，是農業勞動力即農民的安居樂業，這一前提意
味著農民群體的生存狀態是社會結構演變的支柱性力量。中國歷史表明，農
業生產穩定有序，農民安居樂業，供給支撐君主專制的賦役會源源不斷，社
會向「天下太平、朝野康寧」的盛世趨近；反之，農業生產紊亂，農民失去
起碼的生存條件，社會則向「民不聊生」、「民潰」、「民變」的方向惡性演變，
直至「國削君亡」，新的政治結構與傳播格局建立。這種秦亡、漢繼；唐滅、
宋興；明滅清繼的歷史周期律，學界有不同的歷史闡釋，經濟史角度的技術
發展與人口增長的失衡論，頗爲中外學者稱許。西方青年學者 Mark Elvin 稱
之爲「高度平衡的陷阱」〔註28〕。其核心觀點：人口的不斷增長達到全國土
地資源飽和點後，經濟發展就陷入了停頓，社會陷入紊亂，最終以屠殺的方
式降低一定人口數量後，社會才恢復正常。這一觀點雖被批評爲「空中樓閣」，
其不足除了立論的根據之一，中國歷代人口數量難以核實外，還在於沒有考
慮政治傳播結構對經濟生產的影響作用。從傳播結構的角度言，以農爲邦本
的自然經濟形態，勢必把大量人口圈固在分散的千萬個村落，而以口傳、驛
站爲主的傳播媒介格局和農業生產的小農方式使社會信息的流通處在靜止、
凝固的狀態，社會信息的流通被地理村落分割爲自循環的封閉系統。這使口
耳相傳的傳統成爲各個村落的主要傳播信源，信源的單一既凝固了農民的偏
見，使農民成爲狹隘的經驗主義者，也在很大程度上窒息了農民的創新意識，
固化了以家庭爲單位的自給自足的農業生產方式。

能夠影響、乃至打破農村傳播的靜態狀態的是高高在上的政治傳播系
統。這一系統雖集中了全國的精英、擁有知識和才能，卻是統馭農民、榨取

〔註27〕 胡奇光：《中國文禍史》，上海：上海人民出版社，2006 年版，84 頁。

〔註28〕 見 Mark Elvin：《The Pattern of Chinese Past》該書是根據一些日本人的論文寫
就的，作者是一個年輕的學者。余英時先生評價該理論「只是一空中樓閣」，
根據是他的立論根據之一是中國歷史上的人口問題，事實上，「人口」是中國
歷史上一個大謎。余英時：《關於中國歷史特質的一些看法》，轉自余英時：《文
史傳統與文化重建》，生活・讀書・新知三聯書店，2004 年，142～143 頁。

農村資源者。他們雖然非常重視農業（如，歷代均採取重農抑商的政策，不少明君鼓勵農業生產，降低稅率、分配土地，及採取種種措施教化農民、推廣農業技術與品種）卻均把農民當作不能說話的啞巴，故向農村社會傳播系統輸入的是粉飾皇權專制的話語和能增加農業賦役的農業技術。這一話語對於農民最有利的核心部分是民本主義。古代中國的民本思想是從遠古時期的「天」、「天帝」的朦朧意識中發萌，在「以德配天」、「敬天保民」的思維中萌生，這一思想的典型表達是「民可近，不可下。民惟邦本，本固邦寧」（《尚書‧五子之歌》）。最初的民本思想，其基點是天，並由天再到天子再到民，實質是借助天的權威來抬高民的地位。春秋中晚期，「天」的主宰地位更為世人質疑，其人格神色彩日漸淡化，民本思想的實現由依靠「天命」的安排滑向了依靠君主的仁政，民本思想遂成為儒家治國安邦的政治思想〔註29〕。孔子從「內聖外王」的角度肯定了人的價值與地位，在天道與人道、人事與鬼神的關係上，主張「敬鬼神而遠之」（《雍也》），「天地之間人為貴」（《孝經‧聖治道第九》）。在孔子的基礎上，孟子從「君」與「民」的二元關係入手，提出了「民貴君輕」的仁政學說，荀子及其以後的法家，其民本思想漸與封建集權政治靠攏，西漢董仲舒根據「大一統」的需要改造儒學，奠定「外儒內法」的基礎，經漢武帝採納而成為封建專制的主流意識形態。此後數千年，儘管替天行道、改朝換代不絕如縷，釋儒論法、闡天明理代有人出，民本主義卻變成了粉飾皇權專制的合法外衣、德化民眾的美妙說辭，因而遮蔽了先秦時期的民本主義中的「民權思想」部分，使民本主義變成了專制王朝的減壓器、社會秩序的潤滑劑。〔註30〕

中國古代的民本主義，僅是一個關於價值法則和政治法則的判斷，而不是程序法則的判斷〔註31〕。它雖然有強調「民權」，突出人的主體價值與地位的因子，但在如何實現民本主義，如何解決民本主義與皇權專制的矛盾等問

〔註29〕關於古代中國民本主義的起源問題，參閱李友廣的《中國民本傳統溯源》，《榆林學院學報》，2009年5月，第3期。

〔註30〕關於古代中國民本主義的歷史演變、功能，參閱顏德如、寶成關的《古代中國民本思想長期存在的原因、價值及其揭示的問題》，《雲南行政學院學報》，2009年第3期；夏勇：《民本與民權——中國權利話語的歷史基礎》《中國社會科學》，2004年第5期等論文及金耀基《中國民本思想史》，臺北，商務印書館，1993年。

〔註31〕見夏勇：《民本與民權——中國權利話語的歷史基礎》，《中國社會科學》，2004年第5期。

題，民本主義始終未能找到有效的制度安排，成為制衡皇權跋扈的有力武器。民本主義在制度層面的缺陷，使民本主義在不同的傳播群體中扮演著不同的角色，產生了完全相悖的功能。對於上層的政治結構與傳播系統，民本主義受制於專制主義，不能在制度層面上制衡皇權，反而立在「君」的立場上，從「民」的角度為統治者如何治理好民眾想辦法、出主意的用民之道、御民之學。〔註32〕這種內在張力，一方面使君主重農抑商，敬畏民意，使民本主義成為制衡專制主義、「反民本」、「非民本」〔註33〕的道德武器，成為政治傳播結構的潤滑劑，以道德力量保證了下行信息上傳的可能空間，使中國政治以「開明的專制」（enlightened despotism）為歷史的常態〔註34〕。也正是由於它不能在制度層面制衡皇權專制，因而無法在制度上保證下行信息上傳，使政治傳播系統最終因君主昏聵、奸臣當道等傳播障礙而陷入死循環，並最終崩潰。對於農民群體，民本主義始終在字面上賦予人民的政治主體地位，並通過儒家經典代代傳承，為士大夫所堅守，化為國民意識。正是這種意識，一方面讓君主敬畏民意，讓士大夫為民請命、為民出仕，另一方面也在法理上賦予了人民對暴君合法的「叛亂權」。「民本思想與革命思想實是儒家政治哲學的一刀兩面，凡言民本思想者，必同時亦講革命哲學」〔註35〕。當政治傳播系統陷入崩潰的邊緣時，農民在生存的壓力下起義造反，臣子、士大夫則在「皇天上帝、蓋厥元子」（《尚書》）、「湯武革命，順乎天而應乎人」的民本思想指引下背叛暴君，與農民結合，與農民一道，成為推翻舊王朝的主要力量。歷代農民起義、新王朝建立的歷史表明，凡是與知識分子結合的較好的農民起義，成功幾率較高，反之亦然；凡是能充分利用農民力量的軍事集

〔註32〕古代中國的民本主義是用民之學、御民之學，是學界奉行的主流觀點，夏勇拂去由種種御民學、統治術厚裏的歲月塵埃，較系統的梳理了中國民本主義思想中的「民權」思想，並對這種「民權」思想做了公允的評價。見夏勇：《民本與民權——中國權利話語的歷史基礎》，《中國社會科學》，2004 年第 5 期。

〔註33〕金耀基認為，中國的政治思想，就「民」的觀點看，有民本、非民本及反民本三派，民本思想起源於《尚書》「民惟邦本」之語，後經儒家繼承而發揚光大，非民本思想則為老莊楊朱一派，反民本思想則以申韓、李斯等輩為健者。見金耀基：《中國民本思想史》，法律出版社，2008 年 4 月第 1 版，1～2 頁。

〔註34〕受五四新文化運動非傳統，反傳統的影響，部分學者以「專制黑暗」四字為我國封建政治蓋棺論定。但經梁啟超、錢穆等學者研究，中國古代政治實為「開明的專制」，這一觀點也得到了國外學者的認同。

〔註35〕金耀基：《中國民本思想史》，法律出版社，2008 年 4 月第 1 版，12 頁

團，推翻舊王朝的可能性極大，反之亦然。成功者如漢、唐、明，失敗者如秦之項羽，漢之黃巢、明之李自成、清之洪秀全，等。然由於農民的小農意識〔註 36〕，士大夫的「尊君卑臣」思想〔註 37〕，新建立的王朝未能突破原有的思維局限，只在舊王朝的「殷鑒」基礎上，對皇權政治及與之匹配的政治傳播結構進行修補工作，步步強化皇權專制，以致延續到清朝中後期的「三千年未有的大變局」。

二、晚清報案與晚清政治

當清朝陶醉在「康乾盛事」時，源於古希臘、羅馬文化的歐洲文化終結了黑暗的中世紀，在文藝復興的推動下，掀起了席卷歐洲，波及美洲，後擴到全世界的工業革命，繼而使歐美產生鏈鎖式反應。文藝復興、工業革命、社會革命，徹底改變了歐美國家的政治——傳播結構，改變了歐美的生活方式、文明邏輯，把世界推向了近代化的潮流。此時期的清帝國仍在「祖制」軌道上穩定運行，頑固又自信地堅守「天朝君臨萬國」、「海內外莫與為對」的一元世界觀〔註 38〕，錯過了改造中國社會結構與自身統治方式的最佳時機。

〔註 36〕農民的小農意識，在歷代號召農民起義的口號中表現的最為淋漓盡致。中國歷史上農民起義的口號均是均田問題、貧富問題。

〔註 37〕朱子云：「而秦始皇變法之後，後世人君皆不能易之，何也？曰秦之法，盡是尊君卑臣之事，所以後世不肯變。」

〔註 38〕一元世界觀，亦稱「華夷觀」或「天下觀」。它形成於春秋戰國時期，其內涵是以「華尊夷卑」為價值核心的一套（民族或國家）文化身份認同的符號體系和「維護儒家以君權為核心、華夷內外的等級名分制度的意識形態」。它在這一世界圖式中，社會精英（統治者、官僚集團、士大夫階層）和一般民眾均以「天朝上國」自詡，只承認中華文明是名副其實的文明，其它所有民族（國家）均是需要教化的「蠻夷之邦」，並且以自我為中心，根據其參與中華文明的程度來其劃定等級。鴉片戰爭前，清帝國恩威並施，在東亞次大陸與周邊國家建立了以冊封、朝貢制度為核心的君臣禮儀體系。這套體系以清帝國本土及邊陲區為中心，把周邊國家分為兩個同心圓，第一圈是朝鮮、琉球、越南、暹羅、老撾、緬甸、尼泊爾、蘇祿等朝貢國；第二圈是自認為未受周孔之教化，而實際已發展成為近代文明的「西洋諸國」。清帝國通過「給予周邊地域統治者以相應的位置，通過讓他們遵守禮儀而形成了以中國為中心，以皇帝為頂點的世界秩序。這一制度強化了清帝國根深蒂固的中華文明觀，及建築其上的僵硬、蠻橫、傲視群倫的對外指導思想，故成為阻礙清廷變革的最大的思想障礙，也是中國近代化進程中最大的思想障礙之一。關於滿清的華夷觀可參閱張雙志的《清朝皇帝的華夷觀》，佐藤慎一的《近代中國的知識分子與文明》（江蘇人民出版社，2008 年 4 月，76 頁）一書亦有詳細論述。

　　約從 1800 年左右至清廷覆滅，傳統中國開始了向以清政府爲主導的近代化的屈辱轉向。轉向不再是傳統的朝代更替，而是社會結構性的大調整。這種調整是全方位、大動作的系統再造，從經濟基礎到上層建築，從技術到文化，從觀念到行爲，都需經過一番脫胎換骨的自我更新。即不論是自願還是被迫，傳統中國不能再沿著原有路徑走下去。就社會傳播系統而言，近代中國的近代化轉向，實質是傳統傳播結構向近代傳播結構的系統再造。這種再造主要完成兩大任務：一是由以士大夫爲發行群體、封閉的古代官報系統向以廣大民眾爲發行群體、開放的近代大眾傳播系統的轉變；二是以「皇權」爲中心的同心圓傳播結構向以「民權」爲核心的傳播結構的近代化轉型。這一轉變是包括行爲、制度、心理在內的全方位的文化轉型。

　　清政府統治下的中國社會轉型大致分爲三個時期。從清朝開國到 1842 年鴉片戰爭爲萌芽時期，滿清滅明立國，仍以傳統方式治理社會，雖經康熙、雍正、乾隆三帝的勵精圖治，約有 160 年的「康乾盛世」，同一時期的西方卻是以工業革命爲引擎的社會大變革及其綜合國力的迅速擴張。當康、雍、乾施展文治武功時〔註39〕，中國已錯失了工業革命的最佳戰略發展期。〔註40〕近代報刊已在英、美、法、德、荷等國趨於成熟，中國仍是驛站主導下的古老官報體系。到了嘉慶、道光年間，衰敗之勢已露端倪，綜合國力遠不如康乾時期。這時的英國已把擴張的目標瞄準了中國，在外交上多次向清廷要求放寬貿易限制、開通多處通商口岸未果後，遂在經貿上輸入鴉片以改變中英貿易的不對稱狀態，同時派遣新教傳教士馬禮遜、米憐、麥都思、郭士立來華傳教，在向中國輸入西方文化的同時刺探清廷國情。英國做法觸犯了清政府的朝貢制度，受到清廷的多方限制與打壓，雙方衝突不斷。林則徐的禁煙運動「點燃」了第一次鴉片戰爭。不知敵情，官場內鬥及清兵腐敗等因素致清廷戰敗，最後卻以冊封心態〔註41〕與英簽訂了屈辱的《南京條約》〔註42〕。

〔註39〕　如 1787 年乾隆在給英王喬治三世的上諭中說：「天朝物產豐富，無所不有，原不借外夷貨物，以通有無」（《熙朝紀政》卷 6，「紀英夷人貢」）

〔註40〕　見李豔華：《「康乾盛世」與戰略機遇縱橫談》，《南京政治學院學報》，2009年第 1 期。史學家戴逸亦指出：「18 世紀的康乾盛世，貌似太平輝煌，實則正在滑向衰世淒涼，可當時中國沒有人認識這一歷史眞相。只有歲月推移，迷霧消散，矛盾激化，百孔千瘡才逐漸暴露。歷史的悲劇只有在悲劇造成以後很久時間，人們才會感到切膚之痛。」戴逸：《18 世紀的中國與世界·導言卷》，遠海出版社，2007 年 6 月版。

〔註41〕　據〔日〕佐藤愼一研究，清政府在《南京條約》（1842）的交涉過程中，強烈

閉關鎖國大門終被打開，這使西方文化有了合法、持續輸入中國的第一個管道，不過這個管道的把關權一開始就由西方列強以武力把持。這一時期，爲配合傳教、經商、刺探中國情報的需要，英美等國傳教士和少數在華商人在南洋、廣州、澳門等地先後創辦了 6 種中文報刊和 17 種外文報刊〔註43〕，此爲中國近代報刊的先聲。

　　約從 1842 年的第一次鴉片戰爭到 1895 年的甲午戰爭前後爲發展時期。古語云，「其作始也簡，其將畢也巨。」鴉片戰爭的失敗，古代中國從三個層面開啓了向資本主義〔註44〕方向的交錯幾乎同步的歷史演進。一、戰爭完全暴露了清政府腐敗無能。爲攫取更多權益，英、美、法等西方列強屢次以戰爭方式迫使清政府簽訂不平等條約，使西方列強掌控中西外交的主導權。「條約」一方面讓西方列強控制中國更多主權，攫取更多權益，牢牢地把中國束縛在「半殖民地狀態」；另一方面「條約」保護、刺激、擴大了西方的商品、資本、文化的持續輸入，西方商品、資本、文化的持續輸入，既步步瓦解中國的經濟基礎，又對傳統文化造成強烈衝擊，使中國成爲西方資本主

地抵制在條約中寫進可能引起中國與英國（或者說中國皇帝與英國國王）爲對等的國家的文字，條約在形式上採用了平等條約的體裁，清政府成功拒絕了英國公使常駐北京及進見皇帝的問題，對於領事裁判權，軍機大臣穆彰阿給予了肯定性的評價。而在《天津條約》（1858）、《北京條約》（1860）中已明確承認「英國自主之邦與中國平等」（中英天津條約）第三條），而且官方的文書中嚴禁使用「夷狄」來指西方人，並且條約中又增加了內地布教權、內地旅行權、內河航行權、沿岸貿易權等各種特權。即中國明文承認了在國家形式的資格上與西方諸國是平等的，而在國家間實質的關係上中國卻被牢牢束縛在了不平等條約上。見佐藤愼一的《近代中國的知識分子與文明》，江蘇人民出版社，2008 年 4 月，45～51 頁。

〔註42〕羅志田評價說，鴉片戰爭後中外條約的訂立，更重要的毋寧是開創了一種中外交涉的「方式」。這才是眞正最不平等之處。這種方式說得簡單點，就是炮艦出條約，而條約代表勝者的意志。所能談判的，只是反映勝者意志的程度而已。從更深層次言，這種訂約方式在東亞確立了西方外交中的雙重標準，即在與中國人打交道時，西人可以不按西方自身的價值標準行事。見羅志田：《「天朝」怎樣開始「崩潰」——鴉片戰爭的現代詮釋》，《近代史研究》，1999年第 3 期。

〔註43〕方漢奇：《中國新聞事業史》（第一卷），中國人民大學出版社，1996 年，271頁。

〔註44〕馬克思和恩格斯在《共產黨宣言》中說，西方資產階級「迫使一切民族——假如他們不想滅亡的話——採用資產階級的生活方式；它迫使他們在自己那裡推行所謂文明制度，即變成資產者。一句話，它按照自己的面貌爲自己創造出一個世界」。（《共產黨宣言》）鴉片戰爭後，中國開始了這種被迫的歷史演進。

義文化的傾銷國。隨著《南京條約》（1842）、《天津條約》（1858）、《北京條約》（1860）、《馬關條約》（1895）等不平等條約的簽訂，一條由西方列強為後盾，以不平等條約為路基，以租借為驛站，以傳教士、商人為開路先鋒的中西不平等交流的主渠道鋪成。這一渠道既顛覆了傳統中國的政經結構，又在顛覆中孕育新的文化基因。正如馬克思所說，「英國的大炮破壞了皇帝的權威，迫使天朝帝國與地上的世界接觸。與外界完全隔絕曾是保存舊中國的首要條件，而當這種隔絕狀態通過英國而為暴力所打破的時候，接踵而來的必然是解體的過程，正如小心保存在密閉棺材裏的木乃伊一接觸新鮮空氣便必然要解體一樣」；「歷史好像是首先要麻醉這個國家（中國）的人民，然後才能把他們從世代相傳的愚昧狀態中喚醒似的。」〔註45〕其中近代媒介（包括報刊、書籍等）是西方文化輸入中國的主要社會通道。依靠鴉片戰爭攫取到的傳教和辦報權力，從 1842～1898 年間，英、美、法、德、日等國建立了龐大的在華外報網，在上海、香港、廣州、漢口、天津、寧波、福州、廈門、北京等地創辦了百餘種中外文報刊。這些在華外報一方面壟斷了中國輿論，為列強侵華張目、辯護，另一方面又在客觀上促進中西文化交流和近代民族報刊的發展〔註46〕，更新了傳統中國的媒介結構。

　　二、面對外敵侵略和西方文化入侵，清政府並非屈膝迎敵，而是錯過了革舊布新、強國富民的歷史機遇，致使其不僅淪為西方列強的傀儡，還錯失了掌握社會轉型的主導權，成為中國近代社會轉型的絆腳石。在鐵的事實面前，清政府固守的華夷觀艱難地向「萬國並立」的世界觀轉變。對外觀念由鴉片戰爭前處於「臣屬」地位的「洋夷」、「理藩」、「蠻夷」轉變為正式與之打交道的列強。〔註47〕文化上，雖由「奇異技巧」轉變為承認西洋器物文化

〔註45〕馬克思：《中國革命和歐洲革命》，《馬克思恩格斯選集》第 2 卷第 1～8 頁。
〔註46〕方漢奇：《中國新聞傳播史》，中國人民大學出版社，2004 年，74～77 頁。
〔註47〕清政府對外觀念、思想、政策的改變相當複雜。基本史實是：鴉片戰爭前，
　　　　清政府認為同外國關係僅是「理藩而已，無所謂外交也」。俄國使臣來華，
　　　　沿例由理藩院接待，其他各國均由禮部接待辦理。1842 年清廷以冊封心態
　　　　與英簽訂《南京條約》，心態上並未承認英國是與中國對等的國家；鴉片戰
　　　　爭後，由兩廣總督專辦與歐美國家的交涉，特加欽差大臣頭銜，稱「五口通
　　　　商大臣」。1858 年的《天津條約》明文規定禁止在政府文件中用夷狄稱呼西
　　　　方各國。《天津條約》、《北京條約》簽訂後，各國在華設使館、駐使節；面
　　　　對《北京條約》簽訂後對外交涉事務增多，清廷於 1861 年正式成立總理各
　　　　國事務衙門，掌管一切洋務和外交事務，以替代禮部和理藩院所執掌的對外
　　　　事務。總理衙門存續 40 年，直到 1901 年，據《辛丑條約》第 12 款規定，

勝於中國，卻堅守制度文化、傳統道德優於西方，「中體西用」是這一觀念的集中體現。文化上自我優越及官僚體系的僵化、腐敗，注定清廷延續傳統的言禁政策，在不能禁止外人辦報的現實下，採取「於己民則禁之，於他國則聽之」（陳熾語）的報禁政策，鉗制國人思想，致使近代民族報刊走了一條艱難曲折的道路。對內仍以維護皇權、滿洲貴族和封建官僚集團的利益爲統治旨趣，雖然允許曾國藩、李鴻章、張之洞等「中興」大臣興辦洋務，派遣留學生、開礦經商，興辦新式海軍等，力求富國強民，其旨趣不過是增強清政府應對危機的綜合實力，並沒有從根本上改變治國方略。洋務運動雖在一定程度上增強了清政府的國力，但中日甲午戰爭幾乎完全摧毀了洋務運動的果實，使清政府失去了第二次自我改良的歷史機遇。

　　三、與握有決策權的權貴對西方文化的保守、抵制態度相比，處在權力邊緣的中下層官僚、士大夫、外交官等在「三千年未有的大變局」中，以積極進取的態度面對中西文化間的巨大落差，並在傳統文化的基礎上汲取、傳播西方文明，力求做到「師以長技以制夷」。首先「覺醒」的是親歷鴉片戰爭，具有經世致用學術修養的林則徐、魏源等少數士大夫階層，其次是香港、廣州、上海等沿海港口諸如王韜、鄭觀應、陳靄亭、伍廷芳等「港口知識分子」；隨後是派往歐美各國的出使人員，如張德彝、郭嵩燾、馬建忠、黃遵憲、薛福成等，派遣留學歐美的中國留學生，如容閎等；稍後是閱讀漢譯傳教士報刊、西學書籍的士大夫群體，如康有爲、梁啓超等改良派。這一群體前赴後繼，相繼完成了自身的文化轉型（也有很深的轉型烙印）。他們創辦近代報刊、出版書籍，藉此傳播西方思想，抨擊狹隘、自大的華夷觀、臣民觀等封建文化與傳統觀念，傳播他們理解的西方文化。正是這一群體的勤奮工作，奠定了近代中國社會傳播結構的新基礎。

　　從 1898 年左右到 1912 年清廷覆滅爲第三階段。甲午戰後，光緒帝在康、梁掀起的改良運動推動下，在「救亡圖存」的關頭決定變法維新，卻因急躁冒進被慈禧太后等頑固派扼殺。維新運動的失敗，讓清廷再次失去了自我改良的一次歷史機遇。甲午戰後列強瓜分中國的浪潮激起了強烈民憤，遂使義和團運動興盛，清廷卻認爲「民力」可用致使八國聯軍入侵。《辛丑條約》的簽訂標誌著清廷完全成爲列強的傀儡。至於 1901～1912 年的「預備立憲」，

才改爲外務部。對此問題，〔日〕佐藤慎一的《近代中國的知識分子與文明》一書中有大量篇幅論述了清政府的對外觀念如何由華夷觀向「萬國公法」轉變的詳細過程。

表面是清廷的制度革新，實質是借助所謂的制度革新鞏固皇權。

這十餘年內，清廷已完全淪爲中國發展的絆腳石，歷史舞臺讓給了康、梁等維新改良派及隨後孫中山領導的資產階級革命派〔註48〕。面對「救亡圖存」的時代課題和現實國情〔註49〕，康有爲於 1895 年以「公車上書」方式掀起了維新改良的序幕，並把「設報達聰」作爲推動運動的基本方式。據不完全統計，從 1895 年到 1898 年，全國出版的中文報刊 120 種，其中 80%左右是中國人自辦的。這些報刊遍及全國和內陸的許多城市，第一次打破了外報在華出版的優勢，成爲中國社會輿論的一支主要力量。〔註50〕借助近代報刊、開會、書籍的媒介平臺，康、梁等維新派掀起了思想啓蒙的大潮，在「救亡圖存」的工具理性的框架內〔註51〕，借助論說、新聞等載體，第一次大規模地向晚清知識群體散播了「君主立憲」、「國民」、「民權」、「自由」等西方政治文化。戊戌變法失敗了，引起的鏈鎖反應卻是不可估量的。一是中國政治鬥爭格局發生重大變化，其中最大的變化是民族資產階級分化成兩股主要的政治力量，一股是以康、梁爲代表的改良派（後蛻變爲保皇派），一股是以孫中山爲代表的革命派，在兩派主導的政治運動的推動下，近代報刊出現了前所未有的高潮。二是西方政治文化迅速在中國蔓延，社會思潮由「改良」逐步轉向「革命」。「民主」、「共和」、「民權」〔註52〕、「立憲」等思想全面深入知識階層，爲清廷覆滅奠定了輿論基礎。〔註53〕三是清廷在形勢逼迫下，加

〔註48〕 這兒，「維新改良派」、「資產階級革命派」及下文的「保皇派」等術語，僅是爲了論述了簡潔而沿用了傳統史學中慣用的學術術語，並不含有政治標簽的含義。

〔註49〕 康、梁等人認爲，「中國受辱數十年」，最大的原因就是蔽塞不通：由於「上下不通」，「上有所措置不能諭之民，下有所苦患不能告之君」。政令不能傳，民隱不能達了憂鬱「內外不通」，國內之事不能傳於外，國外治事不能聞於內。梁啓超：《論報館有益於國事》，《時務報》，1896 年 8 月 9 日。

〔註50〕 吳廷俊：《中國新聞事業史新修》，復旦大學出版社，2008 年，69 頁。

〔註51〕 康、梁及孫中山的革命派是輸入西方民主、立憲、民權、自由、公民、國民等政治文化，並不是全盤接收，而是把其作爲拯救中國的一種理論工具，一種話語形式，故他們對西方自由、民主的理解是「中國式」的。如西方的文藝復興和啓蒙運動首先是發現了個體的「人」和個體的「公民」，而中國清末啓蒙思潮則是發現了國家的「國民」或「公民」。陳永森的《告別臣民的嘗試──清末民初的公民意識和公民行爲》一書論述較爲精闢，值得借鑒。

〔註52〕 倡導民權傳播學的意義是，解放了傳播者，並在理論層面確保傳播者自由言說的權利。這無疑會對原有的傳播群體造成顛覆性的衝擊，進而形成新的傳播格局。

〔註53〕 西方政治文化的輸入的主要平臺是近代報刊、其次是書籍，演說等，論說是

速了改革進程，創辦新式官報、制定報律、大量派遣留學生、廢除科舉制、實行「預備立憲」等，這些政策的實施不僅未挽救清廷反而加速了其滅亡。

近代報刊的壯大，一方面完善了近代社會傳播的媒介結構，另一方面也使近代報刊有了對抗晚清政府鉗制輿論的力量，致使這一時期報案頻繁發生。中國民族報刊脫胎於在華外報，其萌生是從譯報開始，依靠香港、上海、漢口、廣州等租界內特定的言論空間而艱難生存。這一時期，無論康、梁等改良派還是孫中山等革命派，均把近代報刊視爲推動其政治運動的強有力工具，他們一方依託租界，一方依託海外，同時利用允許民間辦報的政策，創辦了大量各類近代報刊，致使清廷無法全面掌控。面對新形勢，清廷改變了「於己民則禁之」的報刊政策，雖採取創辦新式官報、制定《大清報律》等新措施，但其嚴厲鎮壓「反清」輿論的本質未改變，遂使晚清報案呈現出複雜的歷史面貌。據不完全統計，從1898～1911年間，有123種報刊被查封、禁閱、禁售、勒令停刊，懲罰者主要是清政府、地方當局、英、日、俄等列強；懲罰的理由各種各樣，如「對上不敬」、「刊登康有爲談話」、「登載義和團消息」、「指責外交失敗」、「宣傳革命」、「抵制美約」、「譏諷官員」、「宣傳反清革命」、「觸怒沙俄」、「揭露官場腐敗」、「反對鐵路國有」等〔註54〕，根源卻是觸犯了當權者的利益或威脅清政府的意識形態。在其權力範圍內，地方當局直接出面、予以嚴厲懲罰，如沈藎案；在其權力範圍外，則勾結其它權力，聯合鎮壓之，如著名的《蘇報》案。晚清報刊不屈於權力鎮壓，前赴後繼，除了給予輿論譴責外，就是千方百計尋找可能的生存空間，宣傳其信奉的主義與真理。

三、民初報案與軍閥政治

辛亥革命推翻滿清，建立中華民國，頒佈《中華民國臨時約法》，對於近代新聞傳播的意義主要有二：一是在制度層面徹底顛覆了以皇權爲核心的傳

主要的文體形式，故新聞史稱這一時期的新聞業爲「政論時代」。這在於在中西文化巨大的落差的現實下，知識分子是通過中西文化的對比，來謳歌西方文化，批評傳統文化的方式進行文化上的啓蒙，他們不可能也無法用新聞事實來實現思想的啓蒙。

〔註54〕據白文剛根據《中國新聞事業編年史》、《中國報學史》、《中國近代出版史料》和《黑血金鼓——辛亥革命後湖北報刊史事長編（18660～1911）》等資料統計。見白文剛：《應變與困境：清末新政時期的意識形態控制》，中國傳媒大學出版社，2008年，第212～218頁。

播結構，初步建構了以「民權」爲核心的傳播制度框架。二是傳播主體由「臣民」轉向了「公民」，極大地釋放了主體的傳播權利，但這種轉化並不徹底。其表現是：

1、新的社會理念僅在知識群體中得到較爲充分的普及，並未普及到社會的中下層；

2、並未觸及封建思想的核心，封建殘餘仍殘留在知識群體內；

3、傳播的公民文化烙有很深的工具理性。

然而，辛亥革命並沒有動搖傳統皇權文化的根基。國民「一盤散沙」的狀態未得到根本轉變，皇權思想是當政者的主導思想。不僅如此，新聞觀念也有很深的工具烙印。如，強調報刊的輿論鬥爭的工具屬性，強化報刊社會動員、社會整合功能；過於突出西方文化的優越，貶低國人的劣根性，對於中西文化的差異、優劣，並沒有理性、全面的對比等。

辛亥革命的不徹底和中外反動勢力的破壞，使袁世凱篡奪了國家政權，結果是在「民主、共和」的制度外衣下開啓了軍閥混戰的時代。軍閥混戰使近代報刊與政治之間的互動衝突更爲頻繁。歷史亦在報刊與政治的互動衝突中向前發展。

受辛亥革命的刺激〔註55〕，民初報界呈現一片繁榮景象。據統計，武昌起義後半年的時間內，全國的報紙由 100 家增至 500 家，總銷量數達到 4200 萬份，這兩個數字均超過了當時的歷史最高紀錄。〔註56〕但這是基於民初「政治功利」及社會輿論長期壓抑下的突然釋放的「井噴」現象，並不是基於商業基礎上的真正繁榮。在民初政黨政治影響下，政黨報刊雖蜂擁而起，卻淪爲了各黨派間權力再分配的輿論工具。〔註57〕黨派內訌的結果是，袁世凱以

〔註55〕 這種刺激主要有：1）《中華民國臨時約法》明確規定「人民有言論、著作、刊行及集會、結社之自由」，2）《暫行報律》被孫中山下令取消；3）各地軍政府表現出尊奉言論自由、尊重報界的姿態；4）報界和記者的社會地位得到空前提高，辦報成爲一種風尚，並很有可能獲得豐厚的政治利益；5）民初政黨政治的混亂，刺激了政黨報刊的繁榮，一定程度上促進了民初報刊的繁榮。

〔註56〕 丁淦林：《中國新聞事業史》，高等教育出版社，2002 年版，第 158 頁。新創辦的報紙多數集中在北京、天津、上海、廣州、武漢等革命思潮比較普及和光復較早的城市。其中在當時的政治文化中心北京出版的就有 50 多種，在上海出版的有 40 多種，天津 35 種，廣州 30 種，浙江 20 多種，湖南 11 種，武漢 9 種。（吳廷俊：《中國新聞事業史新修》，復旦大學出版社，2008 年，131 頁。）

〔註57〕 據不完全統計，民國初年各種黨派 312 個，上海、北京兩地政黨占全國黨派數的一半以上，在眾多政黨中影響最大的是國民黨、共和黨、統一黨和民主黨。

陰謀手段獲勝，爲穩握國家政權，袁世凱與民國理念背道而馳，執意復辟帝制。爲達到這一目的，在思想文化領域全面復古，對報刊採取了高價收買、創辦「御用」報紙，強力鎮壓，制定法律，嚴格統制等措施。據統計，在 1912 年 4 月至 1916 年 6 月袁世凱統治時期，全國報紙至少有 71 家被封，49 家受到傳訊，9 家被軍警搗毀。全國報紙總數始終維持在 130 家至 150 家之間，形成了 4 年的新聞事業的低潮。新聞記者中至少有 24 人被殺，60 人被捕入獄〔註 58〕。其中，1913 年最爲嚴酷。據統計，到該年底，全國繼續出版的報紙只剩下 139 家，和民國元年的 500 家相比，銳減了 300 多家。因爲 1913 年是農曆癸丑年，袁世凱摧殘報刊的現象也稱爲「癸丑報災」。

袁世凱摧殘近代報刊，一定程度上是皇權思想對近代報刊的最後一次大規模反撲，結果是以袁世凱做了 83 天的皇帝，其遺毒卻深刻影響了民國前十多年的新聞傳播的發展。各派軍閥延續袁世凱摧殘報業的策略、手段，嚴厲鎮壓軍閥統治的反抗者、異議者，如奉系軍閥槍殺邵飄萍、林白水等著名記者。但是，由於北洋軍閥間的割據狀態造成的地區間的權力眞空，致使這一時期的新聞自由度達到舊中國歷史的較高點，從而爲新文化運動、啓蒙報刊的崛起、民營報刊的發展、國民黨報刊的新生、中共報刊的創建創設了外部生存條件，進一步推動了近代新聞傳播結構中的媒介結構方面的轉型。

（一）歷史影響是多方面的

對於北洋軍閥來說，袁氏在社會輿論上的失敗，使後者對民國政體產生了敬畏心態，大張旗鼓地恢復封建專制，已爲權力禁區。對於國民黨——這個四分五裂的政黨——雖然他們宣稱維護民主共和的理念，卻面臨如何統一全國，重新奪取政權的現實問題。爲解決這一問題，孫中山組建中華革命黨、重建國民黨，發動數次革命。經過數次失敗和蘇俄思想的影響，才確定「聯俄、聯共、扶助農工」的新三民主義政策。可惜，孫中山於 1925 年留下「革命尚未成功，同志仍需努力」的遺囑而去。對於陳獨秀、李大釗、魯迅等處在權力邊緣的知識群體，則深刻認識到國民的劣根性。他們創辦並依靠《新青年》等啓蒙報刊掀起新文化運動，高舉「民主」、「科學」的旗幟，猛烈抨

另據統計，據 1912 年 10 月 22 日統計，各種黨派向內務部登記的報館就有 90 多家，這些政黨報紙在歷史上並沒有起到多少積極作用，反而加劇了政局的混亂。見吳廷俊：《中國新聞事業史新修》，復旦大學出版社，2008 年，132 頁。

〔註 58〕丁淦林：《中國新聞事業史》，高等教育出版社，2002 年版，165 頁。

擊儒家思想，掀起了繼維新運動後的又一次思想解放。這次思想解放，雖從根本上動搖了儒家思想在中國的統治地位，但破壞有餘，建設不足。〔註 59〕它既爲 20 世紀 30 年代的歷史發展提供了思想基礎，也滋生了許多流弊。

（二）報刊方面

在袁世凱的摧殘下，近代報業發生結構轉型。《申報》、《新聞報》等民營報刊放棄「政論本位」，轉向「新聞本位」，並對新聞業產生了正面影響；《新青年》、《每周評論》等新生的政論雜誌，仍以評論爲主，散播「民主」、「科學」的常識，啓蒙新一代知識群體。在啓蒙報刊影響下誕生的新型政黨報刊——國民黨和中共報刊，則摒棄了早期政黨報刊的混亂狀態，奠定了國共兩黨的政黨報刊的基本雛形。

這一切均在袁世凱後的北洋軍閥時代上演，其中新文化運動、五四運動對近代傳播結構的建構起到了積極作用。新文化運動以「民主」、「科學」爲旗號，對傳播主體的陳舊觀念進行了再次更新，使近代傳播系統中的傳播主體基本上完成了近代化的轉型。五四愛國運動，秉承了新文化運動的精髓，體現了中國人的文化自覺。

第三節　國民黨的訓政思想淵源——孫中山的訓政構想分析

民初議會政治的失敗，北洋軍閥的混戰，證明了民初中國直接借鑒歐美政體模式的失敗。失敗的根源錯綜複雜，從政治性信息傳播角度言，是新聞媒體與民初議會政治之間的良性互動被北洋軍閥徹底顛覆，致使二者呈現出激烈衝突而非合作，衝突根源主要在於政治系統固守傳統的專權思想。面對這一事實，孫中山在求解中國政治現代化的出路問題上，在其革命實踐中構想出軍政、訓政、憲政的革命必經程序，與此同時，孫也從訓政角度思考報刊（當時的報刊、書籍、傳單等）在政治中的地位、角色與功能，形成了孫中山特定的訓政構想與新聞傳播思想。孫中山的訓政思想和新聞傳播思想直

〔註 59〕說五四新文化運動是「破壞有餘、建設不足」主要相較於歐洲文藝復興來說，「破壞」是指五四新文化運動對中國傳統文化的全盤否定的傾向，建設主要是民主、科學等現代精神的宣傳的深度、力度均沒有達到歐洲文藝復興的高度，至今我們還在呼籲、紀念五四精神，倡導民主、科學等啓蒙精神。

接影響了國民黨的訓政實踐與新聞政策，故是國民黨治下新聞與訓政的歷史近因。

一、「訓政」的詞義來源

「訓政」一詞古已有之。「訓」，《說文解字》釋爲「說教也」〔註60〕，即教誨、開導之意。訓政的思想與做法可追溯到伊尹、周公。「在昔專制之世，猶有伊尹、周公者，於其國主太甲、成王不能爲政之時，已有訓政之事」〔註61〕。古代中國，訓政常常在皇帝年幼、昏瞶時出現。這時，握有實力的皇戚、宦官及權臣在皇權正統思想束縛下，或由前朝皇帝指派輔政，或藉口皇權繼承者政治上不成熟強行代理朝政。漢代的皇戚、宦官交替專權，曹操挾制漢獻帝「令天下」，唐、宋、明時期的宦官權臣專權及清朝慈禧垂簾聽政，均是古代「訓政」的不同形式，其結局鮮有伊尹、周公歸政之譽，更多是「訓政」旗號下的專權誤國或改朝換代。孫借用「訓政」一詞，卻轉換了其內涵，即訓導皇權繼承者轉爲訓導國民爲國家主人。孫說：「我這個『訓』字，就是從『伊訓』上『訓』字用得來的」〔註62〕。又說，「所謂訓政者，即訓練清朝之遺民，而成爲民國之主人翁，以行此直接民權也」〔註63〕。

二、孫中山訓政構想的形成經過

孫中山「訓政」理念是在「國民知識程度不足」當時背景下，在革命建國實踐中爲在中國實現民主憲政而精心設計的政體藍圖。孫說：「夫以中國數千年專制，退化而被征服亡國之民族，一旦革命光復，而欲成立一共和憲治之國家，捨訓政一道，斷無由速達也。」〔註64〕

〔註60〕 〔漢〕許慎撰，〔清〕段玉裁注：《說文解字・三篇上》，上海古籍出版社，1981年版。

〔註61〕 《建國方略》，黃彥編注，廣東人民出版社，2007年，66頁。伊尹，名摯，商朝最高官職稱「尹」，當成湯之孫太甲繼位時，作《伊尹》以教之，又因其暴虐無道而放逐之，三年後悔過始迎歸；周朝時，周公因其侄成王年幼而攝政，並作《無逸》以訓之，七年後還政。

〔註62〕 《在上海中國國民黨本部會議的演說》，1920年11月9日，《孫中山全集》第5卷，中華書局，1985年版，401頁。

〔註63〕 《孫中山全集》第五卷，中華書局，189頁。關於訓導人民爲國家主人。在《孫中山文集》、《孫中山全集》中有多處論及。

〔註64〕 黃彥編注：《建國方略》，廣東人民出版社，2007年，65～66頁。

「國民知識程度不足」是近代中國無法迴避的客觀存在。據饒懿倫研究，十八九世紀的中國「有 30%～45%的男性和只有 2%～10%的女性具有某種程度的讀寫能力」〔註65〕。民初，絕大多數成年人仍停留在文盲狀態，雖然民國時期學校教育有較大發展，但是到 1949 年新中國成立全國文盲比例還在80%以上。對此，清末民初的知識分子、政治家均有深刻的體認，民國時期的絕大多數知識分子仍持有這種觀念。《民報》與《新民叢報》論戰時，《新民叢報》即持國民「學識幼稚」，沒有「為共和國民之資格」的觀點。《民報》雖予以反駁卻也認可國民素質低下的事實。孫中山常以「散沙〔註66〕」、「比於美國黑奴及外來人民知識尤為低下〔註67〕」、「初生之嬰兒〔註68〕」等用語形容國民知識程度不夠，並把其根源歸因於政治上「數千年專制之毒」與思想觀念上受「知之非艱，行之惟艱」之說的毒害。「五四」前後，知識分子大多瞧不起群眾，其原因主要亦在於此。魯迅作品中的「阿Q」形象，即是最好寫照。〔註69〕在此國情下，梁啓超主張「開明專制」，袁世凱恢復帝制，孫中山提出「訓政」，胡適、丁文江等主張「新式獨裁」，蔣介石、汪精衛推行集權統治。可見，孫中山的訓政設計有其歷史合理性，其政體設計也超過同時代的知識分子、政治家。

孫中山是革命活動家，故其訓政思想—— 三民主義學說（政綱）的重要組成部分——是形成並發展於其革命建國的實踐之中。孫中山自述其於「乙酉（1885）中法戰敗之年，始決傾覆清廷、創建民國之志，由是以學堂為鼓吹之地，借醫術為入世之媒」。倫敦遇難脫險後，孫在歐洲考察其政治風俗，完成三民主義。〔註70〕乙巳（1905）春間，「乃揭櫫吾生平所懷抱之三民主義、

〔註65〕 Rawski, Evelyn Sakaida, Education and popular literacy in Ch'ing China, Ann Arbor: University Press, 1979，轉自〔美〕吉爾伯特・羅茲曼主編：《中國的現代化》，比較現代化課題組譯，江蘇人民出版社，2003 年版，168 頁。

〔註66〕 僅據《孫中山文集》電子版統計，在形容國民程度時，孫中山有 86 處用到「散沙」，61 處用到「一片散沙」，3 處用到「一盤散沙」。

〔註67〕 原文是：「夫中國人民知識程度之不足，固無可隱諱者也。且加以數千年專制之毒深中乎人心，誠有比於美國之黑奴及外來人民知識尤為低下也。」《建國方略》廣東人民出版社，2007 年，62 頁。

〔註68〕 原文是：「我終歸人民久處於專制之下，奴性已深，牢不可破，……是故民國之主人者，實等於初生之嬰兒耳，革命黨者即產此嬰兒之母也。」《建國方略》廣東人民出版社，2007 年，65～66 頁。

〔註69〕 見周質平：《胡適與中國現代思潮》，南京大學出版社，2002 年 9 月，5 頁。

〔註70〕 原文：「倫敦脫險後，則暫留歐洲，以實行考察其政治風俗，並結交其朝野賢

五權憲法以號召之，而組織革命團體焉」〔註71〕。首次見諸文字是在 1906 年秋冬間布告國民的《軍政府宣言》。〔註72〕《宣言》明確提出國民革命的「四綱」、「三期」，即「驅除韃虜、恢復中華、建立民國、平均地權」，及實現「四綱」「措施之次序」的軍法之治、約法之治、憲法之治。軍法之治爲「軍政府督率國民掃除舊污之時代」，推翻「舊污」三年後，皆解軍法，布約法；約法之治爲「授地方自治權於人民，而自總攬國事之時代」；全國行約法六年後制定憲法，「軍政府解除權柄，憲法上國家機關分掌國事」，此爲憲法之治。1914年 7 月 8 日，孫中山於東京舉行的中華革命黨成立大會上頒佈親自制定的《中華革命黨總章》。《總章》規定中華革命黨以實行民權、民生兩主義爲宗旨，以掃除專制政治、建設完全民國爲目的。據此把進行「帙序」分爲「軍政」、「訓政」、「憲政」三個時期。其中「訓政時期」表述爲「此期以文明治理，督率國民建設地方自治」。〔註 73〕在《孫文學說——行易知難（心理建設）》（1917～1919），孫從「知難行易」的哲學高度詳細闡述了革命方略的三個時期。軍政時期重在破壞，故稱作「破壞時期」。訓政時期爲「過渡時期」，此時期內「實行約法（不是 1912 年 3 月頒佈的《中華民國臨時約法》——筆者注），建設地方自治，促進民權發達。以一縣爲自治單位……三年期滿，則由人民選舉其縣官。……俟全國平定之後六年，……組織國民大會，以制定五權憲法」。待憲法制定，總統選出後訓政時期即告結束。憲政時期爲「建設完成時期」，開始實施憲政，「此時一縣之自治團體，當實行直接民權。人民對於本縣之政治，當有普通選舉之權、創制之權、複決之權、罷官之權，而對於一國政治除選舉權之外，其餘之同等權則付託於國民大會之代表以行之」。〔註 74〕

豪。兩年之中，所見所聞，殊多心得。始知徒致國家富強、民權發達如歐洲列強者，猶未能登斯民於極樂之鄉也；是以歐洲志士，猶有社會革命之運動也。予欲爲一勞永逸之計，乃採取民生主義，以與民族、民權問題同時解決。此三民主義之主張所由完成也。」《建國方略》廣東人民出版社，2007 年，91頁。

〔註71〕《建國方略》，黃彥編注，廣東人民出版社，2007 年，97 頁。

〔註72〕《軍政府宣言》是《中國同盟會革命方略》的首篇，它於 1906 年秋冬間制訂，1908 年改正。這兒參照文本是 1908 年孫中山在新加坡增訂的版本。據張永福編《南洋與創立民國》（上海中華書局一九三三年十月出版）影印《革命方略》油印本原件中的《軍政府宣言》。見《孫中山文集》電子版。

〔註73〕《中華革命黨總章》，見《革命方略》廣東人民出版社，2007 年，119 頁。

〔註74〕黃彥編注：《建國方略》，廣東人民出版社，2007 年，58 頁。

1919 年 10 月，孫中山在《中國國民黨總章》將訓政時期合併到軍政時期，並將三個時期的革命程序改為軍政、憲政兩個時期。1923 年 1 月，孫中山在《中國革命史》中重新將革命程序規定為軍政、訓政、憲政三個時期，其內容基本等同於《孫文學說》中對軍政、訓政、憲政的闡述。1924 年 1 月，孫中山手擬的《國民政府建國大綱》在國民黨「一大」上通過，並於同年 9 月以宣言形式正式布告天下，標誌著孫中山的訓政及憲政思想正式確立，成為國民黨人的集體意志與行動綱領。大綱和宣言再次確定軍政、訓政、憲政三個時期為「不可逾越之程序」，規定了各時期的主要工作。1925 年 3 月 11 日，孫中山在其《遺囑》中要求「凡我同志，務須依照余所著《建國方略》、《建國大綱》、《三民主義》及《第一次全國代表大會宣言》，繼續努力，以求貫徹」。

綜上所述，孫中山的訓政及憲政思想，自 1897～1899 年在歐洲兩年的構思後，於 1906 年正式提出，期間多次重申與發揮，至 1924 年由國民黨「一大」正式確立，再到 1925 年去世前留下遺囑。至此，孫中山的訓政及憲政思想更加明確、規範，並成為國民黨乃至全國人民的精神遺產，及南京國民黨政府施政綱領的藍本。

三、孫中山訓政構想的核心內容

孫中山的訓政構想雖沒有經過嚴密的學術論證，卻是全方位的政體設計，其豐富的內涵主要有 [註75]：

（一）訓政是「革命程序論」中銜接軍政、憲政的重要環節

訓政目標是將軍政過渡到憲政，建立「駕乎歐美之上」的以「三民主義、五權憲法」為核心的政治制度，最終實現憲政、還政於民。訓政的路徑、方法、制度安排均服從、服務於該目標。「駕乎歐美之上」體現出孫對歐美憲政中的缺陷的反思，三民主義、五權憲法是孫中山憲政思想的核心。

[註75] 關於孫中山的訓政思想的內容，學界有較豐富的研究，筆者在寫作此段時主要參考了以下論文和著作。汪兆剛：《國民黨訓政體制研究》，中國社會科學出版社，2004 年；王永祥、王兆剛：《論孫中山對訓政時期的政治設計》，《史學月刊》，2000 年第 1 期；韓英軍：《中國國民黨訓政的淵源述評》，《新東方》，2005 年第 8 期；劉秋陽：《孫中山訓政及憲政思想評析》，《蘭州學刊》，2005 年第 3 期，等。

（二）訓政路徑有自下而上的縣自治和自上而下的以黨治國

作爲一項地方政治制度，縣自治，即地方自治（含省自治），正式確立於英國工業革命時代，後擴展到歐美及日本等國。清末，地方自治成爲一種「強國興邦」的社會思潮，梁啓超曾以「地方自立」爲名較早提出和宣傳之，清政府於 1905～1911 年間曾推行地方自治，結果蛻變爲官治的翻版。孫中山借鑒西方民主思想，總結革命經驗和體察國情的基礎上，把縣自治確立爲民國的基礎〔註 76〕，並以此爲地方均權的基本單位，從下訓導民眾。對於縣自治，孫的表述多於實踐，而表述中的具體設計比較籠統，缺乏細節。具體而言，孫詳細介紹了美國克利浮萊城（今美國俄亥俄州克利夫蘭市）的自治制度，並表示「今當取乎法上」；〔註 77〕也曾 1921 年初在廣東省各縣試行了縣長與縣議會民選；在《建國方略》等各種場合曾多次論述過縣自治問題。〔註 78〕從孫的論述、實踐看，其縣自治的核心是：縣下分鄉村區域，其權統於縣。當敵兵驅逐、戰事停止之日，即頒佈約法，規定人民的權利義務與縣政府的統治權。縣內人民享有選舉、罷免、創制、複決四項直接民權；縣政府（縣自治局）有掃除該縣之積弊；清查戶口、立機關、定低價、修道路、墾荒地、設學校等縣經濟政治文化建設；對人民進行民權訓練等權力。待過半數人民能瞭解三民主義而歸順民國，縣政建設略定，即可實行選舉制，由人民選舉縣官。中央政府（革命政府）對縣自治只有依約法而定的指導監督權，沒有

〔註76〕 孫中山説：「譬如建屋然，縣爲基礎也，省其棟宇也，國其覆瓦也，必基礎鞏固，層累而上，而後棟宇覆瓦，始有所附麗而無傾覆之虞」。見《發揚民治説帖》，1923 年，陳旭麓、郝勝潮主編：《孫中山集外集》，上海人民出版社，1991年版，第 37 頁。

〔註77〕 見《在滬舉辦茶話會上的演説》，1916 年 7 月 17 日，《孫中山全集》第 3 卷，中華書局，1984 年版，第 328 頁。

〔註78〕 在《建國方略》中，孫中山作如下表述：擬在此時期內（筆者注：訓政時期）施行約法（非現行者），建設地方自治，促進民權發達。以一縣爲自治單位，縣之下再分爲鄉村區域，而統於縣。每縣於敵兵驅除、戰事停止之日，立頒佈約法，以之規定人民之權利義務與革命政府之統治權。以三年爲限，三年期滿，則由人民選舉其縣官。或於三年之內，該縣自治局已能將其縣之積弊掃除如上所述者，及能得過半數人民能瞭解三民主義而歸順民國者，能將人口清查、戶籍釐定、警察、衛生、教育、道路各事照約法所定之低限程度而充分辦就者，亦可立行自選其縣官，而成完全之自治團體。革命政府之對於此自治團體，只能照約法所規定而行其訓政之權。俟全國平定之後六年，各縣之已達完全自治者，皆得選舉代表一人，組織國民大會，以制定五權憲法。」見黃彥編著：《建國方略》，廣東人民出版社，2007 年，58 頁。

行政干預權。至於省自治，辛亥革命前，孫曾主張省自治；辛亥革命後，孫不贊成省自治，因為省自治或聯省自治只會成為軍閥割據的藉口。

縣自治是在局部地區訓導民眾，以黨治國則從全局高度統籌，從上到下訓導政治。早年，孫中山傾心於歐美式的政黨政治。民初建國的屢次失敗及蘇俄革命成功，使孫決心學習蘇俄式的建黨與「以黨治國」模式，形成了一套完整的「以黨治國」思想。其核心是：以黨治國的「黨」是一個為三民主義奮鬥的革命政黨；以黨治國是以「主義（三民主義）」而不是黨魁、黨員治國，故黨內採取民主主義的集權制和委員合議制，防止集權於個人；以黨治國並不排除其他政黨存在，而是允許其存在，並與其組成革命聯盟，共同為國家奮鬥；在黨、政、軍關係上是黨權至上，即以黨指導政權，控制軍隊。孫氏倣仿蘇俄，強調「把黨放在國之上」，並在蘇俄指導下力圖建立一支為「主義」奮鬥的「黨軍」。

（三）政治制度設計方面

孫中山把國家權力劃分政權和治權兩種。政權即「人民權」，由人民行使。為使人民能管理政府，必須賦予人民選舉、罷免、創制、複決四權，這四種權力在訓政期間由政府訓練人民擁有。治權即政府權，在考察西方三權分立制度和古代中國皇權制度基礎上，孫中山提出五權憲法，力圖以古代中國的監察、考試制度彌補三權分立的缺陷。即政府權力分別由行政、立法、司法、監察、考試五種機構獨立行使。孫說：「有了這九個權，彼此保持平衡，民權問題才算是真解決，政治才算是有軌道」。〔註79〕在行政區域劃分上，孫中山以中央、省、縣三級制劃分縱向的權力結構，並在「於集權、分權之間，酌盈劑虛，斟酌適當」提出了一種權力分割模式。即中央與省之間以事權性質劃分各自權限，「事之非舉國一致不可者，以其權屬於中央，事之因地制宜者，以其權屬於地方」。〔註80〕省的地位是位於中央與縣之間，承上啟下，一方面根據中央的意見處理地方政事，一方面對縣自治進行監督。縣為訓政的基本單位，其下鄉村區域統於縣。這種縱向的權力劃分模式，為解決中央與地方的權限關係提供了重要借鑒。

〔註79〕黃彥編著：《三民主義》，廣東人民出版社，2007年，190頁。
〔註80〕《中華民國建設之基礎》，1922年，《孫中山集外集》，上海人民出版社，1991年版，第33頁。

（四）國民與國家關係方面

孫中山作了專門規定。其核心是，國民有接受政治訓練、建設地方自治的義務，政府有訓導國民、指導地方自治建設的義務。孫說，「政府當派曾經訓練考試合格之員，到各縣協助人民籌備自治」〔註81〕，「凡成年之男女，悉有選舉權、創制權、複決權、罷官權。而地方自治草創之始，當先施行選舉權」。〔註82〕國民享有集會、結社、言論、出版、居住、信仰之絕對自由，政府當全力保障之。但是，享受國民權利的基本條件是「真正反對帝國主義的個人及團體」，「欲享權利必先盡義務」及個人自由須服從國家自由。可見，孫中山不是「天賦人權」論者，而是一個愛國的民主主義者。

（五）訓政期限問題

孫中山曾規定訓政的期限為 6 年，卻未堅持。其證據有二：一是在孫主持的《中國國民黨黨章》與《建國大綱》中未規定訓政年限問題。二是 1924 年北京政變後，孫對革命前途充滿信心，曾在演說中斷言：「極快只要半年便可以達到實現三民主義、五權憲法的主張，極慢也不過是要兩年的功夫便可成功。」可見，孫中山希望早日結束訓政，故不會刻板地限定訓政年限。

綜上所述，孫的訓政設計可用圖 2-2 表示。從圖 2-2 可知：

1、孫是從上（國民黨）、下（縣）兩個方面在五權憲法的框架內推動訓政。

2、孫重視「先知先覺」、「後知後覺」者在訓政的主導作用，也沒有貶低「不知不覺」者的後天學習能力。「先知先覺」、「後知後覺」、「不知不覺」是孫從「知難行易」的哲學角度，根據人的天賦能力對人群的一種分類。孫曾說，「先知先覺者為發明家、後知後覺者為宣傳家，不知不覺者為實行家。此三種人互相為用，協力進行，則人類之文明進步必能一日千里」〔註83〕。

〔註81〕《國民政府建國大綱》，1924 年 1 月 23 日，《孫中山全集》第 9 卷，中華書局，1985 年版，127 頁。

〔註82〕《地方自治實行法》，1920 年 3 月 1 日，《孫中山全集》第 5 卷，中華書局，1985 年版，第 221 頁。

〔註83〕《民權主義第三講》，1924 年 3 月 22 日，見黃彥編著：《三民主義》，廣東人民出版社，2007 年，132～133 頁。另在《建國方略》中，孫中山曾說「而以人言之，則有三系焉：其一先知先覺者，為創造發明；其二後知後覺者，為仿傚推行；其三不知不覺者，為竭力樂成。有此三系人相需為用，則大禹之九河可疏，秦皇之長城能築也。」，「上所謂文明之進化，成於三系人：其一先知先覺者即發明家，其二後知後覺者即鼓吹家，其三不知不覺者即實行

圖 2-2 孫中山訓政設計圖

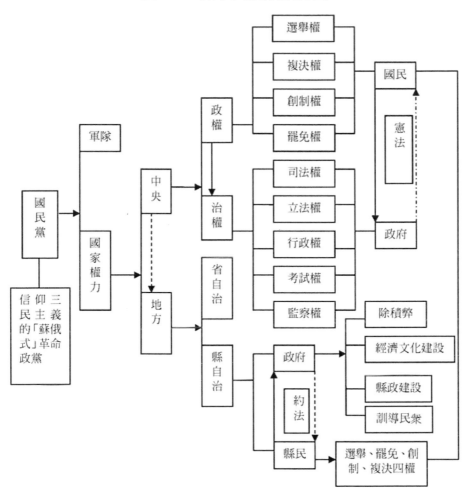

注：圖 2-2 中，箭頭指向方表示權力控制方，虛線表示二者不屬於權力控制
關係，而是一種協商、約法關係。

　　根據孫中山對人群的劃分，孫中山等少數精英屬於發明「真理」的先知
先覺者，國民黨屬於後知後覺者，絕大多數國民屬於不知不覺者。即孫發明
「三民主義」等真理，國民黨宣傳、訓導國民施行之。對此，有學者認為孫
的訓政的基礎是「英雄史觀」〔註84〕，「反映出資產階級看不起群眾的態度」

　　　　家」。見《建國方略》，黃彥編注，廣東人民出版社，2007 年，54，56 頁。
〔註84〕郭溪士：《略評孫中山的訓政思想》，《牡丹江師範學院學報》（哲社版），2006
　　　　年第 3 期。

〔註 85〕，犯了「不學會游泳前切勿下水」的錯誤〔註 86〕。這一觀點看到了孫中山訓政思想的不足，也無意中忽略了當時國民憲政修養確實非常低下的國情。

3、孫的訓政設計存在對現實政治複雜性考慮不周的缺陷。現實政治的核心是權力與利益的切割，由於權力本身具有獨佔性與排他性，因此要科學切割利益與權力須有相應的制度設置與權力制衡。在孫的設計中，首先是僅用道德力量要求執政黨是「革命政黨」。這根本不可能防止執政黨一黨獨大，也不能讓執政黨甘心還政；而且在政、軍關係上，孫主張黨控制軍隊，而不是把軍隊歸於國家，這更為黨、軍合夥獨裁，以黨代政，黨政不分留下後門。其次，在黨權大於國權的權力格局下，相互制衡的五權憲法失去權力平衡，這就使權力間的相互監督機制失效，為權力蛻變開了後門。再次，孫以縣自治作為訓政的突破口，無疑是選擇了實施訓政最難的突破口，勢必不可能在短期內提升民權，以制衡黨權和國權，這就使孫的「政權」與「治權」分立的權能結構解體。因為縣人口雖少，卻是國家縱向權力結構的最低層，及當時「縣民」素質最低、專制思想最重，經濟文化最不發達的「縣情」，使「縣自治」既受到來自上層錯綜複雜的權力關係網的支配與影響，又受到民眾求生存、求溫飽的無形抵制與解構。

4、孫的訓政設計對當時中國所處的國際環境和綜合經濟實力考慮不夠。民國成立後，中國仍是各帝國主義的半殖民地，在國際上毫無地位，且時時受到緊鄰日本的侵略威脅。國內絕大多數民眾的基本訴求是求生存、圖溫飽。在此背景下，孫設計了一個既集權又分權、均權的矛盾體。面對外來威脅及內部強勁的生存需求，執政黨（國民黨）迫切需要集權以整合社會資源發展經濟，增強實力，而集權勢必受到反對政黨、敵對派別、自由知識分子要求「分權、均權」的攻擊，而分權、均權無疑不利於整合社會資源，應對外來威脅。

5、孫的訓政設計是框架性建構，許多內容相當簡略，這就為後來的發展性闡述或有意歪曲提供了話語空間。如，孫主張憲政時期按照五權憲法建立

〔註85〕 鄭永福、呂美頤：《地方自治——孫中山關於中國政治近代化的一個重要設計》，《史學月刊》，1997 年第 4 期，47 頁。

〔註86〕 文柏：《孫中山革命程序論思想述評》，《社會科學輯刊》，1988 年第 4 期，112 頁。

五院制政府，訓政時期建立什麼樣的政府沒有明確的論述；對於省自治如何展開，省自治與縣自治的關係問題論述不詳；沒有對訓政時期的民意機構進行設計，等。上述缺陷或不足在國民黨按照孫中山的訓政設計實施過程中都暴露出來。

總之，孫中山的訓政設計是當時歷史條件下「對中國民主建設道路所進行的理論探索和框架性的建構設想」〔註87〕，其基本精神和原則有其歷史合理性和進步性。但也因孫中山在世時，其訓政設計沒有經過實踐的充分檢驗和修正，存在著脫離實際的理想主義色彩〔註88〕，雖然如此，這不妨礙孫中山作爲一個偉大的先行者的歷史品格。

第四節 報刊在訓政中的角色、地位與功能分析
——孫中山的報刊思想

訓政是教導素質低下的國民具有憲政素質，然後把權力下放給國民，以民主政治的方式治理國家；從傳播角度言，即漸進式滿足國民的知情權，讓國民能參政議政，因此，需要在權力下放與滿足國民知情權之間保持動態平衡。孫中山設計訓政時，把報刊作爲推動訓政的工具納入其訓政構想之內。雖然他沒有直接論述之，但從他對宣傳、對報業的論述中，清晰可見他的訓政設計中報刊應具有的地位、角色與功能。地位、角色與功能，是三個相互關聯的術語，它們是新聞傳播思想的核心內容。一般而言，有什麼地位，就扮演什麼角色，具有怎樣的功能。

孫中山是積極的革命活動家，不是純粹的學者，故其理論和學說「不能

〔註87〕 王兆剛：《國民黨訓政體制研究》，中國社會科學出版社，2004年，31頁。
〔註88〕 張佛泉認爲孫中山的四項民權與地方自治所懸標準過高。他說：「中山先生的憲政程序有兩重困難，一是必要四權並顧，一是求由窮鄉僻壤做起，若必待他的理想達到後，必待『一省全數之縣』，全國過半數之省，全達到『完全自治』的時候，方能頒佈憲法，施行憲政，則我們敢說俟望這個日子，也許比俟望河之清，還會遙遙無期了。」見張佛泉：《民治「氣質」之養成》，載《國聞周報》，12卷44期，1935年11月11日。耿雲志認爲：孫中山的憲法思想脫離中國實際。原因有二，一是不滿西方的憲政制度，希望超越西方；二，孫批評西方憲政思想的資源是中國古代傳統，五權憲法的思想著眼點是消弱議會的權力而加強政府的效能，而近代憲政制度最根本的觀念在於限制政府的權力，保障人民的權力。見耿雲志：《孫中山憲法思想芻議》，載《歷史研究》，1993年第4期。

離開他的革命活動作學究式的研究」〔註 89〕。討論孫的報業思想，亦不能例外。從孫留給後世的文字看，他對報刊的論述明顯少於對宣傳的論述。僅據《孫中山文集》統計，該文集有 173 處提到「宣傳」，31 處提到「鼓吹」，僅有「44」處提到「新聞」，39 處提到「報紙」。

一、宣傳：「貫通思想」、「造成群力」的工具

孫中山時代，是「舊思想」與「新思想」激烈碰撞的大變局時代。在這個時代，以什麼方式、渠道構建新型意識形態是當時知識分子面對的現實問題。孫將宣傳作為破壞清政府的意識形態，建構新型意識形態的主要工具。從 16 歲在校「談論革命」到 59 歲留下遺言為止，孫的大部分時間是操縱「三民主義」等各種象徵符號，抨擊滿清專制，建構以「三民主義」為價值認同的民族心理基礎。「起義、革命、暗殺」等暴力行為均服從於這一大局。

任何認識均有個過程。孫中山在革命建國的實踐中對宣傳的認識，從最初朦朧的革命手段提升到民族心理基礎層面——構建新型意識形態層面——也有一過程。孫中山（1866.11.12～1925.3.12），幼名帝象，取名文，號日新（後改逸仙），字德明，生於廣東香山縣（今中山市）翠亨村。10 歲入私塾，12 歲後隨母到檀香山，在檀香山、香港接受了 10 多年的西方教育，耳濡目染了資本主義制度與政治學說，萌生了改造中國的念頭。約 16～17 歲起，與同學陳少白、尤列、楊鶴齡等「朝夕談革命」，中法戰敗之年（1884）「始決傾覆清廷、創建民國之志，由是以學堂為鼓吹之地，借醫術為入世之媒」，並以陳少白、尤列、楊鶴齡等以香港翠乾亨行為總機關，輔仁文社、少年書報社為宣傳機關結集同志〔註 90〕，鼓動「勿敬朝廷」〔註 91〕。時人譽之為「四大寇」，清廷視為「大逆不道」。自 1894 年初上書李鴻章失意後，遂於同年成立興中會，到辛亥革命止，孫中山以立黨、宣傳、起義的方式推行民族革命。〔註 92〕期間，遭受倫敦蒙難、發動十餘次武裝起義、成立中國同盟會、領導、指揮

〔註89〕李澤厚：《論孫中山的思想》，《中國近代思想史論》，天津社會科學院出版社，287 頁。原文是「孫中山是積極的革命活動家，很少有時間、精力和興趣去進行專門的思辨。他的思想學說不能離開他的革命活動作學究式的研討」。

〔註90〕見譚永年主編，甄冠南編述：《辛亥革命回憶錄》（上冊），107～114 頁。

〔註91〕孫中山自述稱：「數年之間，每於學課餘暇，皆致力於革命之鼓吹，常往來於香港、澳門之間，大放厥辭，無所忌諱」見《孫中山先生自傳》，見譚永年主編，甄冠南編述：《辛亥革命回憶錄》（上冊），30 頁。

〔註92〕《中國革命史》，1923 年 1 月 29 日，《孫中山全集》，7 卷，63～65 頁。

保皇派的論戰，奔波於歐美、南洋之間，四處籌款、宣傳等〔註 93〕，逐漸形成了「三民主義」的政治學說。民國建立即頒佈《中華民國臨時約法》，後組建政黨，發動二次革命、護法、護國等運動，捍衛革命果實。期間，受到蘇聯「十月革命」的啓發，思想發生重大轉變，乃把其學說重新闡釋爲「新三民主義」。

從立志傾覆滿清，到創建民國，再到捍衛民國，孫中山始終是在民主政治框架內審視、闡發宣傳的。在推翻滿清的革命過程中，孫視宣傳爲革命事業的三大端之一（其餘兩端爲建黨和起義），極力讚譽、推崇宣傳的巨大威力，並親自利用報刊、演說、小冊子、傳單等各種宣傳工具，及間接指揮、領導的方式，採用多種宣傳策略、手段開展排滿宣傳。但是，此階段並未把宣傳提升建構民族心理的高度。倫敦遇難，英國報紙的仗義執言；1905～1911 年與康、梁等保皇派的論戰；從舉國輿論視孫爲「亂臣賊子」到革命風潮激蕩的輿論大轉變；武昌起義畢其功於一役等事實，讓孫切身感受到宣傳對推翻滿清的巨大威力。民國成立後，革命黨人陷入權力追逐，軍閥政治崛起，三民主義被擱置的殘酷現實，不得不讓孫在剔除軍閥政治的戎馬生涯中，深刻反思革命建國問題。這讓孫對宣傳的認知提高了一個新高度。即從實現建國的高度審視、闡述宣傳，把宣傳提升到實現建國諸方略中壓倒一切的首要位置，高度肯定宣傳對於「貫通思想」、「造成群力」的積極功效。從孫爲了「宣傳之資〔註 94〕」而在各地演講基礎上撰寫而成的《三民主義》、《建國方略》及其它演說、函電看，他從以下四個層面論述了宣傳在建築民族（國家）心理基礎的重要地位與作用，把宣傳功夫置於「以黨治國的第一步」〔註95〕。

（一）一是社會心理層面

孫熟知「得民心者得天下」的古訓。他說，「夫國者人之積也，人者心之器也，而國事者，一人群心理之現象也。是故政治之隆污，繫乎人心之振靡。吾心信其可行，則移山填海之難，終有成功之日；吾心信其不可行！夫則反

〔註 93〕見《孫中山先生自傳》，譚永年主編，甄冠南編述：《辛亥革命回憶錄》（上冊）。
〔註 94〕《民族主義・自序》，黃彥編注：《三民主義》，廣東人民出版社，2007 年，2
　　　頁。原文是：「茲値國民黨改組，同志決心從事攻心之奮鬥，亟需三民主義之
　　　奧義，五權憲法之要旨微宣傳之資，故於每星期演講一次，由黃昌穀君筆記
　　　之，由鄒魯讀校之，……以作宣傳之課本，則其造福於吾民族，吾國家誠未
　　　可限量也。」
〔註95〕原文「宣傳工夫，就是以黨治國的第一步工夫。」見《孫中山全集》，第 8 卷，
　　　285 頁。

掌折枝之易，亦無收傚之期也。心之爲用大矣哉！夫心也者，萬事之本源也，滿清之顚覆者，此心成之也；民國之建設者，此心敗之也」〔註96〕，又說：「人民心力爲革命成功的基礎」〔註97〕。立在國家（民族）心理建設的高度，在四萬萬同胞呈「一盤散沙」、備受蹂躪的現實國情下，孫中山視宣傳爲貫通思想，整合散沙、造成群力的最主要的首選利器，他發明的「三民主義、五權憲法」是達到整合散沙，造成群力的理論工具。他說，「拿我的學說去做事，無論什麼事都可以做得到的」〔註98〕，又說：「三民主義就是救國主義」〔註99〕。在此基礎上，孫著述了《三民主義》、《建國方略》作爲「宣傳之課本」，並要求改組後的國民黨「變更奮鬥的方法，注重宣傳，不注重軍事」〔註100〕，「要〔國民黨——引者注〕對國人做普遍的宣傳，最要的是演明主義」〔註101〕。並說，「只要改造人心，除去人民的舊思想，另外換成一種新思想，這便是國家的基礎革新」。〔註102〕基於此，孫借鑒蘇俄模式改組了國民黨〔註103〕，以作有組織、有系統、有紀律的宣傳工作。

傳播是社會的黏合劑。作爲傳播的一種社會形態，宣傳起到了社會黏合劑的作用。但是，如果這種黏合作用是以少數精英構想的「主義」爲基本框架的，由此達成了社會共識除了維護精英集團的利益外，其建構的意識形態具有很大的虛假性、欺騙性，因而很難眞正深入民眾心理，爲民眾眞正信服。孫中山對其「主義」相當自信，說「主義就是一種思想、一種信仰和一種力量」〔註104〕。不容否認，「三民主義」確有其歷史合理性，但也存在著脫離中

〔註96〕《建國方略之一　孫文學說——行易知難（心理建設）》自序，《建國方略》廣東人民出版社，2007年，2～3頁，在該書的69頁又說：「夫國者人之積也，人者心之器也，國家政治者，一人群心理之現象也。是以建國之基，當發端於心理」。

〔註97〕《人民心力爲革命成功的基礎》，1923年11月25日。

〔註98〕《宣傳造成群力》，1923年12月30日。

〔註99〕「民族主義第一講」，1924年1月27日，《三民主義》，2頁。

〔註100〕《宣傳造成群力》，1923年12月30日。

〔註101〕「民族主義第一講」，1924年1月27日，黃彥編著：《三民主義》，廣東人民出版社，2007年，3頁。

〔註102〕《宣傳造成群力》，1923年12月30日。

〔註103〕「吾等欲革命成功，要學俄國的方法組織及訓練，方有成功的希望。……共產黨之所以成功，在其能合乎俄國大多數人心，所以俄國人民莫不贊成他，擁護他。」見《人民心力爲革命成功的基礎》，1923年11月25日。

〔註104〕「民族主義第一講」，1924年1月27日，黃彥編著：《三民主義》，廣東人民出版社，2007年，2頁。

國現實、過於理想化的一面。故以此為核心「貫通」全國民眾思想，達到如「螞蟻」、「蜜蜂」般的合群、合策的「群力」程度，實際上不僅違反了近代文明最基本的信念：信仰自由，而且還排斥了其它「主義」、「學說」的合法性。孫尚能以辯論的方式對待異己的保皇思想，到了蔣介石，就以武力鎮壓方式對待異黨、異見了。

（二）哲學層面

為了讓革命同志堅信並宣傳其學說，孫以「知難行易」學說做其「三民主義」政治學說的哲學根基。這在於，孫把民國建設的「一敗塗地」歸於「知之非艱，行之惟艱」的流行說法。他斷定該說「數千年來深中於中國之人心，已成牢不可破矣」，中國近代之積弱不振、奄奄待斃，實為此說「誤之也」〔註105〕，故是「予生平之最大敵也，其威力當萬倍於滿清」。〔註106〕對於「知之非艱，行之惟艱」學說，孫以形象化的「飲食」、「用錢」、「作文」及「建屋、造船、築城、開河、電學、化學、進化」等事為證，予以駁斥，從反面論證了「知難行易」說。在此基礎上，孫強調他的學說的正確及發明的艱難。他從人類文明角度把人群劃分為先知先覺、後知後覺、不知不覺三類。孫說：「夫人群之進化，⋯⋯，則有三系焉：其一先知先覺者，為創造發明；其二後知後覺者，為仿傚推行；其三不知不覺者，為竭力樂成。有此三系人相需為用，則大禹之九河可疏，秦皇之長城能築也」。〔註107〕又說，「上所謂文明之進化，成於三系之人；其一先知先覺者即發明家也，其二後知後覺者即鼓吹家也，其三不知不覺者即實行家也。由此觀之，中國不患無實行家，蓋林林總總皆是也」。〔註108〕宣傳是後知後覺者的責任。故他們是鼓吹家，要仿傚推行先知先覺者的「發明」。先知先覺者的發明是「三民主義」及實現三民主義的革命程序論，故訓政時期，後知後覺者應自覺擔負訓導國民的宣傳重任。這樣，孫中山在哲學層面完成了對宣傳地位、角色與作用的邏輯論證。

有人以「知難行易」、「先知先覺」、「後知後覺」、「不知不覺」為證據，斷定孫中山是唯心主義者，其實這是對「知難行易」學說的一種誤解。從孫的論述看，「知」不是知識、常識及偏見、成見，而是由科學方法得來的鮮為

〔註105〕黃彥編著：《建國方略》，廣東人民出版社，2007 年，51 頁。
〔註106〕見《心理建設》章，黃彥編著：《建國方略》，廣東人民出版社，2007 年。
〔註107〕黃彥編著：《建國方略》，廣東人民出版社，2007 年，52 頁。
〔註108〕黃彥編著：《建國方略》，廣東人民出版社，2007 年，57 頁。

人知的真理。他說：「凡真知特識，必從科學而來。捨科學而外之所謂知識者，多非真知識也」〔註109〕。孫還用「蜾蠃變螟蛉」故事證明古籍所載、肉眼觀察「螟蛉為養子」均錯，而以科學考查證明蜾蠃是「蒙藥之術」的首創者，佐證他的「知」的內涵。在這個意義上，孫的宣傳思想頗類似於西方的創新擴散傳播理論。但不可否認，孫對「知難行易」的非學理化論述，對「知」的泛泛界定，讓其蒙上唯心色彩。

（三）歷史層面

對於宣傳的社會累積效果，孫從歷史角度予以證明。他說：「世界上的文明進步，多半是由於宣傳」。〔註110〕中國舊文化能與歐美並駕齊驅的原因，是由於孔子在二千多年以前所做的宣傳工夫，佛教、基督教等宗教能遍佈世界，是由於其教徒的不懈宣傳。宣傳是文化、文明得以傳承，但文化、文明的傳承絕非是由宣傳這一個因素造成，而是由自然環境、生存方式、經濟基礎等多種因素，孫從歷史角度證明宣傳的累積效果，無疑誇大的宣傳的社會功效，把宣傳的地位推到了極致。

（四）政治層面

孫對比了軍事鬥爭、宣傳的兩種效果，斷定「宣傳奮鬥的效力大、軍事奮鬥的效力小」〔註111〕，並再三說明「武力之不可靠，而主義、真理道德之為可靠也」〔註112〕。他給出的佐證主要有：武昌起義表面是軍事奮鬥的成功，實際是宣傳的結果，因為清兵接受了「我們的宣傳」；民國建設的不成功，在於革命志士認為軍事得勝，不必注重宣傳；13 年來（1912～1924 年——引者注）革命失敗的重要原因是「沒有宣傳的奮鬥」；槍炮奮鬥得來的結果需要宣傳予以鞏固〔註113〕；「要政治上切實的道理實行出來」有兩種，中國古時政治是依靠「武力壓逼群眾」，湯武革命、民主政治是靠宣傳，使人心悅誠服，情願奉令去行。據此，孫斷定：「革命成功極快的方法，宣傳要用九成，武力只

〔註109〕黃彥編著：《建國方略》，廣東人民出版社，2007 年，52 頁。
〔註110〕《宣傳造成群力》，1923 年 12 月 20 日。《孫中山文集》電子版。
〔註111〕《宣傳造成群力》，1923 年 12 月 20 日。《孫中山文集》電子版。
〔註112〕《黨員須宣傳革命主義》，《國父全集》第二冊，452 頁。
〔註113〕原文是「如果我們沒有宣傳的奮鬥，那末，我們用槍炮奮鬥得來的結果便不能夠保持，這就是十三年來革命失敗的重要原因」。見《在廣州國民黨講習所開學典禮的演說》，1924 年 6 月 29 日，《孫中山全集》，359 頁。

可用一成」〔註114〕，並要求國民黨變更建國的方法：注重宣傳，不注重軍事〔註115〕，等。

　　孫中山非常重視宣傳工作。為此，他要求宣傳者要有良好的道德與學問，有誠心、耐心與恒心，提出設立宣傳學校對宣傳者進行訓練；要求宣傳須有其內容、有其方法；要求對不同對象採取不同的宣傳策略、方法。此外，對集會、報紙、雜誌、專書、傳單、通信、文學、周遊及學生、軍人、女子、教士和論戰、主義、戲劇等宣傳形式均有論述〔註116〕。上述論述，很大部分是孫及其領導革命同志宣傳經驗的總結，而不是理論化的闡釋。

　　綜上所述，孫在其革命生涯和政治學說中，極其重視宣傳工作，並把宣傳工作置於革命建國的重要位置。這一偏好在晚年達到了頂峰。在其彌留之際的遺囑中仍把事業寄託在宣傳事業上。「余致力國民革命凡四十年，其目的在求中國之自由平等。積四十年之經驗，深知欲達到此目的，必須喚起民眾及聯合世界上以平等待我之民族，共同奮鬥」，「喚起」即宣傳。

　　需要說明的是，在孫中山那兒，宣傳常常與「征服」、「攻心」、「勸人」、「教」、「感化」、「喚起」、「鼓吹」等詞語互用〔註117〕，表明在孫中山那兒，宣傳是一個廣義的概念，意指將主義傳播或擴散到社會中去的一種社會現象。

二、報刊：「訓民以政」的輿論工具

　　由上所述，孫中山把宣傳（聯絡、人心建設、心理建設）視為建立民國基石的唯一通道，並賦予其艱巨的任務，文字、報刊、傳單、演說等媒介均是革命宣傳的重要載體。其中，報刊在孫的政治理念與實踐中佔有第一要務。孫曾說：「報紙、選舉、礦業三事，皆為要圖，諸君次第舉行，即可為實現民權、民生主義之基礎」〔註118〕。在這一範疇下，孫對於報刊宣傳的地位、角

〔註114〕《宣傳造成群力》，1923 年 12 月 20 日。《孫中山文集》電子版。
〔註115〕《宣傳造成群力》，1923 年 12 月 20 日。《孫中山文集》電子版。
〔註116〕臺灣學者湯承業在其著作《國父革命宣傳志略》中，詳細梳理了孫中山宣傳思想、宣傳方式、宣傳策略、宣傳手段。全書分十五章，除第一章論述宣傳的作用外，其餘各章均分別論述各種宣傳形態。《國父革命宣傳志略》，中央研究院三民主義研究所，1977 年 11 月 12 日初版。
〔註117〕白文剛等認為孫中山對宣傳的表述主要有五種：即宣傳就是「以主義征服」；宣傳便是攻心，宣傳就是勸人；教便是宣傳；感化就是宣傳。見白文剛、郭琦：《論孫中山的宣傳思想》，《四川理工學院學報（社會科學報)》，2008 年第 4 期。
〔註118〕《復貴州民生社戴仁俊等論不除官僚軍閥不能建設函》，《國父全集》（第三

色與功能給予了極高的讚譽，也論述了報刊監督政府、新聞自由、報刊與政黨等問題。詳情可見表 2-1。

表 2-1　孫中山對報刊主要論述一覽表〔註119〕

時　間	函、電、演說、題詞、章程	關於報刊核心論述與主張	出　處
1895.2.21	香港興中會章程	設報館以開風氣	1，22
1905.10.20	《民報》發刊詞	此所以爲輿論之母也	1，288
1906	爲《雲南雜誌》題詞	振我民氣	集，600
1918.1.13	宴粵報記者時的講話	報紙爲製造輿論機關；指導民眾，群策群力	4，314
1911.12.31	爲上海《民立報》題詞	戮力同心；英文：「Unity」is our watch word	1，581
1912.3.17	令交通部核辦報界公會請減郵電費文	查報紙代表輿論、監督社會，厥功甚巨。	2，245
1912.4.12	致武漢報界合會函	「輿論之勢力與軍隊之勢力相輔相成」使民國成立	2，337
1912.4.16	在上海《民立報》之答詞	革命事業，實賴報紙鼓吹之力	2，337
1912.4.27	對粵報記者的演說	人心一致是報界鼓吹之功；言論不一，人心惶惶	2，348
1912.4.27	在廣州與記者的談話	忠告政府屬監督行政範圍，自是正當之輿論，第不可輕信謠言，攻訐私德耳。	2，350
1912.5.4	在廣州報界歡迎會的演說	輿論爲事實之母，報界諸君又爲輿論之母	2，356
1912.6.24	《新國民雜誌》序	共和政治論推原動首是數年來言論提倡之力	2，381
1912.7.10	爲《天鐸報》題詞	天下爲公。	集，610.
1912.9.2	在北京報界歡迎會的演說	中國革命數日成功，皆報界諸君鼓吹之力	2，431

冊），739 頁。

〔註119〕此表根據《孫中山全集》（1～11 卷，中華書局，1984）、陳旭麓、郝盛潮主編的《孫中山集外集》（上海人民出版社，1990 年）和郝盛潮主編的《孫中山集外集補編》（上海人民出版社，1994）繪製。表中孫中山對於報刊的部分表述做了概述，出處：未標明者爲來自《孫中山全集》，「集」是指《孫中山集外集》，「補」是指《孫中山集外集補編》。

1912.9.2	《在北京報歡迎會的演說》附：《同題異文》	報界上而監督政府，下而開導人民，為全國文明進化之導引線	2，434
1912.10.12	在上海報界公會歡迎會的演說	革命成功，全仗報界鼓吹之力；當革命時代，報界鼓吹不可少，當建設時代，報界鼓吹更不可少	2，495
1912.9	為《鐵路協會雜誌》發刊題詞	大道之行也	集，611.
1912.11	為《神州女報》題詞二件	一，發達女權，二，同進文明。	集，612.
1912.12.20	《民意報》週年紀念祝詞	《民意報》，種種效果，播諸輿論。	2，558
1912	《鐵路雜誌》題辭	此為《鐵路雜誌》同人文字收功之日	2，568
1913.7	為《中華民報》創刊週年題詞	作我民氣。	集，616.
1917.9？	《工業星期報》出版祝詞	崇論宏議，雍本培根，恢揚武力，導引國民；	集，626
1919.8.1.	《建設》雜誌發刊詞	發刊《建設》目的，鼓吹建設思潮	5，89～90
1919	《實業旬報》創刊祝詞	先知先覺，救國救民	補，248
1920.1.29	致海外國民黨同志函	近日輿論喉舌，端在報端	5，208
1920.5.1	為《新青年》雜誌題詞	天下為公	集，634
1920.10.10	為《少年中國晨報》題字	國民之導師。	集，635
1920.11.8	與上海通訊社記者的談話	山東問題「宜先行造成一種強固之輿論」。	5，399
1921.12	益智書報社八週年紀念賀電	宣傳主義，啓牖文明	6，51
1921.12	吉礁坡中國閱書報社十週年紀念賀電	振三民之木鐸、導五權之先河。	6，51
1921	為《汕頭晨報》題詞	鳳鳴朝陽	集，641
1922.8.24	與上海報界的談話	中國現在武力戰爭已過，當專改為筆之戰爭。筆之為用，何殊十萬毛瑟。	編，298
1922.8.24	與報界的談話，	今後奮鬥之器，不以槍而以筆。常言謂：一支筆勝過三千毛瑟槍。今諸君之筆或尚不止三千毛瑟。	6，530

1922.9	爲《求是新報》出版題詞	明辨篤行	集，646
1922.10	贈《覺民日報》題詞二件	一，南天一幟，二，吾黨喉舌。	集，646
1922.10.11	覆《旭報》函	貴報作民喉舌，斯眞勝於三千毛瑟也	
1922.1.17	致《覺民日報》函	貴報爲吾黨喉舌，作僑界導師。收文字之奇功，一紙風行，萬流景仰。	6，578
1923.1.25	在上海招待新聞界時的演說	裁兵：「苟輿論一致要求，彼曹亦絕難抵抗」。	7，47
1923.11.20	爲《新建設》月刊題詞	建設新基	補，245
1923.11.25	爲《國民黨周刊》題詞	革命尚未成功，同志仍須努力	集，652
1924.11.19	在上海招待新聞記者的演說	報界在野指導社會；達到全國和平統一的頭一步，要靠報界諸君鼓吹，來指導民眾。	11，331
	祝《晦鳴旬刊》出版題詞	發揚大義	集，658
	祝澳洲〈雪梨民報〉出世詞	五權實現，三民咸遂。文字收功，國福民利。	11，644

表 2-1 中，按時間順序列出了孫在不同時期對報刊地位、角色與功能的不同表述。除了 1895 年在香港《興中會》章程中，規定「設報館以開風氣」外，其餘論述均是在題詞、談話、演說、公文、函件、賀電等公共場域，表明孫對報界寄予了厚望。從上述表述看，孫視報刊爲「輿論之母」、「國民之導師」、「吾黨喉舌」、「僑界導師」、「先知先覺」、「作民喉舌」、「代表輿論」等角色，具有「開風氣」、「宣傳主義，啓牖文明」、「發達女權」、「建設新基」、「作我民氣」「監督政府」、「開導國民」、「指導民眾」等鼓吹、監督、指導功能。上述表述還表明，孫毫不質疑報刊宣傳、報刊形成輿論、指導輿論的強大效果。「勝於三千毛瑟」、「文字之奇功」、「和平統一的第一步要靠報界諸君鼓吹」等表述不僅是在公共場所內讚譽、激勵報人爲革命建國事業奮鬥的需要，也是當時歐美及中國知識分子對報刊強大傳播效果的集體體認。20 世紀初，正是歐美盛行魔彈論時期；同一時期的中國雖沒有出現「魔彈論」術語，卻也相信報刊具有無窮威力，可謂中西思潮的內在契合。推翻清政府後，孫把報刊視爲實現民權、民生兩主義，推動革命程序的極爲重要的輿論工具。要報刊採用各種策略、手段鼓吹民權，轉變國民觀念。至於新聞與訓政的互動關

係，由於孫去世前訓政尚未實施，故孫不可能對此有詳細論述。但民國之後政界與報界的混亂，也讓孫對於報刊鼓吹的消極效果、報刊監督政府、新聞自由、報刊與政黨、報刊與人民等問題有所論述。

（一）對於報刊的消極效果

政治謠言、流言是政敵攻擊對手的一種輿論策略。民初，孫對政謠、流言等危及民主共和的消極輿論，主要採取了辯論、更正、事實證明、申明主義等策略予以反駁，鮮有武力鎮壓、槍殺報人等行為。如孫認為「革命軍起，革命黨消」的流言影響了民國建設，但未追究散播者，而是在各種場合、面向各種團體、報館闡發「革命軍起、革命黨消」的錯誤言論。孫還經常面向報界談話，及時闡發國民黨的綱領、政策及國民黨的動態、行蹤，以此影響報界能有正當輿論。據統計，從 1896 年至孫去世，孫與記者、報界的談話、演說、函電共有 216 次之多。〔註 120〕

（二）對於報刊監督政府

報刊監督政府是民主政治的題中之意。孫重視民意、重視報刊對政府的輿論監督。1912 年在接受記者提問時，他說，「忠告政府屬監督行政範圍，自是正當之輿論，第不可輕信謠言，攻訐私德耳。」這句話隱含三層含義。（1）報界監督政府的範圍是行政範圍；（2）報界監督政府的態度是誠懇的，不能以監督政府的名義攻擊政府，因為政府是人民之政府，官吏是人民的公僕〔註 121〕。即「基於道義與義務，報界應該協助政府，與輔導人民，絕不可專以攻擊為能事」〔註 122〕。1912 年 4 月，孫對粵報「言論益恣，不按公理，攻擊政府」以致「人心惶惶，不能統一」倍感痛心。〔註 123〕（3）報刊監督政府不能攻訐官吏私德。雖然在這方面的論述不如對報刊鼓吹功能的論

〔註 120〕據《孫中山全集》（1～11 卷，中華書局，1984）、陳旭麓、郝盛潮主編的《孫中山集外集》（上海人民出版社，1990 年）和郝盛潮主編的《孫中山集外集補編》（上海人民出版社，1994）統計。

〔註 121〕孫中山說：「報紙在專制時代，則利用攻擊，以政府非人民之政府；報紙在共和時代，則不利攻擊，以政府乃人民之政府也。政府這官吏，乃人之公僕。譬如設一公司，舉人司理，股東日言其司理人狡詐，生意安望興盛？」見《對粵報記者的演說》，1912 年 4 月 27 日，《孫中山全集》（2 卷），348～349 頁。

〔註 122〕湯承業：《國父革命宣傳志略》，中央研究院三民主義研究所，1977 年出版，45 頁。

〔註 123〕《對粵報記者的演說》，1912 年 4 月 27 日，《孫中山全集》（2 卷），348 頁。

述多，但是，孫的胸懷相當寬廣，能容納不同意見。有力證據是孫對「暫行報律事件」的果斷處理。1912 年 3 月 4 日，南京臨時政府內務部頒佈《暫行報律》，引起「暫行報律風波」，孫聽取報界意見後，於 3 月 6 日晚上即下令內務部取消《暫行報律》並通電上海報界俱進會。〔註 124〕

（三）對於新聞自由

新聞自由的程度是民主政治的一個重要標誌。孫深受西方「自由、平等、博愛」精神的影響，倡導並實踐民權主義。民國成立後，孫即在臨時大總統誓詞中發誓遵從「國民之公意」〔註 125〕，並在其主持制定並通過的《中華民國臨時約法》中明文規定「人民有言論、著作、刊行及集會、結社之自由」。但孫不是「絕對新聞自由〔註 126〕」的擁護者，他的自由觀是個人自由應服從國家自由。其證據有：

1、孫對革命陣營內的言論不一深感痛心，極力主張報刊鼓吹要「戮力同心」、「言論一致」、「輿論同一」。

2、報刊宣傳言論不一，必將導致人心惶惶。

3、呼籲、囑咐報界要「造成有組織之民意」〔註 127〕、「造成健全一致之言論」〔註 128〕，使全國人心，趨於一致。即報刊宣傳不能違背三民主義、五權憲法、建國方略。

4、對於違背者，孫予以批評、教育乃至著文、演說予以駁斥，鮮有監禁、槍斃記者、查封報館的行為。

查《孫中山全集》、《孫中山集外集》、《孫中山集外集補編》及研究孫中山宣傳的《國父宣傳志略》等著作，尚未發現孫的此類行為，但也有少數的查禁傳單的指令。如，1924 年 10 月，孫曾下令查禁詆毀政府的各類傳單。〔註 129〕

〔註 124〕劉泱育：《「〈民國暫行報律〉風波」的再研究》，《國際新聞界》，2009 年 03 期。

〔註 125〕《臨時大總統誓詞》，1912 年 1 月 1 日，《孫中山全集》第 2 卷，1 頁。

〔註 126〕民初報界精英多數是追求的是「絕對新聞自由」，其典型表現是報界集體抗議《暫行報律》的頒佈。參見：盧家銀：《民初報界抵制報律的深層原因分析——以〈暫行報律〉事件為中心》，國際新聞界，2009 年 03 期。

〔註 127〕《與謀統一，須先裁兵》，《國父全集》（第二冊），861 頁。

〔註 128〕《在廣州報界歡迎會的演說》，1912 年 5 月 4 日，《孫中山全集》，356 頁。

〔註 129〕「查廣州市近日發現各種詆毀政府傳單，日有數起。……應即拘拿，跟究出處，從嚴懲辦……。」見《飭查禁傳單令》，1924 年 10 月 8 日，《孫中山全集》第 11 卷，142～143 頁。

（四）對於報刊與政黨

報刊在孫的政治實踐中始終扮演著輿論工具角色。1909 年，孫發表的「體用說」〔註 130〕，形象地表達了這一觀點。孫領導、指揮、創辦、資助、津貼的報刊絕大多數是革命黨的機關報，由他們負責宣傳三民主義、五權憲法。辛亥革命後，組建的中國國民黨、中華革命黨及後來改組的國民黨，亦把報刊視爲其機關報。尤其是改組後的國民黨，學習蘇聯建黨經驗，在宣傳管理方面由以前零散的管理方式轉變爲由國民黨中宣部統一管理，加強了對報刊宣傳的指導、監督。值得注意的是，在孫關於報刊的論述中，目前尚未找到報刊能否監督政黨的表述。

（五）對於報刊與人民

孫在這方面的闡釋較少，人民在他的視野中始終是「後知後覺」的「實行家」，他們需要報刊予以啓蒙、教化，需要「訓民以政」。可貴的是，孫視報刊爲人民必需的精神食糧。1921 年 10 月完成的《實業計劃》（原爲英文）一書中從民生主義角度規劃了六大計劃，其中計劃（五）是食、衣、住、行及新聞事業（press）。〔註 131〕並說，「據近世文明言，生活之物質原件共有五種，即食、衣、住、行及印刷是也」。印刷工業爲「文明一大因子」。應「於一切大城鄉中設立大印刷所，印刷一切自報紙以至百科全書。各國所出新書，以中文翻譯，廉價售出，以應中國公眾之所需。一切書市，由一公設機關管理，結果乃廉。」〔註 132〕

三、小結：對孫中山報刊思想的扼要評價

孫中山是偉大的革命家、宣傳家，其宣傳思想（含報刊宣傳）是既零散又浩瀚。作爲孫的政治思想的關鍵環節：訓政。孫中山給出了框架性的設計，

〔註 130〕「擴大少年學社、公開爲中國同盟會是體，擴大《美洲少年》，改組爲日報是用，有體有用，我們黨的宗旨和作用才發揮出來」見《與李是男黃伯耀的談話》，1909 年 2 月中旬，《孫中山全集》，第 1 卷，439 頁。

〔註 131〕《實業計劃》一書原爲英文，一般譯文，現在均將「press」譯成印刷工業、出版工業。臺灣學者李瞻認爲不妥。他說，「一般譯文，均將新聞事業（press）譯爲印刷事業或出版工業，頗爲不妥。因英美從十七世紀直至現在，press 一詞，一直系指報業或新聞事業而言。」見李瞻：《國父與總統蔣公之傳播思想》，《新聞學研究》，第 37 集，1986 年 11 月 28 日版，14 頁。

〔註 132〕黃彥編著：《建國方略》，廣東人民出版社，2007 年，第 289～290 頁。

並把訓政到憲政的過渡路徑之一定爲宣傳。由於報刊具有整合民眾，貫通思想的強大效果，故在訓政框架下，孫把報刊列爲首要地位之一，並讓其扮演「國民導師」、「輿論之母」、「吾黨喉舌」的角色，以發揮其傳播效果。報刊在孫的訓政設計中的地位、角色可用圖 2-3 表示。

圖 2-3　孫中山訓政理念與實踐中的宣傳（報刊）地位圖

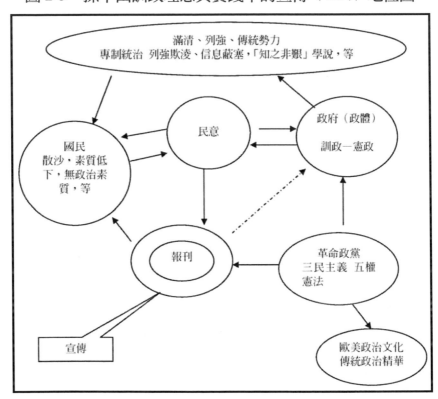

　　圖 2-3 表明：兩千年來的專制統治和滿清的鉗制言論自由造成四萬萬國民一盤散沙，致使中國備受列強欺凌。面對國民一片散沙、國民知識程度低下、帝制觀念深厚的現實，孫發明「知難行易」學說打破傳統的「知之非艱，行之惟艱」的傳統偏見，並以三民主義爲政治號召，組建政黨。在以武力與宣傳力量推翻滿清，實現民族主義後，針對民國初年的政治紊亂，深刻認識到只有把三民主義、五權憲法貫通於四萬萬國民，才能鞏固民國基礎，眞正建立民意基礎上的共和政府。革命政黨肩負宣傳民眾、普及民權、民生主義以形成三民主義的社會心理基礎，打倒專制軍閥與帝國主義，建設憲政體制、造福國民的三重重任，因而在孫的政體設計、報刊宣傳中扮演「訓民以政」

的發動者、組織者的關鍵角色。

其次，孫中山的報刊思想是薈萃了歐美自由主義理念、蘇俄宣傳經驗及自身報刊宣傳實踐的矛盾綜合體。這一矛盾主要表現有：

1、孫對報刊、對宣傳的表述並非是系統化的，而是零散的演說、函電、題詞等。關係理論指出，任何一條訊息均有「內容訊息」和「關係訊息」構成。內容訊息是指傳播的內容，指令訊息對關係給予揭示，它十分隱蔽，只能通過作者的上下文和個別字句的選擇來抉擇，但它影響內容訊息。〔註133〕孫對報刊的表述絕大多數是在談話、演講、函電等公共場域。這一方面使其表述有許多重複且自相矛盾之處，另一方面也在無意識中凸顯了孫對報刊的鼓吹、代表輿論、指導輿論等功能的誇飾，掩飾了孫對報刊巨大消極效果的警惕。

2、孫中山雖接受了西方自由主義理念，但是內外交困的現實迫使孫始終以實用主義的態度對待報刊，從宣傳範疇內視報刊為實現訓政的輿論工具，晚年在軍閥政治及受蘇俄的影響，更是強調宣傳的系統性、組織性，讓其學說貫通國民思想，以造成有組織的民意。但是，這種灌輸、訓導式的宣傳手段卻與其要達到的目標——實現民權，建立憲政體制在根本上是衝突的。憲政要求保障國民個體在信仰、言論、出版、新聞等方面的自由；民權要求國民對政府有知情、知察的監督權，近代中國的現實國情是國家自由高於個人自由，孫倡導報刊宣傳的指導宗旨是三民主義，手段是訓導、灌輸，這就在根源上排除了其它「主義」，也混淆了宣傳與新聞的區別。對待前者，孫向能容納，但到了蔣介石，其它主義均被排斥在外。至於後者，其惡劣影響更是深刻影響了國民黨的新聞事業。

3、孫中山的宣傳（報刊）思想既是當時國內盛行的宣傳具有強大威力的產物，又是其典型代表。宣傳的巨大威力被近代報人、政治家運用於喚起民眾、宣揚政見、救亡圖存的工具。輿論之母，代表、指導輿論，乃至製造輿論的說辭在政學兩界盛傳。清末民初，康、梁等改良派視報刊為推動維新運動的基本方式，清廷及北洋軍閥鉗制敵對報刊的嚴厲措施等背後，均是宣傳有強大效果的利用與恐懼的心態。孫及其革命黨人的報刊宣傳活動，既再次渲染了報刊的社會威力，又利用其威力推翻了滿清。概念是對事物的基本把

〔註133〕見斯蒂文‧小約翰：《傳播理論》，北京，中國社會科學院出版社，1999年12月第1版，93頁。

握，孫對宣傳概念的認識，充分表明他非常信服宣傳威力。孫對宣傳的表述主要有五種：宣傳是「以主義征服」〔註134〕，「宣傳便是攻心」〔註135〕，「宣傳就是勸人」〔註136〕，「教便是宣傳」〔註137〕，「感化就是宣傳」〔註138〕。

4、孫中山的宣傳（報刊）思想既是其個人經驗的總結，又是國民黨人集體認知的提升。晚年，孫更是從蘇俄經驗中看到了宣傳一體化的強大效果，呼籲報界要培養「有組織的民意」，這一思想動向深刻影響了國民黨人。

綜上所述，古代中國的政治文化中所蘊含的權力獨享傳統源遠流長，這一歷史慣性，是古代皇權政治向近代政治轉型的最大歷史阻力之一。這一系統內的新聞始終處於權力壓制狀態，既缺乏自身主體性，也無法與權力制衡。但是傳播本身內含的民意潛力，讓歷代當政者對之既敬畏又力圖征服，使他們既敬畏新聞，又發展出綿細、龐大的輿論控制思想。這一強勢政治，弱勢新聞的關係格局，在近代中國轉型過程中受到了嚴峻挑戰。強勢政治在列強武力侵略、文化侵蝕下趨於弱勢，新聞則在歐風美雨中獲得自主性，趨於強勢。這一強弱轉換的過渡格局發生在中國被迫現代化的時代背景。經過半個多世紀的醞釀，在「救亡圖存」的時代主題下，偉大的革命先行者孫中山，在其革命建國的實踐中設計了以「訓政」為路徑的過渡方式，而訓民以政的主要渠道是宣傳，是要發揮報刊的社會整合、啟蒙教育功能，以此構建出新型的新聞與政治的關係，破解傳統的強勢政治，弱勢新聞的關係格局，推動中國社會結構的政體轉型。孫中山的思想直接影響了他所領導的國民黨，並由後者將其思想在 20 世紀 20～30 年代變成現實，故是國民黨治下新聞與訓政的歷史遠因與近因。

〔註134〕《孫中山全集》（8 卷），432 頁。
〔註135〕《孫中山全集》（2 卷），6 頁。
〔註136〕《孫中山全集》（8 卷），284 頁。
〔註137〕《孫中山全集》（8 卷），572 頁。
〔註138〕《孫中山全集》（8 卷），574 頁。

第三章　黨國體制的建構與國民黨新聞思想

　　與現實中新聞與社會的即時動態互動相似，歷史中的「新聞」是與同時期的人類歷史發生同步的動態互動。某一歷史時期的人類的生產與生活，既延續前一歷史時期的基本模式，也在前一歷史時期框定的結構框架下向前發展。這一結構框架即是社會的階層結構與治理社會的政治結構及支撐社會發展的經濟、文化結構。社會信息（包括新聞信息）既在這一特定結構中產生、擴散，又同步反作用於這一結構，與之構成動態、複雜、隱蔽的多元、多層次的互動衝突關係。

　　20世紀20～30年代的新聞與政治，是在國民黨的黨國體制下展開，並與之發生同步、多元的互動衝突的。黨國體制是根據孫中山的訓政構想，由國民黨建構的一種政治體制。這一體制不同於西方的民主共和憲政制度，也不同於蘇俄的社會主義制度，也迴異於傳統中國的皇權專制的封建制度和民初的議會政治制度，而是雜糅了英美民主政治理念、蘇俄的政治組織結構、傳統中國的集權思想而形成的，以國民黨的黨政雙軌制爲核心的過渡性政治制度。

　　這一制度並非嚴格按照孫中山的訓政構想而構建，其制度體系與同時期的社會階級、階層結構、經濟結構、文化思潮不僅不契合，而且表現出嚴重的分裂與對抗特徵。社會變動是新聞產生的天然土壤，在「分裂與對抗」的社會環境中產生的新聞信息流，在黨國體制內向社會擴散、流通，與之發生同步、多元的互動衝突必定是非常頻繁、激烈的。這在於維護黨國體制的新

聞宣傳流與體現黨國體制外的階級、階層利益訴求的新聞流，黨國體制內不同權力主體、不同派系、不同利益主體訴求的新聞流之間，及國際社會強勢輸入中國的新聞流，這四股主要的新聞流形成了相當複雜、多元交織、多層次的話語交鋒與衝突，而這一衝突的主要根源在於制度建構與基本觀念的背離。

本章將把視野轉向國民黨黨政要人的訓政理念及其理念下支撐的黨國體制，及在這一體制下控制、影響各種新聞流的流向、流量、流速的新聞傳播思想，展現抗戰前黨國體制下不同訓政理想、新聞思想之間的話語衝突，及同一訓政思想、新聞思想內的巨大張力，及這些衝突、張力與黨國體制的基本矛盾，勾勒新聞與訓政互動衝突的歷史舞臺。

第一節　孫中山訓政構想的後續闡發——胡漢民、蔣介石等人的訓政思想

孫中山是魅力型領袖，其政治理念因其崇高威望鮮被國民黨精英所質疑。生前，他設計了軍政、訓政、憲政的革命程序論，並對訓政時期作了框架性建構。可惜，孫中山沒有建構訓政體制，也沒有建立權力繼替的有效制度。孫去世後自然面臨著由誰、如何闡釋，又如何發展其思想，及據此思想建構政治體制的現實問題。這一問題導致了胡漢民、汪精衛、蔣介石等國民黨黨魁之間的權力爭鬥。在權力爭鬥中，誰擁有總理的話語闡釋權，意味著誰佔據了「黨統」的理論制高點，能夠挾「黨統」而令天下。

當權力介入思想的話語闡釋，即意味著這種闡釋是披著理論的外衣，有選擇、有屏蔽、摻進個人權力和利益訴求的文本扭曲，一種以理論形態呈現的社會宣傳。國民黨對孫中山思想（包括訓政構想）的闡釋，既有承繼的一面，也有刻意凸出、有意遮避的一面。孫去世後，三民主義即分裂為許多不相兼容的流派，除了蔣介石的三民主義外，主要還有戴季陶的「民生三民主義」、胡漢民的「連環三民主義」、改組派的「科學三民主義」。〔註1〕上述主

〔註1〕　茅家琦、徐梁伯等著的《中國國民黨史》（上冊），鷺江出版社，437～442頁。另外，在每周一的總理紀念周演講，也有許多黨政要員均對孫中山訓政思想有所闡發。國民黨內外的知識分子如羅隆基、施存統在批評國民黨的訓政體制的基礎上，也對孫中山的訓政思想有所闡釋，有所批評，但多數基本體現了孫中山思想的精神。見王兆剛：《國民黨訓政體制研究》，中國社會科學出

義中只有胡漢民、蔣介石的「主義」對黨國體制產生實質性影響，其它主義基本處在思想層面。具體而言，胡漢民的訓政思想影響了國民黨的制度和機構設置，蔣介石的三民主義則主導了國民黨的訓政體制的實際運行和發展走向。

一、胡漢民的訓政思想

胡漢民（1879～1936），字展堂，廣東番禺人，以國民黨理論家著稱。孫中山去世後，他以繼承和實施孫中山的遺教爲己任。1928 年 6 月北伐初告成功，他即向國民黨二屆五中全會提出「訓政大綱案」（6 月 3 日）、「訓政大綱說明書」（6 月 18 日），主張依據孫中山的建國方略，結束「軍政」，實施「訓政」。五中全會肯定了胡的主張，正式宣告訓政開始。同年 10 月，胡出任南京政府委員兼立法院院長，主持制定了《訓政綱領》、《國民政府組織法》、《確定訓政時期黨政府人民行使政權治權之分際及方略案》等訓政法規，將其思想變成現實。此外，胡還利用會議發言、演講的機會深入闡釋孫的訓政思想。從已有研究及相關文獻看〔註2〕，胡的訓政思想的核心是：

1、國民黨是民意的化身，是訓政的發動者，訓政時期應由國民黨全權代理人民的「政權」，並組織好政府，把治權交給政府，實現權能分治。

2、「黨義治國」實現路徑是把中國政治的領導權集中於黨，由黨去實行黨義與政策。

3、黨政關係上主張「以黨統政」，同時強調黨政分工，即黨形成決議，政府執行；主張國民黨中央政治會議爲訓政的最高機關，指導政府訓政，國民政府常務委員爲中央政治會議當然委員。黨、軍關係上主張黨政軍一體化，實行以黨統軍；同時在黨、軍關係施行權能分治學說，防止軍事獨裁。

4、政府體制上，主張建立五院制，以合議制的原則運行。五院不是彼此制衡，而是「彼此只收聯絡之功，而不應有對抗之勢」〔註3〕；五院院長由政府常務委員分任，政府主席從政府常務委員中指定，其權力除對外代表國家外，與其他常務委員相同；主張司法行政權與司法審判權分開，以保障司法

版社，2004 年，46～47 頁。
〔註2〕　相關研究主要有：李黎明：《胡漢民「訓政」思想的形成和特點》，《齊魯學刊》，1995 年第 2 期。王兆剛：《國民黨訓政體制研究》，中國社會科學出版社，2004 年，32～42 頁。
〔註3〕　《立法工作的三種意義及其他》，《胡漢民先生文集》，第 4 冊，814 頁。

獨立；主張監察權獨立，但監察院只擁有彈劾政府權，制定政策與監督行政，是黨的職責；主張以法治國、以法治軍等。

5、縣自治方面，主張縣黨部負責自治的訓政和宣傳，縣政府負責具體推行，並以實行地方自治來消滅中共和土豪劣紳。

二、蔣介石的訓政理念

蔣介石（1887～1975），名中正，字介石，原名瑞元，浙江奉化人。如果說胡漢民對於訓政體制的制度建構有重大影響，蔣介石則主導了訓政體制的實際走向，是影響中華民國歷史實際走向的關鍵人物。對於中國現代化進程，蔣有大功也有大過。其中大過之一是在 1927～1937 年的訓政期間清黨和剿共〔註4〕。這一時期，蔣既多次宣稱「接受總理的遺訓」，其對孫中山訓政思想的闡釋，既有認同胡漢民的闡釋一面，也有不同於胡的一面，總體上蔣是借孫中山的思想維護個人專權。其思想核心主要是〔註5〕：

1、強化「以黨治國」，主張黨是政府的靈魂，黨員是民國的主人，政府完全要黨來指導，強調「三民主義」是統一全國思想的惟一思想，這兒，「三民主義」特指蔣介石的「三民主義」，為爭奪三民主義的話語闡釋權，蔣甚至囚禁反對制定「約法」的胡漢民。

2、突出「知難行易」學說，暗示自己是「先知先覺」者〔註6〕，黨內黨外的民眾「非經長期訓練不行」。訓練內容聲稱訓育民眾的憲治精神，憲治精神的內核卻是「重秩序，負責任，自重重人」；達到憲政的路徑是恢復中國古

〔註4〕 對蔣介石的評價歷來說法不一，本書主要採用楊天石的觀點。楊天石認為蔣介石既是一個溫和、軟弱的民族主義者，又是一個相當自負、不斷自我反省的人。他對中國歷史有兩大功和兩大過。第一大功是領導北伐，1926～1928年，蔣介石前後兩次北伐，推翻了北洋軍閥的統治；第二大功就是領導國民黨和國民政府進行抗日戰爭。兩大過，一個是 1927～1937 年間的清黨剿共反人民，一個是 1946～1949 年的三年內戰反共反人民。見楊天石：《鬼？神？人？——解讀蔣介石日記》，《文史博覽》，2006 年第 21 期。

〔註5〕 見秦英君：《論蔣介石的「訓政」思想》，《史學月刊》，1988 年第 4 期。關志鋼：《孫中山「黨治」學說與蔣介石集團「黨治」獨裁之異別》，《求索》，2002年第 6 期。

〔註6〕 蔣介石曾說：「現在有些黨員認為我是獨裁者，認為我大權獨攬，因而起來反對我，我認為，孫中山先生把我當作革命者，才把這個大權交給我，因此，一切反對我的言行都是反革命」。見〔蘇〕А·В·巴庫林：《中國大革命武漢見聞錄》，中國社會科學出版社，1985 年版，第 90 頁。

代重禮守法之精神。〔註7〕

　　3、地方自治，聲稱要訓育民眾，實際強調傳統道德的教化作用，推行保甲制和宗法制。

　　4、主張用武力掃除訓政的一切障礙，並以結束軍政、實行訓政為由發動數次剿共運動。

　　需要說明的是，蔣介石的演講、書面致辭大多是由蔣介石授意或首肯，吳稚暉、戴季陶、張靜江、陳布雷、張道藩、楊永泰、張群等秘書或幕僚草擬。因此，通過公開的書面文字，分析蔣的訓政思想，只能反映出蔣「公開」的訓政思想，而不能揭示蔣真正的訓政理念。蔣的政治行為表明，他是借訓政名義力求實現個人集權，企圖以個人英雄主義整合社會資源，應對國內外危機。

三、黨國要人闡釋「訓政」思想的話語特點

　　在國共分裂、國民黨內部派系鬥爭頻繁的背景下，黨國要人對孫中山訓政思想的闡釋，雖然都圍繞孫中山的文本展開，但其闡釋更多的是割裂孫中山文本的任意解釋，帶有很強的實用主義。其主要表現有二：

（一）扭曲「以黨治國」的內涵

　　孫中山的「以黨治國」最初（中華革命黨時期和中國國民黨改組之前）是以黨權代替政權，實行一黨專權或黨魁獨裁制，後（1924年）修正為「以主義治國」，革命黨實行民主主義的集權制度，也可「借才於黨外」，允許黨外人士享有公民權、選舉權等各項政治權利。黨國要人卻多強調中華革命黨時期和中國國民黨改組之前孫對「以黨治國」的闡釋，強調黨權代替政權，強調黨魁獨裁、及漠視「借才於黨外」等。如，胡漢民將國民黨置於訓政的「發動者」和領導核心地位，強調訓政時期國民黨「始終以政權褓姆自任〔註8〕」，蔣介石熱衷黨魁獨裁，將主義治國偷換為黨員治國，漠視「借才於黨外」的思想，鼓吹「一個政黨、一個主義、一個領袖」，大搞個人崇拜。蔣曾公開聲稱，非本黨同志完全管政，主義是不易實行的，希望二年以內，

〔註7〕　蔣介石：《實施憲政應有之確切認識》，1939年9月17日在第一屆國民參政會第四次大會演講。

〔註8〕　榮孟源主編：《中國國民黨歷次全國代表大會及中央全會資料》上冊，《光明日報》出版社，617頁。

政治人員由中央政府至各地高級政府，全是本黨的黨員，如此主義方可實行，革命方可完成。宋慶齡曾說，孫中山的遺囑「蔣介石連一天也沒實行過」〔註9〕。

2、曲解五權憲法的內涵。孫中山的五權憲法是「吸取歐西各派學說之精華，混合我國固有之制度，熔一爐而冶之」，即試圖以古代中國監察、考試制度的優勢彌補歐美立法、行政、司法三權分立與制衡制度中的弊端。五權憲法的核心是權能區分，民眾擁有選舉、罷免、創制、複決四權才有有效管理擁有政府，實現全民政治，政府擁有治權，在憲法層面上又分為各自獨立的立法、司法、行政、彈劾、考試五權。國民黨在形式上依據五權憲法搞了一個五院制的國民政府，設有行政院、立法院、司法院、考試院和監察院，規定五院分別是國民政府的最高行政、立法、司法、考試和監察機關。但是這五院僅是政府職能部門的「五院分工」，「似不能叫做『五權分立』」〔註10〕，至於四權，國民黨始終沒有賦予民眾。表述上，黨國要人也多側重於論證「五權分立」的緣由、意義、根據、內涵及對孫中山五權憲法的高度評價，或從五權憲法的視角闡述立法權、司法權、監察權、國民大會等，多忽略五權憲法中的民眾應擁有的選舉、罷免、創制、複決四權。如孫科的《五權憲法的精義》（《再造旬刊》，1929年第30期）一文，就以孫中山的表述為基本材料，解釋了分權說的由來、總理何以五權分立，五權憲法的根據。楊幼炯著的《五權憲法之思想與制度》（商務印書館，1941）一書對五權分立做了學理分析，〔註11〕等。

黨國要人及御用學者曲解孫中山的五權憲法，目的是利用「孫中山」、「訓政」等符號資源，維護國民黨統治，爭取更多權力。具體而言，胡、蔣和國民黨的改組派、西山會議派及閻錫山、馮玉祥等均把對孫中山訓政思想的闡釋作為撈取政治資本、攻擊政敵的理論工具。胡漢民是黨內元老，長期跟隨孫中山，卻不擁有軍權，故其首先闡釋孫中山的訓政思想，使其理論成為國民黨訓政初期的基本指導理論〔註12〕，以此制衡握有軍權的蔣介石，置蔣的

〔註9〕 宋慶齡：《國民黨不再是一個政治力量》，1931年12月19日。

〔註10〕 孔憲監：《看了國富組織法草案後的疑慮》，《民聲旬刊》，1928年第4期，144頁。

〔註11〕 見《新書介紹》，《圖書月刊》，1941年，第4期。

〔註12〕 蔣介石曾說：「國府成立以來，百分之九十悉依漢民之主義」，見胡漢民：《三民主義的立法精義與立法方針》，《國父思想論文集》，臺灣中華民國各界紀念

「軍權」於胡的「黨權」之下，由此導致了蔣、胡約法之爭。蔣介石靠軍隊起家，黨內資歷淺，個人威望不能服眾，故口頭宣傳「以黨治國」，實際推行「以軍治政」、「以軍治黨」，並以「訓政」旗號下向各實力派開刀，蠶食其軍權。中原大戰期間，反蔣派打出「約法」旗號，制定了《中華民國約法草案》就是要搶佔訓政的最高話語解釋權。

任何精英都以共同命運的象徵作為旗號來為自己辯護和維護自己的利益，這些象徵就是現行制度的「意識形態」〔註 13〕。依靠武力在形式上完成全國統一的國民黨，借用具有強大號召力的「三民主義」、「訓政」等象徵符號為維護執政黨的地位辯護，無可厚非。國民黨的錯誤在於將執政手段等同於執政目的，即僅從維護自身獨享權柄的角度任意透支象徵符號，而不是運用這些象徵符號推動憲政建設，發展、完善訓政理論，推動訓政向憲政的轉型。這樣，在扭曲的訓政體制與事實面前，黨國要人對訓政的闡釋主要是替扭曲的訓政體制與訓政事實做理論上的文字修飾，文字辯護，斷章取義、邏輯混亂就自然不可避免了。

第二節　訓政名義下的黨國體制的制度結構

國民黨定都南京後宣誓繼承「總理遺囑」，按照胡漢民闡釋的「三民主義」建立了黨國體制，但軍閥時代的後遺症——武力支配政治〔註 14〕——左右著國民黨構建的政治制度。1930 年後蔣介石逐步扭曲了南京政府初期建立的黨國體制，使軍權高於政權、黨權。

政治制度是政治活動的基本結構和框架，其核心是約束、規範人們的政治關係與政治行為，使權力得到有序安排，社會歸於秩序化。從傳播角度而言，制度具有信息與媒介的雙重身份，作為信息，它向接受者發送規範性的

　　國父百年誕辰籌備委員會 1965 年版，第 391 頁。另，1928 年國民黨中常會以胡漢民的提案為基礎通過《訓政綱領》，此後的國民黨三全大會又加以追認，確定了國民黨推行訓政的基本精神和制度框架，1931 年國民會議通過「訓政時期約法」，將《訓政大綱》照搬進去，進一步以國家根本大法的形式確認了胡的訓政構想。

〔註 13〕〔美〕哈羅德·D·拉斯韋爾：《政治學》，商務印書局，1992 年，19 頁。

〔註 14〕《何日實現文治政府》一文寫道：「國民黨以黨治國之精神，日成形式化，實際上還原到武力支配政治之故轍」，見《近代中國史料叢刊》第 3 編第 5 輯，《國民周報》社編，《評論選輯》，第 1 冊，臺灣文海出版社，1985 年影印出版。

指令，或禁止或允許人們的交往活動；作爲媒介，它起到了社會信息流動的河床作用，或維繫或切斷一種傳播關係，從而在事實上建構起社會信息流通的容器，其功能是「趨於降低社會交換的信息成本」。〔註15〕在這個層面上，制度也是一種社會傳播的媒介渠道，不同於報刊、廣播的大眾化媒體的是，它以制度文件爲傳播柵欄，控制社會信息的流向、流速與流量。制度與權力是「雞生蛋、蛋生雞」的問題，擁有權力，才能擁有制度的制定、修正或廢除權；有了制度，才能有效規範權力，維護既定利益，而鏈接制度與權力的中介是話語。鑒於此，本節從信息流通角度分析黨國體制的制度結構。

一、黨國體制建構的基本過程

　　南京政府建立初期，基本沿襲廣州與武漢國民政府時期的政治體制，1928 年 6 月，國民革命軍攻克北京，北洋軍閥覆滅。如何確定國家建設的基本方針、權力分配及政體的調整問題提上議事日程。1928 年 8 月召開的國民黨二屆五中全會宣告「軍事終結，訓政開始之頃」。此次會議共收到提案 76 件、建議案 676 件、意見書 390 件，然因各方在利益與思想方面存在衝突，未能就政體建構達成一致。〔註16〕1928 年 10 月 3 日，國民黨中央常務委員會第 172 次會議通過了《訓政綱領》，確定了訓政的基本框架，1929 年 3 月國民黨第三次全國代表大會通過了《確定訓政時期黨、政府、人民行使政權治權之分際及方略案》，對政權與治權進行了具體劃分，「確定總理主要遺教爲訓政時期中華民國最高根本法案」。法案規定孫中山所著「三民主義、五權憲法、建國方略、建國大綱及地方自治開始實行法」爲訓政時期的最高依據。1931 年 6 月 1 日，國民政府公佈《中國民國訓政時期約法》。《約法》以國家根本大法的形式確認了國民黨的訓政體制，事實上取代了「總理遺教」。到此，黨國體制基本構建完成。

二、黨國體制的制度結構

　　根據上述會議通過的決議、方案與約法，國民黨「訓政」的制度結構得

〔註15〕陳衛星：《傳播的觀念》，人民出版社，2004 年，407 頁。
〔註16〕見王兆剛：《國民黨訓政體制研究》，中國社會科學出版社，2004 年，48～49 頁。

以確定。該結構雖以孫中山的訓政設計為藍本，卻多異於前者。其制度結構可分為中央、地方兩個層面。中央層面可用圖 3-1。

圖 3-1　國民黨、國民政府、國民三者權力分配的制度結構表

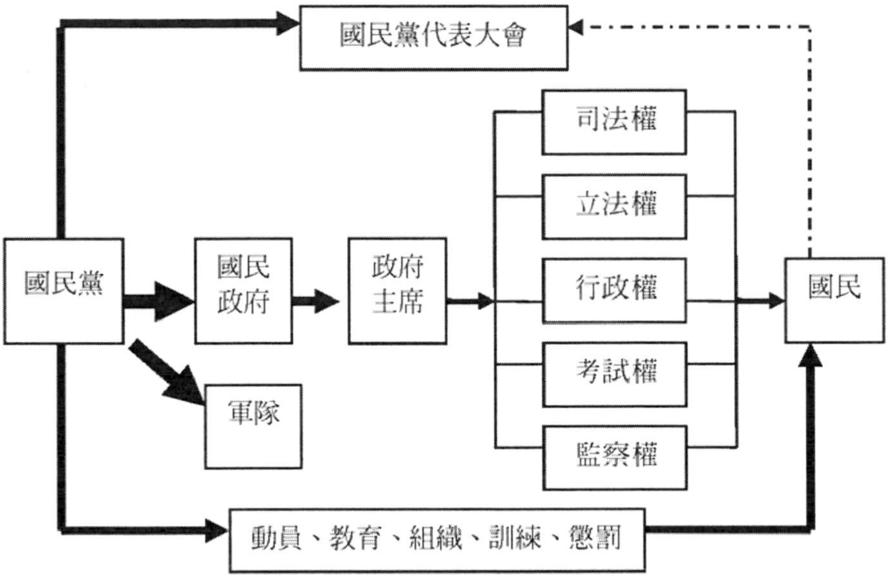

圖 3-1 形象地表明了國民黨、國民政府、國民三者權力的基本制度結構。這個結構是黨權統領政府權、軍權，國民僅享有名義的民權。即國民黨代替人民完全掌握國家政權，並組建、控制、指導國民政府與軍隊，在黨、政、國民關係上，國民僅在「民意」上通過國民黨各級代表大會行使四項權力，且這四項權力需要國民黨予以訓導才能得到。國民政府實行五院制，執行國民黨的政策與決議，管理國家事務。這個結構因「主權在黨」，故被稱為黨國體制。該體制在中央層面主要分為國民黨、國民政府、軍事、國民四個方面。

國民黨方面。自 1924 年改組後，國民黨借鑒蘇俄建黨模式，組建了遍及全國、深入基層的網絡體系。其縱向組織結構自上而下分為五級，最高黨部、省黨部、縣黨部、區黨部、區分黨部，不公開或半公開地區，設立秘密黨團。橫向結構有代表大會、執行委員會、檢查委員會等機構。其中，代表大會為權力機關，閉會期間由執行委員會代替。執行委員會下設黨務委員會、訓練委員會、組織部、宣傳部、海外部等機構。如國民黨中央機構，設有全國代表大會、中央執行委員會（中央常務委員會、中央黨務委員會、中央訓練委

員會、組織部、宣傳部等各個職能部門）、中央監察委員會、中央軍事委員會（後改隸於國民政府）。其中，中央執行委員會是國民黨的最高權力中樞。

國民政府方面。根據 1928 年 10 月份的《國民政府組織法》實行五院制，下設國民政府委員一人及委員若干人。1928 年底各院組織法公佈後，行政、立法、司法三院最先成立，1930 年 1 月考試院成立，1931 年 2 月監察院成立。其中，行政院為最高行政機關，由正副院長、各部及各委員會、秘書處、政務處等機構組成。其機構最為龐大、地位最重要。1928～1938 年間，譚延闓、宋子文（代理）、蔣介石、陳銘樞（代理）、孫科、汪兆銘（汪精衛）、宋子文、孔祥熙、蔣介石、孔祥熙（代理）、王寵惠（代理）等先後任院長。立法院是最高立法機關，下設法制、外交、財政、經濟、軍事五個常務委員會，胡漢民、林森、張繼、孫科曾先後任院長。司法院是最高司法機關，由司法行政部、最高法院、行政法院、官吏懲戒委員會組成。考試院是最高考試機關，下設考選委員會與銓敘部，分別負責考試行政與銓敘事務。監察院是最高監察機關，依法行使最高彈劾權與審計權。另外，國民政府在黨治期間先後成立國民會議、國難會議和國民參政會三種「民意機關」。

聯絡國民黨與國民政府的橋梁是國民黨中央執行委員會。該委員會下設兩個平行的機構：中央執行委員會常務委員會（簡稱「中常會」）和中央政治委員會或中央執行委員會政治會議（簡稱「中政會」）。中常會主要負責黨務、宣傳事宜，起初擁有較大權力，後其權力逐步被移奪，成為「備案機關」。中政會在 1924 年只具有咨詢功能，1925 年 6 月中政會正式轉為政治指導機關，1928 年的《訓政綱領》確定了中政會為全國實行訓政之最高機關〔註 17〕，對中央執行委員會負責，其決議直接交國民政府執行。為便於黨政聯絡，人事制度方面規定，中政會委員、中常會委員，國民政府的各院院長、副院長的職務，可相互兼任。

軍隊方面。「聯俄」後，孫中山吸收蘇聯的黨軍制度，在軍隊中設黨代表，屬行三民主義政治教育。南京政府初期，設軍事委員會為最高軍事機關，初隸屬於國民黨，後改為國民政府，但其委員由中央執行委員會擔任。1928 年 11 月，廢除軍事委員會，由國民政府主席兼任陸海空總司令，並於 1929 年設

〔註 17〕 《訓政綱領》規定是：「指導監督國民政府國務之施行，由中國國民黨中央執行委員會政治會議行之；中華民國國民政府組織法之修正及解釋，由政治會議議決行之」。

陸海空總司令部，下設訓練總監部、參謀部、軍事參議院及軍政部，1932 年
3 月復設軍事委員會，同時頒布新組織法，實行委員長負責制，後成為委員長
獨任制。

（一）國民方面

《中華民國臨時約法》規定，「中華民國主權屬於全體人民」，但這僅是
名義上的，國民政府是國民黨選任，對國民黨負責，不對國民負責。《中華民
國臨時約法》在規定國民享有平等權、參政權、自由權、受益權等權利的同
時也規定國民須接受國民黨的訓導，擁護三民主義才能享受，且這些權利在
具體法規中被剝奪，致使國民權利完全被架空。另外，《臨時約法》還規定國
民應有納稅、服兵役、工役及服從公署執行職權行為的義務。

（二）地方層面

主要涉及到中央與地方的權限、地方黨政關係、地方政府結構、地方軍
政機構三個問題。孫中山主張以事權劃分中央與地方的權限。國民黨宣稱遵
照，設置了省、縣兩級制，重要地區設立院轄市或特別行政區，後又在部分
地區設立行政督察專員公署，彌補省縣兩級制的不足。省、縣均是地方行政
機構，省政府「受中央之指揮綜理全省政務」，省政府組織延續廣州、武漢國
民政府時期的委員合議制，實際是合議制與省政府主席的個人集權並存，具
有濃厚的軍人色彩。縣政府普遍設教育局、建設局等科層組織，傳統的組織
制度卻依然存在，後實行改革，實行合署辦公和縣政府裁局改科。縣以下為
名義上的自治組織。訓政初期，實行的是區、村里、閭、鄰制，後改村里為
鄉鎮，後又取消區制。1932 年，在「剿匪」名義下推行保甲制，實際是鄉村
士紳維護地方基本的社會秩序。另外，為「剿匪」需要，國民黨在各地設立
一些專門的地方軍政機構，如綏靖督辦、「鄂豫皖三省剿匪總司令部」、「軍事
委員會南昌行營」、福建、江西綏靖主任公署，這些機構直接隸屬於陸海空總
司令部，或隸屬於軍事委員會委員長，它們不僅負責當地軍事，還可指揮監
督地方黨務、行政。至於各級政府之間，表面具有平等地位，實際權力基本
由地方軍閥賦予。可見，國民黨雖力圖通過政黨、政府兩個渠道控制地方，
重要的省、直轄市卻被地方實力派掌控，致使國民黨的政令無法下達到縣一
級，使縣為土豪劣紳所真正掌控。

（三）黨政關係方面

制度規定，各級黨部僅具有在上級黨部指導下進行地方自治的宣傳指導

及政治訓練的職能，無權干涉同級政府的政務。故各級黨部與地方政府是一種平行的相互監督關係，前者對後者沒有直接的制約權。〔註18〕實際政治中，二者關係極爲複雜，是地方政治諸多矛盾和衝突的淵藪。

第三節　黨國體制下的實際權力結構

1928 年 10 月，根據胡漢民的規劃，南京政府開始實施《訓政綱領》及《中華民國國民政府組織法》，其核心目標是借訓政制度，力圖以黨權制衡北伐過程中已擴張的軍權。故《訓政綱領》規定了黨權統攝軍權、政府權，中央統攝地方，權力最後高度集中在中央執行委員會的權力格局，企圖以黨權興民權，共同制衡軍權擴張，顯示了黨治的濃厚色彩。制度是權力有序表達的靜態規則。實際政治不同於靜態政治，它是在制度框架內，有集團實力、政治威望、政治理念、政治資歷、政治手段等因素構成的動態的權力博弈過程。1928～1931 年間的實施結果是：政府權向黨權傾斜，地方權力向中央傾斜，黨權、政府權向軍權傾斜，權力最後高度集中在握有最高軍權的蔣介石手中。1931 年後，隨著日本侵華，訓政體制的走向完全由蔣介石集團主導。胡漢民亦承認 1928 年以來的訓政：「沒有黨治，只有軍治」、「既然是軍治，便非民治，更非黨治。軍治的帳不能寫到黨治的帳上來」。〔註19〕因此，南京政府的實際權力結構與「訓政」體制規定的並不一致〔註20〕，其權力格局是以軍權爲後盾，以人脈、政治陰謀、手腕等人治方式予以切割與分配。其主要表現是：

（一）權力等級序列由軍事實力決定

權力等級序列不是訓政制度規定的黨權控制軍權，領導政權，而是由各派系的軍事實力決定。〔註21〕「北伐」完成後，中國形成了南京（蔣介石）、

〔註18〕王兆剛：《國民黨訓政體制研究》，中國社會科學出版社，2004 年，48～49 頁。

〔註19〕胡漢民：《黨權與軍權之消長及今後之補救》，《三民主義月刊》，第 1 卷第 6 期，1933 年 6 月。

〔註20〕臺灣學者蔣永敬從黨權、軍權、民權角度詳細分析了南京國民政府初期實施訓政的背景及失敗根源，認爲軍權擴張導致訓政失敗。見蔣永敬：《南京國民政府初期實施訓政的背景及挫折──軍權、黨權、民權的較量》，《近代史研究》，1993 年 5 期。

〔註21〕根統計，1928 年改組後的國民政府委員 17 名，具有國民黨中央執行委員身份者 7 人，五院院長及副院長 10 人中有 9 人爲文人。凡握有軍權的將領都名列

開封（馮玉祥）、太原（閻錫山）、武漢（李宗仁）、廣州（李濟深）、瀋陽（張學良）等軍權中心；國民黨內大致形成了西山會議派、武漢的左派及南京的中派。〔註22〕這些權力中樞和派系雖在「總理遺囑」的旗幟下達成共識，圍繞權位卻展開了無序的尖銳爭奪。蔣介石以軍事實力爲後盾，對地方派系以「編遣軍隊」爲由，採取收買、許願、給官等縱橫捭闔的手段逐步蠶食地方實力派系，首先引起桂系的李宗仁、李濟深的反對，導致兩年的兩廣戰爭，繼而導致閻錫山、馮玉祥的不滿，引發 1930 年的中原大戰。對國民黨內各派系，蔣施展其政治陰謀〔註23〕，首先與胡漢民妥協，達成了《訓政綱領》，以集中黨權名義統領各派系，並削弱地方軍權，繼而借西山會議派攻擊南京政府訓政的缺陷爲由，囚禁反對修改約法的胡漢民，制訂《中華民國訓政約法》，再次與汪精衛妥協，恢復改組派名譽，形成汪主政、蔣主軍的權力格局。蔣集中「剿匪」，汪執行蔣的對日妥協政策，替蔣忍受輿論詬罵。〔註24〕在汪辭去行政院長後，蔣親自兼任，掌握了全國黨政軍大權。

（二）權威人格化，壓倒了法理、機構等權威

權威結構一般有法理、機構、人格等類型。法理權威是基於法規、制度而生成；機構權威則基於機構執行公務，人格權威是源於個人職位及其個人特性與魅力。權威的人格化主要體現在蔣介石身上，其表現有二：一是蔣被宣傳機構美化、神化；二是蔣的手諭、手令成爲超越政府決議與文件的最高指示。〔註25〕對此，錢端升評價道：「蔣先生與中央政治會議分治的政治」，

其中。1929 年 3 月國民黨三全大會產生了第三屆中央執行委員會，所有的國府委員同具中執委或中監委的地位，但二屆 36 位中執委中獲得連任的只有 14 人，新任則有 22 人。如與一屆 24 位中執委相較，僅有 6 人當選三屆中執委。另據統計，國民黨三全大會代表。在 336 名代表中，只有 87 人是選舉產生的，合全人數的 24%弱；其餘 279 人，就是指派圈定的，合全數的 76%強。見蔣永敬：《南京國民政府初期實施訓政的背景及挫折——軍權、黨權、民權的較量》，《近代史研究》，1993 年 5 期。

〔註22〕蔣永敬：《南京國民政府初期實施訓政的背景及挫折——軍權、黨權、民權的較量》，《近代史研究》，1993 年 5 期。

〔註23〕布賴恩·克羅澤著的《蔣介石傳》稱，蔣介石的眞正天才是善於政治陰謀。「他的眞正天才是善於搞政治陰謀。觀其一生，他總是使各個派系互相敵視，對自己的追隨者也是疑心重重。按照儒家的傳統，他是個脫離人民的人。」

〔註24〕劭元沖曾說：「蓋精衛年來之措施，輿論界沫不痛心疾首，介石殊不值爲之負責撐腰，使邪人愈肆，擬日內以電規之」見《劭元沖日記》，上海：人民出版社，1990 年 10 月，第 1 版，1141 頁。

〔註25〕何廉（曾任國民政府行政院政務處長）回憶道：「他（蔣）隨身總帶著一支紅

「軍事及蔣先生所處理的其他事項，他有全權處理，中政會的決議僅是一種形式，此外的事項則中政會有全權處理」。〔註 26〕何廉回憶道：「政府的眞正實權所在，始終是圍繞委員長轉的，委員長不僅是行政院的頭、軍事委員會的頭、黨的頭，如果化成實權來說，他是萬物之首。」〔註 27〕

（三）黨政人事安排的「兼職」化

胡漢民提出「黨外無政，政外無黨」〔註 28〕，設計了黨政一體化的人事制度安排，但是，這一制度安排使國民黨中央黨政角色重疊的現象相當嚴重。黨政軍人事相兼，一人身居數職，始於廣州國民政府時期。〔註 29〕國民黨實施訓政後，黨政軍兼職情形更爲泛濫。陳立夫回憶說，國民黨「三大」後，中央執行委員會常務委員中，丁惟汾和他沒有兼職。〔註 30〕到 30 年代中期，國民政府主席、委員、五院院長、各部部長和各委員會委員長，幾乎全是中央委員擔任。據王奇生統計，1934 年國民黨中央委員和國民政府委員的兼職，被統計的 179 人共佔有 899 個職位，平均每人兼職 5 個，其中兼職 15 個以上職位者有 10 人。1936 年被統計的 13 名地位最顯赫的黨政要人，共佔有 165 個職位，平均每人兼職近 13 個，其中蔣介石兼職多達 24 個，連「三大」時自稱沒有兼職的陳立夫，此時亦兼職 11 個。〔註 31〕國民黨中央黨政人士的「兼職」化，破壞了國民黨「以黨權制衡軍權」的訓政動機，並爲黨權實際虛化，軍權實際強化提供了合法護身符，繼而破壞了制度對權力的有效分割與約束，使「法無定規、權從人轉」披著制度的外衣盛行，在源頭上紊亂了信息傳播的秩序。

（四）地方權力結構由地方派系決定

鉛筆和一疊紙，如果他認爲該做出決定或給哪位來訪者一筆錢，他會立即簽發一項有關的手諭。這些手諭…到處流傳」（見《何廉回憶錄》，中國文史出版社，1988 年，第 177～178 頁），張奚若說：「所以名爲院長部長、實際不過是大大小小的聽差而已，是一個老闆養了許多聽差」。見《廢除一黨專政，取消個人獨裁》，《張奚若文集》，清華大學出版社，1989 年，371 頁。

〔註 26〕 錢端升：《對於六中全會的期望》，《獨立評論》第 162 號，1935 年 8 月 4 日。
〔註 27〕 《何廉回憶錄》，中國文史出版社，1988 年，115 頁。
〔註 28〕 胡漢民：《黨外無政，政外無黨》，1929 年 2 月 20 日《中央日報》
〔註 29〕 王奇生：《黨員、黨權與黨爭——1924～1949 年中國國民黨的組織形態》，上海書店，2009 年，156 頁。
〔註 30〕 《成敗之鑒：陳立夫回憶錄》，臺北正中書局，1994 年版，150 頁。
〔註 31〕 王奇生：《黨員、黨權與黨爭——1924～1949 年中國國民黨的組織形態》，上海書店，2009 年，156～157 頁。

對蔣介石推崇備至的官方傳記作者霍靈頓・唐說：國民政府實際上只控制了幾個省。北伐完成後，蔣介石在南京、馮玉祥在開封、閻錫山在太原、李宗仁在武漢、李濟深在廣州、張學良在瀋陽形成各自的軍事權力中心。北伐後，權力中心略有變動，蔣介石控制了江浙地帶，張學良控制東北、平津地帶，李宗仁等控制了兩廣地區，中國實際上被分割得支離破碎，差不多可以算得上是諸侯割據……。〔註32〕另據王兆剛統計，1927～1937年間南京政府共任命100餘名省府主席，其中軍人出身或兼任軍職的就達70餘人〔註33〕。各地「主政多屬軍人，尤以意為法」〔註34〕；各地駐軍更是「橫被誅取」，任意禍害地方。

制度設計的漏洞和權力運行的非制度化，使國統區的權力重新回到「武力支配」的舊轍，只不過這一時期的「武力支配」披著制度的外衣。國民黨內權力的無序角逐、國共兩黨的軍事衝突及日本軍閥的步步緊逼的當時國情，一方面是訓政失敗的制度根源，另一方面也使這一時期的政治新聞既異常豐富又使其社會化傳播有著很深的權力烙印，處於混沌狀態。

第四節　訓政視角下的國民黨新聞思想

孫中山的新聞思想是以宣傳（包括報刊）作為「訓政以民」的輿論工具，教化國民具有參政的四權能力。生前，孫領導的國民黨，其使命是「打江山」，其角色是在野黨。當國民黨定都南京，其使命變成了「建設江山」，其角色變成了執政黨。國民黨使命和角色的轉換，一方面使其能踐行孫中山的訓政理念，另一方面也需根據當時需要變通之。國民黨變通了孫中山的訓政設計，相應的，屬於這一制度體系內重要環節之一的新聞業，其地位、角色與功能也發生了相應嬗變。話語表述上是有選擇地擇取孫中山的新聞思想；實際做法（政策、行動）是維護、加強執政權，背離了孫中山賦予的新聞業的使命。換言之，孫是以新聞教化人民，發動人民參政；國民黨則是以新聞訓導人民，

〔註32〕布賴恩・克羅澤：《蔣介石傳》，內蒙古人民出版社，1995年。
〔註33〕該統計依據劉壽林、萬仁元等編：《民國職官年表》，中華書局，1995年版；徐友春主編：《民國人物大辭典》，河北人民出版社，1991年版，劉國銘主編：《中國國民黨九千將領》，中華工商聯合出版社，1993年版等。見王兆剛：《國民黨訓政體制研究》，中國社會科學出版社，2004年，63頁。
〔註34〕《地方自治之基本條件》，《論評選輯》第4冊，臺灣文海出版社，1985年影印出版。

服從其統治，而不在發動人民參政、議政。〔註35〕

改組後的國民黨並未成為組織嚴密、信仰一致的革命政黨。1926～1927年的「北伐」，雖消滅了北洋軍閥，也使國民黨內派系林立；孫去世後留下的最高權力真空及現實社會問題，使國民黨高層分崩離析，捲入權位爭奪的漩渦。略不同於北洋軍閥的是，國民黨有了共同的政治理想：孫中山的三民主義。這一共同理想，一方面是國民黨於1928年達成全國形式上統一的理論基礎，另一方面也使國民黨內的思想分歧、思想鬥爭限定在三民主義的範疇。這一現實既影響了國民黨人對報刊思想的話語表述，使其表述龐雜、凌亂，也在一定程度上影響了國民黨新聞政策的制訂與實施。針對國民黨人龐雜的新聞思想和零散、浩繁的話語表述，本書將採取群體綜述與個案描述相結合的方式予以勾勒。

一、讚譽與期望：國民黨人的新聞思想綜述

國民黨多數黨政要人如胡漢民、汪精衛、于右任、邵力子、葉楚傖、戴季陶、陳公博等都在「革命建國」中創辦過報刊，有著豐富的辦報宣傳經驗。蔣介石在演講中說：「我們黨國先進亦多出身新聞界或與新聞界有密切的關係」。〔註36〕蔣本人辦報經驗不豐富，卻有陳布雷、楊永泰、張道藩、吳稚暉等文人輔助。江蘇《新江蘇報》經理包明樹曾說，「自國民政府成立，戴季陶（天仇）、葉楚傖、邵力子諸偉人，固婦孺皆知其為新聞記者出身，其餘服務中央者，十九皆曾經新聞記者生活」。〔註37〕20世紀20-30年代國民黨建立了龐大的新聞事業網和新聞管理體制，興辦新聞教育，遂有馬星野、程滄波、潘公展、潘公弼、陳博生、董顯光、曾虛白等一批新聞官員和新聞媒體負責人、新聞學者出現；加之民國新聞學在20世紀30年代崛起，這就使國民黨人在公共場所表達他們對新聞事業的看法，以造就服務於國民黨新聞業的新聞隊伍。對此龐雜、零散的新聞話語表述，筆者以部分報刊題詞（見表3-1）〔註38〕、黨政要人的公開論述、報業負責人、新聞官員的主要文章為依據，

〔註35〕原文是「訓政時期，黨的工作在訓導人民，不在發動人民參政」。陳志讓：《軍紳政權：近代中國的軍閥時期》，廣西師範大學出版社，2008年1月版，6頁。

〔註36〕蔣介石：《怎樣做一個現代新聞記者》，《總統、蔣公思想言論總集》，17卷，424頁。

〔註37〕包明樹：《如何方不愧為標準的新聞記者》《江蘇月報·江蘇新聞事業專號》，1934年1月20日。

〔註38〕報刊題詞是在報刊創刊、紀念、特刊出版時應報刊所邀而題寫的讚譽、鼓勵、

就新聞業與政治、新聞業在「訓政」中的責任、角色、功能等問題做分類概括性評述。

表 3-1　申時電訊社、南京《新民報》等報刊的主要題詞

傳　媒	題詞者	題詞內容	題詞者	題詞內容	題詞者	題詞內容
申時電訊社十週年紀念	林森	功過遒鐸	蔣□□	爲民耳目	虞和德	得消息之靈通增社會之智識
	蔣中正	指導群倫	朱經農	牖民翊教	杯康侯	知人所不能□，言人所不敢言
	汪兆銘	智綆常新	唐寶書	輿論導師	司徒雷登	宣達民隱，發揚國光
	張學良	功宏啓牖	吳光敬	流通文化	顧維鈞	明同燭照，迅若風揚
	黃皐□	輿論中心	孔祥熙	彌綸六合	余銘	紀載詳明
	宋哲元	維民喉舌	邵湯修慧	直司興邦		溝通隔膜
	何應欽	努力孟晉	孫科	十載蜚聲	李廷安	消息靈敏
	邵元沖	無遠弗屆	朱耀昇	□□喉舌	沈鴻烈	電捷星周
	新民報	報紙的生命線輿論的出發點	賴璉			新聞事業爲社會教育之利器教育者立國之大經也
	□天扶	爲民族發揚精神　爲社會主持正義　是引導民眾的明燈　是刈除奸暴的武器				
	張紹	貴社樹幟　已閱十春　宣揚政治　啓牖生民　風馳電掣　氣象日新　爭先快睹　莫與比倫				
新民報五週年紀念增刊 1934 年 9 月 9 日	汪兆銘	直道邇言	石瑛	爲民前鋒	王翔欣	民之喉舌
				發聲振聵	胡霖 張熾章	到底不懈
	程中□	何以新民　教之使戰 何以使戰　教之明恥	葉楚傖	能行之言　不失言，能言之行，不失行，正言行作新民		
		一言或踰十萬師一字或如九鼎重，執政德明民自新　願假三千毛瑟作後勁				
	賴□	孟子謂滕文公曰詩云周雖舊邦其命維新子力行之亦以新子之國梁任公釋新民亦曰□□其所本有而新志採補其所本無而新志是皆新民之至義也。				

期望性的文字，這些文字雖有恭維、粉飾報刊業績的成分，但也表達了題詞者對報刊角色、功能、效果的基本看法。民國期間，許多報刊、通訊社在週年、五年、十年等紀念慶祝活動中，常請國民黨黨政要人、宣傳官員題詞，報社之間也相互題詞祝賀。如申時電訊社創立十週年紀有 101 幅題詞，其中與報刊角色、功能有關的題詞。

一、新聞宣傳的社會效果問題

不同於「中國一般統治者太漠視報業」〔註39〕（張季鸞語），國民黨深信新聞宣傳的輿論威力，對其既有敬畏、蔑視、恐懼的複雜心態，又有「改造」，嚴厲控制，使之成為其操控政治的輿論利器的實際行動。「文膽」陳布雷的「政治紊亂法制凌替之國家，本無輿論存在之地，然國家欲求終極之又安與發達，終不能蔑視輿論之價值」〔註40〕的表述，充分體現了國民黨人對待輿論的複雜心態。

國民黨深信新聞宣傳的威力，至少受到四個層面的影響。

1、孫中山領導的「革命黨」重視宣傳的影響，黨派「喉舌」、「輿論之母」、「輿論代表」「四千毛瑟」等術語均出自「老革命黨人」。

2、受時代風氣的薰染。經康、梁等改良派、孫中山等革命派對報刊威力的早期渲染，徐寶璜、邵飄萍、戈公振等首批新聞學者對報刊威力的學理化闡釋，從國人譯介第一本新聞學專著：松本君平的《新聞學》對報刊功能讚譽〔註41〕，到徐寶璜的《新聞學》〔註42〕、邵飄萍的《實際應用新聞學》、戈公振的《中國報學史》〔註43〕等首批新聞學著作，均強化了報刊宣傳的社會威力，遂使報刊威力的社會信念在 20 世紀 20～40 年代一直盛行不衰。

3、受輸入中國的「第四等級」、「第四種族」、「無冕之王」的影響。

4、受 20～30 年代德、意等法西斯主義新聞理論的影響。

在上述多種因素的影響下，國民黨人對報刊威力的話語表述不勝枚舉。

〔註39〕 張季鸞：《新聞記者的根本》，1931 年 4 月 1 日，載王文彬：《報人之路》，7 頁。

〔註40〕 陳畏壘：《新聞紙之本質與任務》，黃天鵬：《報學月刊》第 1 卷第 1 期，1929 年 3 月，光華書局，29 頁。

〔註41〕 松本君平的《新聞學》的「原序」、「序論」是對新聞紙威力的禮贊，松本君平稱新聞紙是「建立近世文明之基礎」，並引起了「第四種族」的概念。見松本君平的《新聞學》，轉余家宏等編注：《新聞文存》，中國新聞出版社，1987 年，3～9 頁。

〔註42〕 徐寶璜觀察到「自各國民權發達以來，國內大事，多視輿論為轉移，而輿論又隱為新聞紙所操縱，如是新聞紙之勢力，益不可侮矣。至其為禍為富，則視乎人能否善用二」，並在第二章「新聞紙之職務」中把新聞紙的「職務」（功能）分為供給新聞、代表輿論、創造輿論、輸灌知識、提供道德及振興商業六項。見徐寶璜：《新聞學》，轉余家宏等編注：《新聞文存》，中國新聞出版社，1987 年，283～289 頁。

〔註43〕 戈公振視報刊為「人類思想交通之媒介」，並說「報紙之於社會，猶人類維持生命之血，血行停滯，則立陷入死狀」。見戈公振：《中國報學史》，中國新聞出版社，1985 年，1 頁。

總體上，其話語特點主要是：

1、稱讚新聞記者是「無冕之王」、「社會師表」、「社會導師」，報刊是「輿論導師」、「民眾喉舌」。新聞記者要承擔如此重任，須有深厚的修養與高尚的人格。

2、以孫中山及老「革命黨人」的報刊宣傳活動及其敘述，歐美及德、意、英、蘇俄等新聞學的相關表述爲佐證，證明報業具有強大威力；

3、從輿論、人類文明、文化等視角從邏輯上論證新聞業與社會，新聞業與政治、新聞業與國家的密切關係，並認定新聞業具有代表輿論、指導輿論的巨大力量。

如，邵力子認爲「輿論與社會互爲因果」，應「不能偏重的，是要通過改造的，是沒有先後入手的次序的」。在邵那兒，輿論分廣義的「國民公意」和狹義的「新聞界」。他以中國古代歷史論證「中國是一個最注重輿論的國家，也是輿論最有勢力的國家」，論證輿論在歷史上對社會發展有「好的結果」，及在「貞操」、「女子與小人爲難養」等方面的「害處」。以易卜生的《國民公敵》、慈禧太后蔑視輿論、袁世凱「不管輿論」態度與行爲，論證了「現時政局」與輿論「一無能力」的密切關係，並得出「好的、眞的思想，終有一天受民眾崇拜的，錯的、僞的思想終有一日爲民眾唾罵的」結論，由此號召青年立定「高潔的志向」「不要怕和輿論去奮鬥」。同樣，報館能使社會進入文明，但也能使罪惡和文明一樣的前進。並以美國歷史和民初的史實，論證了「現在的報紙也是社會罪惡生產之源之一」，由此要求報紙「放正自己的心，爲社會服務」，要求「輿論當站在社會之前」。〔註44〕

二、新聞與「訓政」的關係問題

自近代報刊傳入中國後，近代報業（新聞業、輿論〔註45〕）和政治的密切關係，即被士紳階層所認知，予以充分重視。經歷多次政治磨難的國民黨人也充分認識之。國民黨黨政要人、報刊負責人、宣傳官員在多種場合，從各種角度用不同文字表達了他們對這一問題的重視。蔣介石說，「完成三民主義國家之建設，實唯新聞界之積極奮起是賴」〔註46〕、戴季陶說，「一國

〔註44〕 邵力子：《輿論與社會》，黃天鵬編：《報學月刊》第一卷第二期，1929年，31～42頁。

〔註45〕 國民黨人的表述中，輿論常常指新聞界。這源於孫中山的「輿論之母」的說法，但有時也指「國民公意」、「民意」，表明國民黨人在這方面的概念混淆。

〔註46〕 原文：「如何宣揚國策，統一國論，提振人心，一致邁進，以達驅除敵寇復興

之治亂，繫於政治之隆污，政治之隆污，繫於人心之善惡」〔註47〕；邵力子提出輿論與社會「互爲因果」的學說。〔註48〕潘公弼從歷史角度論述報紙與政治的關係，他說，「政治進步的步驟，先由帝王支配的帝王政治，次由代表民衆之議會支配的議會政治，再次就是代表民衆說明的輿論支配的輿論政治」。〔註49〕吳鐵城認爲新聞事業與政治社會具有密切關係，「新聞事業係一重要的現代社會事業，而新聞紙亦即爲一國文化現象之特徵，無論政治社會，莫不受其影響」；〔註50〕黃少谷以「歷史與現實爲政治之基石，然現實之把握與夫史料之收集，實以新聞紙爲唯一工具」把政治與報業緊密聯繫起來，並粗略論證了記者如何改進宣傳方法促進政治之改進，及爲政者欲謀政治之刷新，對新聞事業所持的態度，〔註51〕等。

國民黨定都南京，自然視報刊（宣傳）爲推行訓政的工具。1929 年召開的國民黨三中全會的提案中，嚴愼予〔註52〕、陳德徵〔註53〕、賴璉〔註54〕等均從訓政角度提議應確定國民黨的新聞政策，發揮新聞紙的宣傳作用，達到

民族之目的，而完成三民主義國家之建設，實唯新聞界之積極奮起是賴」。見蔣介石：《電勉新聞界戰士》，見《總統、蔣公思想言論總集》，17 卷，205 頁。

〔註47〕 戴季陶：《關於新聞事業經營和編輯的所見》，1928 年 12 月，見黃天鵬編：《報學月刊》第一卷第一期，1929 年 3 月，光華書局，33 頁。

〔註48〕 見邵力子：《輿論與社會》，黃天鵬編：《報學月刊》第一卷第二期，1929 年，31～42 頁。

〔註49〕 潘公弼：《報紙的評論》，黃天鵬編：《新聞學演講集》，上海現代書局，1931 年，104 頁。

〔註50〕 吳鐵城：《新聞事業與政治社會之關係》，《申時電訊社創立十週年紀念特刊》，49～50 頁。

〔註51〕 黃少谷：《政治改進與新聞宣傳》，《申時電訊社創立十週年紀念特刊》，63～64 頁。

〔註52〕 嚴愼予說，「到了訓政時期，『訓政』本來含有教育的意義，要把黨的主義向民衆貫輸，向民衆解釋，黨人沒有僅僅揭布敵人罪惡的簡單而容易明瞭。宣傳的最重要部分，當然是無過於新聞紙了。」嚴愼予：《黨應確定新聞政策》，見黃天鵬編：《報學月刊》第一卷第二期，1929 年 4 月，光華書局，75 頁

〔註53〕 陳德徵說：「而訓政時期之宣傳，其重要在訓民以政，輸民以主義。宣傳之最重要部分，當屬於新聞紙。因新聞紙之廣播，能使全國民衆，都具有政治上的見解，更能使全國民衆，對於三民主義有充分的認識。」陳德徵：《三全大會之黨應確定新聞政策案》，見黃天鵬編：《報學月刊》第一卷第二期，1929 年 4 月，光華書局，77～78 頁。

〔註54〕 賴璉說：「現在訓政開始，本黨宣傳工作尤應有精密計劃與具體方針，方可使全國民衆之意志統一，精神團結。宣傳工作至最重要者，無過於新聞事業。」，見賴璉：《請確定新聞政策取締反動宣傳案》，見黃天鵬編：《報學月刊》第 1 卷第 2 期，1929 年 4 月，光華書局，78 頁

「訓民以政、輸民以主義」，使全國民眾之意志統一，精神團結的目的。

　　新聞與政治既是相當複雜的理論問題，也是必須面對的現實問題。國民黨人雖在不同場合、從各自角度闡述了新聞與政府、社會及人民的密切關係，但系統的、理論化的闡述鮮少，多是零星、感悟式、經驗式的論證，但也涉及到新聞在政治中的所扮演的角色、功能；新聞業如何宣傳「訓民以政」，如何灌輸三民主義，指導政治等問題；也涉及到了訓政時期該賦予新聞業多大的自由話語空間，訓政時期對新聞業該持何種態度；如何規制新聞業，以謀政治更新的問題。下面將從新聞業的政治角色與功能，新聞自由、輿論監督、言論方針等層面予以分別敘述。

三、新聞媒體的政治角色與功能問題

　　報刊、廣播等新聞媒體是人類思想交流的平臺，在人類社會事務中扮演多重角色，具有多種功能。西方新聞學持續輸入及國人新聞實踐的累積，使國民黨人認識到了新聞媒體的多重角色與功能，其話語表述延續了孫中山等資產階級革命派對於新聞媒體角色的基本認知，其立場總體上是從建設「三民主義」現代國家的角度，論述報刊對於政黨、國家、社會的所扮演的正面角色與積極功能。

（一）延續了梁啟超、孫中山等提出的「耳目喉舌」論

　　認爲新聞媒體是「國家意志」的喉舌，具有宣揚民隱、影響政府、批評政治的功能。其表述主要有「指導群倫」、「代表輿論」、「指導輿論」、「民之喉舌」、「維民喉舌」、「爲民先鋒、輿論導師、爲民耳目」等。但是，國民黨的「耳目喉舌」論的內涵不同於梁啓超以「向導國民、監督政府」的喉舌論，不同於孫中山的「宣傳主義、製造輿論」的喉舌論〔註 55〕，也與當時中國共產黨的喉舌論不同，這在於國民黨新聞事業「喉舌」的主體是國民黨，故其新聞媒體是宣揚「本黨主義」，闡揚「總理遺教」、「本黨主義、政綱政策、現行法令」，及攻擊政敵，維護國民黨意識形態的喉舌〔註 56〕。至於「民眾喉舌」，多爲諸如宋哲元、石瑛、潘公展、潘公弼、程滄波、馬星野等國民黨的中層

〔註55〕 梁啓超、孫中山的喉舌論的內涵，見吳廷俊：《對「耳目喉舌」論的歷史回顧與反思》，《新聞與傳播研究》，1989 年第 2 期。

〔註56〕 這一點在國民黨中央執行委員會於 1932 年 5 月 31 日制訂的《宣傳品審查標準》體現的最爲明顯。該《標準》分「適當」、「謬誤」、「反動」三類宣傳，共 19 條，在原則上規定了宣傳品審查的政治標準，充分體現了「黨治」色彩已爲學界基本共識。

官員、媒體負責人所論述、強調。而黨國喉舌與民眾喉舌之間的矛盾問題，國民黨理論家以黨的利益與人民利益相符的理由予以彌合。1932 年程滄波在《敬告讀者》一文中論述到：「依吾人所見，黨之利益，與人民利益，若合符節。換言之，人民之利益即黨之利益，爲人民利益而言，即爲黨之利益而言。故本報爲黨之喉舌，即爲人民之喉舌。」〔註57〕但在國民黨的新聞政策中，「民眾喉舌」的思想幾乎沒有任何體現。〔註 58〕這既體現出國民黨的新聞思想與新聞政策的分裂，也隱含著黨內各派系之間的話語交鋒。

（二）新聞媒體是「傳達新聞」、紀載言論的大眾媒介

陳布雷說：「新聞紙職務云何，不待反言，亦曰傳達新聞而已。換言之，則報告社會情況，與各種特發的事實而已」〔註59〕；又說，「夫新聞紙爲活的現代的歷史，不唯紀動，且亦紀言，此天職也」〔註60〕。曾虛白說，「新聞紙最重要的職務，是把社會所需要的消息供給社會」。其他國民黨人也有類似表述。報紙本身即是一種大眾傳媒，傳播新聞、刊登言論、溝通社會情況是其固有的職責。目前，筆者沒有發現國民黨人的文獻，以此基點系統闡發國民黨報業的角色與功能。這似乎表明國民黨有意或無意地遮蔽之。陳布雷感慨道，「社會各界不能認識新聞紙性質與其職務或稍認識焉而不加以尊重」。〔註61〕因爲要新聞媒體回歸其原有本質，「新聞紙之第一應有之信條曰忠實。忠實云者，即以純客觀之態度，適如其量而得達社會情況與事實眞相與讀者」。這就在理論的邏輯起點上徹底顛覆了國民黨的「喉舌」論。面對這一現實，陳布雷的看法集中體現信奉西方自由主義新聞理念的一批國民黨人的苦痛與矛盾心態。他說，「政治未上正軌、社會事業未臻發達，人民智識未能均齊之國家而經營新聞紙，不獨實質方面困難足以爲進行之梗也，精神上之苦痛，其足以灰沮經營者與編輯者之意氣。」〔註62〕

〔註57〕 程滄波：《敬告讀者》，《中央日報》，1932 年 5 月 8 日。

〔註58〕 這一點在「訓政規制下的新聞政策」中將詳細論述。

〔註59〕 陳畏壘：《新聞紙之本質與任務》，黃天鵬：《報學月刊》第 1 卷第 1 期，1929 年 3 月，光華書局，28 頁。

〔註60〕 陳畏壘：《新聞紙之本質與任務》，黃天鵬：《報學月刊》第 1 卷第 1 期，1929 年 3 月，光華書局，26 頁。

〔註61〕 陳畏壘：《新聞紙之本質與任務》，黃天鵬：《報學月刊》第 1 卷第 1 期，1929 年 3 月，光華書局，26 頁。

〔註62〕 陳畏壘：《新聞紙之本質與任務》，黃天鵬：《報學月刊》第一卷第一期，1929 年 3 月，光華書局，24 頁。

（三）新聞媒體是社會教育機關，具有「訓民以政」、啟發民智的教化功能

中國自古就注重道德教化，有著悠久的教化傳統。自近代報刊傳入中國，新式報刊的啓牖民智、移風易俗的教化功能即被發掘，並被充分運用和闡述〔註 63〕。到國民黨訓政時期，報刊的教化功能已是社會共識，被賦予了「教育家」、「救世主」、「社會之活的教科書」、「最完善的人生教科書」等美譽。對此，國民黨人有充分的闡述。蔣介石稱新聞記者為「教育家、歷史學家與救世主」、「社會之導師」；黃少谷稱「新聞紙為教育大眾之活的講臺〔註 64〕」；定榮稱「報紙是一種最完善的人生教科書」，並因其能天天把消息傳達給民眾的「特長」，認為「報紙在『訓民以政』這種工作上面，實在負有偉大的使命」〔註 65〕；吳鐵城稱新聞事業是「一種有利人群，造福社會之文化事業」〔註 66〕，等。類似表述還有很多，不再一一列舉。在此前提下，國民黨人一方面對報紙發行、報紙宣傳、閱報等問題展開論述，提出了報紙發行要普及鄉村、宣傳要通俗易懂，提倡國民閱報，並就教育程度與報紙發達程度展開了討論，另一方面批評當時報界的滯後、媚俗、煽情及散播誨淫誨盜、迷信、腐朽思想等弊端，並據此要求國民黨推行嚴厲的新聞政策。「在消極方面，必須滌除誨盜誨淫之社會新聞，改變不問是非之營業態度，杜絕造謠生事之虛偽消息，糾正不合時宜之腐惡思想。在積極方面，尤須激發民族精神，灌輸愛國思想，啓發民眾知識，培養社會德性」〔註 67〕，等。

（四）言論自由、新聞自由問題

新聞自由（言論自由）是孫中山民主憲政體制的題中之義，也是近現代世界發展的主潮流。國民黨建立訓政體制，以黨權代替人民掌握政權，建立

〔註 63〕 李秀雲在「新聞紙有益於民」的標題下，系統梳理了早期中國新聞學文章中論述報紙啓迪、教化民眾的功能。見李秀云：《中國新聞學術史（1834～1949）》，新華出版社，2004 年，38～41 頁。
〔註 64〕 黃少谷：《政治改進與新聞宣傳》，《申時電訊社創立十週年紀念特刊》，63 頁。
〔註 65〕 定榮：《訓政時期報紙所負的使命》，王澄如編：《新聞學集》，134～137 頁。
〔註 66〕 吳鐵城：《新聞事業與政治社會之關係》，《申時電訊社創立十週年紀念特刊》，49 頁。
〔註 67〕 吳鐵城：《新聞事業與政治社會之關係》，《申時電訊社創立十週年紀念特刊》，50 頁。

權能分治的「萬能政府」後，對於歸屬於民權的言論自由（新聞自由）〔註68〕
問題也做了話語闡述，並在《中華民國約法》等具有憲法性質的文獻中予以
明確規定。但國民黨人闡述的新聞自由迥異於民營報人及自由知識分子的表
述，即把新聞自由納入了三民主義政治軌道。賴璉在 1929 年 3 月召開的國民
黨三中全會中提交的《請確定新聞政策取締反動宣傳案》中明確表示：「現在
訓政開始，本黨宣傳工作尤應有精密計劃與具體方針，……，本大綱應速確
定新聞政策，使全國報紙均受本黨之指導，闡揚主義，解釋政策，並宜制定
一種新聞條例，在可能範圍內，予新聞界以言論自由權。」〔註69〕1930 年蔣
介石說，在「不批評三民主義、總理遺訓及建國步驟」的前提下新聞界擁有
絕對自由，「中央必開衷延納」。〔註70〕三民主義的新聞自由基本成為國民黨
人的集體共識，並上昇到全黨意志和國家意志層面。1929 年 3 月 21 日國民黨
第三次全國代表大會通過的《確定訓政時期黨政府人民行使政權治權之分際
及方略案》中規定「國民黨最高權力機關，……，於必要時，得就於人民之
集會、結社、言論、出版等自由權，在法律範圍內加以限制」〔註71〕。1931
年制定的《中華民國訓政時期約法》、1936 年的《中華民國憲法草案》也做了
類似規定。〔註72〕

至於三民主義新聞自由的內涵，國民黨人闡述的角度、立場、話語表述
雖不同，其實質卻是「不批評三民主義、總理遺訓及建國步驟」。對此，馬星
野 1939 年從民權主義角度的闡述最為學理化。在《三民主義的新聞事業建設》
〔註73〕一文中，馬氏從四個層面論述了新聞自由問題。

1、以民權主義主張「全民政治」的理由限制「鼓吹階級利益，少數人利
益即派別利益的報紙」的存在，剝奪了其新聞自由；

〔註68〕20 世紀二三十年代，人們大多沒有將「言論自由」與「新聞自由」的概念進
　　　　行區分。見李秀云：《中國現代新聞思想史》。中國社會科學出版社，121 頁。
〔註69〕賴璉：《請確定新聞政策取締反動宣傳案》，見黃天鵬編：《報學月刊》第一卷
　　　　第二期，1929 年 4 月，光華書局，78 頁。
〔註70〕津庸：《言論自由》，《記者周報》第 25 號，1930 年 11 月 2 日。
〔註71〕見錢端升等著：《民國政制史》（上），203 頁。
〔註72〕1931 年是「人民有發表言論集刊行著作之自由，非依法律不得停止或限制
　　　　之」；1936 年是「人民有言論、著作及出版之自由，非依法律，不得限制之」。
　　　　見郭衛編：《中華民國憲法史料》，文海出版社（臺灣），45 頁，48 頁。
〔註73〕馬星野：《三民主義的新聞事業建設》，《青年中國季刊》，1939 第 1 期，159
　　　　～168 頁。

2、以民權主義主張「革命人權」的理由剝奪「反革命的人」的言論自由與出版自由，並把記載時事與批評時事的權利賦予「服膺革命的人民」；

3、以民權主義主張「權能分開，政府要有充分的治權，人民要有充分的政權」為理由，提出「當政府行使其充分的治權的時候，報紙不能作不負責之攻擊；當報紙領導人民，訓練人民行使其充分的政權的時候，政府也不許對報紙作不必要之束縛」的言論尺度。

4、以民權主義主張「擴大自由之意義，注意團體尤其是國家之自由，不注意個人的自由；注重個人對他人之義務，而不注重於個人之權利」為由提出「當報紙的記載自由及批評自由與國家利益社會利益有衝突之時候，報紙要犧牲其自由；當報紙之記載權利與批評權利，侵入其他個人或團體應有權利之時，報紙也應守著義務而犧牲其權利」。可見，其言論自由、出版自由的核心是自由「服膺革命的人民」的才享有，且這一自由與國家利益和社會利益衝突時，應作自我犧牲。

但「服膺革命的人民」、「反革命的人」是由握有實權的黨國要人確定的。故國民黨新聞自由範疇和實質是由其黨國利益決定的。對於這種自由觀念及在這一觀念實行的嚴厲的新聞政策，民營報人、自由知識分子，乃至各派系均以言論自由、新聞自由為話語武器予以攻擊，國民黨人也予以話語還擊，遂使20世紀30年代的言論自由的辯論成為一大歷史風景。

（五）報紙批評、監督政黨政府問題

報紙批評、輿論監督是歐美民主政治和自由主義新聞理論的題中之義。18世紀，「第四等級」、「第四種族」、「第四權力」等概念在歐美盛行，表明西方新聞業在資本主義的民主政治的框架內，報業的批評和輿論監督成為制衡權力的一支獨立力量。美、英兩國約在19世紀中葉完成這一過程，其報業也從政黨報時期過渡到商業報時期。最典型的表現是美國總統托馬斯·傑佛遜的「寧選擇報紙，不選擇政府」的言論。近代中國報刊「監督政府」的理念，其主要思想來源是中國的民本主義傳統和西方「第四等級」理念在中國的引入及擴散。我國關於「第四等級」的概念源自松本君平的《新聞學》，梁啟超於1901年12月首次在《清議報》上使用，然該詞在以後的文章中僅偶爾出現。同樣源自日本的另一個比喻性概念「無冕之王」，卻多被近代報人所徵引。〔註74〕「監督政府」的說法，首次出現在梁啟超於1902年發表在《新民叢報》

〔註74〕李開軍：《「無冕之王」一說在中國的出現》，《青年記者》，2005年第4期。

第 10 期上的《敬告我同業諸君》：「某以爲報館有兩大天職：一曰，對於政府而爲其監督者，一曰，對於國民而爲其向導者是也」。〔註75〕由於《新民叢報》在知識分子中的影響，「監督政府」首先在晚清精英知識分子中擴散，後隨著松本君平《新聞學》的廣泛發行，新聞教育在民初的興起，及「無冕之王」、「第四等級」在社會中持續擴散，到民國時，報紙批評、「監督政府」已成爲社會的普遍共識。

　　握有國家權柄的國民黨，面對報業批評、監督自己的問題，在「監督政府」成爲社會共識的前提下，也在不同場合對此問題有所闡述，並做出「納嘉言」的政治姿態。1929 年 12 月 27 日，蔣介石通電全國報館，「望於十九年一月一日起，對於黨務政治軍事財政外交司法諸端，以眞實之見聞，作翔實之貢獻，其弊病所在，能確見事實癥結非攻訐私人者，亦請盡情批評。凡屬嘉言，咸當拜納云云。〔註76〕」的公開表態。1930 年又說在「不批評三民主義、總理遺訓及建國步驟」的前提下新聞界擁有絕對自由，「中央必開衷延納」〔註77〕。1933 年，國民政府還頒佈了《保護新聞從業人員》訓令。待各項新聞統製法律制訂後，針對各界呼籲開放言論，1937 年 2 月，蔣介石發表談話說，「關於開放言論，除刑法及出版法已有規定外，衹對於下列三種，不能不禁止：一、宣傳赤化與危害國家，擾亂地方治安之言論與紀載。二、泄漏軍事外交之機密。三，有意顛倒是非、捏造毫無事實根據之謠言。……希望全國一致尊重合法之言論自由」。〔註78〕潘公展、潘公弼、程滄波、馬星野、王陸一等國民黨宣傳官員、新聞學者也在不同場合表述了報刊監督對建立廉潔政治的積極功效。1930 年 3 月 31 日，潘公展在環球中國學生會演講中說：「晚近政治趨向，由皇帝政治、議會政治，演進爲輿論政治，是以輿論之力量，可以指導政治」〔註79〕，王陸一把新聞業與監察權並列，認爲「在政治上，

〔註75〕梁啓超是從「第四等級」理論中推延出報刊對政府的「名譽上的監督」的。他說，「報館者，非政府之臣屬，而與政府立於平等之地位者也，……故報館之視政府，當如父兄之視子弟」。爲實現「監督政府」的目標，梁僅從職業角度把記者的道德品格提升到難以企及的神聖高度，即報人應具有「五本」（常識、眞誠、直道、公心、節制）和「八德」（忠告、向導、浸潤、強聒、見大、主一、旁通、下逮），而沒有從制度上規範記者的行爲。見李秀雲的《梁啓超的新聞輿論監督思想》，《南開學報》（哲學社會科學版），2003 年第 5 期。

〔註76〕《國府當局開放言論之表示》，《大公報》，1929 年 12 月 29 日。

〔註77〕津庸：《言論自由》，《記者周報》第 25 號，1930 年 11 月 2 日。

〔註78〕馬星野：《三民主義的新聞事業建設》，《青年中國季刊》，1939 年第 1 期，164 頁。

〔註79〕《記者周報》第 2 號，1930 年 5 月 25 日。

兩者是永遠的實行著密切的『政和治的分工』」，並說「有好的輿論即有良好的政治」。〔註80〕國民黨的宣傳官員也常把「監督政府」掛在嘴邊,如 1930 年福建省委宣傳部秘書鄭票如在對記者的演講中說，報社角色是「站在群眾之前指導社會，監督政府」。〔註81〕

新聞自由的核心尺度是以新聞媒體批評、監督政黨和政府問題。對此問題，國民黨人是立在三民主義的政治立場，予以話語闡釋，並對報紙圈定了政治框架，「不得批評三民主義、總理遺訓及建國步驟」。在話語表述上也常使用模糊語言，如「善意的態度」、「不能攻擊政府」、「在 XX 的前提下」，以「確見事實」等，表明國民黨對待報紙輿論監督的曖昧態度。

（六）新聞事業的經營及新聞業務層面的問題

在上述原則與要求下，國民黨人對報業經營、新聞業務層面也有許多豐富闡釋。對於報業經營，國民黨人多數主張國家公營，但也不排斥私營。至於新聞業務層面，其論述完全是新聞學基本常識。戴季陶要求新聞報導「確實謹慎」，選材以「平和、慈祥、忠厚、確實、公道、優美」為標準，黨報「切記載，必須嚴守政府之地位」〔註 82〕。葉楚傖認為「新聞記者之惟一道德為忠實」，即忠實於事實〔註83〕。這表明國民黨人至少在新聞業務層面承認新聞專業主義，其他表述基本類似於此，不再一一徵引。

二、「主義先鋒、國民導師」：蔣介石的新聞思想

蔣介石雖不如胡漢民、汪精衛、于右任、戴季陶等國民黨元老有豐富的辦報經驗〔註84〕，新聞學方面的論述也比較少（20 世紀 20～30 年代主要是題詞、函電、批語等，較系統的論述主要集中在 1940～1941 年及其晚年相應的演講、訓詞〔註85〕）但是，由於蔣介石是扭曲訓政走向的實權人物，故以其

〔註80〕 王陸一：《輿論與監察》，《申時電訊社創立十週年紀念特刊》，50～60 頁。

〔註81〕 《記者周報》第 18 號，1930 年 9 月 4 日。

〔註82〕 戴季陶：《關於新聞事業經營和編輯的所見》，1928 年 12 月 25 日，見黃天鵬編：《報學月刊》第一卷第一期，1929 年 3 月，光華書局，30～33 頁。

〔註83〕 葉楚傖：《為國民黨請願於言論界》，國聞周報週年紀念特刊，民國十四年八月二日出版，18～19 頁。轉《葉楚傖文集》第 1 冊，221 頁。

〔註84〕 蔣介石早年也參與過報刊編輯工作，據布賴恩・克羅澤的《蔣介石傳》記載，1912 年 8 月，蔣介石在日本東京任東京《軍聲》雜誌的編輯工作，並經常為其撰稿。

〔註85〕 即 1940 年 3 月 23 日在中央政治學校專修班甲組第一期畢業典禮上的《今日

新聞思想做個案分析。思想雖有變遷，但也有其連貫性、承繼性，故思想分析不能嚴格地局限於某個時段，蔣介石的新聞思想鮮有變遷，是一貫的，其內容、主要特色主要有三。

（一）「主義先鋒、國民導師」是蔣介石新聞話語表述的核心

「主義先鋒、國民導師」是晚年蔣介石在國民黨第四次新聞工作的最後書面講演，可謂是其畢生經驗的總結。他說，「新聞工作者每每比一般人要知道得早一些，也知道得多一些。應該以先知覺後知，以先覺覺後覺，引導全民，匡正輿論，以完成光復神州的偉大使命。所以，我誠懇地希望各位同志，任主義的前鋒，作國民的喉舌，挺身負起文化鬥士的責任。不論新聞和輿論，均須激勵國民樂觀奮鬥、積極進取，成為心理建設的重心，社會進步的標杆，其有裨於國民革命大業者，當可預期。」〔註86〕這兒，主義是蔣介石理解的「三民主義」，而不是孫中山的「三民主義」。敗退臺灣後，蔣曾公開承認自己未實踐並貫徹「總理遺囑」。「主義先鋒、國民喉舌」的思想在40年代也有多次類似表述。1940 年 3 月 21 日在對中央政治學校新聞專修科第一期畢業生演講中說，「新聞記者應為國家意志所由表現之喉舌，亦即為社會民眾賴以啟迪之導師，……，而完成三民主義國家之建設，實唯新聞界之積極奮起是賴」，新聞記者承擔「普及宣傳，宣揚國策，促進建設，發揚民氣」〔註87〕四項重任。1940 年 7 月 26 日中央政治學校新聞事業專修班畢業典禮演講時稱「新聞記者為社會之導師、輿論之主宰，其地位高尚」，又說「實行三民主義建設現代國家，……，宣傳事業的推動，尤為重要！」〔註88〕；在 1941 年的《中國新聞學會成立大會訓詞》中稱新聞記者「實為教育家、歷史學家與救世主」〔註89〕。可見，蔣介石認識到了報刊在黨、

新聞界之責任》的訓詞，1940 年 7 月 16 日在中央政治學校新聞專修班一二期學生畢業典禮上的《怎樣作一個現代新聞記者》的訓詞，1941 年 3 月 16 日的《在中國新聞學會成立大會訓詞》，及晚年的《發揮大眾傳播力量》（1964 年 11 月 5 日）、《新聞工作是教育事業》（1969 年 6 月 26 日）、及《任主義先鋒、作國民喉舌》（1974 年 4 月 7 日）等演說、訓詞。

〔註86〕 蔣介石：《對中國國民黨第四次新聞工作會談特頒訓詞》，《總統、蔣公思想言論總集》，40 卷，433～434 頁。

〔註87〕 蔣介石：《毘勉新聞界戰士》，《總統、蔣公思想言論總集》，17 卷，205～206 頁。

〔註88〕 蔣介石：《怎樣做一個現代新聞記者》，《總統、蔣公思想言論總集》，17 卷，419～423 頁。

〔註89〕 蔣介石：《中國新聞學會成立大會訓詞》，轉李瞻：《國父與總統蔣公之傳播思

政府及人民之間的橋梁和紐帶作用，並賦予了報刊極重的社會責任。

（二）「三民主義」既是蔣介石新聞思想的政治範疇又是其終極目標

國民黨「訓政時期」以蔣介石的「三民主義」爲目標〔註90〕，抗戰時期以「抗戰建國」爲目標，退居臺灣時期以「反攻復國」爲目標。蔣期望報刊服務於其政治目標，並爲實現其目標發揮最大程度的輿論威力，並從這一實用主義角度闡發了報刊的角色與功能，對於新聞記者素質、新聞自由、媒介經營、言論方針等問題也提出相應的要求。但蔣並非中國的德川家康〔註91〕，其政治胸懷、政治理念背離了中國現實，脫離了人民，故其對新聞高標準的政治要求不僅不可能實現，反而因其新聞高壓政策，成爲粉飾民意的輿論機器，最終被民意拋棄。然在話語表述上，正如軍閥不承認自己是軍閥一樣，蔣常以「國家至上、民族至上」，及「國家民族的利益」、「黨國利益」等詞彙粉飾其政策。陳布雷不只一次地說，蔣介石是「不懂文字的人」，並深悉「爲根本不懂文字的人寫文章真是世界上最大的苦事。〔註92〕」另據馮玉祥回憶，因爲古應分在馮玉祥面前彙報蔣的親信熊式輝在上海販賣鴉片煙土的事，蔣暴躁地說出：「什麼輿論，輿論，輿論！我拿三百萬元開十個報館，我叫他說什麼，他就說什麼，什麼狗屁輿論，我全不信〔註93〕」的極端話語。此外，蔣自認爲自己是「先知先覺」，其言行永遠正確，他在國民黨第六次代表大會曾說，「我的話絕沒有錯誤」〔註94〕，表現出蔣有很強的個人英雄主義的自負心態。

（三）爲達到上述目標，蔣介石對新聞業提出了許多基本要求

1、新聞記者應有高尚的職業道德修養。蔣說，「唯其新聞記者的地位如

想》，《新聞學研究》第37集，1986年，16頁。

〔註90〕1939年5月8日蔣介石在中央黨部演講「三民主義之體系」，對三民主義理論，做了融會貫通之講述，即對黨義有整個的一貫解釋。據蔣介石自稱，「三民主義之體系及實施程序之完成，足以告慰於總理在天之靈。」見張其昀：《黨史概要》第三冊，臺灣中央文物供應社，1979年版，1011頁。

〔註91〕陳志讓：《軍紳社會：近代中國的軍閥時期》，廣西師範大學出版社，2008年，60頁。

〔註92〕王泰棟：《陳布雷傳》，東方出版社，1998年1月，269頁。

〔註93〕馮玉祥：《我所認識的蔣介石》，陝西師範大學出版社，2007年，16～17頁

〔註94〕原文是：「我的話絕沒有錯誤。」遲了一遲又說：「我的話是完全對的，」又遲了一遲說：「我是總裁，我的話，你們要照著去做。」見馮玉祥：《我所認識的蔣介石》，陝西師範大學出版社，2007年，217頁

此高尚，責任如此重大，所以我們第一件事就是要修養新聞記者的品德。我們要作一個現代的新聞記者，首先要確定立場，抱定宗旨，為了貫徹立場達成宗旨，我們一定要有富貴不能淫，貧賤不能移，威武不能屈的精神，……。不過我們要有高尚的品德，要有精深的修養，然後才能真正有所貢獻於黨國，而黨國所需要的也就是這樣的新聞記者。」〔註95〕

2、新聞報導以「迅速」、「確實」「趣味」為原則。蔣說「講到新聞事業的經營，第一就是要迅速，……，所以新聞的時間，真是要用分秒來計算；……，第二是確實，……，如果新聞傳播失實，或竟完全虛偽，結果必致失掉讀者的信用，讀者對我們的紀載既有懷疑，那你無論化多少經費，都毫無用處！……，無論擔任經理，編輯或是外勤記者，對於我所說的「迅速」、「確實」兩個要件，務要切實做到，並要轉告一般同業人員，大家要切記力行我這兩句話，來徹底改革過去的毛病！」〔註96〕，他說，「吾人須知謹嚴非為枯燥之別名，而興味之養成，亦自有其方法，新聞界人士悉心研究，自能得之」。〔註97〕

3、報業經營以「服務」為原則。蔣說，「我們從事黨國的宣傳工作，無論辦報紙，辦刊物，一定要求其銷行之普及，而不可以營利為目的。本來現代新聞事業的經營，決不是純粹商業的性質，……，而我們現在的新聞事業，要闡揚三民主義，宣傳一貫國策，更要以服務為目的，不僅不能以營利為目的，而且要不惜成本，不惜犧牲，充實內容提高效率，要本此精神來經營，然後新聞事業才能普遍深入社會民眾，才能真正發生宣傳效果！……，要知道本黨的新聞事業，就是三民主義的文化服務，一切出版刊物，定價務要低廉，以期普及社會。」〔註98〕

4、新聞自由以三民主義為框架，報刊「不批評三民主義、總理遺訓及建國步驟」。

綜上可見，蔣介石以其「三民主義」為基點，把新聞業納入政治宣傳的軌道，讓媒介肩負「主義先鋒、國民導師」的重任，賦予新聞記者「國家意

〔註95〕 蔣介石：《怎樣做一個現代新聞記者》，《總統、蔣公思想言論總集》，17卷，422～424頁。

〔註96〕 蔣介石：《怎樣做一個現代新聞記者》，《總統、蔣公思想言論總集》，17卷，418～420頁。

〔註97〕 蔣介石：《毖勉新聞界戰士》，《總統、蔣公思想言論總集》，17卷，206頁

〔註98〕 蔣介石：《怎樣做一個現代新聞記者》，《總統、蔣公思想言論總集》，17卷，420～421頁。

志所由表現之喉舌」、「社會民眾啓迪之導師」的崇高角色，以激勵新聞記者服務於其實際的政治目標、政治策略與步驟。爲達到這一目的，蔣有選擇地借鑒民國新聞學的基本常識，分別從職業道德、新聞報導、輿論監督、報業經營等層面，針對國民黨黨報宣傳的現實情況，提出明確的政治要求。由於蔣追求「專權」的政治行動與其標榜的「民主」政治理念的脫節，逐使其倡導並奠基的三民主義新聞理論與其實踐相脫節〔註99〕，致使其既披著重視報刊輿論，重視媒介宣傳的外衣而行蔑視民意的舉措，表現出蔣介石將新聞業視爲政治工具，操縱輿論馴服民意的「先知先覺」的精英心態。

三、訓政時期的國民黨人的新聞思想評析

二十世紀二三十年代，國民黨人的新聞思想，既受傳統新聞思想的影響，也受輸入中國的自由主義新聞思想的影響，是一個相當龐大、矛盾的集合體，表現出濃厚的「過渡」特徵。南京國民黨人既想利用歐美自由主義新聞思想，迎合時代潮流，粉飾其新聞統制，又想在「三民主義」框架內發展自己的新聞思想，總結其新聞實踐和新聞統制經驗，並爲其提供話語辯護。這從而使國民黨的新聞思想有很強的游離特徵，即眞實思想與話語表述的游離，話語表述的思想與報刊實踐、新聞政策的游離。

（一）總體上是龐雜、矛盾的新聞思想混合體

國民黨訓政的根本意圖是以三民主義政治理念整合全黨，提高黨權以壓制過於膨脹的軍權。〔註100〕訓政的實施與推行，既意味著國民黨由在野黨向執政黨的轉變，也意味著國家權位的再分配，也拉開了國民黨內部的爭權奪位。加之，孫中山的訓政設計僅是框架性的制度設計，五四運動前後各類思潮的湧入及包括辛亥革命在內的近代中國新聞學術的累積、民國新聞教育的興起等背景因素，逐使國民黨人的新聞思想總體上呈現出龐雜、矛盾的混合體。這一混合體至少受三種新聞傳統的影響。一是孫中山等「革命志士」的

〔註99〕　需要說明的是，蔣在公開場合的講話、訓詞早期是由陳布雷等秘書起草的，晚年是否由秘書起草尚不得而知。領導人的講話由秘書起草。這表明兩點。一是蔣基本認同起草人的觀點，二是這些觀點並非完全是蔣的個人創造，而揉進了起草人的觀點。因此，蔣的新聞表述中有很大部分揉進了職業報人陳布雷的新聞觀點。

〔註100〕　臺灣學者蔣永敬對此有深刻的論述：見蔣永敬《南京國民政府初期實施訓政的背景及挫折——軍權、黨權、民權的較量》。

新聞經驗及新聞思想，其表現是：

1、戴季陶、于右任、汪精衛、胡漢民、葉楚傖等自身新聞經驗的現身說法。

2、以孫中山對宣傳、對報刊的表述爲理論依據展開相關的話語闡釋。

3、以孫中山等革命「前輩們」的新聞經驗、新聞活動、新聞言論爲論據，支撐其論點。

4、從孫中山的政治理論推導出報刊的功能、角色及其職業要求，等。

二是歐美等國家的自由主義新聞理念。國民黨的「前輩」、「元老」大都是留學日、美等國家的留學生，多接受了英美等國的自由主義新聞理念。現任的國民黨宣傳官員、媒體負責人也都受過高等教育，許多也有留學美、英等國的經歷，且這一時期民國新聞教育的主流是自由主義新聞理念，歐美新聞學書籍被大量譯介到中國。這種背景即把自由主義新聞理念烙入國民黨人的話語表述、思想血液中。其表現是：

1、新聞業務層面多主張西方的「客觀主義」報導，強調新聞報導的「客觀公正」、「不偏不倚」，新聞理論層面強調報刊的輿論監督功能，賦予報刊民眾喉舌的角色。

2、表述上常常以西方學者的話語爲理論根據，並結合中國實際予以闡釋。

3、常常以歐美新聞業爲參照物，對比國內新聞業的滯後、幼稚，並要求國家扶植新聞業的發展。

三是德、意等法西斯主義新聞理論。「法西斯」的拉丁語是「Fasces」，其原意是古羅馬出遊時象徵權力的「棒束」。法西斯主義新聞理論根源於形成於「一戰」後的法西斯的政治理論，這一理論的核心是極端民族主義和極權主義。1922 年 10 月，時任《東方雜誌》的主編胡愈之最早以新聞報導的形式把其傳入中國，稱其爲「棒喝主義」〔註 101〕。之後，國家主義派、對抗左翼文藝運動的知識分子繼其後。1931 年 5 月 5 日蔣介石在國民會議上對比了「法西斯蒂之政治理論」、「共產主義之政治理論」、「自由民治主義之政治理論」一一作了比較，得出只有「意大利在法西斯蒂當政以前之紛亂情形，可以借鑒」的結論。〔註 102〕這一政治表態在軍界和藍衣社產生廣泛影響，並波及全

〔註 101〕陶鶴山：《關於二、三十年代法西斯主義在中國傳播的幾個問題》，《南京大學學報（哲學·人文·社會科學）》，1996 年，第 2 期。

〔註 102〕高軍、李慎兆、嚴懷德、王檜林編：《中國現代政治思想史資料選輯》（上冊），

國。1931 年後有諸如《社會主義月刊》、《文化建設》、《復興月刊》、《汗血月刊》等 200 餘種刊物宣傳法西斯主義；拔提書店、文化書局、前途書局等數十家書店在 1932～1935 年間出版了百餘種法西斯主義的書籍，致使「1931 年以後，法西斯主義在中國傳播，無論是從事宣傳的人數，還是宣傳的陣地；無論是傳播影響的範圍還是鼓吹的法西斯論調偏激的程度，都達到了高潮，並漸趨泛濫之勢」。〔註 103〕法西斯主義對國民黨新聞思想的影響的主要表現是：

1、引用希特勒、墨索里尼的新聞話語作爲其觀點的證據。

2、以褒揚的態度介紹德、意等國的報刊宣傳的經驗與理論。

3、借助法西斯主義新聞理論鼓吹推行嚴屬新聞政策的必要性。

除主要受上述三種新聞思潮的影響外，國民黨人的新聞思想，也受到其內部權力爭鬥的深刻影響，致使其話語表述，成爲其利益表達、利益訴求的一種方式。1934 年，江蘇省報社社長陳斯白感慨「國內政爭者假言論自由爲工具，而從事新聞事業者或未必盡數瞭解新聞事業與自由之眞諦」。〔註 104〕

（二）黨國喉舌是其新聞思想的核心

在國民黨龐雜的新聞思想混合體中，黨國喉舌是其核心。主要表現是：

1、國民黨人雖強調報刊的民眾喉舌、國民導師的角色，也論述報刊的監督政府、指導政治，及傳遞新聞、溝通情況，教育民眾、啓迪智慧等功能，但考察國民黨人的言論自由、新聞政策可發現，這些角色與功能被國民黨人以各種形式予以遮蔽或剝奪。〔註 105〕

2、孫中山的訓政設計是「訓導」人民擁有四權，即發動人民參政。國民黨的訓政工作是「不在發動人民參政」〔註 106〕，這一定位邏輯上必然要求新聞媒介充任黨國喉舌的角色，以灌輸國民黨詮釋的「本黨主義」、政綱、政策，達到建構國民黨意識形態的目的，所謂「國民導師」、「民眾喉舌」也就沒有

四川人民出版社，1983 年版，572～573 頁。

〔註103〕白純：《蔣介石與法西斯主義在中國的傳播（1931～1937）》，《求索》，2003 年第 5 期。

〔註104〕陳斯白：《新聞事業與自由》《江蘇月報・江蘇新聞事業專號》第 1 卷 3 期，1934 年 1 月 20 日。

〔註105〕詳情可見「新聞政策」一節。

〔註106〕陳志讓：《軍紳政權：近代中國的軍閥時期》，廣西師範大學出版社，2008 年 1 月版，6 頁。

實行的政治空間。代表發揚民隱、批評時政的「無冕之王」在 20 世紀 30 年代雖然盛行，卻淪爲嘲笑記者的一個貶義詞，記者曾擁有的崇高社會人格也急遽墮落。徐彬彬於 1929 年寫作《無冠皇帝罪己詔》，激烈抨擊新聞界妄言亂聽、恃權怙過，迎合弱點、不忠本業、無世界眼光、缺歷史價值等不良現象〔註107〕；王芸生曾親耳聽見一個黃包車夫罵「幹報館的沒有好人」，並認爲「無冕之王」，實際已是「無魂之鬼」。〔註108〕

3、1927 後的國民黨實質是「傳統的紳士階級和新興的資產階級所擁護的組織，而這些人又受大軍人的操縱。蔣介石的政權基本上還是軍－紳政權，同時加上一些資產階級領袖的支持」〔註109〕。1937 年前的國民黨表面在建設國家，但其最主要的政治活動是蔣介石集團蠶食地方派系，打擊黨內異見，剿殺共產黨，對日入侵步步妥協。這樣的政治環境與政黨，致使黨國與民眾的關係處於嚴重脫節狀態，國民黨的新聞媒體的功能也就只能充當其黨國喉舌了。

但是，對於新聞媒介如何充當黨國喉舌，如何發揮媒介的政治功能，如何利用媒介推行政策、灌輸主義，如何動員、訓導、整合民眾，以及如何運用媒介推進國家建設，整合意識形態等問題，這一時期的國民黨人表述基本上是經驗式的，尚未達到系統化的理論層次。其主要表現是論述大眾傳媒的政治功能，多是零星的報刊文章、演說、訓詞及少數的學術論文，尚未出現系統的專著。這表明訓政時期的國民黨人的新聞思想仍處在經驗累積階段，尚未達到系統化的理論成熟階段。事實上，第一次明確提出並加以論述「三民主義新聞理論」是 1939 年 9 月馬星野在《青年中國季刊》創刊號刊發的《三民主義的新聞事業建設》一文。〔註110〕

（三）與民營報人既有相同之處也有思想分歧

民營報人的新聞思想，基本是歐美自由主義新聞理念在中國的生根發

〔註107〕徐彬彬：《無冠皇帝罪己詔》，黃天鵬編：《報學月刊》第 1 卷第 1 期，1929年 3 月，光華書局，66～74 頁。

〔註108〕王芸生：《努力做一個有靈魂的新聞記者》，《國聞周報》第 14 卷第 15 期，1937年 4 月。

〔註109〕陳志讓：《軍紳政權：近代中國的軍閥時期》，廣西師範大學出版社，2008 年1 月版，6 頁。

〔註110〕蔡銘澤：《中國國民黨黨報研究（1927～1949）》，團結出版社，1998 年，255頁。

芽，經早期傳教士的新聞觀念啓蒙，民初歐、美、日等新聞學書籍的譯介，及留學生在歐美、日等國的親身體驗，到 30 年代，歐美自由主義的新聞理念被徐寶璜、邵飄萍、戈公振、任白濤、黃天鵬、謝六逸等新聞學者初步中國化，並初步奠定了中國新聞學術根基，至今，徐寶璜《新聞學》、戈公振《中國報學史》、邵飄萍《實際應用新聞學》被認爲奠定了新聞學科的基本框架：理論新聞學、歷史新聞學、應用新聞學。這一思想的核心，《大公報》的「不黨、不私、不盲、不賣」的「四不」方針最爲典型；《申報》的陳彬龢也有類似表述：「記者認爲新聞紙之責任，在於發揚文化，介紹新知，代表人民，教育人民，爲人民之喉舌，同時又爲人民之學校，對於現實作公正之批判，對於未來，作正確之引導；惟其如是，故從事新聞事業者，應公正，用有清晰之頭腦，應有銳利之觀察，尤其應能把握時代，立於時代之前面，至於新聞紙之本身，經濟亦必須獨立不容任何方面之津貼與輔助，蓋經濟能獨立，而後新聞紙之生命力乃能獨立，有獨立之生命，而後紀載乃能公正，觀察乃能明確也。」〔註111〕

　　國民黨人與民營報人同受歐美新聞思潮的影響，也同樣歷經辛亥革命、民初動蕩、五四新文化運動的精神洗禮，然由於二者身份的差異，致使其新聞思想既有相同之處，也有差異。相同點主要是：雙方在新聞業務層面達成了觀念共識，強調新聞報導的客觀、不偏不倚、準確平衡、眞實迅速等；認爲新聞業是一種文化事業、社會教育機關，具有強大的輿論威力，等。但在某些新聞理念層面，雙方觀點存在較大差異。

　　1、國民黨人多強調報刊的黨國喉舌角色，賦予報刊宣傳主義、灌輸黨國理念的政治功能；

　　2、民營報人多強調報刊的民衆喉舌角色，提倡發揚民隱、監督政府的功能；

　　3、國民黨人多強調報刊的公營，民營報人強調報業的經濟獨立。

　　上述差異歸結於一點，即雙方對言論自由、新聞自由的理解存在巨大差距。國民黨人主張法律限制下的言論自由、新聞自由，力圖納言論自由、新聞自由於三民主義的軌道中；民營報人多主張絕對的新聞自由，強調言論自由、新聞自由不受法律控制。這一認知分歧，是國民黨與民營報人的緊張關

〔註111〕陳彬龢：《自序》，1932 年兒童節，見陳彬龢：《申報評論選》第一集，上海申報館，1932 年 4 月版。

係的思想根源，並導致雙方各種衝突一直持續到國民黨在大陸的覆滅，仍尙未最終畫上句號。

第四章
訓政規制下的新聞統制政策
——訓政規制下的新聞傳播體制（上）

　　黨國體制是訓政時期的基本政治體制。國民黨在建構這一政體的同時，也基於黨國體制的信仰與價值觀，建構了維護黨國體制的新聞傳播體制，把新聞傳播與政治、經濟、文化、環境等要素的互動共生關係納入其制度控制內。世上沒有絕對自由，正如威爾伯・施拉姆所說，「每個國家都保證本國人民享有表達思想的自由，然而各國都或多或少地對它的大眾媒介加以控制，正如對它所有的社會機構加以控制一樣」。〔註 1〕控制新聞媒體，並將其活動納入秩序化中，是任何一個政府、政黨的合法權責。國民黨及其政府亦不例外，但對抗戰前國民黨新聞傳播體制的歷史敘述，不論大陸學界還是臺灣學界，都沒有擺脫意識形態的有色眼鏡，只不過前者偏重於批判，後者傾向於讚譽，鮮有客觀公允的評價。〔註 2〕

〔註 1〕　〔美〕威爾伯・施拉姆、威廉・波特著：《傳播學概論》，1984 年，新華出版社，179 頁。

〔註 2〕　對國民黨新聞傳播體制的研究，大陸和臺灣均有豐碩的研究成果。除了新聞傳播史教材中的論述外，主要研究著述有：王淩霄的《中國國民黨新聞政策之研究（1928～1945）》，中國國民黨中央委員會黨史委員會出版，1996 年 3月 29 日初版；魏永生：《南京國民政府出版政策研究》，2006 年，碩士論文；王靜：《國民黨統治前期（1927～1938）新聞政策研究》，2007 年，碩士論文；向芬：《國民黨新聞傳播制度研究》，2009，博士論文，等。

　　體制是由正式的規章制度和非正式的習慣、潛規則雜糅而成的集合體，正式的規章制度是公開的、秩序化的硬性規定，由外在強制力量保障執行；非正式的習慣、潛規則是隱蔽的、非秩序化的軟性制約，其背後是信仰、輿論、人脈、血統等因素。前者是上昇到統治地位的制度性的規範體系，後者是體現權力眞正意志的非規範體系。忽視後者，將無法看到體制的眞正面目。新聞傳播體制亦不例外，它雖明文規定新聞媒體的所有制形式、管理新聞媒體的行政機構與行政法規，對新聞事業的結構布局、總體規劃及國家援助和媒介傳播宗旨、傳播禁忌、違禁懲罰和媒介組織結構、管理方式及經營模式等內容有明文規定，但其實際運作中卻伴隨著或多或少，或隱或顯的非正式的習慣和各種各樣的潛規則，反映了以信息調控爲手段來調節個人與社會關係的一種社會控制方式。

　　鑒於新聞傳播體制是非常複雜、有眾多要素構成的複雜系統。面面俱到的敘述，難以抓住新聞傳播體制的核心內容。基於此，本書將敘述重心轉移到黨國體制與新聞傳播體制的互動衝突的共生關係上，從國民黨的新聞政策、新聞媒介建設、新聞媒介管理三個層面，從社會系統的角度分析訓政名義下的新聞傳播體制的內部與外部的錯綜複雜的關係。內部著重分析其構成要素是什麼，各要素間是如何組織，其結構、機制是否完善？外部將新聞傳播體制視爲黨國體制的一個子系統，分析它與黨國體制的共生關係。看這種關係是有助於黨國體制的穩定與鞏固，還是黨國體制紊亂的一個要素？二者之間有沒有結構性的矛盾衝突？面對二者的衝突，國民黨又是如何作制度性調整的？這種調整是緩解了衝突還是加劇了衝突？等問題。對上述問題，筆者將分爲二章予以論述。本章著重從新聞政策層面〔註3〕，管窺國民黨的新聞

〔註3〕 「新聞政策」一詞最早出現於何時，尚未考證，但 20 世紀 20～30 年代已經出現「新聞政策」一詞，但其本意是指單個媒介的宣傳宗旨、或宣傳方針，不是現代新聞學意義上的新聞政策。例如，杜超彬的《新聞政策》（1931，光華書局）一書即從這個角度論述「新聞政策」的形成、構成元素及功罪，並帶有很強烈的情感色彩分析了歐美、日、俄及中國的「新聞政策」情況。新聞學意義上的新聞政策的定義相當繁多，臺灣歷史學者張玉法的界定清晰而明瞭，本書中的新聞政策即採取此說。他說：「對新聞政策一詞，學者在不同的時空環境下，曾有不同的定義。簡單地說，新聞政策是對新聞傳播所抱持的態度，並將此種態度表現於制度法規和行事之中。有新聞自由的國家，新聞政策的重點在政府與民間的溝通，以及新聞傳播的社會責任；沒有新聞自由的國家，將新聞傳播視爲一種統治工具，政府建立或利用各種媒介宣傳政令，促進有利於政府的新聞傳播，限制不利於政府的新聞傳播，對於新聞傳

傳播體制的內部結構問題。

第一節　國民黨新聞統制政策的法理依據及理論說辭

　　任何政策的出臺需有法理依據，否則政策的有效性將受到公眾的嚴重質疑。同時為保證政策的權威及利於政策的執行，仍需對政策做相應的理論詮釋，賦予政策「神聖」的光環。國民黨新聞統制政策的制定、執行過程中，也遵循這一路徑，既從國家根本法上賦予新聞政策的法理依據，也有許多理論家為其作理論修飾，為其政策辯護。

一、國家根本大法對「自由」的限定

　　「訓政」是「軍政」過渡到「憲政」的必經階段，意味國民黨在訓政期間，必須恰當把握集權與分權的政治藝術。20 世紀 20～30 年代的政治現實及「後發國家」實現現代化的時代命題，需要國民黨集中全力，統一意志以有效地調控全國資源，穩固統治權，應對國內外威脅。訓政的終極目標：憲政使國民黨不得不考慮民權問題。這種既集權又分權的矛盾狀態，貫徹於國民黨訓政的始終，並在國民黨推行訓政的根本大法上有所體現。

　　這一既集權又分權的悖論，在新聞傳播領域的表現是國民黨和其黨員、國民政府與人民之間的話語控制與言論自由的合理切割問題。換言之，國民黨應該賦予其黨員多大程度的言論自由，國民政府應該賦予其治理下的人民享受多大程度的表達思想的自由？這是現代民族國家必須解決的基本問題。孫中山非常向往歐美國家的民主憲政，中華民國成立即在《中華民國臨時約法》中明確規定「人民有言論著作及集會結社之自由」〔註4〕，對於體現人民言論自由的主要尺度的新聞自由，也幾乎未做任何法規性的限制，結果卻是政黨報刊泛濫成災、謠諑盛行，政局紊亂不堪。為糾正絕對的新聞自由的弊端，國民黨以「訓政」名義把人民的表達自由權納入憲法框架，力求管理的法制化。

　　1929 年 3 月 21 日，國民黨第三次全國代表大會通過的《確定訓政時期

　　　播居於輔導的地位。張玉法：《中國國民黨新聞政策之研究（1928～1945）‧序》，見王凌霄：《中國國民黨新聞政策之研究（1928～1945）》，中國國民黨中央委員會黨史委員會出版，1996 年 3 月 29 日初版，1 頁。
〔註 4〕見郭衛編：《中華民國憲法史料》，文海出版社（臺灣），1973 年，14 頁。

黨政府人民行使政權治權之分際及方略案》、1931 年 5 月 12 日頒佈的《中華民國訓政時期約法》、1934 年 10 月 16 日的《中華民國憲法草案》，1936 年的《中華民國憲法草案》均規定了人民享有法律限制範圍內的言論、出版自由。〔註5〕這一規定沿襲了清政府 1908 年頒佈的《欽定憲法大綱》、1913 年制定的《中華民國憲法草案》（也稱「天壇憲法草案」）、1914 年袁世凱頒佈的《中華民國約法》的基本精神〔註6〕，即憲法層面賦予人民言論、出版自由的權利，而人民事實擁有的言論、出版自由卻由憲法賦予的下階位的法律框定。這一做法的惡劣影響是爲國民黨制定限制言論、出版自由的各類法規、政策開了方便之門。

事實上，現代民族國家均以法律、法規的形式限制新聞自由，卻很少有國家在憲法層面規定人民的言論、出版自由需法律限制。這意味著那些限定新聞自由的法律、法規，只要人民反對，就可以以違憲的理由予以廢除或修改，從而保證人民主權至上，一旦憲法上規定人民的言論、出版自由需要法律限制、許可，那麼，除非修憲，人民是不可能廢除或修改屬於下階位的鉗制言論、出版自由的惡法的。因此，凡憲法規定人民的言論、出版自由需法律限制，均被認定爲是專制主義的憲法。1946 年國民黨召開的「國民代表大會」制定的《中華民國憲法》就刪除了人民的言論、著作、出版等自由受法律限制的條文〔註7〕，表明國民黨認識到了以憲法限定言論、出版自由的惡劣

〔註 5〕 1929 年的表述是「中國國民黨最高權力機關，爲求訓練國民使用政權，弼成憲政基礎之目的，於必要時得就於人民之集會、結社、言論、出版等自由權，在法律範圍內加以限制」；1931 年是「人民有發表言論及刊行著作之自由，非依法律不得停止或限制之」；1934 年和 1936 年的表述一致，均是「人民有言論、著作及出版之自由，非依法律，不得限制之」。見蔡鴻源主編《民國法規集成》，33 卷，黃山書社，1999 年，34 頁，30 頁，1 頁，47 頁。另有論文稱：1928 年 10 月，國民政府頒佈的《中華民國訓政綱領》中規定，在必要時，國民黨可對民眾的言論、出版等自由權，「在法律範圍內加以限制」（見江沛：《南京政府時期輿論管理評析》，《近代史研究》，1995 年第 3 期，47 頁），但查 1928 年 10 月 3 日《訓政綱領》未見此類規定。

〔註 6〕 1908 年的規定是「臣民於法律範圍內，所有言論、著作、出版、及集會結社等事，均准其自由」；1913 年的規定是「中華民國人民，有言論著作及刊行之自由，非依法律不受限制」；1914 年的規定是「人民於法律範圍內，有言論、著作刊行、及集會結社之自由」。見郭衛編：《中華民國憲法史料》，文海出版社（臺灣），12 頁，18 頁、25 頁。

〔註 7〕 原文是：「人民有言論、講學、著作及出版之自由」。見郭衛編：《中華民國憲法史料》，文海出版社（臺灣），1973 年版，152 頁。

影響，但這並不意味國民黨放棄了鉗制言論自由的做法。

國民黨以訓政名義，從根本法上限定人民群眾的言論、出版自由，目的是為其新聞統制政策確立法理基點，以便用法律法規確保維護國民黨利益的言論表達自由權，取消危及國民黨利益的一切話語權。在此前提下，國民黨在建立「規模之大、分佈之廣、體制之完備〔註8〕」的新聞事業的同時，也頒佈了許多管制新聞傳播活動的法令、法規、條例、訓令，於抗戰前夕建立了一套從憲法到法律、法規、條例，乃至各種解釋、手令等構成的新聞統制的政策體制，並根據需要不斷完善了各種宣傳行政機構。這就從根本上扭曲了民主憲政體制對新聞傳播「不受政府約束的自由」的本質訴求，而使新聞傳播的社會角色與功能發生整體性的轉向：即從促進訓政向憲政過渡的民眾啟蒙、社會整合及政治督促、政治監督的社會心理改造與整合功能向維護現有體制的「黨國喉舌」的功能的轉變。

二、國民黨新聞統制政策的理論說辭

國民黨從國家根本法上限制人民群眾的言論自由權，力求實現「民可使由之，不可使知之」的現代版的愚民社會。這一目標既背離孫中山的政治理想，也與近代中國的發展潮流背道而馳，若不做出充分的理論解釋，不僅不能獲得國民黨黨員的集體認同，也難以得到知識階層的擁護，稍有不慎即會被扣上「專制獨裁」的帽子而面臨分崩離析的危險。國民黨深知其中利害，對其推行的新聞統制政策至少作了如下五點理論闡釋。

（一）消除黨內「意見分歧」的現實需要

民國學者陳志讓說，「1925 年孫中山死後，國民黨的思想和組織立即呈現出分裂的局面。上層領導人對三民主義新中國的遠景有不同的解釋，對國民黨的組織也有不同的主張。西山派、大元帥府，甚至國民黨左派的高級領導人應該用模糊的政綱和私人感情來團結，抑或用黨的紀律和訓練來團結？統一中國的軍政時期應該由最高領袖和軍人來進行，抑或是應該發動組織群眾來進行？」存在了許多分歧〔註9〕。這些分歧在 1926～1927 年「北伐」中，僅僅就「清共」達成了基本共識。1929 年的政局仍是「餘敵尚未肅清，政局

〔註8〕　方漢奇：《中國新聞事業通史》第 2 卷，中國人民大學出版社，1998 年，348 頁。
〔註9〕　陳志讓：《軍紳社會：近代中國的軍閥時期》，廣西師範大學出版社，2008 年，173 頁。

不穩」，「挑撥」、「造謠」的根基未除。在此背景下召開的國民黨三全大會決定統一黨內思想，通過了「統一本黨理論」〔註10〕、確定「黨德及紀律」、「今後宣傳方針決定四項〔註11〕」等提案，決定把三民主義的話語解釋權收歸中央，並以嚴厲黨內政策及新聞政策推廣三民主義，取締、鉗制異己的理論及宣傳。蔣介石、胡漢民等黨魁也由此多次要求黨內意志統一。蔣介石於1929年「敬告全體黨員同志書」再三強調，「黨的病源，就是黨內意見分歧，思想複雜，政治的病源就是地方割據」。這種狀況致使黨的意志、行動不能一致，黨內糾紛因之而起。如此下去「革命前途將有莫大的危險」〔註12〕。在1929年國民黨三全大會開幕致詞上，胡漢民從黨史角度論證了黨內意志不統一的嚴重後果，並說，「如果黨中同時有兩種以上的主義與政綱，意志和行動便不能統一，雖然各方面不斷的努力，也終於彼此互相抵銷，甚且生出無限的糾紛，把黨的一切都停頓或退後起來。」〔註13〕戴季陶因挽回「黨外之昏天黑地，與黨內之猜忌排斥」的「頹風」絕非易事，多次辭去中宣部部長職務。〔註14〕

（二）國民黨黨內思想分歧的歷史教訓

國民黨在民初 20 餘年政局中的屢次挫折，孫中山將之歸於黨內思想分

〔註10〕 關於統一本黨理論共有四項：依次是（一）由中央負責編譯黨義專書，嚴行取締曲解三民主義之著作。（二）嚴行取締鼓吹農工階級利益小資產階級利益即革命大同盟之謬說。（三）確定新聞政策，於相當範圍內保障言論自由。並嚴行取締反動宣傳。（四）擴大國際宣傳，使國外確切瞭解三民主義及中國政況。見記者：《國民黨第三次全國代表大會紀》。《國聞周報》第 6 卷 11 期，1929 年 3 月 24 日。

〔註11〕 關於今後宣傳方針決定四項：（一）對黨內同志，必須予以黨誼黨德之宣傳與訓練。務以祛除一切政治的惡思想惡習慣與以矢忠主義犧牲個人只有權利幸福為最高美德。（二）關於黨的一切理論與政綱之最高原則，應從總理遺教及本黨最高權力機關之解釋。初級黨部及黨員個人不得妄出己見。（三）凡黨的一切宣傳機關與其出品。須呈中央黨部核記。非得有中央審定核准登記者。不得任意自認為黨之宣傳機關或宣傳物。（四）既經中央登記之宣傳機關或刊物其言論有違反黨義時，中央應定糾正方法以處之。見記者：《國民黨第三次全國代表大會紀》（續）。《國聞周報》第 6 卷 12 期，1929 年 3 月 31 日

〔註12〕 蔣中正：《敬告全體黨員諸同志書（對第三次全國代表大會的感想)》，《國聞周報》第 6 卷 11 期，1929 年 3 月 24 日。

〔註13〕 記者：《國民黨第三次全國代表大會紀》。《國聞周報》第 6 卷 11 期，1929 年 3 月 24 日。

〔註14〕 戴季陶：《關於新聞事業經營和編輯的所見》，1928 年 12 月 25 日；見黃天鵬編：《報學月刊》第一卷第一期，1929 年 3 月，光華書局，36 頁。

歧。爲此，他「發明」知難行易學說，著書抨擊「行之匪難，知之維艱」的傳統固見，並一再改組國民黨，力求強化黨內團結。這一歷史教訓被國民黨繼承，並作爲統一思想的歷史依據。1928 年 10 月 26 日發表的《國民政府宣言》說：「積十餘年痛苦之經驗，則知軍政時期之告終，不僅在於革命障礙之掃除，而尤在於國內人心之統一」〔註15〕。戴季陶說，「今日中國，事實上代表人民，指導人民，統帥人民者，皆知識階級。一國中堅之知識階級，失卻正當之知識與健全之道德，於是一般人民，無所適從，且無自尋生之路之餘地，此種因果，愚者不察，往往將政治軍事上之勢力，估價太高。不知政治軍事之勢力，僅爲一時期一局部，且非獨立發生，惟有思想言論之勢力，乃不可思議。一切政治軍事之勢力，或由此而生，或籍此而展。故總理積三十年之經驗，乃發之爲「行之匪難，知之維艱」之痛語，而特爲專書。其後十年之間，由不知而發生之禍害，乃較以前尤爲甚，此眞可痛哭者。」〔註16〕

（三）「訓民以政、輸民以主義」的宣傳需要

國民黨三全大會，收到陳德徵、賴璉等要求確立新聞政策，取締反動宣傳的提案。陳德徵說，「訓政時期之宣傳，其重要在訓民以政，輸民以主義。宣傳之最重要部分，當屬於新聞紙。因新聞紙之廣播，能使全國民眾，都具有政治上的見解，更能使全國民眾，對於三民主義有充分的認識。故本黨對於新聞紙，應確定一種政策，俾得運用自如，以收宣傳之實效。〔註17〕」賴璉說，「本黨在軍事時期，獲助於宣傳力量者至大，現在訓政開始，本黨宣傳工作尤應有精密計劃與具體方針，方可使全國民眾之意志統一，精神團結。〔註18〕」嚴愼予說，「到了訓政時期，『訓政』本來含有教育的意義，要把黨的主義向民眾貫輸，向民眾解釋，當沒有僅僅揭佈敵人罪惡的簡單而容易明瞭。宣傳的最重要部分，當然是無過於新聞紙了。〔註19〕」在黨內外「意見分歧」、共產主義、無政府主義、自由主義等學說盛行的「國情」下，要

〔註15〕《國民政府宣言》，《國聞週報》，5 卷 43 期，1928 年 11 月 4 日
〔註16〕戴季陶：《關於新聞事業經營和編輯的所見》，1928 年 12 月 25 日；見黃天鵬：《報學月刊》第一卷第一期，1929 年 3 月，光華書局，36 頁。
〔註17〕陳德徵：《三全大會之黨應確定新聞政策案》，黃天鵬：《報學月刊》第 1 卷第 2 期，光華書局，1929 年 4 月。
〔註18〕賴璉：《請確定新聞政策取締反動宣傳案》，黃天鵬：《報學月刊》第 1 卷第 1 期，光華書局，1929 年 4 月。
〔註19〕嚴愼予：《黨應確定新聞政策》黃天鵬：《報學月刊》第 1 卷第 2 期，光華書局，1929 年 4 月。

向民眾輸入「三民主義」，需要確立新聞政策，以保障三民主義的灌輸。

（四）民初政黨報刊混亂的教訓

民初政黨報刊相互攻訐、信用墮落，致其被讀者厭棄，並使政黨品格信用墮落。國民黨深受其苦，其機關報長期一蹶不振。戴季陶對此有深刻反思，並竭力革除此弊。他說：「從前吾輩不知此義（筆者注：報紙之要素，並非在為個人作抑揚，且並非在團體派別作抑揚。政黨之報紙，便宜如此），報紙之職務不守，作辯護攻擊，誤解宣傳，以致同志們在社會間之品格信用，日就低落，黨之品格信用亦隨之。此弊不革，黨國固受其殃，報紙自身，亦不能保其存在，個人之利害更無論矣。「惡政府良於無政府」，此語甚有精義，然而報紙不能引用也。「無報紙良於惡報紙」，政府與社會，在自身之利害上，亦決不久容不良之言論存在，可深長思也。」〔註20〕

（五）國內新聞界無章可循的現實需要

嚴慎予說，「至於國內一般新聞界同業所感受苦痛的，是沒有正式的新聞法律可循，一面沒有可以遵守的軌範，一面缺少有力的保障；而在政府方面，無法作正當的指導，到了認為必要時加以約束和干涉，又很容易受干涉輿論的嫌疑。為雙方方便起見，應該正式制定新聞法律，使全國新聞界同業充分得到軌道內的自由。〔註21〕」賴璉亦以「本黨在過去二年中，雖曾對於各地報紙，加以消極的限制與取締，但從未有若何積極的新聞政策，使全國報紙有所遵循」的理由提議「速確定新聞政策，使全國報紙均受本黨之指導」〔註22〕。

第二節　訓政時期國民黨新聞統制政策的演替歷程

抗戰前國民黨新聞政策的發展軌迹，經歷了由草創而漸趨鞏固、由簡約而繁複，由疏陋而嚴密的過程。到抗戰前夕，國民黨基本建立一套新聞政策體系，把中國的新聞活動和精神生活納入到制度化的軌道內。這一過程約分

〔註20〕戴季陶：《關於新聞事業經營和編輯的所見》，1928 年 12 月 25 日；黃天鵬：《報學月刊》第 1 卷第 1 期，光華書局，1929 年 3 月，36 頁。

〔註21〕嚴慎予：《黨應確定新聞政策》黃天鵬：《報學月刊》第 1 卷第 2 期，光華書局，1929 年 4 月。

〔註22〕賴璉：《請確定新聞政策取締反動宣傳案》黃天鵬：《報學月刊》第 1 卷第 1 期，1929 年 4 月，光華書局。

爲三個相互承繼關聯的時期。約從 1927 年至 1930 年間爲新聞政策的草創期，約從 1930 年下半年至 1935 年 11 月間爲政策調整發展期，約從 1935 年 11 月至 1938 年間爲政策向「戰時新聞政策」的轉向期。〔註23〕

一、新聞統制政策的草創期

1928 年 4 月，國民黨定都南京，尚未宣佈實施訓政，即以著手制定新聞政策。同年 6 月，國民黨中央常會第 144 次會議通過並頒佈了《設置黨報條例》、《指導黨報條例》、《補助黨報條例》、《指導普通刊物條例》、《審查刊物條例》。前三個條例就黨報建設（黨報設置、領導體制、宣傳內容、組織紀律和津貼標準）作了詳細規定，要求黨報的傳播內容須以「本黨主義及政策爲最高原則」〔註24〕；後兩個條例則對非黨刊物與宣傳做了明確規定，要求非黨刊物「立論取材，須絕對以不違反本黨之主義政策爲最高原則」、「必須絕對服從中央及所在地最高級黨部宣傳部的審查」。〔註25〕同月，中宣部給青島特別市黨部「採用新聞政策，制止日報造謠，事屬可行。仰即酌量辦理，該項反動刊物，仍需嚴予取締」的指示〔註26〕，故 1928 年 6 月標誌著國民黨新聞政策制定、實施的起步。〔註27〕同年 10 月國民黨中央通過《訓政綱領》，

〔註23〕 對國民黨新聞統制政策的歷史分析，借鑒了王靜在其碩士論文《國民黨統治前期（1927～1938）新聞政策研究》的歷史分期。見王靜：《國民黨統治前期（1927～1938）新聞政策研究》，2007 年，碩士論文。

〔註24〕 條例規定黨報類型包括黨報、半黨報、準黨報三種。規定無論言論、新聞、副刊、廣告，都必須以「本黨主義及政策爲最高原則」，規定「各黨報須絕對站在本黨的立場上，不得有違背本黨主義、政策、章程、宣傳即決議之處；各黨報須完全服從所屬各級黨部之命令，不得爲一人或一派所利用等。」規定黨員所辦報紙津貼的條件是「言論及記載隨時受黨之指導」，「完全遵守黨定言論方針及宣傳策略」。見方漢奇：《中國新聞事業史》（2 卷），中國人民大學出版社，352～353 頁。

〔註25〕 見方漢奇：《中國新聞事業通史》（第二卷），中國人民大學出版社，397 頁。

〔註26〕 中央宣傳部工作經過（六月份），《中央黨務月刊》，第 24 期，民 19 年 8 月，報館，102 頁。轉王凌霄《中國國民黨新聞政策之研究（1928～1945）》，中國國民黨中央委員會黨史委員會出版，1996 年 3 月 29 日初版，5 頁。王凌霄說，這一文獻是最早「能具體瞭解國民黨新聞政策實質內容的文獻」。目前尚不清楚該文獻與國民黨 6 個條例頒佈的具體日期，故難確定。

〔註27〕 國民黨定都南京後的新聞政策，學界往往從 1929 年敘述起，忽視 1928 年的政策，似乎 1929 年的國民黨第三屆全國代表大會是其政策的發源地，其實不然，1928 年國民黨中央常會 144 次會議制定的 6 個條例已奠定了國民黨新聞政策的基石。

開始實施訓政。1929 年，國民黨加大了新聞政策的出臺力度。1 月 10 日國民黨中央頒佈《宣傳品審查條例》，規定宣傳品審查範圍、標準、處理辦法，從政治上界定了「反動宣傳品」、「謬誤宣傳品」的性質：「宣傳共產主義及階級鬥爭者」、「反對或違背本黨主義政綱政策及決議案者」、「妄圖謠言以淆亂觀聽者」〔註28〕。3 月國民黨第三屆全國代表大會召開。這次大會奠定了國民黨實施訓政的制度基石〔註 29〕，首次明確規定「國民黨最高權力機關，為求訓練國民使用政權，弼成憲政基礎之目的，於必要時得就於人民之集會、結社、言論、出版等自由權，在法律範圍內加以限制」。這次大會收到邵華、陳德徵、梁寒操、賴璉、王則鼎、鄭彥棻等百餘人要求「統一本黨理論」、「徹底消滅反動思想、嚴厲查禁發動著作」、「擴大國際宣傳」、「確定新聞政策、取締反動宣傳」、「本黨應確定新聞政策」等提案，這些提案要麼由大會決議，要麼由提案審查委員會決定，提交中央執行委員會核辦〔註 30〕。可見，統一「三民主義」理論、加強「黨誼黨德」的宣傳與訓練、嚴厲取締反動宣傳、強化黨內刊物的管理、擴大國際宣傳、確定新聞政策成為國民黨人的集體共識。這次要求統一的大會奠定了國民黨新聞政策的基本走向。

〔註 28〕 中國第二歷史檔案館：《中華民國史檔案資料彙編‧第五輯第一編文化》，江蘇古籍出版社，1998 年，74～76 頁。

〔註 29〕 這次大會通過了《中國國民黨總章》、《確定訓政時期黨、政府、人民行使政權治權之分際及方略案》、《根據總理教義編制過去一切黨之法律規章以成一貫系統，確定總理主要遺教為訓政時期中華民國最高根本法案》、《確定訓政時期物質建設之實施程序及經費案》等。

〔註 30〕 據榮孟源主編：《中國國民黨歷次代表大會及中央全會資料》彙編的「第三界全國代表大會三月二十七決議移交中央執行委員會議案目錄」，該目錄把提案分為七大類。與新聞政策相關的提案主要有：屬於經大會提案審查委員會審查提出報告後，由大會決議交中央執行委員會有：A、甲、關於統一本黨理論者：1、邵華等 16 人提議，統一本黨理論案；2、陳德徵等 15 人提議，徹底消滅反動思想，嚴厲查禁反動著作案；3、梁寒操等 14 人提議，嚴重取締黨內鼓吹農工小資產階謬論，以信仰而杜亂源案；4、勁華等 17 人提議，擴大國際宣傳案；5、王則鼎等 12 人提，請擴大國際宣傳案；6、賴璉等 21 人提請確定新聞政策，取締反動宣傳案。屬於提案審查委員會認為應交中央執行委員會核辦之提案有：11、劉血訓等十七人提議，表現統一精神案；12、鄭彥棻等 23 人提議，擴大國際宣傳方案案；13、陳德徵等 16 人提議，本黨應確定新聞政策案。屬於提案審查委員會認為應交中央執行委員會核辦之請願書意見書者有：20、江蘇江都縣監察委員程太阿提，請指導全國新聞界整理全國新聞事業，統一全國輿論案。見榮孟源主編：《中國國民黨歷次代表大會及中央全會資料》（上），光明日報出版社，711～737 頁。

　　1929 年 6 月，國民政府轉飭行政院通過了《取締銷售共產書籍辦法》，8月 23 日《出版條例原則》頒佈，29 日《全國重要都市郵件檢查辦法》公佈，9 月《日報登記辦法》出臺，1930 年 4 月《各縣市郵電檢查辦法》公佈。期間中宣部又做出多項法律解釋。《出版條例原則》被視爲 1930 年《出版法》的雛形，《日報登記辦法》規定書報、通訊社須向各黨部宣傳部登記，由中宣部審核；至於兩項「郵件檢查辦法」前者授權高級黨政機關，後者授權省黨部檢查信件、郵件、私人函件的權力，從流通渠道查封反動刊物。

　　這一時期，國民黨初掌政權，國民政府處在草創期，各項規章制度及人事均需安排，加之蔣馮、蔣桂軍事對抗及中原大戰等因素，國民黨只能根據形勢變化，由黨出臺條例、辦法、原則，基本處在政黨意志層面，尚未全面上昇到國家意志層面，政策條文基本上是框架性、原則性、程序性的規定。政策重心主要集中三個方面：

　　1、加強黨報建設，以「本黨主義」統一黨報及非黨報宣傳；

　　2、爲查封「反動思想」、「共產黨書刊」制定政策依據；

　　3、對於民營報業處在要求「登記」、「審核」的普查階段。

　　這一時期的立法精神、政策走向已明確，對此，國民黨第三屆全國代表大會宣言及其關於新聞、宣傳、黨務方面的提案、議決案表現最爲明顯。

二、新聞政策的調整發展期

　　1930～1931 年間，國民黨派系鬥爭有激化趨勢。1930 年 7 月，汪精衛等改組派、鄒魯、謝持等西山會議派與閻、馮聯合，共同反蔣。年底，中原大戰結束，閻、馮等軍事實力削弱，改組派、西山會議派瓦解。1931 年上半年，因「約法」問題，蔣介石軟禁胡漢民，扣留李濟深，引起兩廣反蔣，至同年 6月第三屆五次中央全會召開，黨內鬥爭才趨於緩和，但南京政府的統治力量明顯削弱。故這兩年間，國民黨及其政府還未有精力管制新聞界，不過也在前三年宣傳經驗及政策基礎上作了調整。

　　1930 年 8 月，國民黨中央執行委員會訓練部頒發給下級黨部討論提綱，其中「丁項」是「改進黨的宣傳方略並確定新聞政策案」。該方案共三條，要求下級黨部討論「本黨過去宣傳工作」有無缺點、在原則和方法上有何改進意見（原則和方法）及如何確定本黨新聞政策，以便匯總意見，提交國民黨

第四屆全國代表大會。〔註 31〕這意味著國民黨開始著手確定系統化的新聞政策。同年 12 月立法院通過《出版法》並由國民政府予以公佈，標誌著國民黨新聞政策有了重大進展，即逐漸由政黨意志層面上昇到國家意志層面，力圖增強政策的合法性。

《出版法》秉承了《出版條例原則》〔註 32〕，揉和了戴季陶和陳立夫兩人的意見而成〔註 33〕，共 6 章 44 條。該法按照「一爲出版登載事項之限制，一爲發行人或編輯人之限制〔註 34〕」的原則，依次說明出版品、著作人、編輯人的定義；規定新聞紙及雜誌審查向「所屬省政府或隸屬於行政院之市政府轉內政部」登記的程序及負有刊登「更正或辯駁書」的義務，規定「黨義黨務」記載須向中宣部申請登記，並送寄相關出版品；規定書籍及其他出版品的出版程序；規定限制登載事項及行政處罰和罰則。其中，第四章「出版品登載事項之限制」爲全法的重心，體現了國民黨新聞立法的一貫精神。該章共三條（19、20、21 條），明確規定出版品不得「意圖破壞中國國民黨或三民主義，意圖顛覆國民政府或損害中華民國利益，意圖破壞公共秩序，妨害善良風俗」，「不得登載禁止公開訴訟事件之辯論」，並賦予了國民政府在變亂及其他特殊時期禁止或限制軍事或外交事項的登載。〔註 35〕

1931 年 9 月後，日本侵華步驟加快，「九一八」、「一二八」等事變相繼發生，國內的民族主義情緒日益高漲。國民黨卻奉行「攘外必先安內」的基本政策，致使新聞界與國民黨及其政府衝突日益加劇，加之 1932 年後法西斯主義在國內的泛濫，國共軍事衝突的頻繁和黨內派系鬥爭趨於複雜化等因素，

〔註31〕《四全大會議題討論大綱》，《中央黨務月刊》，第 37 期，民 20 年 9 月，通令及通告，1757～1758 頁。

〔註32〕《出版法》在中央宣傳部於 1930 年 6 月 20 日函立法院速定出版條例的催促下，由國民政府法制委員會於第 66 次會議議決推委員羅鼎、劉克俊、孫鏡亞三人，依據《出版條例原則》，從事起草，旋起草完竣，經法制委員會提出第 94 次、第 97 次及第 99 次會議，繼續談論，黨通過《出版法草案》，44 條。1930 年 11 月 29 日，立法院於第 119 次會議，將《出版法草案》提付二讀，逐條討論通過，並省略三讀，通過全案，即呈由國民政府於 1930 年 12 月 26 日公布施行。見謝振民編著、張知本校訂：《中華民國立法史》，中國政法大學出版社，1997 年，512 頁。

〔註33〕王洪鈞：《新聞法規》，臺北：允晨出版社，1985 年 7 月初版，48 頁。

〔註34〕《解釋舊出版法關於新聞紙雜誌移轉發行疑義》，1932 年 3 月 2 日內政部咨浙江省政府，見劉哲民編：《近現代出版新聞法規彙編》，學林出版社，1992 年，上海，117 頁。

〔註35〕《出版法》，《江蘇月報·江蘇新聞事業號》，1934 年 1 月 20 日。

從 1931 下半年到 1935 年下半年，國民黨加強了新聞政策頒佈並實施的力度。據粗略統計，僅國民黨中央和國民政府出臺 50 餘種各類新聞政策（包括辦法、細則、解釋、規則、通令、大綱等），致使其新聞政策「走向專制主義高峰」。〔註36〕其主要表現是：

（一）不斷完善《出版法》，規範出版品審核登記程序

　　1931 年 10 月 7 日，內政部和中宣部共同頒佈《出版法實施細則》。該《細則》共 25 條，除了詳細解釋出版品的登記手續外，重心是解釋了「黨義黨務」的內涵及審查程序。規定「引用或闡發中國國民黨黨義者；紀載有關中國國民黨黨務或黨史者；所載未直接涉及中國國民黨黨義、黨務、黨史，但與中國國民黨黨義、黨務、黨史，有理論上，或實際上之關係者；涉及中國國民黨主義、或政綱、政策之實際推行者」均屬於「黨義黨務」〔註37〕範圍。另外，僅據 1934 年 1 月出版的《江蘇月報·江蘇新聞事業號》的統計，從 1931 年 10 月至 1933 年 10 月，內政部、中宣會、中央就出版法實施審核登記及罰則等問題作了 18 條法律解釋，其中內政部 15 次，中央宣傳委員會 2 次、中央 1 次。〔註38〕1937 年 7 月《出版法》和《出版法施行細則》做重大修正，正式將出版品的註冊登記制改為核准登記制。〔註39〕

（二）明確宣傳品檢查及報刊等出版品取締的標準

　　主要有《宣傳品審查標準》（1932.5）、《新聞檢查標準》（1933.1）、《取締不良小報辦法》、《1933.10》、《查禁普羅文藝密令》（1933.10）、《取締刊登軍事新聞及廣告暫行辦法》（1935.2）等。上述標準、辦法、密令均有中央執行委員會常務會議、中央宣傳委員會或軍事委員會制定直接公佈，均未經過國民政府的立法程序。宣傳品審查標準、報刊的取締標準，完全遵循國民黨劃定的政治標準。最能體現這一原則的是 1932 年 5 月 31 日第四屆中央執行委

〔註36〕王靜：《國民黨統治前期（1927～1938）新聞政策研究》，2007 年，碩士論文。
〔註37〕《出版法施行細則》，《江月月報·江蘇新聞事業號》，1934 年 1 月 12 日。
〔註38〕據 1934 年 1 月 12 日出版的《江月月報·江蘇新聞事業號》統計。
〔註39〕該法第九條規定「為新聞紙或雜誌之發行者，應由發行人於首次發行前，填具登記聲請書呈由發行所所在地之地方主管官署於十五日內轉呈省政府或直隸於行政院之市政府核准後，始得發行。省政府或直隸於行政院之市政府，接到前項登記聲請書後，除特別情形外，應於二十八日內核定之，並轉請內政部發給登記證。內政部於發給登記證後，應將的登記聲請書抄送中央宣傳部登記」。見《出版法》，1937 年 7 月 8 日國民政府修正公佈，見劉哲民編：《近現代出版新聞法規彙編》，學林出版社，1992 年，上海，135 頁。

員會第 22 次會議通過，同年 11 月 24 日第 48 次會議增訂的《宣傳品審查標準》
（下簡稱「標準」）。該標準延續了 1929 年《宣傳品審查條例》的基本精神，
並對審查標準加以細化和分類。《標準》把宣傳品分爲「適當」、「謬誤」、「反
動」三類宣傳，並對每類作了具體闡述。具體內容如下：

1、適當的宣傳

（1）闡揚總理遺教者；（2）闡揚本黨主義者；（3）闡揚本黨政綱政策者，
（4）闡揚本黨決議案者；（5）闡揚本黨現行法令者；（6）闡揚一切經中央決
定之黨務政治策略者。

2、謬誤的宣傳

（1）誤解本黨主義政綱政策及決議者；（2）誤解本黨主義政綱政策及決
議者；（3）思想怪僻或提倡迷信足以影響社會者；（4）紀載失實，足以混淆
觀聽者。（5）對法律認可之宗教，非從事學理探討從事詆毀者。

3、反動的宣傳

（1）爲其他國家宣傳、危害中華民國者；（2）宣傳共產主義及鼓動階級
鬥爭者；（3）宣傳無政府主義、國家主義、及其它主義，而有危害黨國之言
論者；（4）對本黨主義、政綱、政策及決議，惡意詆毀者；（5）對本黨及政
府之設施、惡意詆毀者；（6）挑撥離間，分化本黨危害統一者；（7）污蔑中
央，妄造謠言，淆亂人心者；（8）挑撥離間及分化國族間各部分者。〔註 40〕

這一標準含有「曲解」、「反動」、「誤解」、「謬誤」、「適當」、「怪僻」等
模糊語言，並被其他標準、條例、法令援引或具體闡釋，違反該《標準》，都
受到嚴厲懲罰，輕者取締，重者治罪。故在事實上，該《標準》和《出版法》
第 19 條是國統區社會信息傳播的政治準則，充分體現了國民黨新聞政策的「黨
化」色彩。至於《新聞檢查標準》、《取締不良小報辦法》、《查禁普羅文藝密
令》、《取締刊登軍事新聞及廣告暫行辦法》、《重要都市新聞檢查辦法》等法
規，基本上是《宣傳品審查標準》的延伸或具體闡釋。如，《新聞檢查標準》
分軍事、外交、地方治安、社會風化四類新聞類型，分別就扣留或刪改作了
規定，應刪扣的主要內容是：

1、對外交不利、秘密外交、非正式或非正式公佈的外交談話；

2、搖動人心、故作危言、影響金融，對中央負責領袖的惡意新聞及損害
　　政府信用；

〔註 40〕　《出版法施行細則》，《江月月報・江蘇新聞事業號》，1934 年 1 月 12 日。

3、淫盜之紀載及其它妨害善良風俗。此外，明確規定須依照《宣傳品審
查標準》第二、三項及各報社刊布新聞，須以中央通訊社消息爲標準。
〔註41〕

（三）規定新聞、宣傳品等檢查、取締、懲罰的執行機構的職權
範圍與組織結構

主要有：《重要都市新聞檢查辦法》（1933.1）、《中央宣傳委員會圖書雜
誌審查委員會組織規程》（1934.4）、《圖書雜誌審查辦法》（1934.6）、《檢查
新聞辦法大綱》（1934.8）《中央執行委員會宣傳部組織條例》（1935.12）、《中
央執行委員會文化事業計劃委員會組織條例》（1936.3）等。通過這些政策，
國民黨將新聞傳播活動分層、分級納入程序化的行政管理範疇。具體而言，
《重要都市新聞檢查辦法》（1933.1）規定「遇有檢查新聞必要時」設立新聞
檢查所，檢查「軍事、外交、地方治安及與有關之各項消息」，並規定了首
都新聞檢查所〔註42〕及其他各地新聞檢查所的基本結構及隸屬單位：中央宣
傳委員會。《中央宣傳委員會圖書雜誌審查委員會組織規程》、《圖書雜誌審
查辦法》〔註43〕規定上海地區的文藝、社科類圖書雜誌的審查程序、「免審」
條件及審查委員會的組織機構，等。《檢查新聞辦法大綱》則把各地新聞檢
查所從中央宣傳委員會中獨立出來，由新設的直屬於中央執行委員會的中
央檢查新聞處掌理，並規定中宣會與中央新聞檢查處應相互通報情況。《中
央執行委員會宣傳部組織條例》（1935.12）、《中央執行委員會文化事業計劃
委員會組織條例》分別規定了各自的組織結構。這些規定形成了國民黨新聞
管理體系中權力分配的基本結構。

（四）進一步明確細化了新聞傳播流通環節的檢查

除了在新聞傳播的源頭上設卡檢查外，國民黨還在新聞電報、報刊發行
等新聞活動的每個環節設卡檢查，以杜絕「反動宣傳」。主要有：《剿匪區內
郵電檢查辦法》（1933.8）、《新聞電報章程》（1934.5）、《郵件檢查施行規則》
（1935.11）《中華郵政新聞紙章程總則》等。上述政策，除了具體規定新聞紙

〔註41〕　《新聞檢查標準》，《江月月報·江蘇新聞事業號》，1934 年 1 月 12 日。
〔註42〕　《重要都市新聞檢查辦法》規定首都新聞檢查所，由中央宣傳委員會、軍事
　　　　委員會、内政部、首都警察廳、南京警備司令部、南京市黨部及市政府派員
　　　　會同組織之，新聞團體得派代表一人。
〔註43〕　《圖書雜誌審查辦法》僅在上海地區試行。

流通環節的各種程序外，還授權黨政機關組織郵件檢查所，插手郵政事務。《剿匪區內郵電檢查辦法》授權贛粵閩湘鄂「匪區」最高軍政機關組織郵件檢查所，查禁「赤匪」的所有郵件及印刷品宣傳品。《郵電檢查施行規則》授權軍事委員會調查統計局插手郵件檢查；《新聞電報章程》規定憑電報證件收發新聞電報，並明確規定扣留「報告失實、或採及謠傳有妨礙大局者」等。

（五）其它法律、法規、命令的條文染指新聞政策

除了及時修正、增訂新聞政策外，國民黨出臺的其它法律、法規、命令等也對新聞傳播活動做出硬性限制。主要有：《危害民國緊急治罪法》（1931.1）第二條、第六條〔註44〕，《軍機防護法》（1933.4）第 13 條〔註45〕，《戒嚴法》（1934.11）第 12 條〔註46〕，《敦睦邦交令》（1935.6.10）等。這些法令授予軍政機關查封、檢查新聞的權力，並設定罪名對違反者予以嚴懲。值得注意的是《敦睦邦交令》重申嚴懲對於「友邦（日本——引者注）」的「排斥及挑撥惡感之言論行為」〔註47〕，公開限制抗日輿論：表明國民黨新聞政策的新取向：以所謂「合法」手段公開限制抗日輿論。

除此之外，國民黨中央執行委員會、中央宣傳委員會還制定了保障、促進、規範黨報發展的相關政策，規範、促進廣播事業、電影事業發展的系列政策；各省市根據中央精神出臺了系列新聞政策，以及無數的黨政要人的手令等。這些政策均是國民黨新聞政策的組成部分，構成了國民黨新聞政策的

〔註44〕 《危害民國緊急治罪法》第二條「以文字圖書或演說為叛國之宣傳處死刑或無期徒刑」；第六條「以危害民國為目的而組織團體或集會或宣傳與三民主義不幸容之主義者處五年以上十五年以下有期徒刑」，見《危害民國緊急治罪法》

〔註45〕 《軍機防護法》規定「對泄露、竊取軍事機密給予死刑或無期徒刑」。

〔註46〕 《戒嚴法》第 12 條規定「戒嚴地域內最高司令官，有執行下列事項之權：一、得停止集會、結社或取締新聞、雜誌、圖書、高白、標語等之認為與軍事妨害者；二、得拆閱郵信、電報，必要時並得扣留或沒收之。」

〔註47〕 「邦交敦睦令」的原文是：「我國當前之立之道，對內在修明政治，促進文化，以求國力之充實，對外在確守國際信義，共同維持國際和平，而睦鄰尤為要者。中央已屢次申儆，凡我國民對於友邦，務敦睦宜，不得有排斥及挑撥惡感之言論行為，尤不得以此目的組織任何團體，以妨國交。茲特重申禁令，仰各切實遵守，如有違背，定予嚴懲，此令」。見，中共中央黨校中共黨史教研室：《中國國民黨黨史文獻選編：（1894～1949）》，1985 年，內部發行，210頁。王文彬的《國民黨統治時期報業遭受迫害的資料》一文稱以「邦交敦睦令」是以「凡以文字圖畫或講演為抗日宣傳者，均處以妨害邦交罪」。中國社會科學院新聞研究所編：《新聞研究資料》，1981 年第 1 輯，新華出版社，1981年 7 月，277 頁。

龐大體系。這一體系的核心是《出版法》、《出版法實施細則》、《宣傳品檢查標準》、《新聞檢查標準》、《重要都市新聞檢查辦法》、《郵件檢查施行規則》等法規、標準、辦法。

三、新聞政策方向逐步轉向「戰時新聞政策」

　　隨著日本侵華步驟的加緊，國民黨認識到日本對其統治的巨大威脅，加之國內救亡運動高潮，新聞界的不懈抗爭，黨內抗日呼聲增多；中共亦致力於「國共合作、停止內戰」及英美支持國民政府對日對抗等因素。1935 年 11 月國民黨第五次全國代表大會後，國民黨對日逐漸走向強硬，隨著西安事變的和平解決，全面抗戰爆發和民族統一戰線的逐漸形成，國民黨新聞政策逐漸向「戰時新聞政策」方向轉變。

　　這一轉變是在「國族利益」、「民族意識」下展開的，主要是由限制抗日輿論向支持抗日宣傳，由鉗制共產黨刊物向放鬆管制，由默許日本對華宣傳向鉗制宣傳方向轉變，即一切出版品、宣傳品的傳播內容從不違背三民主義、國民黨及其政府的利益向以「不違背民族利益為其最低限度之條件」的轉變。主要有：《關於確定文化建設原則與推進方針以復興民族案》（1935.11，第五屆全國代表大會）、《國民黨中央文化事業計劃綱要》（1936.4，第五屆中央常務委員第九次會議）、《本黨新聞政策》（1937.2，五屆三中全會）、《確定文化政策案》（1938.3，臨時全國代表大會）、《抗戰建國綱領》（1938.4，臨時全國代表大會）、《擁護抗戰建國綱領，確立戰時新聞政策，促進新聞事業發展案》（1938.10，國民參政會第二屆大會）等綱領性、政策性文件。這些文件基本上是在國民黨全國代表大會、臨時全國代表大會、五屆三中全會、中央常務會議等大會上通過，表明國民黨新聞政策轉向「戰時新聞政策」的集體共識。

　　轉變從 1935 年 11 月國民黨第五次全國代表大會開始，這次大會表明了國民黨對日政策的強硬態度，並在文化建設與推進的方針下，通過《確定文化建設原則與推進方針以復興民族案》，要求對包括新聞事業在內的文化事業管理抱持「扶助」和「策進」的積極態度，以喚起「全國民眾集體意識」，應對「民族國家生死關頭」。〔註48〕同年 12 月 10 日國民政府通令全國「切實保

〔註48〕《確定文化建設原則與推進方針以復興民族案》於 1935 年 11 月 21 日第五次全國代表大會第五次會議通過。中國第二歷史檔案館：《中華民國史檔案資料彙編・第五輯第一編文化》，江蘇古籍出版社，1998 年，25〜28 頁。

障正當輿論以崇法治而重民意」。〔註49〕1936年4月，第五屆中央常務會議第九次會議再次討論文化事業議題，並通過《國民黨中央文化事業計劃綱要》爲國民黨文化事業確定新的政治方向：要求「保育扶持」文化事業，「抵禦外來文化侵略，而建立精神上之國防」，並放寬新聞事業管制的標準與尺度：「一切出版品以有專門內容及不違背民族利益爲其最低限度之條件」。〔註50〕1937年2月，五屆三中全會通過了《本黨新聞政策》。〔註51〕這一政策共計六條，在「黨治」基礎上糅合「法西斯主義」和「民族利益」的思想，在國民黨大陸時期新聞政策體系中具有「承前啓後」的歷史地位〔註52〕，也是國民黨新聞政策轉向的實質性的標誌性文本。其政策文本內容如下：

一、全國報業以奉行總理遺教，建立三民主義之文化爲其最高理想，一切紀述作品以及對社會之服務均須以三民主義爲準繩；

二、全國報業應注意對於國民之教化，促向左列之目標邁進：

1、發揚民族精神，勵行對外國策，以完成民族之獨立。

2、增進國民智識，充實政治能力，以實現民權之使用。

3、改良奢侈風俗，努力經濟建設，以促進民主之發展。

三、帝國主義者憑藉不平等條約，在我國內所散播之惡意宣傳，全國報業應基於國家立場，聯合樹立新聞上之國防以制止之。

四、國族利益高於一切，全國報業言論之方針業務之進行，絕對不得妨礙國族的利益。

五、關於報業人才應積極培植之，服務報業之人員並須實行登記，予以法律上之保障。

六、對於全國報業應施行有效的統制，分別給與切實之扶助或嚴厲之取締，並於必要時收歸國家經營之。

〔註49〕《中央日報》，1935年12月12日。

〔註50〕中國第二歷史檔案館:《中華民國史檔案資料彙編·第五輯第一編文化》，江蘇古籍出版社，1998年，28～30頁。

〔註51〕中國第二歷史檔案館:《中華民國史檔案資料彙編·第五輯第一編文化》，江蘇古籍出版社，1998年，92頁。

〔註52〕臺灣學者王凌霄評價說：「這個政策（筆者注：《本黨新聞政策》）是國民黨在統治大陸時期有關新聞管理最重要的文獻，也是唯一以『新聞政策』爲名的正式宣告。它總結了國民黨在抗戰前，新聞管制與輔導的相關經驗；更爲抗戰時期的緊縮政策，提供理論基礎：具有承先其後的重要意義。」見王凌霄：《中國國民黨新聞政策之研究（1928～1945）》，中國國民黨中央委員會黨史委員會出版，1996年3月29日初版，8頁。

　　1938 年 4 月 1 日，《抗戰建國綱領》在國民黨臨時全國代表大會通過，該綱領的乙項第 26 條規定：「在抗戰期間，於不違反三民主義最高原則及法令範圍內，對於言論、出版、集會、結社，當予以合法之充分保障。」〔註 53〕在這一原則指導下，由在野人士胡景伊、沈鈞儒、劉百閔提出的《擁護抗戰建國綱領，確立戰時新聞政策，促進新聞事業發展案》在 1938 年 10 月國民黨主導的國民參政會第二屆大會通過。這標誌著國民黨新聞政策向「戰時新聞政策」轉向的完成。馬星野說：「此項諾言（蔣介石尊重言論的承諾——引者注），實與第二屆國民參政會所通過，送請政府采擇施行之『擁護抗戰建國綱領，確立戰時新聞政策，促進新聞事業』計劃草案之內容規定，原則完全相同，中央文化計劃委員會所訂之改進新聞事業草案，更與國民參政會所建議者，幾乎完全相同。」〔註 54〕

　　這一提案牽涉的層面極廣，分為新聞報導原則、調整新聞宣傳機構、增進新聞記者工作效能三個層面。報導原則分軍事、政治、經濟建設、外交及國際和教育及民眾五個方面，核心是新聞報導為抗戰服務。調整新聞機構層面，要求改善新聞檢查制度、擴充、扶助全國新聞事業、加強國際宣傳力量；增進新聞記者技能層面要求，提高記者技能，充實記者學術研究，政府對記者予以特別優待，對新聞郵件予以「軍事郵電遞送之便利」。〔註 55〕

〔註 53〕榮孟源主編：《中國國民黨歷次代表大會及中央全會資料下冊》，光明日報出版社，1985 年，第 487 頁。

〔註 54〕馬星野：《論戰時新聞政策》，《戰時新聞記者》，第五期，1939 年 1 月，9 頁。轉王凌霄：《中國國民黨新聞政策之研究（1928～1945）》，中國國民黨中央委員會黨史委員會出版，1996 年 3 月 29 日初版，9 頁。

〔註 55〕方案主要內容是：第一：確定新聞報導原則（以抗戰建國綱領為標準，制定新聞報導具體綱目）：（一）軍事方面，應該注意於加強抗戰必勝的信念，和戰局發展的正確認識。（二）政治方面，應注意於鞏固全國團體，堅持抗戰到底的既定國策。（三）經濟建設方面，應注重於財政經濟之調整，與生產建設之進行。（四）外交及國際方面，應注重於我國獨立自主的外交政策之實施。（五）教育及民眾方面，應注重戰時教育之實施，民眾運動之開展。第二：調整新聞宣傳之機構：（一）改善新聞檢查制度，使之不僅實施消極的檢查工作，更應推行積極的指導任務。（二）擴充全國新聞事業。（三）扶助全國新聞事業。（四）加強國際宣傳力量。第三：增進新聞記者之工作效能：（一）提高新聞記者之技能。（二）充實新聞記者之學術研究。（三）政府對新聞記者應予特別優待。（四）對於新聞郵電，由政府通令各軍事當局，對於持有有證明文件之新聞記者，得予軍事郵電遞送之便利。見《擁護抗戰建國綱領確立戰時新聞政策促進新聞事業發展案》，見中國青年記者學會編：《戰時新聞工作入門》，重慶，生活書店，1940 年 3 月，281～287 頁。

這一政策未能貫徹國民黨「戰時新聞政策」的始終，皖南事變發生後，因提案人和中國青年記者學會關係密切，受各地青年記者學會遭到查封的影響，這個政策也隨之被擱置。

第三節　國民黨新聞統制政策的制度特徵

國民黨以訓政名義建構的新聞統制政策，是相當龐雜、零亂的各種各樣的新聞法規、法律、法令、手令等混合體，這個混合體並非是有機統一的整體，而是既嚴厲又有制度漏洞、規定重複等的矛盾體，其本身烙有黨國體制的濃厚的斑斕色彩。

一、濃厚的「黨治」色彩

國民黨新聞政策具有濃厚的「黨治」色彩，已被大陸學界和臺灣學界共同認可，二者區別在於表述用語的情感色彩略有不同。大陸學界的批判性語言較多；臺灣學界偏重於理解性語言。1928 年 10 月國民黨中央執行委員會常務委員會通過了《訓政綱領》，以法律形式規定「一黨專政」的方針和「以黨治國」的原則。任何新聞政策，均繫爲其本國之政策、社會制度而服務，「黨治」色彩濃厚是「一黨專政」、「以黨治國」的邏輯延伸。在這一點，國民黨也不諱言，明確提出「以黨治報」，「黨化新聞界」的口號。在新聞政策的制定，及規制內容方面，也充分體現濃厚的「黨治」色彩。國民黨的全國代表大會、中央執行委員會常務會議、中央宣傳部（中央宣傳委員會）是制定新聞政策的主要機構，各級黨部則是執行新聞政策，實行新聞檢查的主要部門。

二、籠罩於「軍治」的陰霾裏

除了濃厚的「黨治」色彩，國民黨新聞政策還籠罩在「軍治」陰霾裏。主要表現是：

1、軍權插手新聞政策的制定。國民黨軍事委員會先後制定《剿匪區內郵件檢查辦法》（1933.8）、《取締刊登軍事新聞及廣告暫行辦法》（1935.2）、《防空出版品統製辦法》（1935.9）、《郵電檢查施行規則》（1935.11）、《新聞記者隨軍規則》等，直接由最高軍事委員會授權軍隊，插手新聞管理。如《郵電檢查施行規則》授權軍事委員會調查統計局施行郵件檢查，《取締刊登軍事新聞

及廣告暫行辦法》明確規定軍事新聞及廣告由軍事委員長親自審核。

　　2、各種新聞法規、條例、訓令對軍事新聞的發佈、檢查都規定了極其嚴厲的標準，並明確規定軍事機關派員參與新聞檢查。《新聞檢查標準》（1933.1）對扣留或刪改的軍事新聞有 8 項規定，《重要都市新聞檢查辦法》規定軍事委員會參與組織首都新聞檢查所。

　　3、各地執行的新聞政策及新聞檢查的實際標準實際上基本由屬地派系軍閥首腦掌控。其主要表現是：各省「主政多屬軍人，尤以意為法」。〔註56〕據王兆剛統計，1927～1937 年間南京政府共任命 100 餘名省府主席，其中軍人出身或兼任軍制的就達 70 餘人〔註57〕，他們不僅制定屬地的新聞政策，還任意插手各級黨部的新聞檢查工作。前者如由粵系掌握的政治會議西南執行部，先後制定了《中國國民黨西南各級黨部審查出版物暫行條例》（1932.9）、《取締各大小報紙刊登淫褻新聞辦法》（1932.12）、《新聞電訊檢查標準》（1933.4.10）、《各報社違反新聞檢查辦法懲罰規則》（1933.7）、《審查取締大小日報標準》（1935.5）等，其他各省市也都以中央頒佈的新聞政策的名義，制定本省、市的新聞管理條例、法規。如江蘇省，據 1934 年 1 月 20 日出版的《江蘇月報·江蘇新聞事業專號》統計，江蘇省僅從 1931 年 3 月 3 月至 1934 年 3 月就制定 8 種新聞法規、辦法〔註58〕。至於插手屬地的新聞檢查，任意戕害新聞媒體、逮捕新聞記者，已是公開的秘密。就連美國公使詹森（Nelson T. Johnson）向國務院彙報的文書中都說：「中國的新聞檢查完全操在中國軍方手上，地方當局根本無法向其施壓」〔註59〕。然在地方黨部與軍權衝突時，

〔註56〕　《地方自治之基本條件》，《論評選輯》（第 4 冊），臺灣文海出版社，1985 年影印出版。

〔註57〕　王兆剛：《國民黨訓政體制研究》，中國社會科學出版社，2004 年，63 頁。

〔註58〕　這些法規江蘇省多由第三屆執行委員會頒佈，也由江蘇省黨務整理委員會、江蘇新聞學社頒佈。有：《江蘇省各縣新聞記者公會組織通則》（1931 年 3 月）、《江蘇省各縣黨部設置黨報辦法》（1932 年 11 月）、《江蘇省各縣黨報社組織通則》（1933 年 2 月）、《江蘇通訊社組織大綱》（1933 年 3 月）、《江蘇省黨部新聞事業委員會組織大綱》（1933 年 3 月）、《江蘇省執行委員會直轄黨報社組織通則》、《江蘇新聞學社社章草案》（1933 年 11 月）、《江蘇省各級黨報管理規則》（1934 年 3 月）。《江蘇省各級黨報管理規則》的頒佈時間，原文是「二十三年三月二十日江蘇省第二屆執行委員會第十三次會議通過中央宣傳委員會核准備案」，為何於雜誌出版日期1934 年 1 月 20 日相矛盾，待查。

〔註59〕　The Minister in China（Johnson）to the Secretary of State, Foreign Relations of the United States Diplomatic Papers, 1935mVolumn iii（United States, Government Printing Office, Washington: 1953），P102，轉王凌霄：王凌霄：《中

中宣部往往傾向於軍事單位的立場。臺灣學者王淩霄援引 1930 年 7 月中宣部的指令〔註60〕證明「中宣部似乎比較同情軍事單位的立場」。蔣介石甚至主張將新聞檢查所置於軍政統制下，由國防會議主管〔註61〕，但終未果，後於 1937 年 3 月蔣介石致電中宣部，把新聞檢查事務全部劃歸中宣部管轄〔註62〕。實際上這一電令仍是一紙空文。

　　至於國民政府下屬各機構的新聞管理，基本屬於行政事務性質，如內政部對報紙審查登記制度執行與管理，交通部對新聞電報、發行渠道的管理，司法部對新聞糾紛、媒體官司的司法解釋，外交部對國內外籍媒體的管理，教育部對學生刊物的管制，及各級警察機關對違規新聞媒體及新聞從業者的行政執法，等。這充分體現出了國民黨對國民政府的政治定位：國民黨意志的執行機構。

三、新聞規制內容的高度政治化、派系化

　　用國家權力規制新聞傳播內容，維護其政黨利益是任何政黨的必然邏輯。國民黨新聞政策規制的內容完全體現了這一點，其內在邏輯是：

　　1、扶持國民黨的新聞業，保障國民黨人的新聞自由；

　　2、嚴厲鉗制「政敵」中共及反對派系的言論自由；

　　3、整頓、馴化民營新聞業，使其服務於國民黨的整體利益。

　　4、限制國內外籍媒體，擴大國際宣傳，塑造國民黨及國民政府的國際形象。

　　　　　　國國民黨新聞政策之研究（1928～1945）》，中國國民黨中央委員會黨史委員會出版，1996 年 3 月 29 日初版，40 頁。

〔註60〕　這一指令是「指令江蘇省黨部，查蘇州現在剿匪期間，太湖剿匪司令部檢查吳縣民國日報，係注重軍事及剿匪消息，無礙於黨報應有之言論，與中央決議並無不合」。見《中央黨務月刊》，第 23 期，1930 年 7 月，報告頁 93 頁。轉王淩霄：《中國國民黨新聞政策之研究（1928～1945）》，中國國民黨中央委員會黨史委員會出版，1996 年 3 月 29 日初版，40 頁。

〔註61〕　時任中宣會主委的邵元沖在日記中寫道：「（葉楚傖）又謂介石來電，主將新聞檢查所，劃歸國防會議主管。此等辦法，從法理系統手續而言，全無是處，既然介石欲悉置之於軍政統制直轄，亦非口舌所能爭也。」見邵元沖：《邵元沖日記》，上海：人民出版社，1990 年 10 月第 1 版，1142 頁。

〔註62〕　原文是『關於新聞檢查事務，自下（四）月起，歸中宣部辦理』。同時也將原本隸屬軍事委員會的檢查新聞處，劃歸中宣部管轄」。見王淩霄：《中國國民黨新聞政策之研究（1928～1945）》，中國國民黨中央委員會黨史委員會出版，1996 年 3 月 29 日初版，40 頁。

事實上，國民黨人也力圖這樣做。《出版法》第 19 條規定、《宣傳品審查標準》、《新聞檢查標準》、《外報登記辦法》等法規充分體現了這一點。

問題在於，國民黨並未真正實施「訓政」，「三民主義」也不過是統合各派的理論工具，國內外形勢確實需要國民黨強化集權，建立「萬能政府」以建設國家應對國際危機，然而國民黨卻陷入「弱勢獨裁」的悖論狀態。〔註63〕這就使國民黨不可能完全貫徹其理想中的規制內容，而是在現實需求及現實權力結構制約下使規制內容呈現高度政治化、派系化的特點。一是針對國民黨集體認同的「政敵」共產黨取嚴屬鉗制的政策，並剝奪國統區共產黨人的一切權力及自由；二是以縱橫捭闔的策略應對民營報業，採取種種政策措施讓其就範。典型表現是國民黨一方面推行「黨化」全國新聞界的政策，另一方面適時安撫民營報人的訴求，口頭承諾保障新聞自由，乃至出臺相應法規。三是以外交、各種公開的及非正式的手段限制對國民黨不友好的外籍媒體及新聞從業者。四是由派系圈定黨內的「政敵」，適時、適地限制敵對派系的傳播活動。如南京中央執行委員會於 1932 年制定的《宣傳品審查標準》即把「宣傳無政府主義、國家主義，及其它主義而有危害黨國之言論者」定爲「反動的宣傳」。1931 年後，法西斯土義宣傳甚囂塵上卻未被查禁。

這種規制傳播內容的高度政治化、派系化，使國民黨的新聞傳播表現出各自爲政的分離狀態。中央層面基本是由蔣介石集團操縱，由蔣根據其集團利益定義敵、我、友；地方層面基本由地方派系軍閥把持，由他們確定敵、我、友，並分別根據自己所界定的敵、我、友，確定、控制新聞傳播的政治柵欄。這使國民黨新聞規制內容呈現出以分散的個人權力意志爲主的複雜形態，既讓新聞政策充滿衝突、重疊、歧義與種種制度漏洞，乃至使部分政策變成一紙空文，又使新聞從業者看透了國民黨新聞政策的階級本質，爲其推行、實施製造巨大的社會心理阻力。

四、新聞政策文本表述精確與模糊並存

政策是由規範性的法律文本構成，法律文本語言要求「準確嚴謹、簡明

〔註63〕蔣介石、汪精衛卻發現「現在的局勢是權也集中不起來，誰也無法成爲獨裁者」。這種悖反性的分權狀態在錢端升那裡表述爲「蔣先生與中央的共治」，在陳之邁、張佛泉那裡表述爲「蔣介石、汪精衛與胡漢民」三人的政治。見王向民：《民國政治與民國政治學：以 1930 年代爲中心》，該書從政治學術史角度分析了國民黨集權與分權的悖論，及民國政治學者面對悖論的思考。

凝練、規範嚴整、樸實莊重」〔註64〕，但也不否認模糊語言在一定範圍內的合理存在，以及晦澀抽象的語言隱藏的隱喻機制。「隱喻不僅僅是具有裝飾功能的語言表達形式，不是詞的單純替代或意義轉換，它是人類理解的表達形式，法律利用隱喻建構、陳述與傳播新思想」〔註65〕，它具有建構新概念、闡釋和推理論證的功能。借助隱喻機制，法律充分體現統治階級的意志。國民黨新聞政策的文本，其語言具有兩個基本特點。

　　一是基本概念的界定、程序性、規範性的條文，追求表述的精確、嚴謹與規範，並預設彈性較強的隱喻機制，為國民黨執行機構建構新概念、闡釋與推理創設較大的話語空間，以便在法律上網盡一切出版品、宣傳品及相關的責任人、責任單位，從而通過註冊登記、批准登記制的程序，清洗不合乎國民黨政治要求的一切出版物及所有新聞從業者。如，1929年9月第三屆中央執行委員會第33次常務會議通過的《日報登記辦法》，要求各種日報在出版法未頒佈以前，均須遵照本辦法辦理登記，但該辦法並未對「日報」概念予以清晰界定，引起各地主管單位的質疑，中宣部則從「日報」概念中推延出「通訊社」、「畫報」等新概念，並做出「通訊社性質與日報相同，應一同履行登記，畫報之逐日刊行者，亦同樣辦理，周刊等定期刊物，暫行緩辦」〔註66〕的新解釋。1930年11月公佈的《出版法》對出版品、發行人、著作人、編輯人的界定更是為準確、規範的抽象表述埋下隱喻機制。如對「出版品」的界定與分類，界定上使用了「機械或化學之方法」、「出售或散佈之文書圖畫」高度抽象的詞彙；分類上採用時間標準界定「新聞紙」、「雜誌」和「書籍及其他出版品」，並明確規定「凡前二款以外之一切出版品屬之」的排除分類法，並明確補充「新聞紙或雜誌之號外或增刊，視為新聞紙或雜誌」。再次，就是許多辦法、規定的最後一、二款大都規定「未盡事宜」得隨時呈 XXX 修正或修訂之」或「得隨時通知增減修改之」等用語，為及時彌補制度漏洞留下法律依據。

〔註64〕見孫懿華：《法律語言學》，湖南人民出版社，2006年12月，長沙，19～29頁。

〔註65〕丁海燕：《法語語言中的隱喻機制》，河海大學學報（哲學社會科學版），2009年3月。

〔註66〕《電各省市黨部宣傳部通訊社與逐日刊行之畫報應與日報一同履行登記周刊等定期刊物緩辦由》，《中央黨務月刊》，第16期，1929年12月，報告116頁。轉王凌霄，《中國國民黨新聞政策之研究（1928～1945）》，中國國民黨中央委員會黨史委員會出版，1996年3月29日初版，24頁。

　　二是新聞政策中規制傳播內容的條文，其語言表述含混、使用了較多的模糊性語言，為執法單位提供了較大的解釋空間。這在《出版法》第 19 條，《宣傳品審查標準》等法規中表現的最為盡致。如《出版法》第 19 條，使用了含混「意圖」、「妨害」等字，《宣傳品審查標準》使用的含糊用語最多，如「曲解」、「誤解」、「謬誤」、「反動」、「污蔑」、「危害」等語言及高度抽象的「本黨主義」、「總理遺教」、「共產主義」、「無政府主義」、「國家主義」、「其他主義」等歧義紛爭的術語。政策的核心內容是明確清晰地界定人們該做什麼、不該做什麼的範疇及標準。國民黨新聞政策在這方面卻使用了大量的模糊語言和高度抽象的術語，無疑模糊了社會傳播的柵欄邊界，既為國民黨界定「敵、我、友」留下足夠的話語空間，又為執法者開了任意執法的方便之門，但也為媒體從業者創設了制度漏洞，給予反擊、利用、駁斥的話語空間。《宣傳品審查條例》頒佈後，其含混不清之處，如「宣傳國家主義無政府主義及其它主義而反對本黨主義政綱政策及決議案者」、「誤解本黨主義政綱政策及決議案事」等條文就遭到了《大公報》的強烈質疑：「國家主義，是何定義，具何界說則無人能言之者，何種界說之國家主義為反動，何種為不反動，此一疑問也；何以國家主義為反動，此又一疑問也。且其下更有及其它主義二語，其它主義者，為何等主義乎？豈凡以政治經濟上之主義名者，皆為反動乎，此更為絕大之疑問也。」而國民黨尚未統一理論，其「黨國法令、往往變更，昨日之政策，今日未必遵守；上屆之決議，下屆或者變更」的事實使「如何為反對或違背主義，如何為不反對或違背主義，實不易判斷者也。〔註67〕」再如，1934 年 5 月 24 日，南京《民生報》利用首都新聞檢查所的「緩登」二字，刊登了《某院長彭某辭職真相》消息，並針對行政院 5 月 25 日的「肆意造謠，不服檢查，違反中央決議及違警罰法」的停刊三日的「密令」〔註68〕，以「緩」字為由抨擊「不服檢查」。〔註69〕

　　針對這種情況，國民黨中宣部、行政院、司法部除了不斷地出臺各種解釋外，就是不斷地修正、增訂各類新聞政策。如，1930 年 10 月 7 日出臺的《出

〔註67〕　《中央之宣傳品審查條例》，《大公報》，1929 年 1 月 12 日。

〔註68〕　《汪兆銘迫令〈民生報停刊三日手條〉（5 月 25 日）》，見《中華民國史檔案資料彙編》第五輯，第一編，文化（一）江蘇古籍出版社，1998 年版，第 235 頁。

〔註69〕　見《新聞史料述評——論南京檢查所之「緩登辦法無法的根基」》，《世界日報：新聞學周刊》，1934 年 6 月 28 日 13 版。

版法》，除了另外制定《出版法施行細則》外，僅據 1934 年 1 月出版的《江蘇月報‧江蘇新聞事業號》的統計，從 1931 年 10 月至 1933 年 10 月間就做出了 18 條各種解釋。〔註70〕1937 年 7 月更是將《出版法》做重大修正，由原來的 6 章 44 條增訂到 7 章 54 條。但是，這並沒有遏制國民黨新聞政策的「人治」化的趨勢，「以意爲法」幾乎成爲新聞界共同指責、批評國民黨新聞檢查的共識。

第四節　國民黨新聞統制政策的決策、管理、執行的職權機構

　　新聞政策是「死」的制度文本，它需要配套的實體機構予以管理、執行，才能在事實上成爲規範新聞傳播活動的硬性規定。國民黨在創制龐雜的新聞法規法令的同時，倣仿蘇俄建構了從中央到地方的執行機構。依靠這套科層化的管理機構，國民黨力求實現對新聞傳播活動的動態的嚴格管理與指導，以確保媒體充當其「黨國喉舌」的角色。這套科層化的管理機構也是黨政雙軌制，不過國民政府的新聞行政管理系統遠遜於政黨系統。除了報刊登記等純行政管理外，新聞事業的結構布局、新聞媒體的組織結構、人事安排、編輯方針，新聞宣傳的禁忌及懲罰措施，基本是由國民黨最高權力中樞制定，其管理、執行也基本由中央到地方的黨部宣傳部門具體負責。本節著重分析國民黨新聞政策決策、管理、執行的各級職權部門，對於這些部門的實際管理情況將在國民黨新聞媒介的管理一節中論述。

一、國民黨新聞政策「決策」的基本過程——以國民黨中央常務委員會執行委員會爲例

　　臺灣學者王凌霄說，中日戰爭爆發前，國民黨新聞政策的「最高決策機關卻始終是國民黨中央執行委員會宣傳部」〔註71〕。這一說法表述不準確。事實上，國民黨新聞政策的出臺過程，並非由中宣部一家說了算，中宣部僅是新聞政策出臺的重要提議者、草擬者，中常會、中政會委員及中組部、訓練部等各部部長等均有資格提出倡議，擬定新聞政策，交付中常會或中政會討論，並責令中宣部執行。制度層面，新聞政策的「決策」機關主要是國民

〔註70〕據 1934 年 1 月 12 日出版的《江月月報‧江蘇新聞事業號》統計。
〔註71〕王凌霄：《中國國民黨新聞政策之研究（1928～1945）》，中國國民黨中央委員會黨史委員會出版，1996 年 3 月 29 日初版，31 頁。

黨全國代表大會、中央全會及中央執行委員會常務會議。筆者根據 1928～1938 年間的國民黨中央執行委員會常務委員會歷屆會議記錄統計，11 年間經中常會議決的各項有關宣傳、新聞的決策 600 多項〔註 72〕，涉及到中宣部官員的任免、宣傳方針的確定、重要新聞政策的出臺、國民黨黨部、中央通訊社、中央電臺等新聞機構的組織、人事安排、宣傳宗旨及經費來源，以及津貼各類新聞機構等內容。而決策過程，主要是有中宣部，其它還有中組部、中央訓練部及蔣介石、胡漢民、戴季陶、陳果夫、陳立夫、葉楚傖、吳敬恒、邵元沖等中央常務委員提議，經中常會會議集體商議，或議決交中宣部或其它單位執行，或緩議。一般而言，蔣介石、汪精衛、陳立夫等黨政要人的提議均獲通過，中宣部的提議也絕大多數獲得通過，而一般委員的提議則被「緩議」的較多。一般的新聞政策、人事任免、報館津貼等一次議決即或通過，重要的新聞政策，則有中宣部等擬定草案，由中常會指定專門常務委員、相關部門審查、議處後，才議決通過。如由中央宣傳部送交該部擬定的審查刊物條例草案、設置黨報條例草案、指導黨報條例草案、補助黨報條例草案、指導普通刊物條例草案等五部草案，被中常會交付組織部、宣傳部、訓練部、民眾訓練委員會及經享頤、白雲梯兩委員審查〔註 73〕，經上述各部審查後才予以通過。再如，《華北日報》的組織大綱、經費預算，由中宣部擬定草案，經胡漢民、戴季陶、葉楚傖、李石曾審查後才最終決定。〔註 74〕

　　中常會的主要職責是負責黨務、宣傳等，雖然中常會的職權逐漸被虛化，成爲各項政策的「備案機關」，新聞政策的決策卻要走中常會的議決形式，議決過程中，基本是由握有實權的中常委委員說了算。這就使國民黨新聞政策的決策，表面上披著民主協商的外衣，實際卻由中常會中的少數實力派人物決定。

二、中央層面的新聞管理執行機構──以國民黨中央宣傳部爲重點

　　中宣部是國民黨新聞管理與執行的重要機構，除此之外，國民黨新聞管

〔註 72〕 1928～1938 年間的中國國民黨中央執行委員會常務委員會會議記錄有殘缺，1933 年缺少 4～12 月的會議記錄，1934 年、1935 年兩年的會議記錄完全缺失，1936 年僅有 3 份會議記錄。其它年份基本較全。而根據現存的資料統計，有 570 多項。故估計其總數應在 600 項以上。

〔註 73〕《中國國民黨中央執行委員會常務委員會會議記錄》（四冊），432 頁。

〔註 74〕《中國國民黨中央執行委員會常務委員會會議記錄》，六冊 576 頁，七冊 113～114 頁。

理的機構還有：1934 年 8 月成立的中央檢查新聞處及 1936 年 3 月成立的文化事業計劃委員會。這三個機構之間雖有業務上的交叉，但都直屬於中央執行委員會（見表 4-1）。下面以國民黨中央宣傳部爲重點，分析國民黨新聞管理執行機構的組織演變、內部結構、主要職權等。

図 4-1　國民黨中央層面新聞管理的職權結構圖〔註 75〕

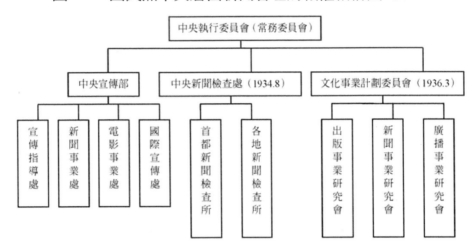

國民黨於 1924 年倣仿蘇俄改組，建立並完善了中央黨部宣傳部，並明確規定中宣部「負責計劃並處理本黨宣傳方面一切事宜」。中宣部遂在法理上擁有管理國民黨新聞媒體的法定權力。黨國體制建立後，在「以黨代政」、「以黨統政」的名義下，中宣部在事實上成爲管理國統區新聞媒體的最高執行機構。國民政府在 1927～1937 年間也沒有成立類似於新聞出版署、新聞管理局等統一管理新聞的最高行政機構，對新聞事業的管理主要由內政部負責，外交部、交通部、郵政部、社會局等單位也有涉及，管理權限基本上屬於行政事務性質。故 1934 年前，中宣部是管理國統區新聞事業的專門的最高權力機構。但隨著新聞事業的龐大及新聞管理難度的增加，國民黨分別於 1934 年 8 月和 1936 年 3 月成立了直屬於中央執行委員會的中央檢查新聞處和文化事業計劃委員會，形成了中央執行委員會控制下的中宣部全權負責、中央檢查新聞處負責新聞檢查、文化事業計劃委員會負責文化事業（包括新聞事業）的規劃、研究的管理格局。

〔註75〕說明：中央宣傳部在 1928～1937 年間頻繁改組，表中的中央宣傳部是 1936年改組後的最後組織結構。表中僅列舉了與新聞管理有關的職能機構。

　　國民黨中央宣傳部，目前始見於孫中山在 1914 年 5 月籌備組建中華革命黨時設置的職能機構，首任部長葉楚傖，副部長茅祖權〔註 76〕，但中華革命成立時並未設置宣傳部，其後才添設。〔註 77〕1919 年 10 月中華革命黨改名為中國國民黨，這一機構在其總章中並未延續，「傳佈主義」由黨務部主管〔註 78〕。1920 年 11 月國民黨總章修正，又添設宣傳部，管理出版編輯、演講及教育事項〔註 79〕。同年制定的《國民黨規約》也規定在本部設立宣傳部。〔註 80〕

　　1923 年 1 月 1 日國民黨總章再次修正，宣傳部的職能增添了「檢定本黨國內外一切出版物」的職權〔註 81〕，葉楚傖任宣傳部長，茅祖權副之〔註 82〕。不久在鮑羅廷的建議下，統一宣傳機關，將大本營黨務處、大本營直轄委員會、廣東宣傳局裁撤。〔註 83〕1924 年國民黨一大再次修正總章，並將宣傳部置於中央執行委員會內，部長戴季陶、汪精衛〔註 84〕、秘書是劉盧隱、郎醒石、陳楊煊等〔註 85〕，1925 年 10 月毛澤東代理汪精衛出任代理部長，宣傳工

〔註 76〕 李雲漢：《中國國民黨史述》（第五編），中國國民黨中央委員會黨史委員會出版，近代中國出版社，臺北，1994 年 11 月 24 日初版，388～389 頁。

〔註 77〕 鄒魯編著：《中國國民黨史稿》（內部發行），中華書局，第一冊《組黨》，278～279 頁。另據張繼《回憶錄》記載，當時他對中華革命黨入黨要按手印的做法不滿，離開日本到法國，並遊歷歐洲，於 1915 年底回國，1916 年 4 月隨孫中山回上海，並未提到宣傳部長一事，由此也可佐證中華革命黨成立之初並未設置宣傳部，後來可能增設，但目前尚不清楚增設的具體日期。

〔註 78〕 鄒魯編著：《中國國民黨史稿》（內部發行），中華書局，第一冊《組黨》，289 頁。

〔註 79〕 鄒魯編著：《中國國民黨史稿》（內部發行），中華書局，第一冊《組黨》，299～301 頁。

〔註 80〕 郭達鴻：《中國國民黨公眾關係政策與執行（民國 39 年～民國 79 年）》，臺北東海大學公共行政研究所碩士論文，1991 年。

〔註 81〕 國民黨總章第七條規定「宣傳部，辦理本黨出版演說及教育，並檢定本黨國內外一切出版物」。見鄒魯編著：《中國國民黨史稿》（內部發行），中華書局，第一冊《組黨》，310 頁。

〔註 82〕 鄒魯編著：《中國國民黨史稿》（內部發行），中華書局，第一冊《組黨》，312 頁。

〔註 83〕 鄒魯編著：《中國國民黨史稿》（內部發行），中華書局，第一冊《組黨》，316 頁。

〔註 84〕 鄒魯編著：《中國國民黨史稿》（內部發行），中華書局，第一冊《組黨》，351 頁。

〔註 85〕 鄒魯敘述說「宣傳部部長為戴傳賢，秘書為劉盧隱、郎醒石、陳楊煊等，本部設有周刊」見鄒魯編著：《中國國民黨史稿》（內部發行），中華書局，第一

作進入最積極的階段，這一時期的宣傳部設有部長、副部長、秘書、幹事長、幹事，先隸屬於總理，1924 年後隸屬於中央執行委員會。其規模甚小，工作重心是處理一切對外的文告，名義上的責任是負責檢查和糾正黨內出版物，其規章強調其職責要「實現宣傳和意見的統一」，實際是「確保孫中山個人不受輕慢」〔註 86〕。毛澤東上任後，對宣傳部做了許多調整，規範宣傳程序，邀請共產黨人和國民黨人共同監督宣傳的運動，使國民黨的各級宣傳服從命令和紀律，毛澤東於 1926 年 5 月 28 日獲准辭職〔註 87〕，但毛開創的系列措施被保留下來。毛辭職後，中常會任命顧孟餘爲代理宣傳部長。同年 6 月中宣部改組爲中央宣傳委員會，推何香凝、甘乃光、譚延闓、顧孟餘等五人爲委員〔註 88〕，並變更了組織，初步形成了中宣部的組織架構。1928 年 3 月，國民黨中央常務會議通過《中央執行委員會宣傳部組織條例》，正式確定了中宣部的組織新架構，奠定了中宣部的組織結構。新的組織結構實行科股制，下設六科，附屬三個中央級媒體單位，其主要職能是征集、審查各級黨部宣傳刊物、標語口號、宣傳方法及批評刊物等，但尚未擴充到黨外刊物與宣傳的管理。然而這一結構並不穩定，其組織結構在 1928～1938 年間變動相當頻繁。據筆者統計，1928～1938 年間，有據可查的中宣部的組織條例修正高達 12 次〔註 89〕，其中，重大的結構調整有三次，即從中央宣傳部到中央宣傳委

冊《組黨》，358 頁。另外，這一時期宣傳部長名義是戴季陶、汪精衛，但因其不到位，暫時代理相當頻繁。1924 年 6 月戴季陶調任國民黨上海執行部常務委員及上海執行部宣傳部長，中宣部部長一職由劉盧隱暫代。8 月 14 日，任命汪精衛爲中宣部部長，期間，陳揚煊代理汪精衛的宣傳部長的職權達 6 個月。

〔註 86〕 這一時期中宣部發佈的命令、對出版物的審查大部分來自孫中山個人。美國學者費約翰（John Fitzgerald）評價說，孫中山在其在世期間，「承認宣傳管制的必要性，與意識形態傾向甚至黨內幹部宗派聯繫都沒有什麼關係。革命紀律的訴求，只是爲了確保孫中山個人不受輕慢」。見費約翰著，李恭忠、李雪風、李霞譯：《喚醒中國：國民革命中的政治文化與階級》，生活・讀書・新知三聯書店，2004 年，321 頁。

〔註 87〕 毛澤東於 1926 年 5 月 25 日提出辭職，5 月 28 日獲得中常會的批准。見《中國國民黨中央執行委員會常務委員會會議記錄》（二冊），廣西師範大學出版社，1999 年，165 頁。

〔註 88〕 中國國民黨中央執行委員會常務委員會會議記錄》（二冊），廣西師範大學出版社，1999 年，321 頁。

〔註 89〕 這 11 次調整分別在以下中常會通過：1928 年 3 月 22 日的第二屆第 123 次中常會，1928 年 11 月 8 日的第 181 次中常會，1929 年 1 月 31 日的第 194 次中常會，1929 年 12 月 2 日的第三屆 53 次中常會，1931 年 1 月 29 日的第 125

員會再到中央宣傳部的三次大調整（見表4-2）。

　　由表4-2可見中宣部在1928～1938年間的組織調整過程。1928年11月，中宣部再作重大調整，增加了指導科，以強化黨內外宣傳工作的管理，同時合併、改名了部分科股，理清了指導、征集、審核黨內外和海外的刊物及宣傳的各項職能，強化了對下級黨部的聯合統御能力。1929年12月，指導科下增加了登記股，負責登記國內外一切定期與不定期刊物，1930年《出版法》頒佈後，登記股的工作便移交給內政部，登記股的名稱也在第五次修正時刪除，歷時不過一年。〔註90〕1932年5月，國民黨中央全面實行委員會組織架構，中宣部改爲中央宣傳委員會，實行主任委員、副主任委員領導下的委員負責制，主任委員邵元冲。下屬科股也做了重大變革，改設指導、新聞、國際、文藝、編審、總務六科，中宣部的指導職權得到進一步強化。

表4-2　南京國民黨中央執行委員會宣傳部組織結構的演變表〔註91〕

1928.3.22 中宣部		1928.11.8 中宣部		1929.12.2 中宣部		1931.1.29 中宣部		1932.5.10 中宣會		1935.5.23 中宣會		1935.12.2 中宣部		1938.4.28 中宣部	
部長		部長		部長、副部長		部長、副部長		委員會；主任；副主任				正、副部長		正副部長（3）	
秘書（1）		秘書（1-2）		秘書（2）		秘書（2-3）		委員（9~17）；秘書（2）		委員（5~15）；秘書（3）		主任秘書（1）；秘書（2）		宣傳委員；主任秘書，秘書	
科	股	科	股	科	股	科	股	科	股	科	股	處	科	處	科
普通宣傳	黨義		普通		編纂		撰擬	指導	考覈	指導	考覈	普通宣傳	指導		指導
	政治	編撰	特種	編撰	藝術	編撰	藝術		海外		海外		編審		徵審
特種宣傳	工商		藝術		指導		指導	新聞	管理	新聞	管理		新聞	宣傳指導	編集
	農人		指導									特種	指導		推廣

次中常會，1932年5月10日的第四屆第19次中常會，1935年5月23日的第172次中常會，1935年12月2日的第五屆第1次中常會，1936年11月26日的第26次中常會，1938年4月28日的第75次中常會，1937年4月15日第41次常會，1938年12月1日的第103次常會。

〔註90〕中國國民黨中央執行委員會宣傳部組織條例，《中央黨務月刊》，第31期，民20年3月，法規300頁。

〔註91〕此表根據中常會通過的中央執行委員會宣傳部組織條例制定。除了1935年12月份組織條例，出自蔡鴻源主編：《民國法規集成》，69卷，119～120頁外，其餘均出自《中國國民黨中央執行常務委員會會議記錄》，冊數和頁碼依次是：3冊，466～471頁；6冊，352～357頁；10冊，200～203頁；14冊，41～45頁，17冊，71～77頁；22冊，363～371頁。

機構一	機構二	機構三	機構四	機構五	機構六	機構七	機構八	機構九	機構十	機構十一
婦女青年	征集	審查	審查	調查	審查	審查	宣傳	編審	國際宣傳	指導
軍警	國際	海外	海外	海外	設施（國際）	設施（國際）	國際宣傳	文藝	新聞事業	編譯
海外	出版	調查	登記	徵理	編譯	編譯	電影事業	海外	電影事業	外事
國際宣傳（編纂、譯述）	總務	徵理	編纂	審查	文藝	文藝（藝術）	設計委員會（5～15）	指導	總務（文書、事務）	指導
徵審（徵審、審查）	中央通訊社	編纂（國際）	徵審（譯述、調查、徵理）	編撰（國際、譯述）	電影（編撰、徵審、文書、事務）	電影（編撰、徵審、指導、製作、編審、放映）		編譯	宣傳指導員	徵審
出版（藝術、發行、印刷）	中央印刷所	譯述（征集）	國際	徵理（編審、徵審）	編審	總務（文書、事務）		外事	中央通訊社	登記
總務（文書、事務）	直轄黨報	印刷（出版）	出版（印刷、發行）	國際	總務			指導	直轄黨報	檢查
中央圖書館	中央圖書館	發行	總務（文書、事務）	編審	直轄黨報			攝製	電影攝影處	指導
中央日報社	中央電臺	文書（總務）	中央圖書館	總務（文書、事務）	中央通訊社			劇本審查委會	中廣管理處	編審
中央通訊社	海外宣傳委員會	事務	直轄黨報	直轄黨報	設計委員會（5～15）					劇本審查委會
		中央通訊社	中央通訊社	中央通訊社						
		中央圖書館	中央印刷所	設計委員會（9～17）						
		中央印刷所	中央電臺							
		直轄黨報								
		中央電臺								
		設計委員會（3-5）								

注：1937年4月15日在宣傳指導處增設中央周報編輯室，設編輯3～5人〔註92〕。
1938年12月1日，將電影事業處改名爲電影戲劇處，下設電影科和戲劇科和劇本審查委員會〔註93〕。

1935年12月，國民黨第五次全國代表大會後，爲精簡人事、集中事權，中央宣傳委員會重新改制爲中宣部。實行處科制，下設宣傳指導、新聞事業、電影事業、國際宣傳、總務等五處，1936年11月、1938年4月、1938年12月，這種處科架構的組織結構又作了細微調整，但新聞管理的職權並未發生實質變化。

權力結構與人事安排方面，中宣部在1928～1930年間實行部長、秘書、各科科長、總幹事，幹事的權力結構，部長由中常會選任，秘書秉承部長意志處理日常部務。但部長的人事變動相當頻繁。丁惟汾、戴季陶、葉楚傖、劉廬隱、邵元沖、陳布雷、邵力子、周佛海、葉楚傖等先後就任部長、副部

〔註92〕《中國國民黨中央執行委員會常務委員會會議錄》（二十一冊），276～277頁。
〔註93〕《中國國民黨中央執行委員會常務委員會會議錄》（二十四冊），279～280頁。

長職務；戴季陶、劉廬隱被任命部長職務，卻長期不到部任事。1928 年，由於戴季陶長期不到部、實際部務由代部長兼秘書葉楚傖負責辦理，1929 年 1 月秘書由最初一人增設為 2 人。同年 12 月增設副部長一職，由副部長協助部長，並在部長不在部時全面負責部務，秘書也增設到 2～3 人。1930 年左右，部長葉楚傖兼任它職，實際職務由副部長劉廬隱辦理。劉廬隱於 1931 年就任部長時，長期也不到部，實際職務由副部長陳布雷辦理。中宣部改組為中央宣傳委員會，實行主任、副主任負責下的委員負責制（委員先定為 9 至 17 人，後改為 5 到 15 人）。1935 年 12 月中央宣傳委員會重新改組為中宣部後，核心領導仍是部長、副部長，不過秘書卻增設主任秘書一名、秘書 2 名，副部長也由最初的 2 人增設到 2～3 人。另外，中宣部還設置設計委員會，設計委員根據情況請中常會設定，人員確定為 3～5 人或更多，以輔助其工作。1928 年 3 月 30 日的第二屆第 124 次中常會就通過葉楚傖的呈請，任命陳立夫、周佛海、曾養甫、陳布雷為設計委員會委員。〔註 94〕

　　中央檢查處於 1934 年 8 月成立，目的是整合各地的新聞檢查所、室，建立全國性的新聞檢查網，強化檢查力度。其職權以《檢查新聞辦法大綱》的形式於同年 8 月 9 日由國民黨第四屆中央執行委員會第 133 次會議授予「掌理全國各大都市新聞檢查事宜」（筆者注：具體包括新聞檢查、電報檢查及檢查後的處分糾正），與各地電報檢查機關、中央宣傳委員會加強信息溝通及「向有關機關調用職員」等權限。〔註 95〕中央檢查處下屬首都及重要省市的新聞檢查所和各縣市的新聞檢查室，首任處長由當時的中央宣傳委員會主任委員葉楚傖兼任。

　　國民黨中央執行委員會文化事業計劃委員會於 1936 年 3 月成立。這個機構是在國民黨新聞政策逐步轉向「戰時新聞政策」下，在整體上規劃國民黨文化事業，建立文化國防，故該委員會的新聞管理是立在全國文化的視角，對新聞業進行研究與整體規劃。〔註 96〕

〔註 94〕《中國國民黨中央執行委員會常務委員會會議錄》（四冊），10～11 頁。
〔註 95〕《檢查辦法大綱》共 5 條，參見劉哲民：《近現代出版新聞法規彙編》，學林出版社，542 頁。
〔註 96〕《國民黨中央執行委員會文化事業計劃委員會組織條例》規定其職權是「負責出版事業、新聞事業和廣播事業等各種文化事業的改進設計事宜、各種有關文化事業方案文件的審查以及文化事業的調查聯絡事宜」。見《國民黨中央執行委員會文化事業計劃委員會組織條例》，見《中華民國史檔案資料彙編·

　　文化事業計劃委員會採取主任負責下的研究會的建制，根據《國民黨中央文化事業計劃綱要》下設 11 個研究會，與新聞管理關係密切的是出版研究會、新聞研究會、廣播研究會。〔註97〕

三、地方層面的新聞管理執行機關：地方黨部

（一）地方的新聞管理相對複雜與多元

　　負責實際推動工作的是地方黨部。地方黨部的組織架構相對穩定：縱向分省、特別市、海外、市及縣市、區的組織架構（見圖 4-2），橫向是每個黨部都設有代表大會及執行委員會，黨報、通訊社、郵電檢查所、無線電收音室、新聞檢查所等宣傳部門大都直屬於執行委員會，有管理各級下屬黨報、創設報刊及媒體，參與郵電新聞檢查的職權。各地新聞檢查所，原是各地應現實需要而成立，後成為各省市的常設機構。這個機構先隸屬於中宣部，後改隸於中央檢查新聞處，通常是由省黨部、省政府、省會公安局、省會市政府、省會警備司令部及相關軍事單位所組成。負責審查屬地的一切出版品、宣傳品，其中以報館、通訊社、印刷所、書店及雜誌為重點。縣市黨部與區黨部的管理新聞職員類似，均延續省、特別市黨部的職權：指導、出版、編撰、審查及檢查新聞等。此外，各省市還有任務性編組。如江西省的檢查反動書籍委員會〔註98〕、漢口市特別黨部的戲劇審查委員會，上海特別市的圖書雜誌審查委員會等。其中，圖書雜誌審查委員會影響最大，這個宣稱「審慎取締出版刊物，增進審查效能及減除書局與作家損失」的委員會，成立於 1934 年 6 月，隸屬於中央宣傳委員會，由九名委員組成。後因受 1935 年「新生事件」影響，審查員全部被解職，該委員會無形中被撤銷。〔註99〕

　　　　第五輯第一編文化》，1～2 頁。

〔註97〕出版研究會按照《國民黨中央文化事業計劃綱要》中的第十四條規定「獎勵出版並提高出版之水準，一切出版品以有專門內容及不違背民族利益為其最低限度之條件」開展對出版界的獎勵工作。新聞研究會則依據第十六條規定「集中新聞界之意旨，使在民族意識下從事新聞事業之改進，並由中央注意新聞人才之訓練」研究新聞事業應如何改進，人才應如何訓練與紙張如何製造等新聞方面的問題。見中國第二歷史檔案館編：《中華民國史檔案資料彙編·第五輯第一編文化》，江蘇古籍出版社，1998 年，31～37 頁。

〔註98〕《中央黨務月刊》，第 18 期，1930 年 9 月，報告，92 頁。

〔註99〕王凌霄：《中國國民黨新聞政策之研究（1928～1945）》，中國國民黨中央委員會黨史委員會出版，1996 年 3 月 29 日初版，38～39 頁。

圖 4-2　中國國民黨組織系統

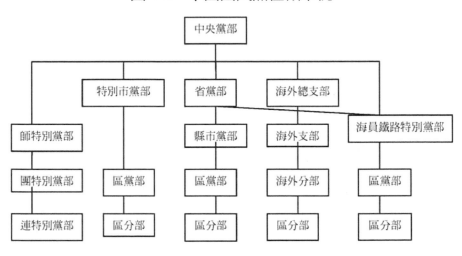

注：田湘波根據「中國第二歷史檔案館編：《中國國民黨中央執行委員會常
　　務委員會會議錄》第 4 冊，第 169 頁、第 383 頁；第五冊，第 222 頁；
　　第 13 冊，第 46 頁；謝振民：《中華民國立法史》，中國政法大學出版
　　社 1999 年重印，第 202 頁」等資料製作〔註100〕。

（二）中央與地方的聯絡工作起初較鬆散

　　1929 年 6 月全國宣傳會議召開，即為「規劃中央與地方黨部工作之進行：
如何緊密聯絡地方黨部工作之實情」。〔註101〕中宣部亦不斷改組，其中一項是
加強對地方黨部的宣傳工作的指導。1936 年，中宣部制定《中央宣傳部宣傳
工作指導員視察規則》規定「指導員不但要考察各地黨部，黨營媒體的工作
情形，也必須調查各地反動刊物宣傳的狀況」〔註102〕，上下級黨部，宣傳方
面的聯絡工作才趨於制度化。

　　但地方各級新聞管理機構「並不像紙上架構那樣地秩序井然」〔註103〕，
實際的人事、職權相當混亂，且受到屬地的派系、省市政府等多方干涉。對
此，中宣部心知肚明，曾做過多次「檢討」。如 1930 年的「各級黨部之組織，

〔註100〕田湘波：《中國國民黨黨政體系剖析》，湖南人民出版社，2006 年，122 頁。
〔註101〕《中央宣傳部工作經過》，《中央黨務月刊》，第 13 期，1929 年 9 月，報告，
　　　　11 頁。
〔註102〕《中央宣傳部宣傳工作指導員視察規則》，《中央黨務月刊》，第 99 期，1936
　　　　年 11 月。法規方案，1037～1038 頁。
〔註103〕王凌霄：《中國國民黨新聞政策之研究（1928～1945）》，中國國民黨中央委員
　　　　會黨史委員會出版，1996 年 3 月 29 日初版，40 頁。

有徒具外形者，有散漫無紀者，有尚未成熟勉強成立者，此種情況，散見各地」。〔註104〕中宣部也稱「各地黨部所遇困難，大概是以「經費支絀，人材缺乏，環境不良（指各級政府官吏，駐軍水準不齊，妨礙宣傳），交通不便等四項最嚴重」。〔註105〕1936 年 7 月國民黨五屆二次會議上，其黨務工作報告稱：「過去本黨組織情形適與此相反，一般學識豐富能力充足之同志，大都集中於上級黨部，而縣以下黨部，則反空虛無力，以致地方工作難以推動，呈輕重倒置之象」。〔註107〕據統計，從 1930 年 11 月至 1937 年左右，國民黨省市、軍隊、海外各部正式成立黨部者僅有 526 個。〔註108〕國民黨雖然充分認識這一弊端，在其統治大陸期間卻始終未能徹底改革。

第五節　國民黨新聞統制政策的實際施行

　　國民黨號稱「依法治國」，但其規章制度與實際施行的嚴重背離已被學界公認。這種狀況在新聞政策中也有明顯體現。總的來說，訓政時期的新聞政策的實際施行，取得了一定效果，卻也遇到巨大阻力、倍受輿論詬罵。

一、取得一定效果

　　訓政時期，國民黨推行嚴厲的新聞政策，確實取得了一定效果，如推動了國民黨新聞事業的建立，構建了龐大的宣傳網和新聞檢查網，取締了大量所謂「反共」、「謬論」的新聞刊物，廣泛宣傳三民主義，等。國民黨中央常務委員會提交歷屆全國代表大會、中央全會關於宣傳方面的工作報告中，也予以肯定，使用了「頗見努力」、「頗能收效」、「頗能權衡事實之需要」、「努力推進」、「剿匪宣傳亦有相當成績」等語言。如 1934 年 1 月的國民黨第四屆四中全會，對宣傳工作予以「抗日剿匪之宣傳，均能努力，深堪嘉許」〔註109〕；

〔註104〕《對於常務委員會及組織訓練宣傳三部工作報告之決議案》，見黨史委員會編，《革命文獻第 79 輯——中國國民黨歷屆歷次中全會重要議決案彙編》，臺北：黨史委員會，1979 年 6 月，186 頁。

〔註105〕《中央黨務月刊》，第 18 期，1930 年 2 月，報告，111 頁。

〔註107〕《對於常務委員會及組織、宣傳、民眾訓練三部工作報告之決議案》，《中國國民黨歷次代表大會及中央全會資料》（下），光明日報出版社，412 頁。

〔註108〕據田湘波的「中國國民黨地方各級黨部分類統計表」統計。見田湘波：《中國國民黨黨政體系剖析》，湖南人民出版社，2006 年，128～129 頁。

〔註109〕《對於常務委員會及組織、宣傳、民運指導各委員會工作報告之決議案》《中

1935 年 11 月的第四屆第六次中央全會給予「宣傳方面，頗能權衡事實之需要，對於新聞及文藝事業，於有效的統制之中，而收指導推進之效」〔註 110〕的贊許，等。但歷史表明，這一成績對國民黨的「訓政」，對於國民黨控制全國輿論導向，並沒有起多大作用。國民黨對此非常清楚，國民黨中央常務委員會提交歷屆全國代表大會、中央全會關於宣傳方面的工作報告中，對宣傳工作的肯定表述都大大少於對其期待和建議的表述〔註 111〕，表現出國民黨強化新聞政策的複雜、矛盾的心態。

二、遭到巨大阻力

國民黨在訓政名義下推行其新聞政策過程中，遭到了來自黨內其它派系、民營報人、國民黨報人、外籍報人及自由知識分子及英、美、日等國家等各個方面、不同層面的狙擊，其阻力可想而知。形成這種阻力的因素錯綜複雜。微觀層面主要有：

1、新聞政策條文的模糊性及其維護國民黨利益的階級本質。

2、新聞政策執行中的混亂及其濃厚的「人治」色彩，使很多政策條文成為一紙空文。國民黨的新聞檢查在這一點上特別突出，當時已是新聞界的普遍共識，批評指責之聲最烈。

3、新聞自由主義理念已深入民國新聞界，報人對新聞檢查普遍抱有嚴重的抵觸心理。在國民黨方面，採用袁世凱以一刀切的方式徹底查封一切非黨報刊，但這一做法的可怕後果：「三民主義」政治理論與口號徹底失效，背負「專制獨裁」的罪名，極可能面臨國內政治形勢嘩變，讓國民黨深深忌諱。檢查新聞也就成了國民黨應該放棄但又不能放棄的「雞肋」。宏觀方面主要是報刊成了國內外各種政治勢力角逐中國政局的輿論工具，國民黨實行維護「一黨專政」的新聞政策和混亂的新聞檢查，自然遭到黨內其它派系，黨外敵對政黨的抵制；實施新聞檢查，即與英美等國的新聞理念相悖，又不利於其在華媒體為本國利益的輿論造勢，自然遭到英美等「友邦」的抵制，1931 年「九

　　國國民黨歷次代表大會及中央全會資料》（下），光明日報出版社，222 頁。

〔註110〕《對於黨務報告之決議案》，《中國國民黨歷次代表大會及中央全會資料》（下），光明日報出版社，265 頁。

〔註111〕見《中國國民黨歷次代表大會及中央全會資料》（上），光明日報出版社，801～802 頁，994～995 頁；中國國民黨歷次代表大會及中央全會資料》（下）186 頁，222 頁，265 頁，324 頁，437 頁。

一八」事變後，中日民族矛盾驟升，國民黨的新聞政策自然遭到日本全盤否定。

　　國民黨推行新聞政策過程中的巨大阻力，在其報刊登記制中有充分體現。國民黨實行報刊登記的目的，是以此程序「整理輿論界之言論，而免其有礙本黨之宣傳」。〔註112〕1929 年 9 月 5 日頒佈的《日報登記辦法》〔註113〕規定日報（後以「每日發行」爲由擴展到通訊社、畫報）登記要經各省、特別市黨部最後審核，中宣部負責辦理。同年底，國民黨修正中宣部組織條例，增設登記股，負責登記國內外一切定期與不定期刊物。1930 年頒佈的《出版法》則規定報刊登記程序爲向「所屬省政府或隸屬於行政院之市政府，轉內政部聲請登記」。〔註114〕爲理清中宣部登記股和內政部兩個單位管理權限，中宣部再以命令規定日報及通訊社的登記事項，由各省及特別市黨部宣傳部負責，立案事項由各省及特別市主管行政機關負責，同時將「登記證」改爲「審查合格證書」，進一步地確定《日報登記辦法》中「審核」的意味〔註115〕，不到一年，中宣部登記股撤銷，所轄事項全部轉給內政部，爲報刊登記披上法理色彩。

　　報刊登記制遭到的阻力主要有兩個方面：一是民營報業的拖延戰術，以租界的治外法權等各種理由拒絕或暫緩辦理登記手續。針對民營報業的拖延戰術，國民黨則採取說服教育，延緩登記時限，不登記即飭停刊，登記享受「立卷掛號」的郵遞優惠等方式力求化解。從 1929 年 9 月到 1933 年底，國民黨尚未實現全國新聞紙的登記手續。「截止 1933 年底，已登記的新聞紙共 1609 家，因爲手續不全，而未能辦理者只有 300 多家」。〔註116〕

〔註112〕《中央執行委員會宣傳部工作報告》，《中央黨務月刊》，三屆三中全會特刊，1930 年 4 月，報告，161 頁。

〔註113〕《日報登記辦法》由中宣部提議，予 1929 年 9 月 5 日的國民黨中央第 33 次常會通過。該條例共 13 條，規定出版法未頒佈之前依據該條例向各級黨部申請登記並由中宣部最後審核，及中央直轄黨報和津貼黨報的登記，及非此類日報的登記手續等，並規定「凡登記不合格或不履行登記之日報得由當地高級黨部呈准中央宣傳部禁止出版。見《中國國民黨執行委員會常務會議記錄》（九冊），259～260 頁。

〔註114〕《出版法》第七條，「爲新聞紙或雜誌之發行者，應於首次發行期十五日前，以書面陳明下列各款事項，呈由發行所所在地所屬省政府或隸屬於行政院之市政府，轉內政部聲請登記」。

〔註115〕《關於日報及通訊社登記及立案事件請審核由》，《中央黨務月刊》，第 21 期，1930 年 5 月，報告，138 頁。

〔註116〕中央宣傳部指導科編：《中國國民黨年鑒（民國二十三年）》，37 頁。

　　二是外報登記制遭到了英、美、日等國一致抵制。如何讓在華外報登記，國民黨費勁心思，調動了各方資源。《出版條例原則》於 1929 年 8 月 23 日頒佈後，中宣部於同年 11 月向三屆第 48 次中常會提出（1929.11.14）如何辦理外報登記問題，中常會做出「俟出版法頒佈後再議」的決議。〔註 117〕1930 年 1 月中宣部又以外報「遍佈通商巨埠，大抵造謠侮辱儘其煽惑之能事，亟應加以適當之限制，以減少反動宣傳保持國家主權」爲由，與外交部商妥擬定《外報登記辦法十條》提交三屆第 72 次中常會，得到的卻是「交國民政府轉飭外交部辦理」的決議。〔註 118〕但該項辦法依然毫無進展。《出版法》頒佈後，英、美、日等國在「治外法權」名義下的聯合抵制在華外報登記。直到 1933 年 2 月，內政部出面，聯合外交部、交通部、郵政總局共同行動，以妥協策略才打破僵局。外交部向英國口頭承諾「出版法中的懲罰條款及國民黨黨務組織的控制，絕不適用於英國出版品」，對美國給予與英國相同的口頭承諾外，還極力強調登記只是「充作統計資料之用，並且對主動登記的美國報刊，給予優惠郵費」〔註 119〕；交通部則轉飭郵政總局，實行「對未經申請登記的外籍新聞紙雜誌，一律不予立卷掛號〔註 120〕」的政策。在此前提下，英美兩國才不反對兩國在華報刊向內政部登記，以享郵遞特權。〔註 121〕至於日本，其對《出版法》態度始終是置之不理〔註 122〕。據統計，到 1935 年 6 月止，外籍新聞紙雜誌經核准登記的有《泰晤士報》等 46 家，未經依法登記的有《上海日報》等 30 餘家，就國別而言，英美兩國各有一家未登記，其發行地點均在哈爾濱。在 31 家日本刊物中，卻只有在

〔註 117〕《中國國民黨中央執行委員會常務委員會會議記錄》（十冊），77 頁。

〔註 118〕《中國國民黨中央執行委員會常務委員會會議記錄》（十一冊），30～31 頁。

〔註 119〕Foreign Relations of the United States, Diplomatic Papers，1933, Volume II, The Far East, Washington: United Government Printing Office, 1949,684 頁。

〔註 120〕申報年鑒社：《第四次申報年鑒》，上海：申報館售書科，民國二十五年六月，初版，129 頁。

〔註 121〕如美國 1934 年初，美國國務院同意了美國駐華公使詹森建議美國報紙期刊依法向中國當局登記的要求，但附了一個不能「強迫（compel）美國刊物進行登記的保證書，而且不管登記與否，美國刊物都不能接受《出版法》中的懲罰條款，或接受中國的行政控制」。見王凌霄，《中國國民黨新聞政策之研究（1928～1945）》，中國國民黨中央委員會黨史委員會出版，1996 年 3 月 29 日初版，46 頁。

〔註 122〕Foreign Relations of the United States, Diplomatic Papers，1933, Volume II, The Far East, Washington: United Government Printing Office, 1949，688 頁。

北平發行的《支那之友》一家登記。〔註123〕

　　登記制的繁瑣、執行難及《出版法》註冊登記中可能存在的漏洞，使國民黨到 1937 年 7 月再次修正《出版法》時，把審核登記制改爲審核制。該法第二章第九條規定：「爲新聞紙或雜誌之發行者，應由發行人於首次發行前，填具登記申請書，呈由發行所在地的地方主管官署，於十五日內轉呈省政府或直隸於行政院之市政府核准後，始得發行。」

三、倍受輿論抨擊

　　不論是中共還是國民黨內部敵對派系；不論是民營報人還是國民黨報人或外籍報人，均對國民黨的新聞政策，尤其是新聞檢查制度及其行爲予以激烈抨擊。這幾乎是當時的社會共識。

　　輿論抨擊主要集中在以下幾個方面：

　　1、以新聞政策鉗制言論自由：《益群報》以「訓政」名義抨擊國民黨以檢查條例來「鉗制人民的喉舌」。它說，出版物檢查條例，國內外輿論「大概總不外說是違背了國民黨『言論完全自由』的政綱，毀滅了孫總理解放民眾的精神，爲國民政府一種違反民主制度的非常舉動。」。〔註124〕

　　2、抨擊國民黨的訓政宣傳力度不夠。1931 年 11 月《大公報》以國民黨不做任何政策宣傳就開徵「特種統稅」、「消費稅」、「營業稅」等爲由頭，刊登社論抨擊國民黨「對於訓政時期應有之宣傳，太不盡力」。〔註125

　　3、抨擊新聞檢查的「標準不一」、「混亂」、缺乏體系，以意爲法等。此類批評最多。林語堂說：「中國混亂的檢查制度，呈現在缺乏體系，協調以及一致性上，某個城市被禁的新聞，卻可能在另一個城市通過，檢查員個人難以捉摸的靈機掌握新聞的生殺大權」。〔註126〕斯諾抨擊道：「法令賦予檢查員任意刪改新聞的權力……最糟糕的是中國的檢查制度一團混亂，檢查員根本不受法令的約束」〔註127〕等。臺灣學者王凌霄研究後亦認爲國民黨實際的新

〔註123〕內政部年鑑編纂委員會編：《內政年鑑》，上海：商務印書館，民國二十五年四月，初版，（C）1302～1304 頁。

〔註124〕益群報：《新聞檢查條例與言論自由》，轉自王濬如編：《新聞學集》，177～179頁。

〔註125〕《訓政與宣傳》，大公報，1931 年 11 月 13 日社論。

〔註126〕Liu, Yu. Tang, A History of the Press and Public Opinion in China, Chicago, Illionis: The University of Chicago Press, 1936,177 頁。

〔註127〕Snow, Edgar, The Ways of the Chinese Censors，Current History，July 1935，382

聞檢查，「沒有章法，以至於糾紛時起」〔註128〕。

　　面對抨擊，國民黨並非一意孤行，而是採取了適時安撫、不斷修正法規，理論解釋等策略，以漸進、反復的方式強化其新聞政策。如，國民黨政要多次承諾保障言論自由，國民黨新聞學者在理論上不斷對各種新聞政策予以三民主義視野內的闡釋，不斷修訂各類新聞政策回應報業的要求，等。

　　　　頁。
〔註128〕王淩霄，《中國國民黨新聞政策之研究（1928～1945）》，中國國民黨中央委員會黨史委員會出版，1996 年 3 月 29 日初版，52 頁。

第五章
訓政名義下的新聞媒體建設與操控
——訓政規制下的新聞傳播體制（下）

　　二十世紀二三十年代的國內外的客觀環境，迫切需要一個「萬能政府」集中事權，推動中國的現代化建設。這需要整合民眾、統一國民意志、整合多元輿論。要實現這一目標，離不開新聞媒介的政治教化與宣傳整合功能；要訓民以政，教化民眾具有憲政素養，既需發揮新聞媒體的教化功能，又需漸次放開言論尺度，讓媒體擔任滿足公眾知情權、監督政府、實現民權的重要平臺。但國民黨訓政的實質是以訓政名義提高黨權壓制軍權，並不是真正教導民眾擁有四權。訓政的這一定位及二三十年代的國內外輿論環境和國民黨對媒介威力的深刻體認，都讓其充分認識到控制新聞媒介，掌握社會話語權，對於鞏固統治的極端重要性。

　　要實現既利用又控制媒體的目標，首要任務是建立隸屬於自己的新聞媒介事業。國民黨定都南京後，即在原有新聞媒體基礎上，利用政權力量，強化媒體的建設，到抗戰前夕，已形成了以《中央日報》、中央通訊社、中央廣播電臺為主幹，從中央到地方的龐大的新聞事業體系。與此同時，也形成了管理、控制媒體的一套相當嚴密的制度體系。

　　本章承繼第四章，重點分析國民黨以哪些手段建設其新聞媒體？在全國建構了什麼結構與體系的新聞事業布局？又設置了哪些機構、制定了何種規章制度，予以規範、管理，其管理、控制的效果如何？等問題。國民黨中宣部認為「日報是發印所，通訊社是製造所，不能在報紙範圍以外」〔註1〕，故

〔註1〕　葉楚傖：《新聞界應有真是非：民十八年十一月在中央宣傳部招待記者時報告

本章以國民黨的報業建設與管理爲論述重點，也略敘述對報業新聞來源有重大影響的中央通訊社、中央廣播電臺的建設。

第一節　國民黨新聞媒體的建設

「清黨」不僅查封了中共報刊，也削弱了國民黨新聞業的宣傳力量。1929年國民黨第三次全國代表大會上，陳德徵、賴璉、梁寒操等百餘人向大會提交議案，要求確定「本黨新聞政策」，加強中央媒體建設。〔註 2〕這次強調統一（思想、財政、軍事等）的大會對國民黨新聞政策及新聞媒體的建設影響深遠，奠定了國民黨扶植黨報、強化其新聞事業建設的意志基礎。在這次大會精神指導下，國民黨挾其政權力量，在原有新聞事業基礎上加強了自身媒體的建設。

一、國民黨建設新聞媒體的主要措施──以國民黨的黨報建設爲例

各國政黨或政府建設新聞事業的基本措施是：政治上框定言論自由的空間，經濟上予以支持，行政上予以便利，人才與組織上予以幫助等。國民黨亦不例外，它首先從政治上賦予設置、建設黨報的合法性，爲黨報言說拓展最大可能範圍的政治空間，繼而從經濟上扶植黨報的機器、設備等物質建設，從行政上給予黨報業務特權，從組織上確保黨報人才充足，從而使本黨新聞業實力雄厚，成爲「領導社會輿論」、形塑意識形態的主要輿論工具。

（一）賦予設置、建設黨報的合法政治空間

報刊是言論事業，與社會緊密相連，其發展不僅需要資本、人力等資源，更需要政治空間，並且政治空間決定了報業發展的可能前景。國民黨掌握政

之摘要》，《葉楚傖文集》第 2 冊。

〔註 2〕　如陳德徵提出了建設黨報的七條建議：「（一）充實中央黨報的力量，使中央黨報之質與量，能超出乎全國各地之報紙。（二）充分發展直轄於中央機關之準黨報，私人組織而受黨津貼之報紙，並保障其安全。（三）充分扶助各地黨報之發展。（四）扶植中央通信社，裨得充分發展，且使負有國際宣傳的重任。……（六）保障中央黨部準黨報地方黨報及黨通訊社工作人員生活及工作之安全，非反動有據，不得撤換及拘捕。（七）制定優遇新聞記者之條例。……」見陳德徵：《三全大會之黨應確定新聞政策案》，黃天鵬編：《報學月刊》第 1 卷第 2 期，1929 年 4 月，光華書局。

權後即以憲法、新聞政策等制度手段，以明確言論自由、出版自由的形式，保障了國民黨報人享受法律限制下的最大程度的新聞自由，為其媒體設定了不可逾越且合法言說的政治空間：三民主義及本黨政綱政策，同時剝奪了中共、敵對派系的言論自由。這是不言自明的歷史事實。當蔣介石在「清黨」運動中，完全控制了「三民主義」話語解釋權，有置對方為「革命」、「反革命」的權力，在建立國民黨南京中央和南京國民政府後，其媒體自然也就擁有了合法存在的政治基礎。設定這一前提後，國民黨及其政府就在法理層面擁有了建設、管理全國新聞媒體的合法職權。

（二）經濟上大力扶持直轄黨報與「聽話」的民營媒體

扶持、津貼媒體歷來是政黨或政府操控媒體的一種手段，國民黨延續了孫中山津貼扶持媒體的慣例。1928 年 6 月中常會第 144 次會議通過《補充黨報條例》規定「凡黨員所主辦之日報或期刊（均可）請求本黨中央或各級黨部補助經費」，津貼條件是「言論及記載隨時受黨之指導」，「完全遵守黨定言論方針及宣傳策略」〔註3〕。1932 年 6 月通過的《中央執行委員會津貼新聞機關辦法》，把「補助」的對象擴大到「各地新聞機關」。

國民黨的黨營報業，並不注重經營，幾乎全靠黨部的津貼支持〔註4〕，陳立夫曾說：「黨報賺錢，概未之前聞」〔註5〕。據不完全統計，中央和省市轄黨報有 47 家，通訊社 17 家〔註6〕，每年僅黨報一項支出即達 180 萬元。〔註7〕

1928 年 2 月上海《中央日報》創辦，國民黨中央一次撥出鉅款近 5 萬元，以後又按月撥給 9000 元。〔註8〕據 1929 年《中國國民黨年鑒》記載，《中央日報》創刊初期的經費支出是 10067 元，除了廣告，報價收入 2000 元之外，

〔註3〕　《補充黨報條例》，國民黨中央常務委員會 1928 年 6 月 9 日通過。
〔註4〕　尹述賢：《創設中央社的一段經過》，《自由談》，第 28 卷第 9 期，1977 年 9 月，139～142 頁。
〔註5〕　陳立夫：《創造在艱苦之中》，胡有瑞主編：《六十年來的中央日報》，臺北，中央日報社，1988 年 2 月，28 頁。
〔註6〕　《中央宣傳會新聞宣傳報告》，轉武偉：《十年內戰時期國民黨新聞思想和政策初探》，復旦大學新聞系碩士論文，1985 年，35 頁。
〔註7〕　廈門民報、武漢日報等提出的以報養報案，轉武偉：《十年內戰時期國民黨新聞思想和政策初探》，復旦大學新聞系碩士論文，1985 年，37 頁。
〔註8〕　蔡銘澤：《中國國民黨黨報研究（1927～1949）》，團結出版社，1998 年，102 頁。

全部由黨部津貼。據 1929 年 12 月編印的國民黨湖南省黨部《宣傳部部務彙刊》記載，當年該省發行的 40 家正規報紙中有 38 家受各級黨部及政府津貼，接受津貼的報紙占報紙總數的 95%以上。其中，全部受黨部和政府津貼的有 25 家，占全部報紙的 62%，占受津貼報紙的 68%。據蔡銘澤統計，1929 年湖南中山日報、民國日報、全民日報等 10 家報紙每月接受津貼共 15942 洋元。最高津貼是湖南中山日報和湖南民國日報，均為 4080 元，最低津貼為陵民報 143 元。〔註 9〕

　　1933 年後，國民黨黨報營業情況有所好轉，但其收入仍以黨部津貼為主，若扣除補助，各報仍存在虧損狀況。《中央日報》每月津貼 8000 元，營業收入增為 15000 元，支出 21000 餘元，有 2000 元的盈餘。《武漢日報》有補助 45000 元，營業收入 6000 元，每月盈餘 2000 元，其餘各報的情況也差不多。〔註 10〕再如，1934 年 3 月 21 日江蘇省第二屆執行委員會第 13 次會議通過的《江蘇省各級黨報管理規則》第二條規定：「各級黨報社經費以各該社之營業收入充之不足時由主管黨部酌給津貼」。據江蘇省黨部新聞事業委員會 1933 年 4 月初調查同年 11 月覆查的《江蘇省各縣報紙概況表》統計，在有資料可考的 255 家江蘇省各報館中，有 106 家報館接受黨政、私人、基金、商店等津貼、補助或集資，占到總數的 47.57%，其中 31 家完全依靠黨政機關的津貼生存，占到總數的 12.16%。依靠營業、股款、自籌、社員負擔等形式維持報館生存者有 149 家，占到總數的 58.43%。上述 255 家報館中有 75 家是黨報（省、縣黨報或黨員主辦），在這 75 家中有 60 家接受黨政津貼或捐助，占到黨報總數的 80%，僅有 10 家完全依靠營業生存，12 家靠社長、經理的籌資維持，另有 3 家依靠私人籌劃和股份生存。詳情見表 5-1、表 5-2。1934 年江蘇省的黨報尚且如此，更不說其它各省黨報情況。

　　國民黨資助、津貼報刊的程序，一般是由報社或通訊社向中宣部或地方黨部提出申請，經中宣部審查並上呈中常會或中財會，由中常會決定，中財會核定數目，交中宣部辦理。特殊時期如中原大戰、對日宣傳等，中常會或中財會核定津貼總數後，把津貼報紙的權限下放給中宣部，讓其酌情辦理。

〔註 9〕　見蔡銘澤：《中國國民黨黨報研究（1927～1949）》，團結出版社，1998 年，102～103 頁。

〔註 10〕《中國國民黨年鑒（民國二十三）》，宣傳（丁），34 頁。

表 5-1　江蘇省各縣市報紙經費來源分析表〔註11〕

經費來源 總數	營業	津貼	營業和津貼	黨政津貼和私人集資	營業和私人籌集或補助	營業及捐助	私人籌集或補助	商店捐助	津貼和社員負擔	營業和基金	股款和營業	股款	營業和股東補助	營業和股員或社員	社長或經理籌集	發起負擔	發行自籌	社員負擔
255	98	31	40	3	16	2	9	1	1	3	7	9	6	4	15	2	3	5
％	38.43	12.16	總計 75；占 29.41								總計 51；占 20%							

表 5-2　江蘇省黨報經費來源分析表

經費來源	營業和津貼	津貼	營業	社長自籌	經理自籌	私人籌劃	股份
總數/75	23	27	10	12	1	2	1
％	30.67%	36%	13.33%	17.33%		4%	

（三）行政上享有特權

與民營報刊相比，黨報主要享受以下特權：

1、採訪上享有搜集材料的便利。《指導黨報條例》規定「中央及各級黨部或政府對各級黨部除充分供給各項宣傳材料外，並應予以搜訪消息之特別便利」〔註12〕。

2、發行上享有公費訂閱。國民黨各黨政機關均公費訂閱黨報、包攬發行、免費贈送等。如，1937 年《中央日報》的銷路已遍佈全國，不過其中三分之一的訂戶是政府單位。〔註13〕

3、廣告來源享受特權。國民黨各級黨政機關將其所有公文、布告均送各

〔註11〕 此表根據 1934 年 1 月 23 日出版的《江蘇月報·江蘇新聞事業專號》刊載的
　　　　《江蘇省各縣市報紙概況表》統計。該表共收錄了 269 種各類報刊，其中有
　　　　10 家報紙停刊，9 家報紙未有說明，故報刊總數為 255 家，統計過程中，相
　　　　近的經費來源作了歸類。
〔註12〕 《指導黨報條例》，國民黨中央常務委員會 1928 年 6 月 9 日通過。
〔註13〕 根據民國二十六年出版的英文年鑑，此時的《中央日報》，報份只有 32000 份。
　　　　The Council of International Affairs, ed., The Chinese Year Book, 1937 Issue
　　　　Shanghai: The Commercial Press Limited, 1937. 1098～1099 頁。

級黨部刊載。甚至規定民、刑訴案件廣告交黨報刊登，「方爲有效」，否則「必至在法律上失所依據，處於失敗之地位」。〔註14〕

4、直接劃撥物資、器材創建新黨報或補充報館設備。《華北日報》的機器、紙張和社址等創刊物質均由國民黨中央函請國民政府直接劃撥。

二、國民黨黨報體系的初步構建

國民黨黨報事業是以孫中山領導的革命報刊爲前身，以1924～1927年的黨報改組爲基礎，在國民黨的全力支持下，以改組、調整、取締、合併和重建等方式構建的。到抗戰前夕，國民黨初步構建了多層次、多種類、多面孔，分佈國內外的黨報格局。即以《中央日報》爲核心，直轄黨報爲骨幹，軍報和地方黨報爲輔助及披著民營色彩的「半黨報〔註15〕」、「準黨報」、接受津貼的民營報紙爲外援的報業結構，及支持、服務黨報體系乃至獨立發揮宣傳力量的中央通訊社和中央廣播電臺系統的龐大的新聞媒體體系。其中，僅黨報就多達600多家。〔註16〕

（一）中央直屬黨報的構建

國民黨承認的首個中央直屬最高黨報，不是創刊於1927年3月22日的武漢《中央日報》，而是創刊於1928年2月1日的上海《中央日報》。〔註17〕

〔註14〕《本報重要啓事》，《華北日報》，1929年2月8日。

〔註15〕1928年6月國民黨頒佈的《指導黨報條例》對黨報的界定是：「一，由中央及國內外各黨部主持者；二、由本黨黨員所主辦而受黨部津貼者；三，完全由本黨黨員所主持者」。修正後的《指導黨報條例》則規定，無論是各級黨部或黨員設置的黨報，都須中宣部的核准認可。見《通令各省市黨部宣傳部頒佈修正指導黨報條例》，《中央黨務月刊》第22期，民國十九年六月，報告，145頁。

〔註16〕蔡銘澤根據許晚成編《全國報館刊社調查錄》（上海龍文書店1936年版）統計，截止到1936年底，國民黨黨報數量總數達到600家以上，占全國報刊總數1468家的40.5%。其中，國民黨地方黨報590家以上，占全國報刊總數的40%，占國民黨黨報（刊）總數的98%。見蔡銘澤：《中國國民黨黨報研究（1927～1949）》，團結出版社，1998年105～106頁。

〔註17〕武漢《中央日報》由中央宣傳部部長顧孟餘兼任社長，陳啓修任總編輯。報紙由汪精衛集團掌控，忠實傳達了武漢國民黨中央的聲音，曾發表《請看今日之蔣介石》等大量反蔣和南京政府的文章，「分共」後成爲擁汪擁蔣的輿論工具，1927年9月15日國民黨中央決定停刊，可謂和南京國民黨中央並無直接關係。臺灣方面的新聞史多以上海《中央日報》爲開端，而對武漢《中央日報》不予顧及。臺灣的新聞史權威著作曾虛白主編的《中國新聞史》和賴

上海《中央日報》由陳布雷關係密切的《商報》的全部機器生財爲底子，國民黨中央撥款近 5 萬鉅款創辦，初定每月 14366 元，後經第二屆 124 次中常會議決每月撥款 5000 元，經第二屆 127 次、135 次中常會議決 3 至 6 月按每月 9000 元撥付〔註18〕。社長丁惟汾〔註19〕、總經理潘宜之（時任東路軍總指揮部政治部主任），總經理陳君樸，代理主任彭學沛〔註20〕，胡漢民、吳稚暉、戴季陶、李石曾、陳布雷、葉楚傖、蔡元培、楊杏佛等任編輯部委員。何應欽爲其撰寫發刊詞，將該報定位爲「代表本黨之言論機關，一切言論，自以本黨之主義政策爲依歸」。〔註21〕1928 年 6 月《設置黨報條例》頒佈後，國民黨第二屆 176 次中常會以條例規定首都設中央日報爲由將該報遷往南京。同年 11 月 1 日，上海《中央日報》停刊。〔註22〕

南京《中央日報》於 1929 年 2 月 1 日復刊。序號接上海《中央日報》，日出 3 大張 12 版，版面依上海舊例。中宣部部長葉楚傖、副部長邵力子分別兼任社長、副社長，但不問事；事務由總編輯嚴慎予（1931 年 6 月由賴璉接任）、總經理曾集熙（周邦式、賀壯予先後接任）實際負責。言論方針以「擁

光臨的《七十年中國報業史》均不提及。理由是「當時武漢政治局勢，甚爲混亂，報紙無保存可查」。見《我國現代報業的先驅》，臺灣《中央日報》，1978 年 2 月 18 日。參見《中國國民黨黨報研究（1927～1949）》，團結出版社，1998 年，50 頁和方漢奇：《中國新聞事業通史》（2 卷）注釋 1，354 頁。

〔註18〕見《中國國民黨中央執行委員會常務委員會會議錄》（第四冊），12 頁，97～98 頁，202～203 頁。

〔註19〕這裡的説法不一，《中國國民黨黨報歷史研究》説潘宜之兼任社長、《七十年中國報業史》中也説是潘宜之任社長，曾虛白的《中國新聞史》中説潘是總經理，《中國新聞事業通史》中説，當時任中宣部部長的丁惟汾任社長，並説臺灣新聞著作中均不提丁惟汾。經查，丁惟汾確主持復刊事。然而到 1928 年 3 月 30 日，國民黨第 124 次中常會通過「中央宣傳部秘書兼代理部長葉楚傖呈報於本月廿六日到部視事請校備案」。見：《中國國民黨中央執行委員會常務委員會會議錄》（第四冊）4 頁。可見丁是否曾任中宣部部長仍待查。

〔註20〕關於彭學沛的職務，《中國新聞事業通史》（第 2 卷）稱是主筆，《中國國民黨黨報歷史研究》稱是總編輯，而 1928 年 3 月 30 日召開的國民黨中央執行委員會常委會第 124 次會議，稱其是「代理主任」。見中國第二歷史檔案館編：《中國國民黨中央執行委員會常務委員會會議錄》（第四冊），廣西師範大學出版社，2000 年，12 頁。

〔註21〕何應欽：《本報的責任》，《中央日報》，1928 年 2 月 10 日。

〔註22〕《中國國民黨黨報研究》稱，1928 年 10 月 31 日，上海《中央報》在出版最後一張後終止發行。以彭學沛爲首的全體編校、經理 26 人發表聲明，稱自即日起全部「脱離中央日報職務」，「一切契約及往來賬目由繼任者負責清理」。見《本社同仁啓事》，《中央日報》，1928 年 10 月 31 日。

護中央、消除反側、鞏固黨基、維護國本」爲職責﹝註 23﹞。復刊之初，雖有最高黨報之譽，卻是設備簡陋、體制鬆散、人員很少，業務幾乎全靠中央社和路透社稿件。1929 年發行量僅達 2 萬份。可見國民黨把《中央日報》從上海遷移南京的政治用心。即《中央日報》由滬遷寧是由於實際掌握上海《中央日報》編輯權的丁惟汾、彭學沛，表現出與南京中央政策的離異傾向，讓蔣介石大爲不滿所致。

南京《中央日報》的疲軟、簡陋狀態一直維持到 1933 年 3 月蔣介石委任程滄波出任社長，實行社長負責制爲止。客觀原因是國民黨需強化黨營媒體，應付抗日救亡輿論；直接動因是《中央日報》「報閥」色彩濃厚，削弱了黨報宣傳效果；深層政治原因卻是戴季陶、丁惟汾、葉楚傖、劉蘆隱等歷任中宣部部長非蔣介石集團的嫡系，不利於蔣氏直接控制《中央日報》。而《中央日報》宣傳的疲軟乏力，遂使蔣氏以「改進宣傳方略案」、「改進中央黨部組織案」的形式，改革《中央日報》的管理體制：由過去隸屬中宣部改爲直屬中常會。﹝註 24﹞

程滄波（1903～1990），原名曉湘，又名中行，字滄波，江蘇武進人。幼年拜常州名儒錢名山爲師，後進入上海南洋中學就讀，1918 年考入上海聖約翰大學，後轉入復旦大學並於 1925 年畢業。讀書期間在陳布雷的引導下步入報壇，1928 年任《時事新報》主筆，1930 年赴英倫敦政治學院留學，師從拉斯基教授，次年回國，任國民會議秘書，1932 年 5 月被任命《中央日報》首任社長，主政《中央日報》八年半。程氏上任即以「經理部要充分營業化、編輯部要充分學術化、整個事業當然要制度化效率化﹝註 25﹞」的精神著手整頓之。

1、組織上

取得蔣介石和南京中央批准，針對虛名社長下的總編輯和總經理負責制、經理部和編輯部各不相謀的弊病，實行名義上脫離中宣部，社長直接向中常會負責制，遂使報社行政獨立，成爲形式上的獨立法人，減少報社人事內耗。

﹝註 23﹞ 賴光臨：《七十年中國報業史》，臺灣中央日報社，1981 年版，124 頁。
﹝註 24﹞ 見方漢奇：《中國新聞事業通史》（2 卷），中國人民大學出版社，365 頁。
﹝註 25﹞ 程滄波：《七年的經驗》，轉引程其恒主編：《記者經驗談》，天地出版社，1944 年版，第 56 頁。

2、報紙公開的言論定位上

以《敬告讀者》的改組社論形式，改「本報爲代表本黨之言論機關，一切言論，自以本黨之政策爲依歸」的蠻橫風格，爲溫情的「本報爲黨之喉舌，即爲人民之喉舌」，增添黨報的民間色彩。

3、新聞業務上取「多登新聞的政策」〔註26〕

改變只有一名專職採訪記者的情況，除通訊員外，全部改爲專任，並提出「人人做外勤，個個要採訪」的口號以加強稿源；增闢《讀者之聲》專欄和《中央副刊》，請滬上書法家譚澤凱題寫報名等以刷新版面。

4、媒介經營與報社設施上

改變混亂的會計制度，強化廣告發行單據、修訂各地分銷處簡章和廣告刊例，催收各地拖欠的廣告費和訂報款。設施建設上先後以 2 萬元購置天津《庸報》印報機一臺，1935 年爭取中央財政撥款 17 萬建成中央日報大樓，引進新式輪轉機和其它印刷設備。

程氏改革取得成功，不僅眞正確立了《中央日報》最高黨報的地位〔註27〕，還爲國民黨中央黨報「奠定一完善之制度」〔註28〕。《中央日報》的日發行量由改組前 9000 份左右躍升到改組後的 3 萬份以上，1932 年 9 月創辦《中央夜報》，11 月創辦《中央時事周報》，1933 年後每月營業收入增爲 15000 元，加上每月津貼 8000 元，尚有 2000 元盈餘。〔註29〕1937 年 6 月發行《中央日報》廬山版，

〔註26〕程滄波曾回憶說，「我進《中央日報》的政策，第一是要把報辦好，在新聞報導上，在言論上，乃至廣告發行上，先把這份報紙站在國內新聞界可以不愧爲一個領導的報紙。我當時深切認定要造成報紙的領導地位，不能依賴政治力量，而要靠報紙本身站得住站得出。我針對一個官報的弊病，確立辦報要多登新聞的政策。《中央日報》編經兩部的職員，要使他們都負有採訪新聞的責任，然後由量的增加而去淘煉質的精選。務使《中央日報》的讀者，披開報紙沒有官報的印象，而當天的新聞不但不能較其他各報落後，且要超出」。見程滄波：《四十年前的回顧》，轉蔡登山：《一代報人——程滄波其人其文》，《全國新書信息月刊》（臺灣），1999 年第 1 期。

〔註27〕陶希聖曾說：「在抗戰以前，能夠代表中央發言，是程滄波先生的時代」。見陶希聖：《遨遊於公卿之間的張季鸞先生》，臺灣《傳記文學》第 30 卷第 6 期。

〔註28〕臺灣學者徐詠平評價道：「中央日報改採社長制，並與中央通訊社同時成爲獨立經營的黨的新聞事業單位，爲中央黨報奠定一完善之制度。嗣後各地中央黨報能有自力更生的精神而且趨發展者，實由於此一制度之確立也」。見徐詠平《中國國民黨中央直屬黨報發展史略》，載李瞻《中國新聞史》，臺灣學生書局，1979 年 9 月，324 頁。

〔註29〕《中國國民黨年鑒（民國二十三）》，宣傳（丁），34 頁。

爲該報第一個國內分版。

除了《中央日報》外，國民黨在其它派系管轄的重要省、特別市設立直屬黨報。1928 年 7 月 23 日的第 158 次中常會通過代理宣傳部長葉楚傖以「使黨的興論健全發展」爲名提議的《設置黨報辦法四項》，決定在「首都、上海、漢口、重慶、天津或北平、廣州或開封、太原、西安各地設一黨報，由中央直接管理」，經費由中央支出。〔註30〕此後，北平、武漢、廣州、天津、濟南、西安、福建、上海等重要城市先後通過創建、接受、改組等形式建立直屬中央黨報（各地直屬黨報詳情見表 5-3）。

表 5-3　國民黨中央直轄黨報一覽表

報　名	社　址	主持者	創刊時間	張（版）及專刊	備　註
華北日報	北平王府井大街	安馥香 沈君默	29 年元旦	3（12）；多種專刊	31 年 3 月被閻查封，同年 10 月 1 日復刊。
民國日報	天津特三區三經路 76 號	魯蕩平	28 年底		原《河北民國日報》（28.6）遷津，30.3 被閻查封。
武漢日報	漢口歆生路忠信里	胡伯玄 宋漱石	29.6.10	3（12），副刊多種	漢口特別市黨部改造前中央日報，35 年後始設社長王亞明。
民國日報	濟南東華街 9 號	李江秋 黃星炎	28.6	3（12）	華北地區創設最早的一家直屬黨報
民國日報	廣州	戴季陶 黃季陸	28.5.7	4（16）	老牌黨報，創刊與 1923 年 6 月，數度易主，後成粵系喉舌

〔註30〕《中國國民黨中央執行委員會常務委員會議錄》第五冊，430～431 頁。蔡銘澤的《中國國民黨黨報歷史研究》敘述說，「1928 年 9 月，國民黨中央常務委員會第 165 次會議專門討論了在各地設置中央直屬黨報的問題，會議決定，在北平、漢口、廣東各設一黨報，由中央特別管理，會議指出，『北平地方重要，黨報之設，刻不容緩』」，見 58 頁。查第 165 次中常會於 1928 年 9 月 6 日召開，但此次會議並非專門討論在各地設置中央直屬黨報問題。會議對中宣部請求中常會將「北平舊財部、交部均有印機多架，留平擱置，擬請函送國府就該兩部中指撥兩架及應需附件，從資應用」，將「舊印鑄局及舊農商部稅務處房屋，現均空閒，亦擬請並函指撥，爲黨報社址」問題，中常會作出「交國民政府查酌辦理」。見《中國國民黨中央執行委員會常務委員會議錄》第六冊，115～116 頁。

中山日報	廣州		36.7		廣州《民國日報》改名
西京日報	西安五味什字街	郭英夫 趙建新	33.3.10	2.5（10）；10種副刊	西安事變期間被張、楊接受，改《解放日報》，1937年3月恢復原名
北平導報	北平	刁作謙 張明煒	30.1.10		唯一直屬中央的外文報紙。32 年 2 月被查封，6月更名《北平時事日報》
福建民報	福州市虎節路 22 號	劉正華	28.11	2 張，11種副刊	數易報名；1934 年 3 月直屬中央黨部
民國日報	上海	葉楚傖 陳德徵			老牌黨部，創刊於 1916 年1 月 22 日。1932 年 1 月 26日停刊

注：表中廣東《民國日報》的創刊時間為戴季陶主持改版時間，非該報的最初創刊時間，山東《民國日報》是否直屬中央有分歧，《中國新聞事業通史》（第二卷）把它歸到一般地方黨報。蔡銘澤、王凌霄認為它是直屬黨報。另外，王凌霄認為《東方日報》也是直屬黨報，蔡銘澤歸於地方黨報。上海《民國日報》是否直屬中央尚待確認。

這些黨報均由中央黨部津貼，或中央黨部函請地方政府補助。如，《華北日報》每月約 7000 元，《武漢日報》每月 6500 元的補助，也由中央黨部支出。《天津民國日報》（原北平《河北民國日報》）每月所需的 5000 元，先由河北省政府撥發，再改由黨中央設法補助。〔註 31〕故其財力雄厚、設備完善，一般均是屬地國民黨的輿論重鎮。據統計，1929 年《武漢日報》發行量為 5000份，山東《民國日報》為 3000 份（一說 8000 份，但日期待考）。1933 年，《華北日報》發行量為 6000 份，廣州《民國日報》為 15000 份，《武漢日報》為7000 份。抗戰前各報最高發行量分別為：《西京日報》12000 份，《華北日報》17000 份，《中山日報》30000 份，《中央日報》48000 份，《武漢日報》26000份，《西京日報》12500 份，《福建民報》6000 份。〔註 32〕由於這些直屬黨報不在南京政府的有效管轄區域內，地方派系與南京中央發生衝突時，直屬黨報便成為衝突的犧牲品。《華北日報》、天津《民國日報》曾被閻錫山查封；《西京日報》被張學良、楊虎城接受改名《解放日報》；廣州《民國日報》的報格

〔註31〕黃天鵬：《中國新聞事業》，上海，現代書局，民國二十年，初版，923～930頁。

〔註32〕統計資料是根據王凌霄的《中國國民黨新聞政策之研究》，90～93 頁。蔡銘澤的《中國國民黨黨報歷史研究》，58～62 頁，《中國新聞事業通史》（二卷）358～360 頁整理。

可用「亂」字概括。〔註33〕

（二）地方黨報的建設

地方黨報的大規模建設始於 1928 年 6 月頒佈的設置、指導、補助黨報的三個條例。條例規定，「爲發揚本黨主義使民眾瞭解政策政綱及領導興論起見，中央及各級宣傳部得設置日報雜誌或酌量津貼本黨黨員所主辦之日報雜誌」（筆者注：設置黨部條例第一條）。按照三個條例要求，各省、特別市、縣、區及海外各級黨部，在原有地方報刊基礎上著手構建省、市、縣級黨報系統。「到 1935 年底，一個遍佈東西南北的國民黨地方黨報網絡已經基本建立起來。」〔註34〕這個黨報系統「數量非常龐大、種類繁多、結構極爲複雜、分佈極不合理」。〔註35〕其地區分佈、結構等基本情況可詳見圖 5-1。

國民黨的地方黨部主要是在 30 年代中期構建完成。其過程大致分爲三個時期：1928 年前爲第一時期，這一時期的黨報主要是在孫中山領導下，爲捍衛辛亥革命成果創辦的一批地方黨部，後期曾得到中共的協助，國共分裂後，這批黨報大部分被查封，約不到20家經改造後保留。比較重要的有廣東《國民日報》、《嶺東民國日報》、江西的《民國日報》等。

從 1928 年 6 月到 1930 年爲第二發展時期。1928 年 6 月，國民黨中常會頒佈了設置、指導補助黨報的三個條例，開啓了國民黨各級黨部興建黨報的第一個高潮。江蘇、浙江、湖北、廣東、湖南等華南、華東各省迅速建立一大批省、市、縣級黨報。從 1930 年到 1935 年前後爲國民黨地方黨報體系的構建初步成型期。這一時期，黨報不僅在東部沿海城市快速發展，中西部、東南部偏遠縣城也有了黨報。河南 21 家、河北 36 家、山東 57 家、甘肅 15家和晉陝綏察等省的地方黨部，及湘西、贛南閩西、浙西南和蘇北地區的縣級黨報都是在這一時期建立起來。主要在於：

1、中原大戰後國民黨各派系的鬥爭趨於緩和，經濟有較大發展，出現了比較穩定的社會環境；

2、中央通訊社和中央廣播電臺業務的拓展，爲地方黨報的產生提供了比

〔註33〕蔡銘澤：《中國國民黨黨報研究（1927～1949）》，團結出版社，1998 年，69頁。

〔註34〕蔡銘澤：《中國國民黨黨報研究（1927～1949）》，團結出版社，1998 年，77頁。

〔註35〕蔡銘澤：《中國國民黨黨報研究（1927～1949）》，團結出版社，1998 年，82頁。

較固定的消息來源；

3、各級黨部在國內的迅速拓展也爲地方黨報的紛紛創建提供了組織基礎。

圖 5-1　中國國民黨全國黨報統計表（1936 年 6 月止）〔註36〕

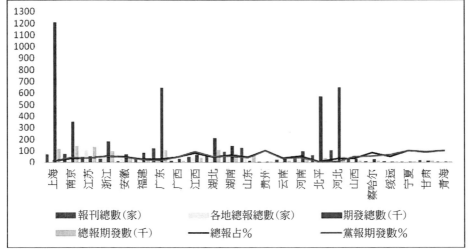

國民黨地方黨報，由國民黨各級黨部或本黨黨員主持或主辦，亦接受各級黨部或地方政府的津貼和管制，在抗戰前 10 年的發展中主要形成了以下特徵。

1、種數上雖將近占到全國報刊總量 1468 家的 40.8%，期發行量卻僅占全國 551 萬份的 21.1%，爲 116.3 萬份，考慮到國民黨大量津貼地方黨部及黨政部門公費訂閱等因素，地方黨報的期發行量並不樂觀，可見國民黨黨報不能「領導全國輿論」。另據統計，1937 年的國民黨黨報約有 23 萬的銷路，約占全國報紙銷量的 6.6%〔註37〕，此時的《中央日報》的發行量 3.2 萬份，雖已遍及全國，但 1/3 的訂戶是政府單位。〔註38〕

〔註36〕此表根據蔡銘澤依據許晚成編《全國報館刊社調查錄》及各省有關檔案整理的資料製成。該統計資料不包括東三省和新疆，天津的數據包含在河北省內，廣東的資料含有香港和澳門兩地的報刊。見蔡銘澤：《論中國國民黨地方黨報的建立和發展》，《廣州師院學報》（社會科學版），1995 年第 1 期。

〔註37〕伍爾崗、穆爾（Wolfgang Mohr）著，韋正光譯：《現代中國報業史》，（影印本，中央圖書館藏），51～52 頁。轉王凌霄，《中國國民黨新聞政策之研究（1928～1945）》，中國國民黨中央委員會黨史委員會出版，1996 年 3 月 29 日初版，94 頁。

〔註38〕根據民國 26 年出版的英文年鑒，The Council of International Affairs, ed. The

　　2、地區經濟發達程度基本決定各地區黨報分佈數量，有明顯的「東重西輕」現象。江蘇最多為 103 家，江蘇、湖南、山東、浙江、江西、廣東、湖北、福建、安徽及南京、上海兩市的黨報總數達 475 家。幾乎占國民黨全國黨報的 80%。西部的雲南、廣西、察哈爾、綏遠、青海、山西、寧夏、貴州的黨報都在 10 家以下，新疆最少，國民黨尚未創建黨報。但也有例外，西部的甘肅黨報有 15 家（其情況有待核實），東部的上海有 6 家、北平有 4 家。上海為全國報業中心，創辦新報成本高，競爭壓力大；1936 年的北平已處在日偽的威脅下，黨報少是由現實的政治壓力決定。

圖 5-2　全國報刊和國民黨地方黨報的地區分佈數量圖（1936 年 6 月止）

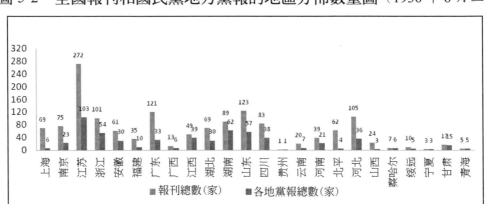

　　由圖 5-2 可見，地方黨報的地區數量走勢和全國報刊的地區數量走勢基本吻合，符合新聞媒介發展是由政治、經濟、文化狀況決定的基本規律。

　　3、層級結構相對清晰，性質卻相當複雜。按照國民黨中宣部的規定，國民黨的黨報體系應是層級式的結構，即中央、省、市、區各級黨部管轄的黨報結構，真正實行的卻只有蘇、浙、粵三省，其它省份要麼只有省黨報和縣黨報，要麼只有省黨報，均無區黨報之設置。性質上，國民黨中宣部把黨報分為「黨報」、「本黨報」、「準黨報」三種。但實際情況是「本黨報」、「準黨報」及民營報紙的界限相當模糊，一些「準黨報」如陳銘德的南京《新民報》脫離黨報系統，成了民營報紙。但從圖 5-3 看，「黨報」數量遠遠高於「本黨報」和「準黨報」，這再次表明國民黨各級黨部是創建、主持黨報的主力。

Chinese Year Book, 1937 Issue（Shanghai:The Commercial Press Limited, 1937）1098-1099。轉王凌霄，《中國國民黨新聞政策之研究（1928～1945）》，中國國民黨中央委員會黨史委員會出版，1996 年 3 月 29 日初版，94 頁。

圖 5-3　國民黨各地區「黨報」、「本黨報」、「準黨報」的數量分佈圖

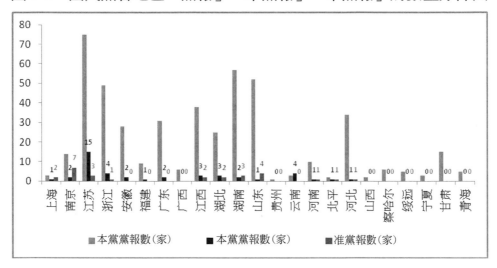

4、黨報「名稱」不統一，往往因地而異。各省市級黨報常常以某某「民國日報」命名本地區黨報，一時「民國日報」泛濫。1930 年左右，國民黨為減少黨報的工具色彩，以「取其口吻似出自社會輿論，其收效當較宏大也」的理由出臺「各地黨部應切實整頓並避用民國日報名稱案」，自此「民國日報」的稱謂有所減少。湖南、湖北、安徽等省常用「中山日報」等命名，至於區、縣的黨報，其命名更為繁多，無規律可循。有「民國日報」、「某某黨聲」、「某某周報」等名稱。

5、地方黨報的報格，常隨主政當地的派系利益搖擺。按照訓政理念，地方黨報應是灌輸主義、宣傳政綱政策，訓導市、縣、區的人民行使「四權」的教化主力，但在認同「本黨主義」和孫文學說下，地方黨報一般均是地方派系的喉舌。當南京中央與地方派系衝突時，地方黨報往往首先成為犧牲品，面臨被停郵、查禁，乃至改組、停刊、查禁的命運。如改組派、「再造派」、「第三黨」等派系報紙對蔣介石集團的攻擊，鼓吹法西斯主義的報刊對蔣介石的鼓吹及被查封，均是顯著例證。

國民黨黨報的發展及其特點在報業發達的江蘇省，表現得最為清晰。國民黨在江蘇創辦最早的黨報是 1913 年 3 月的《揚州日報》。到 1927 年前，江蘇省仍發行的報紙有 31 家，其中各類黨報 11 家。經過近 10 年的發展，到 1936 年 6 月，江蘇省報紙達到 272 家，其中黨報 103 家。其數量變化軌迹略同於全國。1927 年前有較好基礎，1928～1929 年有所發展，各類黨報達到 18 家，

1932～1933 年快速發展，平均每年新創辦的黨報有 14 家，同期民營報刊每年新增約 32 家。從表 5-4 可見，1934～1937 年間蘇省黨報呈向上發展態勢，民營報紙呈下降趨勢（見表 5-4）。

表 5-4　江蘇省各類黨報、民報 1927～1935 年歷年新創刊報紙一覽表

〔註 39〕

	1926前	1927	1928	1929	1930	1931	1932	1933	1934	35～36	合計
黨報數	7	4	3	3	16	6	19	16	2	26	103
民報數	11	5	14	5	14	17	35	61	1	～13	169
報刊總數	28	9	17	8	30	23	64	77	3	13	272

　　江蘇省黨報基本由各級黨部創建，除了個別黨報由社長、經理籌集外，均接受各種津貼或補助。到 1933 年左右，江蘇省基本建設了省黨報、縣黨報、準黨報（黨員主持）及民辦報紙為輔助的多層次的地方黨報體系。據江蘇省新聞事業委員會 1933 底統計，這個黨報體系分佈在全市 61 個縣（僅邳縣、灌雲、贛榆三縣未辦報紙），共有報紙 269 家（含已停刊的 10 家），其中，黨報 77 家（省黨報 3 家，為蘇報、徐報、淮報，縣黨報 44 家，準黨報 30 家）、民報 182 家。這 269 家報紙，從出版日期說主要是日報、間日、三日或周刊，其中日報 155 家，間日、三日或周刊 101 家。有從業人員 1773 人（不含通訊社人員），期發行總量 20 萬 5 千餘份，平均每家報紙期發行 739 份，每日共需經費 7600 餘元。同期有通訊社 23 所〔註 40〕，相關指標可詳見表 5-4。

〔註 39〕　此表根據 1934 年 1 月 23 日出版的《江蘇月報・江蘇新聞事業專號》刊載的《江蘇省各縣市報紙概況表》統計。該表共收錄了 269 種各類報刊，其中 10 家報紙停刊，僅有一家未標注創刊日期，為高郵縣夏德良主辦的《大淮海報》（民辦性質）。由於該統計截止到 1934 年初，故 1934 年的資料不可靠，1936 年的資料根據蔡銘澤的統計得出。見蔡銘澤：《論中國國民黨地方黨報的建立和發展》，《廣州師院學報》（社會科學版），1995 年第 1 期。
〔註 40〕　關於江蘇省新聞事業的各項統計資料，略有出入。據《江蘇省各縣市報紙概況表》統計，該省從業人員 1773 人，期發行總量 205945 份，月預算 75579 元。據《江蘇省各縣報紙概況統計表》，各縣有報紙 154 家，從業人員 1711 人，日報期發行總量為 141671 份，間日、三日刊或周刊每期發行總數 50850 份，每日共需經費 75711 元。另據馬元放提供的數據是：江蘇省各縣日報共有 155 家，間日刊、三日刊或周刊 97 種，通訊社 20 餘所，從業人員 1700 餘人。黃樂民提供的數據是「全省共有日報 155 家，間日或三日或周刊共 101

表 5-5　江蘇省各類報紙相關資料一覽表〔註41〕

性　質	總　數	職員數	期發行總數（份）	月預算總和（元）	均成本/份（元）	均產量/人
縣黨報	44	315	34200	13675	0.40	108.57
黨員辦	30	164	12530	3630	0.30	76.40
省黨報	4	59	7505	3870/5470	0.52/0.73	127.20
黨報總數	78	538	54235	21175/22775	0.39/0.42	100.80
民辦	181/179	1215/1228	15171/18251	54404/56184	0.36/0.31	124.86/148.62
津貼	130	992	102565	38651/41851	0.38/0.41	103.39
非津貼	125	749	102880	36928/37128	0.359/0.361	137.36

注：表中省黨報爲 4 家，因《蘇報日報》標注「同上」而「上」是「省黨報」，但資
　　金來源爲「私人籌劃」，故暫歸省黨報，筆者懷疑可能是製表時工作人員的疏忽；
　　表中民辦報紙（181/179）的數據表示，後一數據包括已停刊的兩份民報，前一數
　　據則不包括。

從表 5-5 看，江蘇省報業表面上以民辦爲主，但考慮接受津貼情況，黨報
實際佔據主導地位，受津貼的報紙從報刊總數、職員數、每月預算三個指表
上都超過非津貼報紙。但在生產成本上，無論是計算每份報紙的平均成本，
還是計算每人生產均量，黨報的生產效率均低於民辦報紙，可見國民黨扶植
黨報的後果，窒息了黨報的市場競爭力，並造成江蘇報業市場的嚴重紊亂。

對此，南京中央很不滿意，遂於 1933 年許可江蘇先期試點成立新聞事業
委員會，以整頓之。該委員會於 1933 年 3 月成立，省執行委員馬元放任主任。
委員會享有整理、統一各級黨報組織、編輯方針，指導報業營業進展，扶植
地方報紙、組織通訊社、計劃全省新聞事業發展等權力。〔註42〕它採取了：

　　　　種，通訊社 32 家，從事新聞事業的人員計 1740 人，每日報紙發行總數爲 19
　　　　萬 1 千餘份，全省新聞紙每月共需經費 76011 元」。見 1934 年 1 月 23 日出版
　　　　的《江蘇月報·江蘇新聞事業專號》。
〔註41〕該表根據 1934 年 1 月 23 日出版的《江蘇月報·江蘇新聞事業專號》刊載的
　　　　《江蘇省各縣市報紙概況表》統計。統計稱該表由江蘇省黨部新聞事業委員
　　　　會 1933 年 4 月初調查 11 月覆查。表中僅有極少量數據缺失。表中數據爲基
　　　　本爲原始數據，統計，有雙數據的表格，前一數據爲原始數據，後一數據爲
　　　　筆者根據同類資料估值後計算得出。
〔註42〕該委員會制定的工作計劃是：「（一）整理各級黨報，1、劃一各級黨報組織，
　　　　2、統一各級黨報編輯方針，3、指導各級報社營業進展，4、指導各級黨報會
　　　　計方法。（二）扶植各地報紙，（三）組織中心通訊社，（四）獎勵同志從事新

1、制定了設置、扶植與規範省、縣各種黨報的各項規則〔註43〕，並把江蘇報業規劃爲「蘇報區（設在鎮江）、吳報區（吳縣）、通報區（南通）、淮報區（淮陰）、海報區（東海）、徐報區（銅山）」六大區。〔註44〕

2、組建各縣新聞記者公會、成立江蘇新聞學社、獎勵優秀新聞工作者等形式，加強江蘇省新聞隊伍建設，

3、籌建江蘇通訊社，統一管理蘇省的新聞來源；

4、呼籲培養報人（報紙）的報格。馬元放、黃樂民等均有相關論述。但上述措施並未眞正有效整頓、完善江蘇報業的市場秩序。這一混亂局面一直持續到國民黨退出大陸。國民黨直接管轄且經濟、報業都較爲發達的江蘇省尚且如此，其它各省地方黨報情況，就更不如人意。

（三）軍報的崛起

1939 年，馬星野曾說，「國營報紙」有兩大系統，「一是黨辦的報紙，直接間接著接受中央宣傳部的管理，二是軍隊的報紙，直接受著軍事委員會政治部的管理」。〔註45〕作爲國民黨報業的重要組成部分，國民黨軍報可追溯到 1925 年初，先後創辦了《中國軍人》、《軍人日報》等約 30 家軍報。〔註46〕雖然創辦軍報是當時各軍中的黨代表和政治部的一項重要工作，但國民黨軍隊不是一支團結、統一的隊伍，而是各派系的軍隊聯合而成，故面向全軍的統一軍報不可能存在。「四一二」事變後，東路軍前敵政治部在上海主辦了《前敵日報》、《前敵之前敵》（1927.4），不過同年 8 月即無蹤影。中原大戰後，各派系軍隊暫時統一，蔣介石又取得相對最高控制權，展開了長達 10 年的反共軍事圍剿，爲反共宣傳需要，蔣介石從軍費中劃撥了不下 5 萬元資金〔註47〕，統一的軍報《掃蕩報》誕生，並在國民黨黨報系統中扮演重要角色。

聞事業，（五）計劃全省新聞事業之發展。」

〔註43〕 主要有：《江蘇省各縣黨部設置縣報辦法》、《江蘇省各級黨報管理規則》、《江蘇省各縣黨報組織通則》、《江蘇省直轄黨報社組織通則》等文件。

〔註44〕 馬元放：《江蘇新聞事業鳥瞰》，見《江蘇月報·江蘇新聞事業專號》，1934 年 1 月 23 日。

〔註45〕 馬星野：《三民主義的新聞事業建設》，《青年中國季刊》，1939 年第 1 期，167 頁。

〔註46〕 丁淦林編：《中國新聞事業史》，武漢大學出版社，1990 年版，221～222 頁。

〔註47〕 蔡銘澤：《中國國民黨黨報研究（1927～1949）》，團結出版社，1998 年，88 頁。

　　《掃蕩報》的前身是《掃蕩三日刊》（1931.5）。《掃蕩三日刊》是南昌行營政訓處處長賀衷寒秉承蔣介石旨意於南昌創辦。該刊爲 32 開小冊子，於軍內政工系統發行，旨在鼓舞士氣，掃蕩「共匪」，1932 年 6 月 23 日於南昌磨子巷改組爲《掃蕩日報》，社長由「湘鄂贛三省剿匪總司令部」政訓處負責人劉詠堯兼任，劉任秋、彭可健任編輯。該報日出對開一大張，其發行不再限於軍內，期發數爲 1000 份。還曾附出《掃蕩畫報》（25 期）、《掃蕩旬刊》（54 期）、編印《掃蕩叢書》13 種。其宗旨遵循蔣介石意志，公開標榜「攘外必先安內」、「抗日必先剿共」，並鼓吹「一個領袖」、「一個主義」、「一個政府」，有很強的法西斯主義色彩。1933 年 1 月 13 日曾有短期的「奉令停刊，整頓業務」〔註48〕，1935 年 5 月 1 日，《掃蕩日報》隨「剿匪」行營遷移到漢口民生路江河街下段 102 號重新安置，並改名《掃蕩報》。社務重新由賀衷寒指揮，袁守謙任社長，後繼者劉翔、丁文安，總編輯陳友生。武漢報館集中、競爭激烈，1935 年左右的政治氣候爲抗日輿論所主導。《掃蕩報》爲適應這一環境，也作了相應調整。

　　1、言論主要傾向由「反共」轉向「反日」；

　　2、報導由政治、軍事領域擴展到政、經、文化、教育、體育等領域，軍事新聞常有獨家報導。1936 年春，該報曾在日本「二二六」政變發生後的 3 個小時印發號外，引起讀者重視。報紙也由對開 4 版先後擴爲對開兩大張 8 版，3 大張 12 版，並附出《戰鬥畫刊》；

　　3、設備技術有較大更新，廣告經營有所改善。調整取得一定效果，其發行量由復刊之初的 5000 份漲到抗戰前夕的 2 萬份〔註49〕，廣告收入亦非常可觀，合印刷營業所得，盡可自給自足。〔註50〕

　　《掃蕩報》儘管有數度變遷，其宗旨也略有變化，但其本質始終未變，即該報始終是蔣介石的忠實喉舌，完全聽從蔣的旨意，按照蔣確定的「敵人」，一邊整合軍隊乃至社會意志，一邊大肆攻擊之。自蔣把中共貼上「共匪」、「匪寇」的政治標籤，到「攘外必先安內」政策的出臺及實施，及 1935 年後對日態度的轉變，該報均充當了宣傳的急先鋒。

〔註48〕戴豐：《掃蕩報小史》，載李瞻主編《中國新聞史》，臺灣學生書局，1979 年 9月，422 頁。

〔註49〕據許晚成編《中國報館刊社調查錄》記載，另據《掃蕩二十年》一書稱達 7萬份。

〔註50〕《掃蕩二十年》，臺灣中華文化基金會，1978 年 9 月，79 頁。

三、中央通訊社與中央廣播電臺的建立與發展

通訊社、廣播雖早已傳入中國，也略有發展，但作為當時的一種新興媒體，其媒介功能是在 20 世紀 30 年代才被充分開掘，備受社會關注。國民黨執政後，加強了中央通訊社和中央廣播電臺的建設，使它們不僅成為國民黨形塑專制主義的意識形態的工具，也大大推動了國民黨黨報體系的建設，故應有所論述。

中央通訊社始由孫中山籌劃，經國民黨中央執行委員會第 29 號通告於 1924 年 4 月 1 日創辦，政府文告、公告均由其發佈。寧漢分裂時，隨武漢和南京兩個「中央」，也出現兩個中央通訊社。武漢「中央通訊社」於 1927 年 8 月 1 日發稿。南京「中央通訊社」是由南京政府通令全國，准許中宣部在由廣州遷移到南京的「中央通訊社」基礎上，於 1927 年 7 月籌設、改組而成〔註 51〕，尹述賢任主任。前者隨寧漢合流而停止，後者因南京政府的合法地位的確立，而擁有全國合法的法人地位，並享有對全國發佈新聞的壟斷權。〔註 52〕此時中央社雖有發展，如先後創辦上海（1927.10～1928.1）、北平、武漢分社，稿源、發稿範圍有所拓展，1931 年 10 月在「法理〔註 53〕」上收回了路透社、美聯社等在中國發行中文通訊稿的權利，等。但在 1933 年前並沒有在全國新聞界中打開局面，影響也不如國聞社、申時電訊社等國內民營大社。《中國國民黨年鑑》（1929 年）稱，中央社於 1928 年開始收取

〔註 51〕 一種說法是，1927 年 5 月蔣介石國民黨決定將「中央通訊社」由廣州遷到南京，6 月 16 日南京「中央通訊社」正式發稿。見《中國新聞事業通史》，（二卷），358 頁。

〔註 52〕 該壟斷權由南京國民政府於 1927 年 7 月 16 日授予。通令稱：「……，鑒於國內缺乏中心通訊機關，特籌設中央通訊社，現經籌備就緒，於六月十六日正式發稿，……該社既為中央通訊機關，於黨國要政，以及各方面消息，不但具有迅速宣傳之能，且負有精密審查之責，兼得致貫徹統一之功。……該社於新聞工作上，本有擁護黨國專任，一切自知負責，審慎辦理。絕非尋常通訊社報館訪事，責任不同，性質有別者所可比擬。凡我國內軍政各機關，所有新聞，自當專門供給該社。……為此通令國內軍政各機關，以後所有新聞消息，務趕先盡量供給該社，不得延緩簡略。」見思聖《中央社創立史證》，《中央日報》民國五十二年 4 月一日，第八版。

〔註 53〕 1931 年 10 月間，中央社先後跟路透社、美聯社、哈瓦斯社和塔斯社訂正交換新聞合約，收回各通訊社在我國發行中文通訊稿的權利。不過當時的中央社並沒有足夠的設施與配備傳遞交換得來的新聞，更無法翻譯外國通訊社的外文電訊為中文，再供應各地的報紙，所謂的收回，大概僅是法理上的權益，而未進入實際的作業階段。見馮志翔：《蕭同茲傳》，臺北：傳記文學出版社，民國六十四年一月，再版，155 頁。

稿費，但其社稿在南京各報館機關有 200 份，其它各省市有兩百數十份，扣除免費的直屬分社、中央直屬黨報、海外黨部等訂戶，每月只有 500 元的稿費，即自費訂戶僅有 10 家，其經費大半由黨部補貼。〔註 54〕

　　中央社成為名符其實的國家通訊社是從 1932 年 4 月始。1932 年國民黨中央決定再次強化中央新聞業，4 月中常會任命蕭同茲（葉楚傖推薦）為中央社社長，並授以全權，支持其改組計劃。蕭同茲（1895～1973），湖北常寧人，1927 年調入中宣部，先後任征集科主任、秘書等職，深受葉楚傖賞識。蕭氏就任中央社社長的前提是中常會同意其提出的三項要求：「一、要使本社成為一個社會事業，必須機構獨立，對外不用『中國國民黨中央執行委員會宣傳部』的帽子，二、自設無線電臺，建立大都市通訊網，三、在不違背國法和黨紀的原則下，能有處理新聞的自由」〔註 55〕。可見未有新聞從業經驗的蕭氏深得新聞與政治的緊密關聯。即蕭氏以中央社的內部自律換取中常會向其承諾：其所屬各機關及黨政要人不再橫加干涉新聞業務，使中央社成為相對獨立、自由處理新聞，形式上民營的法人實體，為中央社改組確定政治共識。在此前提下，蕭氏攜帶《全國七大都市電訊網計劃》、《十年發展計劃》上任，並提出「工作專業化、業務社會化、經營企業化」的改組目標。接著蕭氏在一年內快速推行四項改革：

　　1、實行人事改組。採社長制，下設編輯、採訪、事務三組。

　　2、遷移社址。5 月由丁家橋中央黨部遷到洪武路壽康里。

　　3、建立自己的無線電臺。蕭氏與外交部簽訂專用無線電新聞通訊電臺 15 年合約；派高仲芹等同路透社、美聯社等國外通訊社談判，7 月取回南京、上海的無線電臺。

　　4、向全國各地擴展新聞電訊業務。自 1932 年始向全國播發的電訊稿分三種：CAP（面向都市報紙，12000～15000 字/天）、CBP（面向各省報紙，5000～8000/字）、CNG（專供上海、北平、天津、漢口、廣州各分社國外新聞專稿）。〔註 56〕

〔註 54〕中央黨史編纂委員會編：《中國國民黨年鑒（民國十八年）》，993 頁。

〔註 55〕王凌霄：《中國國民黨新聞政策之研究（1928～1945）》，中國國民黨中央委員會黨史委員會出版，1996 年 3 月 29 日初版，83 頁。

〔註 56〕方漢奇：《中國新聞事業通史》第 2 卷，中國人民大學出版社，1996 年，371頁。另據周培敬的《中央社的故事》載，1935 年中央社組織已趨完備，每日有四種廣播：甲種廣播（CAP）日發一萬五、六千字，供分社和全國大報社

在此基礎上，蕭氏於 1933 年 6 月後著手推行《十年發展計劃》，以北平、漢口、浙贛鐵路為中心，向外擴展電臺及分社，逐步發展到張家口、瀋陽、重慶、成都，到 1937 年 6 月建立了 38 處國內外分支機構〔註57〕，通訊員也遍佈全國各地，戈公振、陳博生等人也以特派員名義派往馬德里、東京、菲律賓、柏林等地採訪。1934 年 9 月增加播發以亞洲各國為對象的英文電訊稿（CSP），1935 年收費訂戶達到 159 家，分佈在南京（51）、上海（20）、北平（21）、漢口（20）、天津（15）、重慶（9）、成都（9）、南昌（8）、香港（6）。〔註58〕1939 年國外通訊社在華發稿權被完全取回，「路透社某日倫敦電」、「哈瓦斯社某日巴黎電」統一改為「中央社某日某地路透（哈瓦斯社）電」，等成績。

蕭氏改革中央社取得成功，使中央社基本上具備了全國通訊社的規模。「這在我國通訊社發展史上是從未有過的」〔註 59〕，可謂是蕭氏對中國新聞業的一大貢獻。中央社成為全國通訊社，一是響應了民國報人對全國通訊社的多次呼籲；二是促進 20 世紀 30 年代中後期國統區地方報紙的發展，30 年代中後期地方報紙所採用的中央社稿日益增多，許多地方報紙上中央社稿甚至占一半以上〔註 60〕；三是使國民黨在相當程度上控制了國內外新聞的報導權，中央社亦成為國民黨攻擊「政敵」、推行政綱政策、乃至塑造其意識形態的重要輿論工具。

無線電報傳入中國始於 1905 年秋袁世凱在天津開辦無線電訓練班。〔註61〕第一批廣播電臺在中國境內出現，始於 1923～1924 年美人 E・G·奧斯邦、戴維斯及美商開洛電話材料公司分別開辦的三家外商廣播電臺。國民黨人開始使用

抄收，乙種廣播（CBP）日發六、七千字，供全國小報社抄收；英文廣播（CSP），字數不固定，由上海、北平、天津分社抄送，供當地報紙採用。三地之外的英文報可直接抄收。專電廣播（CNG）：專向上海、北平、天津、武漢分社發播，內容是甲種廣播以外的新聞。

〔註57〕 方漢奇：《中國新聞事業通史》第 2 卷，中國人民大學出版社，1996 年，372 頁。

〔註58〕 王凌霄根據 1937 年英文中國年鑒整理，轉王凌霄，《中國國民黨新聞政策之研究（1928～1945）》，87 頁。

〔註59〕 方漢奇：《中國新聞事業通史》第 2 卷，中國人民大學出版社，1996 年，373 頁。

〔註60〕 方漢奇：《中國新聞事業通史》第 2 卷，中國人民大學出版社，1996 年，373 頁。

〔註61〕 趙玉明：《中國廣播電視通史》，北京廣播學院出版社，2004 年，4 頁。

無線電設備，可追溯到 20 年代中期黃埔軍校招收和訓練無線電人才。至於創建
廣播電臺則始於陳果夫，他於 1925 年在廣州籌備建臺，因經費不足而胎死。

　　1928 年 2 月，陳果夫在南京與戴季陶、葉楚傖等繼續商議籌措，同年 7
月 12 日的第 155 次中常會通過《中央宣傳部籌設廣播無線電臺計劃書》，決
定預算 34040 元開辦發射功率 500 瓦特的無線廣播電臺〔註 62〕，於國民黨二
屆五中全會開幕之日播音，暫定呼號 XKM〔註 63〕（年底改 XGZ），徐恩曾任
電臺首任主任（徐調離後由吳道一代理，1929 年 3 月 11 日被中常會正式委任
爲主任〔註 64〕）。電臺全稱爲「中國國民黨中央執行委員會廣播無線電臺」，
簡稱「中央廣播電臺」（下簡稱「中央臺」）。開辦之初每天下午、晚間播音一
次，計 3 小時，有演講和新聞節目，新聞稿件均由中央社提供。鑒於當時收
音機稀少的情況下，國民黨中央一方面劃撥各省各特別市黨部一臺收音機，
其它各政軍機關需要者備價領用，一方面於 1928 年 7 月、1929 年 1 月開辦廣
播培訓班，培訓 110 名收音員，分赴天津、北平、漢口、南京、上海及皖、鄂、
豫、浙、蘇等省、市的黨部宣傳部，擔負廣播及收音工作。〔註 65〕即使如此，
無線信號「不能達邊遠各省」，加之日本在東京新建 10 千瓦中波機，使鄂、
豫、湘、閩等處都能聽到。於是 1929 年 2 月 18 日的 198 次中常會通過戴季
陶、陳果夫、葉楚傖提議，並由陳、葉兩人負責籌辦的《擴充中央廣播無線
電臺計劃》。該計劃總預算 40 萬銀元，其中購買「十基羅長波機件全套」15
萬美金，建新臺址 2800 銀元，每月經常費預算 7500 元。〔註 66〕結果購進德

〔註 62〕　《中央宣傳部籌設廣播無線電臺計劃書》，《中國國民黨中央執行委員會常務
　　　　　委員會議錄》（第五冊）326～331 頁。
〔註 63〕　按 1927 年國際無線電公約規定，中國無線電呼號應在 XGA-XUZ 範圍之內，
　　　　　簡言之，第一個英文字母爲 X，KM 係國民黨一詞英文縮寫字頭。同年 11 月
　　　　　爲配合全國統一無線電呼號，再改爲 XGZ。參見趙玉明：主編：《中國廣播
　　　　　電視通史》，北京廣播學院出版社，20 頁，注釋 3。
〔註 64〕　《中國國民黨中央執行委員會常務委員會議錄》第七冊，460 頁。
〔註 65〕　《中國國民黨中央執行委員會常務委員會議錄》第五冊，444～446 頁，第七
　　　　　冊 146～148 頁。1928 年 7 月的培訓預算 3390 元，爲期一星期，共培訓 30
　　　　　名，急招 10 名。1929 年 1 月的培訓分兩期，第一批預算 1 千元培訓 20 名，
　　　　　爲期一月。第二期培訓 60 名，分派江蘇等省各縣黨部及縣政府。此後中央臺
　　　　　還多次舉辦類似的收音機培訓班。另一種說法，1928 年 3 月即開辦廣播收音
　　　　　員訓練班，並說首批於三個月後結業，除少數留中央臺工作外，其餘分別攜
　　　　　帶收音機分赴各地。見趙玉明主編：《中國廣播電視通史》，北京廣播學院出
　　　　　版社，20 頁。
〔註 66〕　《擴充中央廣播無線電臺計劃》見《中國國民黨中央執行委員會常務委員會

國造 75 千瓦發射機〔註67〕，臺址選定在南京西郊江東門北河口，於 1932 年 5 月竣工。同年 11 月 12 日，呼號為 XGOA，號稱「東亞第一、世界第三」的中央廣播電臺正式開播，信號覆蓋範圍「晝間可達 4 千里，夜裏可達 1 萬里」〔註68〕，最遠達到伯力、緬甸、印度、澳洲、美加等地。日本軍閥稱之為「怪放送」〔註69〕。與此同時，收音機的普及計劃和擴大收音員的設置也從各省市特別黨部擴展到每個縣市，並要求每一縣市至少有一架收音機和收音員。1931 年 7 月，先後舉辦 4 期廣播收音員培訓班，共培訓約 440 名廣播收音員。〔註70〕1932 年後，節目時間每日為 11 小時 20 分，內容設新聞、教育、文藝、社會服務、天氣及水位預報、商情、廣播劇等，其中，新聞節目約占 1/3，但 1933 年後全採用中央社稿，且要經中宣部秘書或部長核閱〔註71〕；語種也由國語擴展到英、日、蒙、藏等語。組織上，中央臺先直屬於中宣部，為管理便利於 1931 年 7 月成立直屬於中央執行委員會的中央廣播電臺管理處，1936 年 1 月改中央廣播事業管理處（簡稱中廣處），處長吳保豐（1899～1963）、副處長吳道一（1893.9.16～2003.1.13）。

　　除了中央臺外，地方上，國民黨建立了三個電臺體系。直屬中廣處的福州臺、河北臺、西安臺、長沙臺及唯一對南亞僑胞廣播的南京短波臺；屬於交通部的有北平、成都、上海三臺，及遍佈兩廣、江西、山東、山西等地由各級黨部和地方政府管轄的地方臺。此外，根據緊急宣傳需要又增設數座臨

議錄》（第七冊）306～319 頁。實際整個籌辦為時三年九個月，耗費 130 萬元，約合美金四十萬，其中購置發射機 276100 元，建設新臺址 218000 多元。見溫世光：《中國廣播電視發展史》，作者自印，1983 年 1 月，12～13 頁。

〔註67〕陳果夫稱：此臺原係五十千瓦，何變成七十五千瓦？因為外國生意人，都要為經辦人留出回傭，等此臺之價格中，被留出了百分之二十，想給我們經手時，那知沒有一人要這種錢，所以德國人認為了中國國民黨的精神，他們自動的加了二十五千瓦，變成了七十五千瓦了」。見溫世光：《中國廣播電視發展史》，作者自印，1983 年 1 月，12 頁。

〔註68〕邵力子：《十年來的中國新聞事業》，中國文化建設協會編《十年來的中國》（下冊），商務印書館，1937 年，495 頁。

〔註69〕溫世光：《中國廣播電視發展史》，作者自印，1983 年 1 月，13 頁。

〔註70〕蔡銘澤：《中國國民黨黨報研究（1927～1949）》，團結出版社，1998 年，49 頁。

〔註71〕原因是該臺引用《申報》電訊「目擊國軍某旅行經某地」數字未曾刪除，引起軍事委員會南昌行營的指正。自此之後，新聞全採用中央社稿，並且再經中央秘書處或中宣部部長核閱簽名。除了軍事動態之外，有關抗日反共的新聞，也頗多諱言。吳道一：《中廣四十年》，臺北，中國廣播公司，民國 57 年月，臺初版，36 頁。

時臺。爲配合 1932 年遷都洛陽的洛陽臨時臺（1932.1～1932.11），爲南昌「剿共」宣傳需要設立的南昌臺（1933.10），爲干擾「西安事變」中的西安臺而增設的洛陽臨時臺（1936.12）、及爲干擾日本大東電臺而設立的上海正言臺（1937年春）等。

中央臺成爲亞洲第一大臺及地方電臺網的建設，表明國民黨對「新媒體」這一「宣傳利器」〔註72〕的高度重視與積極運用，達到運用新的媒介管道實現對全國輿論的操控。由上所述，國民黨依靠雄厚財力基本做到了這一點，中央臺成爲名符其實的「黨國喉舌」，並緊跟南京中央的宣傳節奏，與《中央日報》、中央社相互配合先後大肆宣傳「剿共」、「攘外必先安內」及「反日」輿論。除此之外，中央臺擴展對各級各類黨報的繁盛助力不小。據記載，30年代中期，在江蘇泗陽、河南孟縣、西平等地都出版發行過「收音日報」、「電報日報」之類的報紙。〔註73〕另據 1934 年底統計，各地刊載中央廣播電臺消息的報紙有 140 多家。〔註74〕

第二節　訓政時期國民黨對新聞媒體的操控

胡蘿蔔與大棒並用，是任何政黨操控新聞媒體的基本策略。國民黨在從政治、經濟上支持黨報建設，初步構建黨報宣傳體系的同時，也制定了相對完善的管理、激勵、控制新聞媒體的各項規章制度，其嚴密程度不亞於對全國民營新聞業的統制，但因國民黨並不是組織嚴密的執政黨，內部的派系鬥爭、權力爭鬥使國民黨控制新聞媒體的制度體系往往停留在紙面上，實際的操控則是另一番景象。

國民黨操控新聞媒體的法理依據主要是由法律、法規等規章制度構成的新聞政策，關於新聞政策的演替、制度特點及實際運行等宏觀層面的問題，第三章已做了詳細論述，本節將在前面論述的基礎上，以國民黨操控其黨報爲重點，中央通訊社、中央電臺爲輔助，從中觀、微觀層面深入分析國民黨是如何深入操控其新聞媒體的問題。

〔註72〕《中國國民黨中央執行委員會常務委員會議錄》（第七冊）307 頁。
〔註73〕許晚成編：《全國報館刊社調查錄》，上海龍文書店 1936 年版。
〔註74〕趙玉明主編：《中國廣播電視通史》，北京廣播學院出版社，2004 年，20 頁。

一、國民黨對其黨報的制度操控

國民黨的組織系統起初比較鬆散，1924 年孫中山以「三民主義為體、俄共組織為用〔註 75〕」指導思想改組國民黨後，國民黨的組織才有所強化，這次改組奠定了國民黨的組織基礎。注重宣傳是俄共組織的最大優長之一，國民黨人雖未像中共那樣集中宣傳列寧的「報紙不僅是集體的宣傳員和集體的鼓動者，而且是集體的組織者」名言，實際行動上卻力求做到這一點，使黨報完全成為其「黨國喉舌」，並建立了以中宣部為控制與執行核心的層層掌控的黨報管理的制度體系。

這個體系的制度核心在 1928～1938 年期間可分為三個時期。1928 年至 1930 年 3 月 24 日期間，以《設置黨報條例》（1928.6.21）、《指導黨報條例》（1928.6.21）、《補助黨報條例》（1928.6）〔註 76〕、《設置黨報條例四項》（1928.7.23）四個文件為核心。1930 年 3 月至 1932 年 9 月期間，則以《修正指導黨報條例》為核心。這在於 1930 年 3 月 24 日國民黨第三屆第 81 次中常會修正通過了中宣部上呈的《修正指導黨報條例》，並即日廢止了《設置黨報條例》〔註 77〕，1932 年 9 月 29 日的第四屆第 40 次中常會決議通過中央宣傳委員會上呈的《各級黨報所轄報社管理規則》，並即日廢止了《指導黨報條例》

〔註 75〕 王奇生對此有透徹的分析。王奇生：《黨員、黨權與黨爭——1924～1949 年中國國民黨的組織形態》，11～22 頁。

〔註 76〕 1928 年 6 月 7 日的第 2 屆 144 次常會決議，交中央組織部、宣傳部、訓練部、民眾訓練委員會經享頤、白雲梯兩委員審查中宣部函送的審查刊物條例等五項草案：1、審查刊物條例草案，2、設置黨報條例草案，3、指導黨報條例草案，4、補助黨報條例草案，5、指導普通刊物條例草案。同年 6 月 21 日的第 2 屆第 148 次常會上有兩項議題與審查刊物條例有關。一是中央組織部轉呈、審查宣傳部提出的「設置黨報、指導黨報，補助黨報普通刊物等條例草案」。二是中宣部呈報了審查會審查刊物條例等五種草案經過，並將所通過之設置黨報條例修正案，及指導黨報條例修正案送呈察核，並獲准通過照辦。至於《補助黨報條例》，《中國國民黨黨報歷史》，53 頁敘述到：「1928 年 6 月和 9 月，國民黨中央常務委員會議專門討論了設置黨報和指導黨報的問題，並通過了由中宣部起草的《設置黨報條例草案》、《指導黨報條例》、《設置黨報辦法》等三個重要文件」，其注釋則說「上述三個檔藏於南京中國第二歷史檔案館，全宗號 722，卷號 400」。但筆者查閱了 1928 年 9 月份的歷次中常會會議記錄，對《補助黨報條例》未見任何記錄。另外，6 月 21 日的 148 次常會也不是專門討論設置黨報和指導黨報問題。見《中國國民黨中央執行委員會常務委員會議錄》，四冊，432 頁；五冊，49～50 頁。

〔註 77〕 《中國國民黨中央執行委員會常務委員會議錄》（十一冊），177 頁。

〔註 78〕。1932 年 6 月至 1938 年則以《中央宣傳委員會直轄報社組織通則》
（1932.6.7）、《中央宣傳委員會直轄報社管理規則》（1932.6.17）、《中央宣傳
委員會指導與黨有關各報辦法》（1932.6.23）、《中央執行委員會津貼新聞機關
辦法》（1932.6.23）、《各級黨部直轄報社管理規則》（1932.9.29）、《中央宣傳
部黨報社論委員會組織規程》（1938.8.25）等規章制度爲核心，進一步強化了
對黨報的制度控制。

　　這三個時期管理黨報的中央文件雖在名稱、表述上略有不同，但控制黨
報的基本精神、原則並沒有變，變的是根據不同時期的黨報不同狀況，及時
修正、完善黨報管理的各項法規條文及表述方式，以步步強化其對黨報的有
力操控。具體而言，國民黨建構的控制黨報的管理體制有以下七個主要特點。

　　一、體制結構上是以中政會、中常會及握有實權的常務委員爲決策中
心，中宣部爲中央執行、決策中樞，各省、特別市、縣區的黨部及海員、鐵
路特別黨部及海外總支部下屬的宣傳部（科、股）爲地方執行管理機構，國
民政府、各地地方政府及駐軍政治部等機構爲輔助，垂直、縱橫交叉的多元
的黨報管理體制。《設置黨報條例》、《指導黨報條例》（含修正指導黨報條例）
及《中央宣傳委員會直轄報社組織通則》（下簡稱，《直轄報社組織通則》）
〔註 79〕等均明確規定，凡直轄報社均歸中央執行委員會宣傳委員會管理監
督，其它各級黨部之各黨報得由各級黨部秉承中央意志指導之。《各級黨部
所轄報社管理規則》第一條規定：「各省市黨部所轄報社除受各該省市黨部
管理監督外，中央宣傳委員會得直接指導之，各縣市黨部所轄報社除受各該
縣市黨部管理監督外，其主管省黨部得直接指導之」。另外，各省、特別市、
市縣區及海外、鐵路、海員等特別黨部的組織條例，都明確規定均在其組織
系統中下設宣傳部（科、股），並明確宣傳部（科、股）要秉承上級黨部旨
意，對各級黨報負有指導、監督、扶植之責，及負責地方宣傳、管理地方媒

〔註78〕　《中國國民黨中央執行委員會常務委員會議錄》（十八冊），294 頁。
〔註79〕　《設置黨報條例》規定「直屬於中央之各黨報由中央宣傳部直接指導之，其
　　　　屬於各級黨部之各黨報得由各級黨部秉承中央意志指導之，得須按月向中央
　　　　報告。」，《指導黨報條例》規定：「直屬於中央之各黨報由中央宣傳部直接指
　　　　導之，其屬於各級黨部之各黨報得由各級黨部秉承中央意志指導之，得須按
　　　　月向中央報告」；《修正指導黨報條例》規定：「直轄於中央之各黨報由中央宣
　　　　傳部直接指導之，其它各級黨部宣傳部之各黨報得由該宣傳部秉承中央意志
　　　　指導之」；《中央宣傳委員會直轄報社組織通則》規定「凡直轄報社均歸中央
　　　　執行委員會宣傳委員會管理監督」。

體的職權。另外，國民政府的分支機構如行政院、立法院等及地方政府的社會局，教育機關及駐軍政治部等單位的負責人，也經常插手黨報的日常管理。其表現是：

1、這些負責人本身或是中常會或中政會委員，或被中宣部聘為設計委員會委員、宣傳委員會委員等職務。

2、新聞檢查機構、重大的宣傳活動均由中宣部或各地黨部邀請各單位派員參加。

3、直轄黨報的經費，除了中央津貼外，常由中央函令地方政府財政廳予以撥付。

4、各級黨報要及時函送所轄各級黨政軍機關。

二、《華北日報》、《武漢日報》、《西京日報》等直轄黨報，由中宣部派員籌備創建，其組織大綱、經費預算、報刊宗旨等均由中常會核定。《華北日報》由中宣部派沈君匋負責籌備，其組織大綱、開辦費、經常費預算等經李石曾協商，最終由胡漢民、戴季陶、葉楚傖審定，於第二屆 192 次中常會通過（1929.1.24）〔註80〕。《武漢日報》由中央直轄黨報專員曾集熙負責籌備，其經費預算由第二屆第四次中央財務委員會（下簡稱「中財會」）通過（1929.6.21）〔註81〕。至於直轄黨報的日常管理，1928 年至 1932 年 6 月間，遵循《設置黨報條例》、《指導黨報條例》等規定，直轄黨報要把其組織大綱、工作計劃、職員名冊、工作報告、預決算上呈中宣部備案，按期寄送全部刊物於中央及所屬黨部宣傳部審查等。1932 年 6 月後，中央宣傳委員會制定了《直轄報社組織通則》、《直轄報社管理規則》，對各直轄報社實行統一管理。《通則》共11 條，規定了直轄報社的歸屬管轄機關、經費來源、組織結構、人事安排、財務等〔註82〕。明確指出直轄報社由中宣會管理監督；其經費以該社營業收入充之，不足時由中執會或中央決定令當地政府給予津貼；組織則採用社長負責下的經理、編輯兩部制；中宣會任命社長，並報中常會備案，社長除了兼任一部主任外，其餘報社各職員或部門主任均由社長任用，須呈報中宣會備案；財務則採用會計獨立制，但會計員由中宣會委派，受社長指導。《規則》

〔註80〕 《中國國民黨中央執行委員會常務委員會議錄》（六冊），115～116 頁，164～165 頁，409 頁；七冊 113～114 頁。
〔註81〕 《中國國民黨中央執行委員會常務委員會議錄》（八冊），472～473 頁。
〔註82〕 《中國國民黨中央執行委員會常務委員會議錄》（十七冊），202～203 頁。

共 10 條，對直轄報社的人事、營業、報紙內容等作了詳細規定〔註83〕。要求
直轄報社職員不得兼任社外職務（通訊員除外），職員增減調動須隨時呈報；
每年須造具職員名冊、工友名冊，營業狀況報告總表（甲乙兩種）、資產負債
表、營業損益總表、財產目錄表呈報中宣會備查；每月須造具營業狀況報告
表（甲乙兩種）、資產負債表、營業損益表及編輯報告表於次月 15 日前呈報
中宣會備核；按日須將報紙或通訊稿以最迅速方法寄送中宣會備核；中宣會
有隨時考覈報社言論記載，分別予以獎懲的權力。

　　三、地方黨報的創建、日常管理工作由各地黨部黨務指導委員會（黨務
執行委員會、黨務整理委員會）負責，但須秉承中宣部意志。其創辦由地方
黨部提出申請，經中宣部上呈中常會，議決其組織大綱、經費預算和報刊宗
旨，才允許中財會或地方政府撥款創辦或予以津貼。至於日常管理，1928 年
至 1932 年 9 月期間，地方黨報的管理無明確的法規，基本是援引《設置黨報
條例》、《指導黨報條例》。1932 年 9 月 29 日，《各級黨部所轄報社管理規則》
（下簡稱《規則》）在第四屆 40 次中常會上通過，成為管理地方報紙的最高
法規。各地方黨部依據此《規則》及《直轄報社組織通則》、《直轄報社管理
規則》的精神，制定本地黨報管理的條例、辦法。如，江蘇省黨部制定的《江
蘇省各縣黨部設置黨報辦法》（1932.11.11）、《江蘇省各縣市黨報社組織通則》
（1933.3.21）、《江蘇省執行委員會直轄黨報社組織通則》（1933.3.21）、《江蘇
省各級黨報管理規則》（1934.3.21）、等。《規則》共 11 條，沿襲了《直轄報社
的管理規則》的基本內容與精神，均須上報職員名冊、營業狀況等表格到所
轄黨部和中宣會。略有不同的是：

　　1、規定了地方黨報的雙重管理結構，即「各省市黨部所轄報社除受各該
省市黨部管理監督外，中央宣傳委員會得直接指導之，各縣市黨部所轄報社
除受各該縣市黨部管理監督外，其主管省黨部得直接指導之」。

　　2、地方黨報的經費營業不足時由主管黨部酌給津貼，省市黨報社長「以
專任為職」，縣市黨報社長「以專任為原則」，但任命有所屬黨部遴選，須上
報上級黨部和中宣會。

　　四、對於受津貼的民營報紙、黨員報紙及通訊社，國民黨亦從組織、人
事、宗旨等方面層層控制，使津貼報紙成為其黨報的有機組成部分。1928 年

〔註83〕《中國國民黨中央執行委員會常務委員會議錄》（十七冊），229～230 頁。

至 1932 年 6 月間，國民黨基本遵循《補助黨報條例》的粗線條規定。凡符合國民黨的「政治」標準，宣傳上略有成就，具有一定社會影響力的報館或通訊社負責人，提出津貼申請後，經過中宣部審查組織大綱、人員及其宣傳與營業狀況後，常常給予津貼。而有資格的老報人、與國民黨黨政要人關係密切的報人，常常會優先得到津貼。接到津貼的報紙或通訊社一旦有違反國民黨新聞宣傳的調子，即被停止津貼。1932 年 6 月 23 日，《中央執行委員會津貼新聞機關辦法》（下簡稱「《津貼辦法》」）、《中央宣傳委員會指導與黨有關各報辦法》（下簡稱《指導辦法》）在四屆第 25 次中常會通過，這兩個辦法遂成爲國民黨津貼、管理受津貼報紙的最高法規。《津貼辦法》共 9 條，規定了津貼職權歸屬，津貼資格、程序、數目、年限及停止津貼的條件等。〔註 84〕條例規定整個津貼計劃由常務委員與宣傳委員會正副主任核定；具有五項條件方有津貼資格。即，

1、平日言論正確紀載翔實確曾努力闡揚本黨主義政綱政策；

2、出版一年以上在社會有相當信譽；

3、有相當設備及營業收入或相當基金；

4、組織確實健全；

5、主辦人以新聞爲職業者。

請求津貼者須造就營業計劃書、每月收支預算書連同最近一年內營業狀況報告總表、資產負債表、營業損益總表、財產目錄及一切組織章程職員名冊送中宣會審核；中宣會核定後擬具意見、津貼數目送中財會核議；特種關係或特種情形者，則由中宣會呈請中常會議定是否給予，或給予多少津貼。但津貼數目至多不得超過各該新聞機關月支 30%，津貼以兩年爲限，之後是否津貼酌量情形再定。受津貼機關須受中宣會的監督指導，當中宣會發覺受其不具備五項條件中的一項即停止津貼。《指導辦法》共 11 條〔註 85〕，詳細規定了接受津貼的報社（與黨有關各報）的言論標準、報導內容及其它義務，及取締津貼的條件。若對照《直轄報社管理規則》，兩個文件除了在程序上略有不同外，二者基本精神、原則完全相同，均須完全遵循中宣會的指令：除了遵守出版法外，要以本黨主義政綱政策及中央決議案爲立論取材標準、不得違反本黨主義政綱政策或不利於本黨之紀載，對於違反本黨主義之謬誤言

〔註 84〕《中國國民黨中央執行委員會常務委員會議錄》（十七冊）290～292 頁。

〔註 85〕《中國國民黨中央執行委員會常務委員會議錄》（十七冊），293～94 頁。

論應予以糾正與駁斥、本黨秘密事件絕對不得發表，要完全接受中宣會的指示，盡先發表本黨及政府之檔；要向中宣會及時呈報營業、收支、財產、宣傳等各項表格及其報紙備查，等。

　　五、不論是直轄黨報，還是地方黨報或受津貼的報紙，其宗旨須完全服從本黨主義及政綱政策及中央決議案，日常新聞生產須完全忠實遵從中宣部意志、指令，按照中宣部的部署宣傳。不論是設置、指導、補助黨報的三個條例，還是 1932 年出臺的《直轄報社組織通則》、《直轄報社管理規則》或《津貼辦法》、《指導辦法》，對此均有明確規定。直轄黨報，其報社宗旨、宣傳綱要、要領均由中宣部擬定，報中常會通過；地方直轄黨報的宣傳工作、宣傳宗旨均由地方黨報擬定，報中宣部備案，受津貼報館須完全按照中宣部框定的宣傳綱領，否則即失去津貼。對於各級黨報，凡違反者，視情節程度如何，分別給予警告、撤換負責人員或改組、取消津貼、停刊、查禁、懲辦負責人員等懲罰。地方黨報若被視爲「反動」，地方黨部還有可能遭到改組、整頓的命運。即使蔣介石集團內的中央委員，一旦違反也要會受到一定懲罰。1931年 10 月 22 日，中央社誤發國際消息，引起社會誤會，時任中宣部副部長陳布雷、程天放給予警告處分，中央社主任余惟一給予嚴重後果申誡，刊發此稿的劉正華（中央社總幹事）予以記大過處分。〔註86〕

　　六、在黨報的日常管理上，除了定期活動或重大新聞事件，中宣部擬定宣傳綱領、宣傳要點及時指示各黨報宣傳外，還經常派員前往各地督察、指導各地黨報宣傳工作，或者把其職員調往直轄黨報擔任社長、總編輯等要職，親自負責黨報宣傳。1929 年 10 月，針對海外反動宣傳猖獗，中宣部聯合中組部、訓練部向海外黨部派遣海外黨務宣傳視察員，並制定了派遣辦法。〔註87〕1937 年 9 月，爲動員全國民眾抗戰，中宣部成立了以方治爲團長，擬定 25 人的「中央宣傳工作視察團」，分赴各地視察宣傳工作，並制定了《中央宣傳工作視察團組織綱要》〔註88〕。另外，中央組織部從組織層面，中央訓練部從「訓練」黨員層面，均擬定了約束、規範黨員的種種規章制度，這些制度均適應於黨報人員。違反者，輕者被處於警告，重者予以永遠開除黨籍。

〔註86〕《中國國民黨中央執行委員會常務委員會議錄》（十六冊），450～451 頁，467頁。
〔註87〕《中國國民黨中央執行委員會常務委員會議錄》（十冊），36 頁。
〔註88〕《中國國民黨中央執行委員會常務委員會議錄》（二十二冊），165 頁，169～172 頁。

　　七、黨報控制的結構失衡。國民黨雖在制度層面對黨報的組織結構、人事安排、經營管理模式及日常新聞生產作了嚴密規定，使黨報在事實上成爲隸屬於其黨政機構的一個宣傳機構。但由於黨權、軍權、政權的權力失衡及黨政軍三權高度集中於蔣介石，致使黨報的控制體系陷入結構失衡狀態，「法無定規、權從人轉」現象在黨報操控中也相當凸顯。其主要表現是：

　　1、蔣介石等黨政要人壟斷所有決策（包括新聞）。以對黨務（宣傳是黨務的一部分）、政務有最終議決權的中常會爲例。1927～1937 年間的中常會僅對黨務、政務行使最終議決權，但即使如此，其權力也逐步被虛化。其表現是：（1）握有實權的中常委常常無故缺席；（2）1930 年後，核心決策基本由中央常務委員會談話會議定。中政會成立後，中常會的職權進一步被剝奪，幾乎成了各項議案的備案機關，1928～1938 年的歷年中常會會議記錄，對此有明顯的體現。在這種背景下，新聞政策的決策重心移到中宣部。1928～1938年間中宣部的組織條例有記錄的修正就達 12 次之多，至於部長更是頻繁調換，被任命爲宣傳部部長的戴季陶、劉廬隱、葉楚傖等都採取各種辦法辭職，致使中宣部絕大部分時間由秘書等中層官僚處理。

　　2、如上所述，國民黨建構的黨報控制體制也是偏重於黨部的黨政雙軌制：即中宣部及各地黨部宣傳部負責宣傳、人事、組織管理及經費劃撥，國民政府負責日常行政、經費撥付的雙重控制體制。這一體制在管理權限上傾向於政黨，經濟上卻傾向政府，因而埋下黨政衝突的禍根。中央層面，黨政軍高度集中，這一衝突尚不明顯。地方層面，黨、政、軍不如中央那麼高度集中，其衝突非常激烈。地方黨報的控制是地方黨部宣傳部秉承中宣部意志指導監督，而地方黨部經費（包括地方黨報的經費），雖有中央黨部核定其預算，撥付部分預算經費，但主要活動經費是由中央黨部函令國民政府令地方政府部門撥付。這種由中宣部遙控、地方派系領袖背後操縱的地方黨部、地方政府對地方黨報的多重控制及制衡機制，因南京中央與地方派系的爭鬥、及南京中央蔣、汪、胡的權力爭鬥而使地方黨部與地方政府間的衝突頻繁，從而即使地方黨報成爲雙方衝突的犧牲品，也使地方黨報的實際控制陷入權力爭鬥的複雜漩渦。中常會（中財會）函令地方政府撥付地方黨報的經費，常被延期撥付或不按額撥付或挪爲他用，乃至不予以撥付，即是雙方爭鬥的主要表徵。

　　可見，國民黨對黨報的制度控制雖相當嚴密，也存在了制度性的結構失衡的問題。

二、中央通訊社與中央廣播電臺的管理與控制

與嚴厲管理與控制黨報一樣，對於中央通訊社、中央廣播電臺，國民黨亦從組織、資金、人事、宣傳方針等方面施行嚴厲控制，使之絕對成爲「黨國喉舌」。中央通訊社自成立初就處在國民黨中央的嚴格控制之內，1932 年蕭氏改革中央社獲得成功，與此同時，對中央社的管理與控制也更爲周密。改革之前，國民黨各黨政要員均插手中央社，使其發展備受束縛；改革後，中央社表面上不戴「中國國民黨中央執行委員會宣傳部」的帽子，在蕭同茲的主持下中央社的用人、發稿有了一定自主權，但中央社的組織大綱、發展計劃、經費來源、宣傳方針、宣傳口徑、人事制度等社務，不再由中宣部決定，而幾乎全部由中常會、中政會及蔣介石本人親自決定，其控制並不次於蕭氏改革之前。據筆者統計，1928～1938 年的歷屆中央執行委員會常務會議記錄中，記載了有關中央社的各項議案、提議有 30 多項，涉及到中央社的組織大綱、設立分社、增添設備、宣傳經費及違規的懲罰等內容，其中最多的是津貼、補助中央社的宣傳經費內容。〔註 89〕中央執行委員會通過的《中央通訊社組織規程》更賦予資助中央社的法理基礎：規程第四條規定：『本社經費以電訊稿收入充之，不足時由中央執行委員會給予津貼』」。〔註 90〕

中央社在蕭氏改革後採用社長制，下設編輯、採訪、事務三組，對稿件的自我審查相當嚴格。當局的重要文件和決策（如李頓調查團的報告），及蔣介石的重要文告，全部交由中央社發佈；重要社評由國民黨黨政要員把關，減少了違反宣傳紀律的幾率，即使如此，中央社也會有違規行爲，對此亦予以嚴厲懲戒。如，1931 年 10 月中央社誤載國際消息，「引起社會種種誤會」，時任中宣部副部長的陳布雷、程天放於 22 日的第三屆 166 次中常會上，「自行檢舉、請加以嚴重處分」。結果，陳布雷、程天放給予警告處分，中央社主任余惟一「失於督察予以嚴重申誡」，中央社總幹事劉正華因是「負責人員」，依照中央工作人員服務規程予以記大過之處分。〔註 91〕

國民黨非常重視廣播電臺，對其管理也非常周密。中央臺起初隸屬於中宣部。1932 年夏，成立直屬於國民黨中央執行委員會的中央廣播無線電臺管

〔註 89〕見附錄：中國國民黨中央執行委員會常務會議記錄中的新聞事項一覽表。
〔註 90〕王凌霄：《中國國民黨新聞政策之研究（1928～1945）》，中國國民黨中央委員會黨史委員會出版，1996 年 3 月 29 日初版，87～88 頁。
〔註 91〕《中國國民黨中央執行委員會常務委員會議錄》，（十六冊），450～451 頁，467頁。

理處，直接管理中央廣播電臺。1936 年 1 月，中央廣播無線電臺管理處更名為中央廣播事業管理處，除管轄中央臺外，還管理各省市的政府臺。民營商業臺則由交通部管轄。爲統合相關單位的管理權限，由中央廣播事業管理處、中央宣傳部、中央文化事業計劃委員會、軍事委員會、交通部、內政部、外交部、教育部各推代表組成中央廣播事業指導委員會，陳果夫任主任委員。該委員會於 1936 年制訂並公佈《指導全國廣播電臺播送節目辦法》。該辦法是以往聯播與取締法規的大成，它輔以《節目內容審查標準》及處分辦法，形成了國民黨統治大陸時期廣播法規體系。辦法分三部分，一是各電臺須轉播中央臺晚間的簡明新聞、時事述評、名人演講等六項節目，沒有轉播權的電臺，一律停播。特別通知的節目須轉播。二是節目內容分配比例方面，教育演講及新聞報告，公營臺應占多數，民營臺不得少於 20%，並以轉播中央廣播事業管理處各電臺之節目爲限，娛樂廣告類不能多於 80%。三是有關禁例或偏激之言論、誨淫誨盜迷信荒誕之故事集歌曲唱詞等違禁的處罰。〔註 92〕

中央臺的新聞節目主要是選錄南京各大報、上海《申報》、《新聞報》、《時報》及中央通訊社的稿子，自採新聞很少。1933 年，中央臺引用《申報》電訊《目擊國軍某旅行徑某地》中的數字未經刪除，引起軍事委員會南昌行營的指正。自此以後，新聞全採用中央社稿，並且再經中央秘書長或中宣部部長核閱簽名。〔註 93〕對新聞播報的管理更爲嚴厲。

可見，通過對中央通訊社、中央廣播電臺的嚴格管理，尤其是中央社收回了外國通訊社在華的發稿權，使中央社、中央臺在一定程度上壟斷了國內外消息來源，從而利用國民黨統一國內言論，劃一輿論。

第三節　訓政時期國民黨新聞媒體的曲折命運——以 1928～1938 年間的國民黨黨報爲例

如上所述，國民黨新聞媒體得到國民黨的大力扶植，但在國民黨的嚴厲控制下，其發展並不是想像中的一帆風順，風光無限，而是相當地曲折多變，其新聞競爭力、媒介信譽度普遍偏低，未能眞正贏得讀者和市場的青睞。出現這種違反國民黨建設黨報初衷的悖論，是國民黨對新聞媒體的無序、嚴厲、

〔註 92〕 見王凌霄：《中國國民黨新聞政策之研究（1928～1945）》，103～104 頁。
〔註 93〕 吳道一：《中廣四十年》，中國廣播公司，1968 年 8 月，臺北，36 頁。

過渡控製造成的惡果。如上分析，國民黨對黨報的控制，表面是「法治」滲透到黨報生產的每個環節〔註94〕，事實是軍權籠罩下的人治，人脈關係、黨政軍要人的旨意才是支配、控制國民黨黨報的實際規則。因此，這一惡果在國民黨黨報事業中體現的最為明顯，本節以國民黨黨報為例，深入分析國民黨新聞媒體的曲折命運。

一、直屬黨報的曲折命運

《中央日報》原於 1928 年 2 月創刊於上海，後因該報言論方針游離於中央與各派系之間，於同年 11 月 1 日遷移到南京,社長由宣傳部長兼任，以便指揮〔註95〕，但南京《中央日報》宣傳並無起色。為改變這一現狀，1932 年 3 月委任程滄波為首任社長，對《中央日報》施行改組，施行中常會直屬下的社長負責制，《中央日報》稍有起色，1937 年 10 年，程滄波就奉命派去歐洲，1938 年回國，1940 年秋就因所謂的「桃色事件」下臺〔註96〕，調到監察院任秘書長的閒職。

1929 年後，為「使黨的輿論健全發展」，國民黨中央先後在北平、武漢、廣州、天津、濟南等重要城市建立直屬中央黨報。這些黨報雖直屬中央，卻不在蔣介石集團的有效管轄區域內，當地方派系與南京中央發生衝突時，它們便成為雙方衝突的犧牲品。蔣與馮、閻衝突時，北平《華北日報》、天津《民國日報》首當其衝。北平《華北日報》在 1929 年多中宣部下令全力「聲討馮系軍閥禍國殃民之罪」時噤若寒蟬。中原大戰前夕，《華北日報》因宣傳南京方面的意旨被閻錫山系軍警嚴加檢扣，報紙出現 15 處「天窗」；中原大戰爆發，《華北日報》被閻派佔領。〔註97〕天津《民國日報》先於 1930 年初被天

〔註94〕1933 年，程滄波對《中央日報》的改革，雖在一定程度上切斷了中宣部、黨政要人對報社人事、業務的直接干涉，把報紙社權集中於社長，並實行企業化經營，但並未擺脫中宣部嚴密控制，也沒有擺脫來自黨政軍、行政等機關的黨政要人的諸如「手諭」、「電話」、「指令」等頻繁干預。

〔註95〕《中國國民黨中央執行委員會常務委員會議錄》（六冊），280～281 頁。

〔註96〕據陸鏗《陸鏗回憶與懺悔錄》載，程滄波因喜歡《中央日報》編輯部主任儲安平的妻子，美女作家端木露西，趁儲安平赴美學習期間窮追得手。儲安平得知此事，在其鄉前輩吳敬恒（稚暉）面前告了程滄波一狀，吳言於蔣介石，蔣把程喊去罵了一通，乃呈請辭職。于右任愛才，且認為「風流無罪」，隨把程滄波叫到監察院任秘書長。轉蔡登山：《一代報人——程滄波其人其文》，《全國新書信息月刊》（臺灣），1999 年第 1 期。

〔註97〕蔡銘澤：《中國國民黨黨報歷史研究》，團結出版社，1998 年，60 頁。

津市府停撥經費，中宣部雖電匯 3000 元予以接濟〔註98〕，同年 3 月即被閻錫山封閉；同月，山西《民國日報》亦被閻錫山查封。〔註99〕蔣系與桂系衝突，廣州《民國日報》深受其害。1929 年 3 至 4 月，「蔣桂」戰爭期間，廣州《民國日報》充分表現出乖戾本色〔註100〕，毫無政治定見。1936 年「兩廣事變」結束，廣州《民國日報》改名為廣州《中山日報》才得以徹底改變。西安事件期間，《西京日報》被張、楊接受改名《解放日報》。

1931 年「九一八」事變後，日本軍閥的外交壓力、地方派系的鉗制、黨政要人的權力欲等各種力量，交織作用於中央直屬黨報，使其烙上了濃厚的權變色彩。國民黨惟一直屬的一份外文報紙：北平《北平導報》（The Peking Leader）1932 年因刊登《高麗獨立黨宣言》及相關社論，同情朝鮮人民的抗日鬥爭，日本大使館以報紙煽動革命侮辱天皇，向國民黨北平綏靖公署主任提出抗議，要求「報紙永久廢刊」〔註101〕，張學良迫於日本壓力將該報查封。在日本勢力威脅平津的背景下，中宣部採取變通辦法，將《北平導報》於同年 6 月更名為《北平時事日報》，1935 年底以英國報人李治（W.Sheldon Ridge）為名義繼續出版，力圖保持宣傳陣地，但北平淪陷，該報堅持出 3 個月被日軍強行接受。

最能體現這一權變特點的是，1932 年的上海《民國日報》的停刊事件。上海《民國日報》是國民黨的老牌黨報，創刊於 1916 年 1 月 22 日，雖經多次改組或改版，卻一值得以延續。該報的政治立場雖有多次變動，但在反抗日本侵略上始終持堅決態度。在「濟南慘案」、「九·一八」事變、「一·二八」事變中均強烈譴責日本侵略罪行，其言說話語也常常脫離「攘外必先安內」基調，出現「求人不如求己」、「不抵抗乃自殺」〔註102〕、「再不抵抗，國亡無日」、「鎮靜」論調是「見死不久的 C 博士」〔註103〕，「全國立即總動員、驅逐日兵出境，恢復失地」〔註104〕、「國人！爾忘日人殺我同胞，奪我土地之仇

〔註98〕 《中國國民黨中央執行委員會常務委員會議錄》（十一冊），115 頁。
〔註99〕 《中國國民黨中央執行委員會常務委員會議錄》（十一冊），381～382 頁。
〔註100〕 詳情可見蔡銘澤：《中國國民黨黨報歷史研究》，團結出版社，1998 年，76～77 頁。
〔註101〕 張明煒：《近卅年來北平報業》，臺灣《中央日報》，1957 年 3 月 20 日，轉蔡銘澤，《中國國民黨黨報歷史研究》，62 頁。
〔註102〕 上海《民國日報》，1931 年 9 月 20 日社論。
〔註103〕 上海《民國日報》，1931 年 9 月 24 日、29 日社論及《覺悟》副刊。
〔註104〕 上海《民國日報》，1931 年 10 月 31 日。

乎！（不敢忘，請努力！）」、「今天不是元旦，今天是瀋陽被倭奴佔領後第 106
天〔註 105〕」等強烈、激進的救國話語。這種抗日言論自然與日本侵華政策不
兼容，「筆鋒時見於排日」是日本對該報的定性，但由於該報在租界內，日本
直接扼殺尚有困難。當日本策劃發動「一·二八」事變，轉移其侵略東北的
視線時，《民國日報》就不可避免地成了犧牲品，國民黨上海當局即使想挽救，
也難有作爲。〔註 106〕1932 年 1 月 9 日《民國日報》國際版「韓人刺日皇未中」
的消息，日方以副題中有「不幸僅炸副車」字句爲由，迫使公共租界工部局
封閉《民國日報》，1 月 21 日詳細報導「日本浪人焚毀翔港三友實業社工廠」
事件，22 日下午即派土山廣端中尉，持通牒式信件到館，提出苛刻的「四項
要求〔註 107〕」，23 日該報在二版左下角以「啓事」方式刊登之；同日，差點
遭到上海日本居留民的搗毀。26 日下午 3 時，該報接受工部局通告，自行暫
時停刊。

二、黨內派系報刊滋生與取締

　　國民黨執政後，「黨天下意識」十分濃厚，不僅不容異己、其它政黨染指，
對黨內派系也是多方打壓與限制。1928 年起，地方各派系與扼制南京政府的
蔣介石集團發生種種衝突，新聞媒體既是雙方衝突的話語工具，也是犧牲品。

　　南京中央以正統身份從法理上首先確定了獨享「三民主義」解釋權，並
以「意圖破壞」爲由，將「無政府主義、國家主義，及其它主義」貼上「反
動」標籤，明令禁止其活動。《宣傳品審查條例》（1929.1）、《宣傳品審查標準》
（1932.5）均明令規定，「宣傳國家主義、無政府主義及其它主義、攻擊本黨
政綱政策及決議案者」爲反動宣傳，其刊物予以查禁。〔註 108〕《指導黨報條
例》（1928.6.21）、《修正指導黨報條例》（1930.3.24）均明文規定各級黨報不

〔註 105〕上海《民國日報》《覺悟》副刊、《閒話》副刊，1932 年元旦。

〔註 106〕在日本蓄意發動淞滬戰爭的背景下，奉行「攘外必先安內」的國民黨政府若強
　　　　硬對待此事，正中日本圈套，故在《民國日報》停刊中，國民黨上海當局並未
　　　　積極接入，顯示其力量，體現出國民政府對日侵略的妥協、幻象的複雜心態。

〔註 107〕一、主筆來隊提出公文陳謝；二、揭載半張大的謝罪文；三、保證將來不再
　　　　發生此種事情；四、罷免直接責任記者。明二十三日前爲限要求答覆，若不
　　　　承認，莫怪也。見上海《民國日報》，1932 年 1 月 23 日。

〔註 108〕《條例》表述是「宣傳國家主義、無政府主義及其它主義、攻擊本黨政綱政
　　　　策及決議案者」爲「反動宣傳品」；《標準》的表述是「宣傳無政府主義、國
　　　　家主義及其它主義，而有危害黨國之言論者」，爲「反動的宣傳」。

能被一人或一派利用〔註109〕，可見南京中央對黨內異己派系媒體的高壓政策。

改組派全稱是「中國國民黨改組同志會」，它是由陳公博、顧孟餘等於 1928 年冬成立於上海，以汪精衛爲精神教父，打出「改組」國民黨的旗號，吸引了部分小資產階級、青年知識分子，「在沿海沿江各地發展著頗大的改良主義運動」〔註110〕，其實質是要同蔣介石集團分享中央權力。報刊是改組派擴大政治影響的主要輿論工具，他們先後在上海、南京、成都創辦了許多報刊和通訊社。上海主要有：《革命評論》周刊（1928.5，陳公博主持），《前進》月刊（1928.6，顧孟餘主持）、《民意》周刊（秘密發行）、《中華晚報》（後改《革命晚報》）及中華通訊社；南京主要有《夾攻》周刊（秘密發行）、《中央導報》（一度掌控），成都有《社會日報》，及《新創造》、《民主》等。南京中央始終未在政治上承認改組派的合法存在，對改組派成員予以「永遠開除黨籍」的處分，對其報刊則採取改組、停版的處罰，海外改組派報刊則採取揭露其荒謬，聯合海外黨員集體抵制、禁郵等措施。1931 年 1 月，改組派在國民黨的高壓下被迫宣傳解散，1932 年後蔣汪達成政治交易，汪、陳、顧等人入閣中央，改組派報刊也隨之銷聲匿迹。國家主義派、西山會議派、再造派、第三黨的報刊命運與改組派報刊類似，不再一一敘述。

地方派系在其勢力範圍內創辦報刊，充當本派系的宣傳喉舌。北平的《新晨報》，太原的《晉陽日報》、《山西日報》、《太原日報》、《中報》、《新中報》及太原通訊社、新中通訊社、建設救國社、民信新聞社等媒體，受閻錫山的政治庇護，接受其津貼，爲其鼓吹。新桂系控制的廣西、劉湘、劉文輝控制的四川、馮玉祥短期控制的西安，均創辦了爲己鼓吹的報刊或通訊社。南京中宣部時刻監視此類報刊，一有機會就予以徹底整頓。報刊被查禁、當地黨部被改組，直接負責人被清除出黨。地方派系則設法加以庇護。山西《中報》載文批評蔣介石摧殘學生抗日救亡運動，被南京中央下令查禁，指令閻錫山執行。但該報停刊 1 月後，在閻的支持下改名《新中報》繼續出版。〔註111〕

〔註109〕《指導黨報條例》表述爲：「須完全服從所屬各級黨部之命令不得爲一人或一派所利用」，《修正指導黨報條例》的表述爲：「絕對服從上級黨部之命令並不得爲私人所利用」。

〔註110〕毛澤東：《中國的紅色政權爲什麼能夠存在》，《毛澤東選集》（第一卷），人民出版社，1991 年版，48 頁。

〔註111〕方漢奇：《中國新聞事業通史》（第二卷），中國人民大學出版社，1996 年，393 頁。

除此之外，為粉飾派系政績，攻擊「政敵」、爭奪更高權力，地方派系在其勢力範圍外採取了更為複雜、精細的新聞鬥爭。

1、津貼蔣介石控制的南京新聞界、並在人事上滲透之，如劉湘津貼南京《新民報》2000 元開辦費和月津貼 700 元；

2、在南京中央難以控制的香港、海外等地區，創辦媒體，或借助當地媒體攻擊「政敵」。

3、對中央媒體或黨國要人控制的媒體攻擊自己，則積極申訴，直接向蔣介石「告狀」，迫使報紙趨於保守或停刊。

陳立夫創辦的《京報》（1928.4，南京）1929 年躍居南京第一大報，發行量達 13500 多份。1930 年該報專欄作家湯博公在報上提到了民初的中國海軍腐敗，當時在武漢的海軍副司令陳紹寬獲悉後，立即命令海軍艦隊士兵接管《京報》社，後雖經陳立夫斡旋，事態得以平息，但《京報》發展大受影響，不敢輕易出言評論時事，而一旦若有所指，或被他人懷疑有所指，《京報》就會被告到蔣氏那裡，迫使陳不得不將《京報》移交他人，報紙也改名《新京日報》。〔註 112〕再如，黃埔學生鄭錫麟、唐縱等在南京於 1929 年創辦的《文化日報》，被蔣介石以「手令」形式於 1931 年 3 月 2 日以「文化日報記載不確，造謠惑眾，即行停刊為要」為由令其停刊，對此，陳立夫建議改名「建業日報」的形式予以規避，並親自題寫了「建業日報」，鄭錫麟、唐縱等決定，即晚出報，不送中央、國府、總部幾處地方，仍承繼《文化日報》。〔註 113〕

除了運用法律手段查禁外，國民黨還在「反動氣焰」囂張的地區創辦直屬黨報或開設中央通訊社當地分社，替南京中央鼓吹。這些黨報雖受政治庇護，但其活動深受地方派系的種種掣肘，乃至被封殺（見前所述）。

三、地方黨報的曲折厄運

地方黨報（不包括地方派系報刊），雖在國民黨政策與財力支持下呈現出繁榮的表象，但其發展受到了種種力量的掣肘，命運可謂多舛。除了派系力量滲透、派系鬥爭對地方黨報的摧殘外，國民黨實行的黨政雙軌制是限制地

〔註 112〕張珊珍：《陳立夫生平與思想評傳》，北京：中共中央黨校出版社，2006 年，54 頁。

〔註 113〕唐縱：《在蔣介石身邊八年——侍從室高級幕僚唐縱日記》，群眾出版社，1991年，北京，27 頁。

方黨報發展的重要制度因素。相對於傳統的單軌制的政治控制，國民黨的黨政雙軌制在中國尚屬創舉，並無先例可循。〔註 114〕即除了省、縣、區、鄉等行政系統控制外，國民黨仿照俄共體制，自上而下建立了一套與行政層級相併行的黨務組織系統（省、縣、區及區分部黨部）。這兩個系統在 1924～1928 年間尚有連鎖關係，地方黨部具有指導監督地方政府之責。1928 年施行「訓政」後，遵循中央政治會議（簡稱，中政會）是「黨與政府間惟一之連鎖」的政治原則，地方上實行黨政分開，成為地位不分軒輊、平行並存、相互制衡，各自獨立的兩個系統。1928 年 6 月出臺的《各級黨部與同級政府關係臨時辦法案》（二屆五中全會）規定：各級黨部對於同級政府之舉措，有認為不合時，得報告上級黨報，由上級黨部請政府依法查辦；各級政府對於同級黨部之舉措有認為不滿意時，已得報告上級政府，轉飭上級黨部辦理〔註 115〕，以後的省、市、縣的組織大綱的調整，也沒有改變這一制度原則。在地方黨政雙軌制中，地方黨報隸屬於地方黨部宣傳部，並受其指導與監督，資金來源卻是省黨部上報中央黨部，由其核定函地方政府撥發，由此形成了地方黨部宣傳部控制人事、經營及編輯權，而地方政府控制資金來源的雙重控制的格局。

　　觀念上，地方黨部卻著於「黨權高於一切」，力圖將地方行政納入地方黨部的直接指導和控制之下〔註 116〕，由此構成了地方黨部擴權與地方政府護權的持續衝突，且與派系鬥爭糾纏在一起，成為困擾國民黨黨治的兩大頑疾。孫科、胡漢民、蔣介石等黨政要人對此均有深刻認識。〔註 117〕在地方黨政權

〔註 114〕 王奇生：《黨員、黨權與黨爭——1924～1949 年中國國民黨的組織形態》，上海書店，2009 年，181 頁。

〔註 115〕 《中國國民黨歷次代表大會及中央全會資料》上冊，第 786 頁；魯學瀛：《論黨政關係》，《行政研究》第 2 卷 6 期，1937 年 6 月。

〔註 116〕 在黨部看來，政權是國民黨「諸先烈流熱血，擲頭顱所換來的」，黨權應該高於一切；黨權既然高於一切，地方黨部理所當然高於地方政府，應該指導和監督地方政府，他們聲稱：「訓政之時，以黨權代民權，則政權屬於黨，治權屬於政府，即黨行其權，政府儘其能，是謂黨治」，為此，各地黨部在訓政初期提出了一系列如何在省縣實施「以黨治政」的建議和提案。見王奇生：《黨員、黨權與黨爭——1924～1949 年中國國民黨的組織形態》，上海書店，2009 年，186 頁。

〔註 117〕 孫科指出：「各省省黨部，各縣縣黨部，沒有一個黨部不是和同級政府發生衝突，不過多少而已」。（孫科：《辦黨的錯誤和糾正》，《中央黨務月刊》第 29 期）；蔣介石也承認：「無論哪一省，黨部與政府都常有意見和衝突，因此黨

力衝突中，國民黨中央的態度傾向於地方政府，嚴加制止和指責地方黨部的越權行為。〔註118〕這樣，地方黨報就成了地方黨部力求擴權及與地方政府爭權的急先鋒，由此注定了地方黨報的曲折多變的悲劇命運。

　　訓政初期，地方黨部甚為囂張，地方黨報也隨之崛起，數量大增，版面內容均有革新氣象。但隨著地方黨部放棄以黨控政的奢望，地方黨部和地方政府的地位很快發生逆轉「地方黨部之權力日削、地方政府之氣焰日高」〔註119〕，地方黨部漸次淪為地方政府的附庸〔註120〕，成為僅會說空話的宣傳機關。省黨部的職責僅被限定在組織訓練黨員、宣傳黨的主義、推行黨義教育、宣傳引導民眾和管理社會團體等方面，其經費逐步減少；部分縣黨部也只是一塊空招牌。由地方黨部宣傳部管轄的地方黨報也就隨之陷入尷尬地位。一方面地方黨報要貫徹中央黨部的宣傳指令，在「訓政」名義下有灌輸政綱、政策，監督地方政府之責，另一方面又要促進和協助地方自治，宣揚地方政府的「政績」。但弱勢的地方黨部使地方黨報無法履行前項責任，因為他們稍有言辭指責地方政府機關或駐軍，即面臨停發、緩發津貼、停郵，乃至封館、捉人的命運。然在地方黨報與地方政府衝突中，中常會常常偏向地方政府。如，1929年，浙省政府不經過浙省黨部，越權津貼國民新聞社，並從浙省黨部經費預算中扣除。為此，浙江省黨部多次請求中常會，要求其令浙江省政府不得越

務不能發達，政治亦受障礙」。（蔣介石：《黨政須團結一致方能成功》，《中央周報》第 38 期）胡漢民則形象地描述為：「在黨部一方面的人，以為政治機關的人都是腐化分子，同時政治機關的人都以為黨部已經惡化」、「辦黨的人以為非把行政當局攻擊一下，甚至對於行政障礙一下，不足以表示黨權之高，黨員之努力，而行政者，又以若不極端反對辦黨者的言行，即將受制於黨人，不能辦一件事，而且有漸趨於惡化的危險，便不能負地方治安的責任。」於是，「一方面腐化，一方面惡化，互相齟齬軋轢，永遠冰炭水火」。《胡漢民自傳》，臺北傳紀文學出版社，1981 年，第 18 頁。

〔註118〕 蔣介石一再批評地方黨部的行為是越權，「各縣黨部及黨員，有許多事不應該去管而去管，不應包攬偏要去包攬，不應干涉偏要去干涉」，汪精衛更痛責這種現象不是「黨治」，而是「黨亂」。對地方黨部要求干預行政的各種建議和提案，國民黨中央始終抱持穩健慎重的態度，傾向於不將這類權力交給地方黨部行使，一再訓示省縣黨部不要直接干預地方行政。見王奇生，《黨員、黨權與黨爭——1924～1949 年中國國民黨的組織形態》，上海書店，2009 年，187 頁。

〔註119〕 《市黨部監督市政府頒發》，上海《民國日報》，1930 年 3 月 5 日。

〔註120〕 據施養成的觀察：「1931 年以前，省黨部對省政府尚有相當的監督權，1931年以後，省黨部反寄身於省政府。」見施養成：《中國省行政制度》，商務印書館 1947 年版，第 492 頁。

權津貼、補發擅扣經費，並將津貼國民新聞社的列入預算，以後由省黨部撥給等。中常會以浙省黨部不再追發擅扣經費，以後津貼由浙江黨部斟酌辦理的折中辦法予以解決。〔註121〕

　　而為地方政府粉飾「政績」，高調灌輸中央黨義、政綱與政策又嚴重背離地方社會事實，逐使地方黨報的信譽極度墮落，不少黨報記者職業道德喪失，以報紙為工具做起敲詐、勒索，乃至販賣鴉片的勾當。江蘇省地方黨報最為發達，但該省地方黨報的品格普遍庸俗、低下，內容空虛，幾乎完全淪為私人的工具。老報人、江蘇通訊社的主任黃樂民，以「空虛」、「報紙私用」概括蘇省報業的質量，存在新聞雷同、報人投機、報社毫無計劃的弊病。他說，「比較有歷史的報紙，除極少數例外，大多數總無非以報紙為私用的工具」，「江蘇省好多縣份的報紙，實在不僅『新聞雷同』，甚至有幾家報館合訂一個印刷合同。各換一個報頭，各印二三十份，標題、排版、甚至短評、廣告以及紙面上一切的格局，幾乎無一不雷同」。〔註122〕報紙實際情況也是如此。以號稱「言論公正、消息靈通，記載翔實、印刷精良」的《蘇報》（社長馬元放）為例，該報新聞分國際、國內、省市、各縣四欄，其消息來源基本是中央社、申時社、江蘇通訊社等各通訊社稿件，自採新聞限於本市各機關團體，各縣新聞由各縣通訊員提供。〔註123〕

　　黨報及民報被改組、停刊、查禁事件在江蘇屢屢發生。如 1933 年 1 月 21 日江蘇省政府主席顧祝同不經審訊就以「宣傳共產」名義槍斃，揭露顧祝同「鴉片公賣之黑幕」的鎮江《江聲報》經理兼主筆劉煜生。此外，被嚴格控制的省黨報也不免有多次被改組、合併的命名。《蘇報》（1930.11.1）先後被改組三次（截止 1934 年），前兩次因經費困難縮編，後一次遵照省黨部意見。《徐報》（1931.5.5）於 1933 年 6 月被省執行委員會接受改組，同時被改

〔註121〕《中國國民黨中央執行委員會常務委員會議錄》（九冊），194 頁、431 頁。
〔註122〕黃樂民：《江蘇新聞事業的現在與將來》，見《江蘇月報‧江蘇新聞事業專號》，1934 年 1 月 23 日。
〔註123〕詳細情況是：「國際新聞採用上海世界新聞社稿，國內新聞除由上海申時電訊社每日供給外，其餘大部分採用南京中央通訊社、日日通訊社、復旦新聞社、民族新聞社、全球通訊社等社稿，並設有北平、漢口、廈門等處特約通訊員，供給關於各該地黨政軍及社會方面重要材料。省市新聞，除採用江蘇通訊社，新聞通訊社，及其它通訊社等社稿外，其餘多由本社外勤記者，每日赴各機關團體直接採訪，並有本埠通訊員，每日作多量之供給，至於各縣新聞，由各縣通訊員采集當地新聞，逐日交郵寄社。」見王振先：《蘇報之過去與現在》，1934 年 1 月 23 日出版的《江蘇月報‧江蘇新聞事業專號》。

組的還有海報、蘇報。黃樂民亦說「自從劉煜生被槍斃，戴捷三被拘禁，蘇報社被全付武裝如林大敵的包圍著扣留報紙一天以後，不要說『代表民眾』、『領導輿論』了，就連『九一八』三個字也不能排做大標題！有些投機的朋友也湊火打劫，克盡迎逢的能事，專做掩護鴉片運銷與賣官鬻爵等等的新聞買賣。」〔註124〕馬元放著文呼籲保障言論自由、保障記者人格，提出「非依法律，不得檢查報紙。非依法律，不得逮捕記者。非依法律，不得擅封報館；非依法律，不得查扣報紙。凡指謫官吏施政錯誤者，尤不能認為反動」的要求。〔註125〕這些呼籲沒有阻止地方機關對報業的橫加干涉。

〔註124〕黃樂民：《江蘇新聞事業的現在與將來》，見1934年1月23日出版的《江蘇月報‧江蘇新聞事業專號》。

〔註125〕馬元放：《如何確立本黨的新聞政策》，見1934年1月23日出版的《江蘇月報‧江蘇新聞事業專號》。

第六章 「主義」名義下政治宣傳的新聞策略（上）

　　國民黨建立龐大的新聞媒體群，以嚴厲制度予以控制，目的是力求充分發揮新聞媒體的輿論宣傳功效，使之成為國民黨傳佈政綱政令、攻擊政敵、塑造政黨形象的「黨國喉舌」。即構造成既契合於黨國體制又維護黨國體制的意識形態。媒體僅是社會信息傳播的管道、載體與平臺，在建構意識形態的過程中扮演的是基礎性的工具角色，意識形態建構的真正主角是媒介符號及其編碼法則，傳播策略與技巧是使媒介符號得以發揮威力的輔助工具。在意識形態建構過程中，媒介、媒介符號及其編碼法則、策略與技巧是不可缺少的三個關鍵環節。與清政府、北洋軍閥相比，國民黨有更嫻熟的宣傳策略與技巧，懂得如何操作「人心」的宣傳藝術。這一藝術源於：

　　1、傳統中國「總一海內整齊萬民」的教化文化的薰陶；中國是非常注重倫理教化的國度，歷代統治者、聖哲們都非常重視教化，累積了豐富的教化技巧。

　　2、國民黨人在辛亥革命、民初建國中的宣傳經驗；

　　3、20 世紀 20～30 年代宣傳研究的學理滋養。

　　1931 年後的國難當頭，促使民國新聞學人更加重視國際宣傳。曾任外交部情報司的季達於 1932 年 9 月出版了《宣傳學與新聞記者》一書，介紹宣傳的技巧、心理及新聞與宣傳的關係等〔註1〕。燕京大學新聞系 1936 年的「報

〔註1〕　其它還有：《中央時事周報》於 1933 年 11 月 11 日刊發介紹法西斯宣傳方法的譯文：《希托拉的狂想》，見《中國新聞事業通史》，2 卷，378 頁。進入抗

學討論周」的主題是「新聞事業與國難」，並開設「應用宣傳」和「公共關係」課程，培養宣傳人才。〔註2〕此外，復旦大學、中央政治學校新聞系也開始類似課程。

二十世紀二三十年代的國民黨要維護其黨國體制，鞏固政權，其宣傳面臨著對內灌輸「三民主義」、宣傳、貫徹「本黨」的政綱政策、決策決議，及攻擊政敵、整合民眾，建構以「三民主義」爲核心的意識形態體系的艱巨任務；對外面臨著還擊日本製造的侵華輿論，爭取國際輿論同情及爭取民族生存空間的巨大任務。面對這兩大任務，國民黨新聞媒體可謂盡職盡責，歷史卻給了「不及格」的答案。本章和第七章將分析國民黨新聞媒體的政治宣傳策略及其成敗得失。

必須說明的是，國民黨於1928年形式上統一全國，並沒有因「清黨」運動而失去其民眾支持，反而契合了民眾渴求穩定的社會心理，也得到了許多知識分子的擁護。但是，「清黨」運動也嚴重損害了國民黨的「革命」政黨形象，故孫中山的「三民主義」雖是其塑造意識形態的最大符號資源，其面臨的挑戰也相當嚴峻。

1、國民黨剝離蘇俄的共產主義意識形態，借鑒蘇俄政黨模式建立黨政雙軌體制，實行以黨治國，宣稱以「訓政」方式實現三民主義的「憲政」。蘇俄模式的前提是蘇共是政治、組織與思想高度統一、紀律嚴密的社會動員型政黨。因此，如何建構黨內意識形態，統一黨員意識，達到列寧主義式的政黨是其執政的最大挑戰。

2、國民黨政權是在「清共」基礎上，各派系相互妥協的產物，三民主義僅是各派系共同認可且相互爭奪的「黨統」，因此，要在意識形態中定「三民主義」爲一尊，即面臨如何應對共產主義、無政府主義、國家主義、自由主義、及形形色色三民主義等社會政治思潮的嚴峻挑戰。

日戰爭後，宣傳研究更爲新聞學人重視。1941年8月由燕京大學新聞學會出版的《報學》就刊發了「宣傳分析專頁」，內收錄了分析宣傳技巧1篇論文、4篇譯文。

〔註2〕 燕大新聞系主任劉豁軒曾說「新聞和宣傳關係密切，在國家危難的當口，國際宣傳的重要性自不待言，不能不強調這方面的研究和人才培養……兩年前，我們新添了『應用宣傳』和『公共關係』課程……希望引進這門課，進而系統地分析之，最後學習研究的發現與結果能對國家有用。修過這門課的人可望產生更大的興趣，更深入探討，訓練有素，不僅服務新聞界，更可以做更廣闊更實用的宣傳工作」。見劉豁軒：《燕大的報學教育》，27～28頁。

3、要使三民主義社會化，讓知識分子認同，民眾擁護，需向民眾灌輸主義，也需要政治、經濟及社會建設按照主義設計的路徑實現，更需要對基本政策背離主義精神的原因、主義宣稱目標不能按期實現的緣由、三民主義與其它主義的關係、三民主義內部的矛盾衝突等問題，做出符合邏輯與現實的合理解答。具體而言，國民黨在灌輸黨義的同時，須在宣傳策略與內容上解決如何應對黨內派系、敵對政黨的話語攻擊及中間分子的話語質疑等問題。

國民黨的政治宣傳，除了應對這三大挑戰外，還要應對日本的侵略宣傳。新聞媒介是塑造意識形態的重要工具，但非唯一工具。國民黨在建構其意識形態、應對挑戰的過程中，既高度重視黨營媒體的建構意識形態的功能，也把黨員、組織、教育、文化等環節納入其中，以各種方式把可能的媒介工具諸如報紙、廣播、通訊社、傳單、牆報、學校教育、演講、宣傳隊、組織灌輸、黨員人際宣傳等聚合起來，成為灌輸黨義，反擊攻擊、回應質疑的傳播媒介管道。在調用多種媒介的同時，國民黨從自身宣傳傳統與經驗、中西方的宣傳資源中汲取營養，在傳播統制的總體旨趣下，採取了教化、儀式、神化、控制、污名等宣傳策略與技巧，對內力求建構國民黨的「黨化」意識形態，對外與日本新聞侵略展開輿論戰。

因此，在對國民黨政治宣傳策略的分析中，以其黨營媒體，尤其是黨報為重點，也涉及其它非大眾化的媒體，才有可能看清國民黨新聞宣傳的主要策略，及其成敗得失。史料上，本章以國民黨中宣部制定的各種宣傳性文件、檔案性資料為重心，《中央日報》等國民黨黨報等史料為輔助。

第一節　新聞傳播控制：政治宣傳的主體宣傳策略

以精細的宣傳術滲透、操縱媒介信息向社會傳播的全程，利用精心編織的信息達到影響受眾、整合社會以獨享利益與權力的終極目標，歷來為執政者所追求並予以多方實踐。這種思維方式與實踐在 20 世紀 20～30 年代極為興盛。第一世界大戰中，交戰國雙方首次大規模地使用了宣傳戰略，廣告、公關、宣傳也滲透到日常生活，強調媒介具有強大效果的「魔彈論」成為社會共識。目前，雖尚無直接證據表明國民黨人接受了西方的「魔彈論」，但從其對宣傳、新聞的表述中可見國民黨人堅信媒介具有強大的輿論威力。推翻滿清及民初的宣傳經驗，也讓其堅信精心操控媒介傳播的流程，能夠達到影響人心、「製造輿論」的目的。「革命造謠」、挑撥離間、虛張聲勢、極力鼓吹

等非理性的宣傳方式，在推翻清廷過程中所產生的積極效果，讓國民黨人相信「製造輿論」的現實可行性。為配合武昌起義進程，《民立報》等政黨報刊編造了大量各地光復、獨立的消息、通電、宣言，營造了「武昌起義天下應」的聲勢，對於動搖滿清官吏的強勢宣傳功效，成為國民黨人的傳頌一時之「美談」，國民黨許多要人不僅未作任何反思，還自視為豐功偉績。這種心態與做法是其控制傳播思想與實踐的最典型的表徵。

掌握政權後，控制信息傳播的思想與做法，被國民黨以權力強行滲透到新聞傳播的整個業務流程。

一、信源層面壟斷控制

國民黨控制信源的手段主要有：

1、以法規形式獨佔「三民主義」話語解釋權，並高度集中於國民黨南京中央。〔註3〕同時把非三民主義的思想及理論均被貼上「反動」或「荒謬」的標籤，予以嚴厲鉗制，其刊物予以「合法」取締。〔註4〕據國民黨中宣部印發的秘密文件記載，自 1929 年至 1934 年，被查封的書刊約 887 種，另據其《中央宣傳工作概況》統計，僅 1929 年全年查禁的刊物就有 272 種，比 1928 年猛增 90%。其中，共產黨刊物 148 種，占 54%，其餘為國民黨改組派、國家主義派、無政府主義派、第三黨等的「反動」刊物。〔註5〕

2、消息來源逐步由中央社統一壟斷，各報社須轉載之；蔣介石、胡漢民、汪精衛、張學良等黨政要人還以談話會、招待會等形式發佈消息，介紹動態；中常會、中政會、國民政府及中宣部在重大問題、重大事件、重要節日發佈告民眾書、告黨員書等通告、告示，集中闡述國民黨在這方面的立場與態度。

〔註3〕 如《出版法》第七條規定：「新聞紙或雜誌有關於黨義或黨務事項之登載者，並應經由省黨部或等於省黨部之黨部向中央黨部宣傳部聲請登記」；第十三條，新聞紙或雜誌有關於黨義、黨務事項之登載者，並應以一份寄送省黨部或等於省黨部之黨部，一份寄中央黨部宣傳部。第十五條，為書籍或其它出版品之發行者應於發行時以二份寄內政部，改訂增刪原有之出版品而為發行者亦同。前項出版品，其內容涉及黨義或黨務者，並應以一份寄送中央黨部宣傳部。

〔註4〕 最能體現這一控制思想的宣傳條例是：1932 年 5 月制定的《宣傳品審查標準》，該標準把宣傳品審查標準分為三類：適當的宣傳、謬誤的宣傳、反動的宣傳。

〔註5〕 轉引師群，《中國新聞傳播史》，北京大學出版社，166 頁。

3、政令發佈由中宣部、中央秘書處通過直轄黨報、中央通訊社統一發佈，違者即受嚴屬懲罰。

二、新聞生產層面的指導、監督與事前檢查

中宣部對直轄黨報的指導，各級黨部秉承中宣部或上級黨部意志對所轄直轄黨報的指導監督的職權，均在《指導黨報條例》、《各級黨部所轄報社管理規則》等法規中予以明確規定。《出版法》、《指導黨報條例》、《中央宣傳委員會指導與黨有關各報辦法》等文件均規定，黨報宣傳要以本黨主義及政綱政策爲最高原則。《指導黨報條例》第十七條規定各黨報要遵守下列紀律：

（一）以本黨主義及政策爲最高原則；

（二）須完全服從所屬各級黨部之命令不得爲一人或一派所利用；

（三）對於各級黨部及政府送往發表之文，須盡先發表不得延遲或拒絕；

（四）對於本黨應守秘密事件絕對不得發表。〔註6〕

另外，要求各級黨報盡量用理論的、事實的、藝術的方法闡揚、宣傳本黨主義及政策和政府所有政治設施、法律制度、建設計劃等，並辟除糾正一切反動誤謬的主義及其政策。《指導與黨有關各報辦法》規定凡接受津貼的報紙言論紀載「除遵守出版法外須遵守下列條款：

（一）以本黨主義政綱政策及中央決議案法令等爲立論取材之標準；

（二）對於違反本黨主義之謬誤言論應予以糾正與駁斥；

（三）不得有違反本黨主義政綱政策或不利於本黨之紀載；

（四）本黨秘密事件絕對不得發表」。

此外，「各報對於本會應時事之指示須完全接受並力行之；各報對於本黨及政府發表之文件須盡先登載」。

除了各項管理黨報的法規等硬性規定黨報新聞生產的內容與範疇外，對於各種紀念日、各種重要問題、臨時突發事件，中宣部均分別及時制定宣傳大綱與宣傳標語，指示各級黨部的日常宣傳〔註7〕。據統計，僅 1928 年國民

〔註6〕 《修正指導黨報條例》第十五條基本沿用了《指導黨報條例》第十七條，其第二、三款的文字表述略有不同。第二款表示爲：「絕對服從上級黨部之命令並不得爲私人所利用」第三款表述爲：「各級黨部及政府送往發表之主要檔須盡先發表不得延遲或拒絕」。

〔註7〕 據王潤澤推測，宣傳大綱應該是毛澤東當上國民黨中宣部代理部長後開始普遍運用的。目前能看到最早的宣傳大綱是 1925 年 11 月 27 日，周恩來領導總

黨中宣部先後發出 40 種各種宣傳大綱〔註 8〕，將黨報刊的新聞生產納入直接控制之下。1928 年 5 月 17 日，中宣部還以「統一宣傳增進效力」為由，就如何頒發宣傳大綱和宣傳標語作了統一規定。《中央宣傳部頒發宣傳大綱及標語辦法》共六條。〔註 9〕規定對於國民黨認為有宣傳必要的「各種紀念日及各種重要問題」的宣傳大綱及標語的制定權完全歸屬中宣部，各級黨部、各級黨報、民眾團體只有貫徹執行的權限，各級黨部為適應地方需要對宣傳大綱、宣傳要點做的局部調整須隨時報中宣部核定。臨時突發事件的應急宣傳，也須按照中宣部電令的宣傳要點層層進行。宣傳大綱、宣傳要點除了標語外「概不得將文在報紙上公開披露」。總理誕辰紀念日、陳英士逝世紀念、國慶紀念等紀念活動，中宣部均制定了詳細的宣傳大綱及宣傳要點；「濟南慘案」、「九一八事變」等重大突發事件，中宣部也制定了詳細的宣傳大綱、宣傳要點，並要求各黨報嚴格執行。此外，代表報社立場與態度的社論寫作，除了規定須以本黨主義及政策為取材立論的標準外，重要社論均由中常會指定特定委員或有中宣部聘請特約委員撰寫，並命各級黨部刊登。甚至成立了中央宣傳部黨報社論委員會，全權負責、指導各級黨報的社論寫作，以提供黨報言論的「領導技能」。其《組織規程》（1938.8.25）共 8 條，規定黨報社論委員會下設主任、副主任委員各一人，委員五至七人，秘書一人；必要時增聘特約委員。主任委員由中央執行委員會推定常務委員一人兼任，副主任委員由中宣部部長兼任，委員由中宣部聘任。各級黨部收到社論後「應即照登不得更易文字亦不得署名，至其餘未鬚髮評論之四天，應由各報自行登地方性質之社論或刊登專論須署作者姓名」。社論的刊登以「中央直轄黨報為限，其無直轄黨報之地方由中央宣傳部制定省屬黨報一家刊載之，其餘各地黨報由中央宣傳部斟酌時勢或由各報呈請中央宣傳部核准陸續辦理之」。〔註 10〕此外，無

政治部為第二次東征，由時任宣傳部的毛澤東設計的。該大綱的主題是華北的反奉戰爭，並提出了 9 個口號。見王潤澤：《北洋軍閥時期的新聞業及其現代化（1916～1928）》，博士論文，2008 年，86 頁。

〔註 8〕 40 種宣傳大綱主要包括各類定期的紀念日宣傳大綱，如《三八婦女節宣傳大綱》、《總理逝世三週年紀念宣傳大綱》、《黃花崗七十二烈士殉難紀念宣傳大綱》，21 項及臨時的宣傳大綱，如《中央第四次全體會議宣言並決議案宣傳大綱》、《農民運動宣傳大綱》、《提倡國貨宣傳大綱》等 19 項，此外還有每週宣傳要點 30 項。見《中國國民黨中央執行委員會宣傳部十七年度部務一覽》，1928 年 4 月，國民黨中央宣傳部編製，129～131 頁。

〔註 9〕 《中國國民黨中央執行委員會常務委員會議錄》（四冊），285～286 頁。

〔註 10〕《中國國民黨中央執行委員會常務委員會議錄》（二十三冊），406～408 頁。

論黨報還是民營報紙均須在出版前送往新聞檢查所，由新聞檢查所鑒定後才允許出版發行。爲此，國民黨建立了從中央到地方的各地新聞檢查機構。對於新聞檢查，新聞界雖極力反對，中常會也曾議決停止，但縱觀國民黨在大陸統治時期，新聞檢查始終未被廢除。對於圖書雜誌、文藝作品、電影繪畫等文化產品，國民黨施行原稿審查制度。

三、出版發行層面的層層監控

　　儘管有事前的指導、監督及出版前的檢查，爲防止所謂的「反動」、「謬論」、「秘密」的信息漏網，國民黨在報刊的發行環節上層層監控。具體而言，成立各地郵電檢查所，專門檢查新聞出版刊物，並查扣違禁出版品。對於國民黨無法直接控制的外國報紙、租界報紙，採用「封殺」策略，通過黨政部門控制報紙的發行。國民黨 1929 年封殺上海《字林西報》是其中的典型案例。1929 年 4 月 18 日的第三屆 3 次中常會，將中宣部的提案「交國民政府照辦」。「查上海字林西報言論記載詆毀本黨，造謠惑眾，雖經外交部向該國領事交涉，飭令更正，迄無效果，茲擬請轉行國民政府予以下列之處分：（一）令全國海關及郵局扣留該報不予遞寄（二）令外交部向美國駐華公使交涉，將該報記者索克司基驅逐出境，是否有當，請鑒核施行案」。〔註 11〕同月 29 日的第 6 次中常會，孫科臨時提議，採取更爲嚴厲的制裁《字林西報》的兩項辦法：一、由政府通令：（1）郵局停止傳遞；（2）海關制止運送；（3）鐵路制止運送；（4）政府機關、海關、郵局、鐵路、省市政府、法院、地方行政機關及人民團體等停止送刊廣告；（5）政府機關及職員停止購閱。以上五項由 5 月 10 日起，嚴厲執行，違者以反革命論。二、由中央黨部通令全國各級黨部通告黨員停止購閱。〔註 12〕最終迫使《字林西報》改變對於國民黨的政治立場。

　　國民黨對媒介生產、傳播流程的每個環節的操縱與控制，目的是企求在全黨、全國達到「一個聲音」的傳播效果，並排除雜音對「一個聲音」的干擾，以信息操控的形式實現整合民眾、控制社會的政治目的。這一做法既是「國體尊民聽一」的傳統愚民政策的延續，又與 20 世紀 30 年代法西斯新聞

〔註11〕　《中國國民黨中央執行委員會常務委員會議錄》（八冊），29～30 頁。《字林西報》是英國人創辦，爲何要向美國領事館交涉，其原因待查，可能跟驅逐記者索克司基有關。

〔註12〕　《中國國民黨中央執行委員會常務委員會議錄》（八冊），66～67 頁。

控制的基本理念高度契合，同時也高度契合傳播學的「傳遞觀」對傳播效果的執著追求。從傳播的權力觀看，國民黨以政治高壓規劃、操控傳播秩序，是使傳播秩序與權力秩序高度契合，使傳播成為權力認可的儀式，並以規定誰可以講話，可以講什麼，可以講多少及在什麼場合講等隱晦的程序設計，使傳播秩序與媒介符號的話語規則能夠嵌入既定的權力格局，從心靈控制上讓民眾臣服於國民黨的集權統治。

第二節　紀念儀式傳播：組織傳播層面的新聞宣傳策略

　　在權力高壓對傳播流程操控的同時，國民黨亦從傳統文化中汲取說服、宣傳的思想與策略，利用各種紀念儀式達到政治與道德教化的目的，是其使用的主要宣傳策略。儀式是人類組織社會的一種重要文化方式，是由一系列模式和序列化的言語和行為建構起來的象徵交流的系統，具有禮儀性（習俗）、立體的特性（剛性），凝聚的（熔合）和累贅的（重複）特徵。〔註13〕傳統中國是「禮儀之邦」，非常重視禮儀對社會既定秩序的固化作用。《周禮》、《禮儀》、《禮記》等儒家「三禮」可謂中國禮儀傳播的思想精髓，並與孔子的「仁」一道構成傳統意識形態的內核：仁——禮——儀。「禮」上承「仁」的社會思想理念，下統「儀」的行為模式；「儀」是「禮」的社會實現，是「禮」的演習形式，而社會、國家、政府與民眾的交流直接聚焦點不是「仁、」也不是「禮」，而是「儀」。〔註14〕歷代統治者均非常重視「儀式」，並舉辦加冕禮、祭天祀祖等各種儀式。但作為一種傳播概念被明確提出，並在學界產生影響的是美國學者詹姆斯·凱瑞（James Carey, 1934-2006）。他於1970年代提出傳播的儀式觀（a ritual view of communication）開啟了傳播學研究的新思路與新方向。儀式傳播方法關注的是憑藉儀式、共同的歷史、信仰和價值來建構一個共同體。這種觀念認為媒介創造出「一種人為的、但卻真實的象徵性秩序，這種秩序不向人提供信息，而是肯定現狀；不改變人的觀點或心靈，

〔註13〕〔英〕菲奧納·鮑伊，金澤、何其敏譯：《宗教人類學》，中國人民大學出版社，2004年版，178頁。

〔註14〕森茂芳的《美學傳播學》第六章《「儀式」傳播的美學結構》對古代中國的儀式傳播思想有較深入的論述。見森茂芳：《美學傳播學》云南民族出版社，2001年，101～124頁。

而是展現事物潛在的秩序；不是發揮，而是再現一種持續但脆弱的社會秩序」
（Carey，1989：19）。〔註15〕

國民黨不可能受詹姆斯·凱瑞的影響，但國民黨操演儀式的策略與實踐絕
對比詹姆斯·凱瑞的論述要豐富的多，而且這一策略與實踐貫徹於國民黨統治
大陸的始終，以致「儀式政治」是民國政治文化史上一道獨特的風景〔註16〕。
目前，健在的民國老人對「總理紀念周」等儀式仍有相當清晰的記憶。〔註17〕

儀式是傳承民族集體記憶，構建民族「想像的共同體」的必不可少的要
素，如節日慶典等，國民黨舉辦的紀念、慶祝活動相當頻繁。據筆者統計，
除了每周一的「總理紀念周」、臨時的「總理擴大紀念周」外，國民黨中央先
後確定的革命紀念日有 34 種之多。〔註18〕另據統計，民國時期（1912～1949），
歷屆政府和國民黨先後定過 40 個紀念日，由此可見，南京國民黨在抗戰前夕
制定紀念日的頻繁。〔註19〕全年舉辦的各類紀念活動，最多時累積有 54 天之
多；若從舉辦次數來說，一年內平均每隔 4.6 天即舉辦一次紀念活動〔註20〕，
五月份的紀念活動最爲頻繁，共有 6 次紀念日，國民黨就把每年五月 1 日、3
日、4 日、5 日、9 日的紀念日合併爲五月紀念周。這些紀念日大都要求「各
地黨政軍各機關各團體學校」參加集會，媒體予以報導。

如此大頻率地配置社會日常時間，舉辦全民性的紀念活動，表明國民黨
利用「儀式時間」強化既定社會秩序的迫切需要。〔註21〕設置「儀式時間」，

〔註15〕〔荷〕LVAN ZOONEN：《女性主義媒介研究》，廣西師範大學出版社，2007
年 8 月，51 頁。

〔註16〕李恭忠：《「總理紀念周」與民國政治文化》，《福建論壇》（人文社會科學版），
2006 年第 1 期。

〔註17〕陳蘊茜：《時間、儀式維度中的「總理紀念周」》，《開放時代》，2005 年第 4
期。

〔註18〕筆者根據 1929 年 7 月 1 日的《革命紀念日簡明表》及歷次修正的《革命紀念
簡明表》和 1928～1938 年的中常會會議記錄統計，實際數目應多於 34 種。

〔註19〕阮榮：《民國時期紀念日的確定與變更》，《民國春秋》，2000 年第 1 期。

〔註20〕總理紀念周一年要舉辦 52 次，1929 年制定的《革命紀念日簡明表》有 28 種
紀念日，是國民黨革命紀念日最多的簡明表。此後的紀念日雖有增減，但總
數目是趨於減少，故一年中至少紀念活動要舉辦 80 次，這還不包括臨時舉辦
的各類紀念活動，如把此類紀念活動也計算在內，估計平均約 3 天或 4 天即
舉辦一次紀念活動，召開一次紀念大會。

〔註21〕所謂「儀式時間」是人類學的一個重要概念。英國人類學家 M·Bloch 研究發
現，每種文化內至少存在兩套時間觀，一套是「儀式時間」（ritual time），另
一套是「日常時間」（practical time）。高度階序化的社會，儀式較多，人們會

並在儀式時間內熟練操演象徵性的儀式標號，就把儀式參與者捲入了象徵符號彌漫的、類似宗教氛圍的、時空交叉的傳播「場域」。不僅如此，儀式還爲新聞媒體設置了報導議程，使儀式時間從儀式場所延展到社會公共領域，成爲民國新聞輿論的重要組成部分。兩者交相呼應，使象徵符號潛移默化地植入參與者的靈魂。

一、國民黨（國民政府）紀念日的類型與儀式

國民黨頒佈的《革命紀念簡明表》把各類紀念儀式分爲「國定紀念日」和「本黨紀念日」兩類，《革命紀念日史略及宣傳要點》（或《革命紀念日紀念式》）分條詳細規定了各紀念日的史略、儀式、宣傳要點等。對不同紀念日實行程度不同的紀念規格〔註22〕，這一做法符合現代民族國家紀念儀式的慣例，無可厚非。〔註23〕但國民黨是以紀念儀式強化「本黨主義」意識形態灌輸，製造孫中山崇拜、宣傳民族主義、維護國民黨一黨專制。以紀念主題爲分類標準，國民黨的紀念日可分爲五類。

（一）一是以孫中山爲紀念主題

孫中山是國內各派系、各黨派及各團體共同認可的精神領袖，是國民黨塑造其意識形態、凝聚民族凝聚力、整合民眾的最有號召力的象徵符號。對此，國民黨幾乎竭盡全力挖掘「孫中山」、「總理遺教」、「三民主義」等象徵符號的巨大號召力與整合力，建構了以「孫中山」爲名義的各種社會傳播網絡，並以這一制度化的平臺操控社會傳播秩序，建構「黨化」意識形態。這

將較多的時間用在儀式溝通（ritual communication）上。見，Maurice. Bloch, 1977, The Past and the Present in the Present, Man, New Series, 12（2）. Published by: Royal Anthropological Institute of Great Britain and Ireland P278-293。轉陳蘊茜：《時間、儀式維度中的「總理紀念周」》，《開放時代》，2005 年第 4 期。

〔註22〕 最高規格基本是總理誕辰、總理逝世、中華民國成立紀念日等紀念日，喜慶紀念日需懸掛黨國旗誌慶，休假一日，全國舉行慶祝大會；悲傷紀念日則需要下半旗誌哀、休假一日，全國舉行紀念大會；最低規格基本是由黨部或行業召集開小範圍的集會，不放假。

〔註23〕 我國由政府規定紀念日並開展紀念活動始於民國。1912 年 9 月 24 日，北京政府參議院通過了由袁世凱轉咨的國務院所擬《國慶日和紀念日案》，該案提議以每年的 10 月 10 日爲中華民國國慶日，1 月 1 日爲中華民國臨時政府成立紀念日，2 月 12 日爲宣佈共和、南北統一紀念日。這是我國最早由政府確定的紀念日。是民國時期利用紀念日炫耀政績，鞏固統治的開端。見阮榮：《民國時期紀念日的確定與變更》，《民國春秋》，2000 年第 1 期。

一平臺主要有總理紀念周、總理擴大紀念周〔註24〕，以「總理」命名的誕辰、逝世等紀念日。〔註25〕

紀念日儀式基本沿襲「紀念周」的儀式，但在程序、參加人員上略有不同，且每年的紀念辦法均先由中宣部擬定後呈報中常會議決，故每年的紀念程序、紀念儀式會略有變化。總體來說，總理逝世、總理誕辰兩紀念日的規格最高。總理廣州蒙難、總理第一次起義、總理就任非常總理的紀念規格略低，與「革命先烈」紀念日的規格相同。《總理逝世四週年紀念日舉行辦法》（1929.2.21）對此作了 8 項規定〔註26〕，核心內容是全國各黨政軍學校各團體及各工廠商店一律休假一日，下半旗一日，全體黨員及全國公務員一律臂纏黑紗一日，全國一律停止娛樂宴會及其它喜慶典禮一日，各高級黨部及行政機關領導黨員公務員及民眾要擇地舉行職務典禮，宣傳一律依照中宣部頒發的宣傳大綱、宣傳要點及造林運動宣傳大綱。儀式依次為：「開會、唱黨歌、奏哀樂、向總理遺像行三鞠躬禮、恭讀總理遺囑、俯首默念三分鐘、獻花圈、恭讀祭文、奏哀樂、散會」。

（二）二是以「革命先烈」為主題

主要有陳英士殉國紀念日（5.18）、廖仲愷殉國紀念日（8.20）、朱執信殉國紀念日（9.21）、黃克強逝世紀念日（10.31）、鄧仲元殉國紀念日（3.23）、七十二烈士殉國紀念日（3.29，後改為革命先烈紀念日）。其中以革命先烈紀念日、陳英士殉國紀念日的紀念活動較為隆重。紀念儀式基本是由各地高級黨部召集各機關、各學校及民眾團體代表舉行公祭大會，經過唱黨歌、奏哀

〔註24〕據陳蘊茜研究，在 30 年代，擴大紀念周極為普遍，成為作廣泛的社會動員時間場域。1932 年國民政府遷至洛陽，規定每月第一個星期一舉行擴大紀念周，最典型的擴大紀念周是蔣介石駐南昌行營時，為發動新生活運動，在 2 個月不到的時間內 5 次舉辦 10 萬人參加的擴大紀念周。各地的聯合或擴大紀念周也逐漸制度化。陳蘊茜：《時間、儀式維度中的「總理紀念周」》，《開放時代》，2005 年第 4 期。

〔註25〕即總理逝世（3 月 12 日）、總理就任非常總統（5 月 5 日）、總理廣州蒙難（6月 16 日）、總理第一次起義（9 月 9 日）、總理誕辰（11 月 12 日）五項紀念日。此外，國民黨於 1929 年以「黨葬」方式舉辦隆重的「總理奉安大典」，此後根據需要臨時舉辦聯合或擴大總理擴大紀念周。另外，李恭忠的《黨葬孫中山——現代中國的儀式與政治》（《清華大學學報》（哲學社會科學版），2006 年 3 期）一文對此有深入分析。

〔註26〕中國第二歷史檔案館編：《中國國民黨中央執行委員會常務委員會會議錄》（七冊）348～349 頁

樂、三鞠躬、恭讀總理遺囑、默念三分鐘及獻花圈、恭讀祭文等繁瑣儀式後，主席（高級黨部最高負責人，中央一般爲中央常務委員，地方爲省市黨部主任）報告「革命先烈」事迹、殉國經過和情形、革命精神后，就是紀念主題演講，一般闡發「先烈」的革命精神、紀念意義、如何繼承等。《五月十八日陳英士先生殉國紀念辦法》（29.4.15）規定了 12 項儀式。〔註 27〕「七十二烈士殉國紀念日」還要「全國休假一日一律下半旗誌哀正午全國靜默五分鐘」。〔註 28〕

（三）三是以重大事件為紀念主題

這類紀念日分爲兩類，一類是重大「革命」事件的紀念日。〔註 29〕此類紀念日仍由高級黨部召集各機關、各學校各團體代表參加，儀式基本與「革命先烈」的紀念日類似。一類是重大喜慶「開端」紀念日。此類紀念日常被定爲法定紀念日，是現代民族國家維繫「想像共同體」的基本慣例，但國民黨對此類節日的設定略顯重複〔註 30〕，但紀念日相對隆重，除了由高級黨部召集各機關、各學校各民眾團體代表舉行慶祝大會外，通常要懸掛黨國旗誌慶，並休假一天。中華民國成立和國慶的紀念日均爲國民黨所重視，每年均安排特定經費由中央黨部負責籌備，有時還會讓中宣部起草，中常會或中政會核定發表「告全國黨員書」、「告全國民眾書」此類的文告。《建都南京二週年紀念辦法》（1929.4.15）規定全國各黨政軍機關各團體學校工廠商店一律懸旗誌慶一日，首都、各省市均要舉辦慶祝大會。〔註 31〕

〔註 27〕 儀式程序和宣傳是：1、開會，2、唱黨歌，3、奏哀樂，4、向國旗黨旗及總理遺像及陳先生遺像行三鞠躬禮，5、主席恭讀總理遺囑，6 向總理及陳先生遺像俯首默念三分鐘，7 獻花圈，8、恭讀祭文，9、主席報告陳先生事略及殉國經過，10、演說，11、奏哀樂，12 散會。宣傳則「一律依照中央頒發之宣傳要點及陳先生傳略」。特別重要的「革命」紀念日，見《中國國民黨中央執行委員會常務委員會會議錄》（八冊），20～21 頁。

〔註 28〕 《中國國民黨中央執行委員會常務委員會會議錄》（八冊），428 頁。

〔註 29〕 有北平民眾革命紀念日（3 月 18 日）、清黨紀念日（4 月 12 日）、國民革命軍誓師紀念日（7 月 9 日）、肇和兵艦舉義紀念日（12 月 5 日）、雲南起義紀念日（12 月 25 日）。

〔註 30〕 主要有：中華民國成立紀念日（1 月 1 日）、國民政府建都南京紀念日（4 月 18 日）、國民政府成立紀念日（7 月 1 日）、國慶紀念日（10 月 10 日）等。

〔註 31〕 其儀式爲：1、開會，2、奏樂，3、唱黨歌，4、向國旗黨旗及總理遺像行三鞠躬禮，5、主席恭讀總理遺教，6、主席致開會詞，7、演講，8、奏樂，9、散會。至於宣傳仍須一律依照中宣部頒發的宣傳大綱及宣傳要點、標語，見

　　四是以「國恥」、「國難」爲主題。爲激發民族主義情緒，聚集民族凝聚力，建設現代化國家及應對來自日、俄等國家的現實侵略威脅，國民黨設定了許多國恥紀念日。但由於國民黨不敢正面應對日本的侵略威脅。一些國恥、國難的紀念日也多被刪減、合併。1929 年 7 月的《革命紀念簡明表》設定了 6 種國恥紀念日〔註32〕，其儀式、宣傳也不像「革命先烈」、「重大事件」紀念日那樣隆重、公開，基本採用了內部組織的方式，且不許放假結隊遊行、不得舉行任何性質的遊藝。《國恥紀念辦法》（1929.4.29）對此作了明確規定.《辦法》由蔣介石「儉電」中常會修正通過〔註33〕。

　　1931 年「九·一八」事變後，六種國恥紀念日被合併爲一項，雖先後增設了九一八國難紀念日（1932.8.25）、一二八國難紀念日（1933.1.12）、抗戰建國紀念日（1938.6.30）。但在 1937 年以前，不論國難紀念日，還是國恥紀念日，國民黨均按照上述規定在內部舉行。如，1932 年的「九一八國難紀念日」，同年 8 月 25 日，四屆 35 次中常會通過了中宣部擬定了《九·一八國難週年紀念辦法》，並以「秘件」〔註34〕形式下發各級黨部要各級黨部嚴密遵辦。〔註35〕

　　　　中國第二歷史檔案館編：《中國國民黨中央執行委員會常務委員會會議錄》（八冊）16～17 頁。

〔註32〕它們是：濟南慘案國恥紀念日（5 月 3 日）、二十一條約國恥紀念日（5 月 9 日）、上海慘案國恥紀念日（5 月 30 日）、沙基慘案國恥紀念日（6 月 23 日）、南京合約國恥紀念日（8 月 29 日）、辛丑條約國恥紀念日（9 月 7 日）。

〔註33〕其內容是：（一）凡國恥紀念日各黨部各學校各機關各軍隊各工廠及各團體除照常工作不許放假外並應照下列五款舉行紀念。甲、於是日原定工作時間外特定一小時爲紀念國恥誌講演時間；乙、講演前後不得結隊遊行及舉行任何遊藝；丙、凡講演均由各黨部各學校各機關各軍隊各工廠及各團體分別就地在內部舉行；丁、講演之前應一律靜默五分鐘，戊、應有標語除在會場張貼外不許在外張貼。（二）國恥講演由各學校各機關各軍隊主管人須指定專員擔任，但各工廠及各團體及各團體應由就地黨部負責辦理。（三）講演內容按照中央黨部所規定之宣傳大綱或宣傳要點行之。（四）各級黨部應於各國恥紀念日上午六時召集黨員公務員及民眾團體各學校代表舉行紀念七時以後分赴各學校各團體講演。（五）各團體紀念講演時間定爲上午七時至八時紀念講演之秩序如下：1、開會，2、唱黨歌，3、向黨國旗及總理遺像行三鞠躬禮，4、主席恭讀總理遺囑、5、靜默五分鐘，6、講演，7、散會。見《中國國民黨中央執行委員會常務委員會議錄》（八冊），66 頁；74～75 頁。

〔註34〕《九·一八國難週年紀念辦法》原件標明「密件」。

〔註35〕《辦法》核心是中央與九·一八以前發佈宣言，該宣言推定葉楚傖起草；是日全國停止娛樂，全體黨員公務員及軍警各機關各學校工廠各住戶應於上午11 點鐘時，停止工作五分鐘起立默念國恥，並對東北及淞滬殉難同胞致沉痛

　　五是行業性紀念日。主要有國際婦女節（3.8）、國際勞動節（5.1）、學生運動紀念日（5.4）、孔子誕辰紀念日（8.27）等。行業性紀念日是現代民族國家紀念日的常選項。但國民黨對此類紀念日重視程度最低，也並非一視同仁。1935 年修正的《革命紀念簡明表》就全部刪除了上述行業性紀念日。相對而言，孔子誕辰紀念日較爲重視，對近代中國產生重大影響的「學生運動紀念日」，卻遭到了有意無意淡化。表明國民黨利用儀式馴服民眾的政治控制目的。行業性紀念日的儀式一般是由高級黨部領導行業團體代表舉行紀念大會，仍要遵循唱黨歌、行鞠躬禮、演講等儀規。《五一勞動節紀念辦法》（1929.4.15）規定全國工廠一律休假一日以誌紀念，各地高級黨部領導工人團體或代表舉行紀念禮，其儀式仍是開會、唱黨歌、向國旗黨旗及總理遺像行三鞠躬禮、演說等程序。宣傳一律依照中宣部頒佈的五一勞動節宣傳大綱及宣傳要點標語口號。〔註 36〕

　　綜上所述，除了法定的「總理紀念周」，上述紀念日和臨時舉辦的慶祝、紀念活動，中宣部均在紀念日舉辦前擬定紀念辦法，詳細規定紀念活動在何時、何地，如何組織儀式，有誰參加，依照何種程序，以何事爲主題，如何懲罰違規者等；規定紀念日的宣傳一律要求依照中宣部提前制定的宣傳大綱、宣傳要點進行，否則即受懲罰。其程序是在紀念日舉辦前夕，中宣部擬定紀念辦法（包括紀念儀式、紀念規定、宣傳大綱、宣傳要點乃至經費算）報呈中常會核定，中常會核定後，再分發各級黨部，由黨部層層分發下級黨部，若需國民政府執行者，則由中常會函國民政府轉飭各級政府機關執行。

　　按照中宣部制定宣傳要求大肆宣傳報導紀念周、紀念日，既是國民黨新聞宣傳機構的責任，也是其須完成的政治任務。各報大都闢專門的版面或欄目予以報導，並刊載紀念周（日）的主題講演。1928 年 8 月，中央廣播電臺一成立即在「特別節目」中設置每星期一《中央紀念周》欄目，現場轉播中央紀念周，以後又擴展至各省市政府所設至廣播電臺及交通部所管轄的民營廣播電臺。由此，國民黨通過系列紀念活動，在事實上爲民國媒體設定了系列報導議程。當紀念日成爲一項常規新聞議題時，不管媒體是否喜歡，它都必須予以報導，否則有漏掉「新聞」嫌疑及被國民黨追究的可能。另外，圖

之哀悼。《中國國民黨中央執行委員會常務委員會議錄》（十八冊），96 頁。
〔註 36〕《中國國民黨中央執行委員會常務委員會議錄》（八冊），18～19 頁。

書出版業也不例外，以「總理」、「革命先烈」、「黨義」、「三民主義」和各紀念日爲主題的圖書出版，是民國圖書出版的一大風景線。這樣，通過各類媒體的聯動與呼應，國民黨將紀念日活動從有組織的、小範圍的儀式傳播以媒體議題形式擴散到全社會，成爲民國社會必須談論的社會話題，繼而使個人崇拜、三民主義等「黨化」性的象徵符號彌漫到全社會，成爲民國民眾日常生活的重要部分。

二、模式化報導：以《中央日報》的「總理紀念周」報導特點 分析

總理紀念周和各類國民黨「法定」的紀念日，是國民黨媒體既是必需報導的「新聞事實」，也是必須報導的「政治任務」。在這個層面上，總理紀念周和各類紀念口是國民黨爲新聞媒體預設且每年固定必須報導的「僞事件」。而媒體的長期對各類紀念儀式的大肆宣傳報導，使組織化的紀念儀式傳播向社會公共領域擴散、滲透，並使紀念儀式傳播成爲民國一道奇特、豐富的媒介景象。據晚清和民國期刊全文數據庫以「總理紀念周」爲關鍵詞檢索從 1924～1949 年間共有 3462 篇相關文章，據人成老舊刊全文數據庫以「總理紀念周」爲關鍵詞檢索，共發現 682 篇相關文章。作爲國民黨的最高黨報，《中央日報》對總理紀念周的報導具有代表性。1928～1938 年間，該報對總理紀念周的報導相當頻繁，根據《中央日報》標題索引數據庫統計，累積達 3500 多條，平均不到兩天即有 1 條相關報導〔註37〕，而以「紀念」爲關鍵詞檢索累積達 7782 條。可見以《中央日報》的總理紀念周的報導爲例，可管窺國民黨媒體報導紀念儀式的基本特點。

國民黨明確規定，從中央到地方，各級黨部、黨政軍機關每周均要舉行，總理紀念周，有時還舉行擴大總理紀念周、聯合紀念周等。但統計顯示，《中央日報》在 10 年間對總理紀念周的報導並不均衡，如圖 6-1 所示，而是表現「倒 W」型。

〔註37〕通過《中央日報》標題索引數據庫檢索，以關鍵詞「總理紀念周」、「中央紀念周」、「紀念周」檢索分別得到數據 146、413、3030。因「紀念周」關鍵詞包含「總理紀念周」、「中央紀念周」，考慮到標題中沒有紀念周一詞，而內容涉及的報導爲統計外，故將三個數據相加得到數據 3589 條，1938 年的數據相當少，故估計 1927～1938 年間的報導有 3500 多條。

圖 6-1　1928～1938 年《中央日報》的紀念周報導的趨勢圖

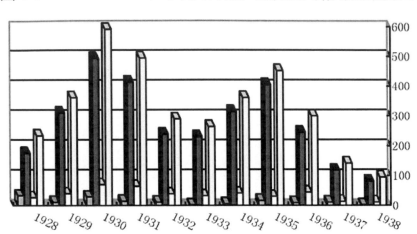

注：此圖是據《中央日報》標題索引（1928～1949）數據庫，以「總理紀
　　念周」、「中央紀念周」、「紀念周」為關鍵詞檢索製作而成，其中「紀
　　念周」關鍵詞包括「總理紀念周」、「中央紀念周」兩個關鍵詞，但後
　　兩個關鍵詞的數據之和遠遠小於以「紀念周」為關鍵詞檢索到的數據。
　　相關數據如下表：

年　份	28	29	30	31	32	33	34	35	36	37	38	匯總
總理紀念周	33	11	29	15	11	2	6	17	9	11	2	146
中央紀念周	27	40	70	65	39	32	41	30	45	13	11	413
紀念周	175	311	493	414	240	231	315	405	246	118	82	3030
匯總	235	362	592	494	290	265	362	452	300	142	95	3589
紀念	577	943	1049	738	465	532	812	988	753	648	277	7782

　　由圖 6-1，圖 6-2 可知，1928～1930 年，《中央日報》的紀念周報導呈逐
漸上升趨勢，並在 1930 年達到高峰，1930 年全年的報導量估計 600 條左右。
之後，紀念周的報導逐年呈下滑趨勢，但報導總量仍相當多。1933 年，紀念
周的報導量達到峰底，全年估計不超過 300 條，幾乎為 1930 年全年報導量的
一半。這一年檢索結果是：「總理紀念周」2 條，「中央紀念周」32 條，「紀念
周」231 條。

圖 6-2 《中央日報》1928～1938 年間「紀念周」與「紀念」關鍵詞對比表〔註38〕

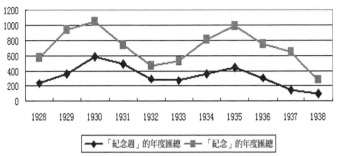

圖例：「紀念週」的年度匯總 ◆——◆ 　「紀念」的年度匯總 ■——■

1933～1935 年，紀念周的報導有所平緩回升，並在 1935 年再次達到一小高潮。估計全年報導量約在 450～500 條之間，之後，其報導量趨於下降，並在 1937 年後急遽下降。估計 1937 年全年的報導量不超過 200 條，1938 年則約在 100 條左右。《中央日報》「倒 W」型的報導走勢，至少表明兩點：

1、自 1926 年初，國民黨全面推行紀念周制度後，其實施情況並不理想，紀念周也日趨形式化，致使《中央日報》的「無法」報導。

2、僅從數據推測，《中央日報》對紀念周的報導，基本符合新聞報導的走勢規律，也有明顯的行政干預的烙印。

控制新聞刊發的因素相當複雜，有新聞本身的因素、有記者、媒體的因素，也有政治宣傳需要、經濟壓力及文化、人情關係網等因素，但當某項事件成為一種普遍現象，其固有的報導價值，也因其報導量的遞增、民眾閱讀疲勞而在達到某個制高點時呈逐步下降趨勢，並形成一種相對穩定的報導常態。紀念周的報導在 1930 年、1931 年達到制高點，固然受當時社會環境的影響，但也說明，隨著紀念周在各地區的普遍展開，其報導量也相應達到制高點，然而其趨勢並非完全是平穩下滑到某種相對穩定狀態。1933 年的低谷、1935 年的突起及 1937 年、1938 年的急遽下降，這表明，紀念周的報導深受國民黨的調控，有很深的烙印。這一烙印也有史料予以有力佐證。在紀念周報導的最低潮的 1933 年，《中央日報》於同年 4 月 7 日三版即報導一條消息。其標題是：「中央紀念周及重要新聞,各省市電臺均須轉播」。這條規定雖然是針對各省市電臺而言，但也意味著國民黨對紀念周報導下滑嚴重不滿，及相

〔註38〕數據來源於圖 6～1 的「注」。

應的政策補救行為。1935 年的小高峰也可能與這一年召開的第五次全國代表大會，國民黨決議轉變對日政策有關。由此可見，就紀念周報導，《中央日報》深受國民黨的調控，並有很深的烙印。這再次表明國民黨控制《中央日報》的嚴厲程度，及《中央日報》是國民黨的忠實的「黨國喉舌」。

報導形式上，《中央日報》的紀念周報導文本並非豐富多彩，常常是全文刊登各黨政要人的紀念周演講詞、報告書，或摘編「演講」、「報告」內容的長篇消息或通訊。僅以「中央紀念周」為關鍵詞檢索，經整理發現從 1928～1938 年間，《中央日報》至少刊登了 199 篇國民黨黨政要人的報告、演講。不少報告或演講常常連載，如胡漢民 1929 年 4 月份的一次紀念周演講「意志統一與行動統一」，《中央日報》分別從 4 月 11～13 日在第五版連載刊登。版面安排上，紀念周的報導主要集中在 2、3 版，1、4、5、6、7、8 等版也有零星報導。其它文體形式還有簡短的消息、綜合各地紀念周舉辦情況的綜述消息，及對重要紀念周的「詳記」等。

寫作上，除了全文刊登紀念周的演講詞、報告外，簡短消息、綜合性消息的寫作，基本是千篇一律的模式化。基本是何時、何地、有那個部門舉辦紀念周，參加者是誰，誰做主席、誰演講，演講的主要內容列舉一二三條，比較重要的內容，有時摘錄為標題或分標題、提要題。「詳記」則羅列紀念周的各類儀式、程序，其它各紀念日的報導也類似如此。標題基本常用「談話演講之標題」，此類標題根據（1）演講者之姓名，（2）講詞撮要而製作。〔註39〕如《中央紀念周陳委員立夫報告：「全國土地調查經過及其結果」》、《中央紀念周由葉委員楚傖報告》、《古代聖人之修養與民族改造　于右任在中央紀念周報告》等。這樣一種「事實」陳列式的敘述方式，遵循的是「事件」發生的時間順序，而未根據「新聞價值」予以重新安排，以有意突出黨政要人的紀念周報告或演說中透露的重要的政策信息。這表明，《中央日報》的紀念周報導，其意重心不在向民眾解讀、宣傳政策、政綱，而是向民眾展示中央黨政要人之間的權力秩序，及告之權力者所決定的政策、政綱等。這種報導模式深刻地影響了民國新聞媒體的政治新聞的敘述結構、敘述方式，

〔註39〕柯武韶：《中國新聞標題之研究》，1935 年 5 月，燕京大學新聞系學生畢業論文。作者列舉了製作此類標題的三種辦法：（甲）如演講者為國內聞人或國外名人則應先將其姓名標出，以吸引閱者之注意。（乙）先將演詞之題目或其精華標出，然後將其姓名排入分題中，（丙）引用法，引用演講者所提出之重點作標題。這三類方法在《中央日報》的紀念周報導的標題中均有大量體現。

雖備受學者、報人的攻擊、詬罵，但仍未有根本性的改觀。由此，國民黨主導的紀念儀式傳播，在向社會公共領域推廣時，也存在著一種隱蔽、龐大、從上至下的信息灌輸的新聞傳播「儀式」。

三、紀念儀式傳播的歷史效果分析——以總理紀念周爲例

國民黨紀念日的取捨由中常會決定，紀念日的儀式、規程由中宣部草擬。〔註40〕以那些重要人物和重大事件作爲紀念日，既涉及到對這些歷史人物和歷史事件的評價，也反映出國民黨的價值趨向：如上所述，以紀念儀式傳播的形式構建國民黨主導的「想像的民族共同體」，以鞏固其統治的社會心理基礎。但其傳播效果如何？是否達到其預期，又產生什麼樣的歷史影響？下面以總「理紀念周」（下簡稱「紀念周」）爲例分析。

（一）制度層面的「總理紀念周」可能達到的效果分析

「總理紀念周」是國民黨建構的最主要的社會傳播的制度平臺。國民黨的總理紀念周是法定每周一舉行紀念講演活動，在經過學校自發組織紀念周〔註41〕，國民黨規定「恭讀總理遺囑」儀式，到建國粵軍總部、廣東國民政府等機構的局部性行爲上到國民黨全黨行爲，並由國民黨依其政權力量在全國普及到各級黨政軍機構、各學校、各團體共同實行的一種全民行爲後，總理紀念周取得了國教儀式般的地位。

1925 年 3 月 31 日，國民黨中執會全體會議議決「總理遺囑」議案，並訓令各級黨部：「每逢開會時，應先由主席恭誦總理遺囑，恭誦時應全場起立肅聽」。〔註42〕1925 年 4 月建國粵軍總部以「灌輸大元帥主義精神於各官兵頭腦中」名義制定《總理紀念周條例》七條〔註43〕，命令各軍隊每周一舉行紀念

〔註40〕1929 年 7 月 1 日，中常會第三屆第 20 次會議通過了《革命紀念日及其儀式和宣傳要點案》，1930 年 7 月 10 日，中常會第 100 次會議通過了由國民黨中宣部修正，經蔣介石、胡漢民等 12 人審查的《請修正革命紀念日簡明表及革命紀念日紀念儀式案》。以後的歷次修正也都經過了中常會的最終議決。

〔註41〕孫中山於 1925 年 3 月 12 日逝世後，江蘇、上海等學校曾自發舉辦紀念周以誌紀念。1925 年 3 月 23 日，江蘇徐州第十中學召開孫中山追悼會，校長宣傳「本周特爲中山先生之紀念周，課間多以先生之主義及學說爲講義，俾我（們）能繼先生之志」。上海尚文路省立第二師範附屬小學也決定舉辦「孫公紀念周」，只是內容更爲豐富，「搜集孫公紀念物，並研究其學說及生平行事等等，藉此以示追悼孫公之意」。

〔註42〕廣州《民國日報》，1925 年 5 月 4 日。

〔註43〕條例主要內容：第一條本軍爲灌輸大元帥主義精神於各官兵頭腦中，永久勿

周，開軍隊舉行紀念周之先河。《條例》規定了舉行紀念周的目的、儀式、主持者、舉行時間及對「陽奉陰違」者的懲罰，該條例成為國民黨中常會制定的《總理紀念周條例》的最初藍本。同年 8 月 17 日廣州國民政府監察院全體職員在監察委員林祖涵主持下舉行了第一次「總理紀念周」，為政府機關舉辦紀念周之始。同年 10 月 19 日，國民黨中央執行委員會舉行首次「總理紀念周」。與此同時，國民政府也舉辦了多次「總理紀念周」。1926 年 1 月 16 日，國民黨「二大」正式通過決議，「海內外各級黨部及國民政府所屬各機關、各軍隊均應於每星期舉行紀念周一次，並寫入《中國國民黨總章》。」2 月 12 日，中常會議決並公佈《總理紀念周條例》，同年 5 月 30 日，《紀念周條例》第一次修正，參加人員擴展至機關所有黨員。自此，紀念周成為國民黨上自中央下至各區縣統一執行的「制度時間」﹝註 44﹞，也成為「各種黨部把黨的主義政策去訓練黨員的一個方法」。﹝註 45﹞之後，據筆者不完全統計，《紀念周條例》雖經過 7 次修正，﹝註 46﹞但紀念周的程序、紀念儀式基本未變。﹝註 47﹞

俾忘起見，特決定以每星期一為紀念周，永久行之。第二條，紀念周舉行之士如左：一、向大元帥像行三鞠躬禮，如在戰地無帥像時，向青天白日旗行三鞠躬禮；二、向大元帥默念三分鐘；三、各官兵同時宣讀大元帥遺囑，並由官兵長解釋其義；四、演說大元帥主義及革命歷史。第三條，關於第二條規定，以紀念周（即星期一）上午十時舉行之。平時在軍營舉行，戰時在露天舉行，其時間以不逾一小時為度。關於上午十時之時間，得因特別情形提前或展緩行之。第四條，由本部仿黨證式樣頒發手折，上印大元帥遺像、遺囑、格言以及本條例，俾資遵守。第五條前項手折各官兵應慎重保存，不得無故遺失，否則以遺失軍械例治罪；第六條，對於本條例如有陽奉陰違（筆者注：違）等行為，一經查覺或舉發，除將其應負責之官長撤差外，並另予分別議處。見廣州《民國日報》，1925 年 4 月 27 日。

﹝註 44﹞所謂「制度時間」（institutional time）是指根據組織或機構的作息而制定出的不同的時間表及對時間表的不同分割，是組織或機構成員共同遵守的時間。見 Lewis，J・Daivd and Andrew J・Weigert, 1981, The structures and Meanings of Social Time, Social Forces 60（2）p434。陳蘊茜借用這個概念，以總理紀念周為例，深入分析了國民黨利用紀念周製造孫中山崇拜，灌輸意識形態的系列行為及這種行為對國人集體記憶孫中山符號的影響。陳蘊茜：《時間、儀式維度中的「總理紀念周」》，《開放時代》，2005 年第 4 期。

﹝註 45﹞《胡漢民縣市演說集》，編者、出版者不詳，1926 年底，51 頁。

﹝註 46﹞有據可查的修正有 7 次，其時間分別為 1926 年 8 月、1930 年 1 月 5 日、1930 年 11 月 17 日，1933 年 5 月、1937 年 2 月 4 日、1939 年 2 月 23 日，1939 年 7 月 20 日。

﹝註 47﹞這從 1933 年 5 月的《總理紀念周條例》中也可窺全貌。該條例共 8 條，分別是：第一條　本會為永久紀念總理且使同志皆受總理為全民奮鬥而犧牲與智

首份《紀念周條例》規定儀式共 5 項：依次是全體肅立；向總理遺像行三鞠躬禮；主席恭讀總理遺囑全體同時循聲宣讀；向總理遺像俯首默念三分鐘；演講或政治報告；禮畢。1929 年 1 月修正《紀念周條例》，在「全體肅立」後加入「唱黨歌」一項，使儀式成爲七項。1930 年 11 月 17 日把第五項「演講或政治報告」改訂爲「講讀總理遺教或工作報告」。使紀念周的演講範圍從總理遺教、黨義闡釋擴展到日常工作報告，增加了紀念周的世俗性和現實政治性。1937 年 2 月，紀念周儀式作了較大調整，由原來的 7 項增加爲 10 項。依次是紀念周開始；主席就位；全體肅立；唱黨歌；向黨國旗及總理遺像行三鞠躬禮；主席恭讀總理遺囑全體同時循聲宣讀；向總理遺像俯首默念三分鐘；講演總理遺教或工作報告；宣讀黨員守則（由主席先宣讀前文然後領導全體循聲宣讀守則）；禮成。〔註 48〕儀式由最初的 5 項增加爲 10 項，既反應了國民黨以儀式強化孫中山崇拜的政治目的，也折射出國民黨借儀式向全體黨員灌輸黨義、馴服黨員，力圖彌合黨內離心的隱性訴求。

儀式爲硬性規範人們行爲的枯燥程序，爲讓儀式參與者自覺遵守儀式，須給出儀式合理的權威解釋。傳統儀式是歷史形成的，無須深度闡發。但紀念周的儀式是國民黨「發明」的，需國民黨予以權威且合乎邏輯的闡釋。《總理紀念周詳解》（國民黨浙江省黨務指導委員會訓練部編印）一書對此作了詳細闡發。〔註 49〕該書以堆砌華麗的詞彙如「救中國的惟一主義」、「引導全人

仁勇志人格所感召，以繼續努力貫徹主義，特決定凡中國國民黨各級黨部及因國民政府所屬各機關各軍隊一律於每周內舉行紀念周一次。第二條 紀念周以每周至曜（星期一）日上午九時至十二時行之，其每次時間以不逾一小時爲度，關於上項之時刻得因特別情形變更之。第三條 舉行紀念周時，中國國民黨各級黨部以常務委員國民政府所屬各機關各軍隊以其所在地之最高長官爲主席。第四條 紀念周之秩序：一、全體肅立，二、唱黨歌，三、向總理遺像行三鞠躬禮，四、主席恭讀總理遺囑全體同時循聲宣讀，五、向總理遺像俯首默念三分鐘，六、講讀總理遺教或工作報告，七、禮畢。第五條 中央執行委員會仿照黨證式樣頒發手折上印總理遺像遺囑格言及本條例，俾資遵守。第六條 對於紀念周執行不力者或有陽奉陰違等情事者，一經查覺或舉發，除將其應負責之常務委員或長官撤差外，仍另予分別議處。第七條 凡中國國民黨黨員依據其職業或其它之關係有應出席於某黨部或機關或某軍部誌紀念周者，須於紀念周舉行以前齊集，並不得無故連續缺席至三次以上，違者分別議處。第八條 本條例自中央執行委員會議決後公佈之日施行。

〔註 48〕內政部總務司第二科：《內政法規彙編禮俗類》，1940 年 11 月，商務日報館，北碚夏溪口，167 頁。
〔註 49〕《總理紀念周詳解》，中國國民黨浙江省黨務指導委員會訓練部編印，1929

類的惟一的主義」、「空前絕後的救人類救世界的主義」等修飾「三民主義」，
極度吹捧「三民主義」的「偉大功效」，據此要以「極懇切的心」崇奉「孫先
生遺教」、「誠誠懇懇地舉行總理紀念周、參加總理紀念周」。對於舉行時間、
主席及每項禮儀等問題，除了給予具體修飾性解釋外，還予以過度闡釋，其
中對「默念三分鐘」意義的闡釋最爲典型。

　　向總理遺像默念三分鐘，其重要意義，除表示悲哀情緒和肅穆態度以外，
還在默念的「念」字上。……，第一分鐘是「默默地想著總理底遺教，默默
地思維著總理給我們的關於國民革命的目的、方法、工具和手段」；……，第
三分鐘是「嚴密地計劃一下，究竟未來一周的工作，要如何才能不違背總理
的遺教，要如何才算是一個黨忠實信徒的工作，……，要如何才能發揚總理
的主義……向總理遺像默念三分鐘，要每分鐘都有沉默的思考，才不算落了
宗教樣式的窠臼，才算是有意義的。〔註50〕

　　三分鐘內既要求參與者做學習、懺悔與計劃等如粗大跨度的內省式的反
思。這種「說教式」闡發，完全是根據需要編造的美麗謊言，既不具有學理
基礎，也無任何現實可行性。其它「全體肅立」、「行三鞠躬禮」、「誦讀總理
遺教」、「唱黨歌」也在崇敬「總理」的名義下賦予了強化記憶、崇敬「總理」、
督促自己反省奮進等多重意義。如儀式結束用「禮成」而不是採用「散會」，
因爲「禮成是努力的起點，是奮鬥的開始！」。可見，國民黨承繼了中國傳統
文化中文字崇拜的思維方式，在其思維深處仍向原始人那樣，仍相信文字具
有神奇的魔力，操縱文字即能達到控制目的。

　　除此儀式外，參加紀念周還要遵循「儀規」。《總理紀念周儀規》（1936.4.2）
對參加者的著裝、禮儀、排列座位等作了詳細規定。《儀規》共 10 條，核心
內容是 2 至 9 條。〔註51〕

　　　　年 3 月，7 頁。

〔註50〕 《總理紀念周詳解》，中國國民黨浙江省黨務指導委員會訓練部編印，1929
　　　　年 3 月，196～198 頁。

〔註51〕 其内容是：二、參加紀念周人員之服裝除已有規定之制服者外應依照下列規
　　　　定。甲、男姓：（一）禮服（素藍袍、黑褂）（二）中山裝。乙、女性：（一）
　　　　長褂（二）襯裙。三、服裝材料一律採用國貨，其顏色以適應時令整齊劃一
　　　　爲主旨。四、參加紀念周人員排列次序依照禮堂之大小按男左女右酌量規定。
　　　　五、參加紀念周人員進入禮堂後應各就規定地位整齊肅立不得交談。六、紀
　　　　念周禮堂內司儀員、糾儀員由主席指定之。七、紀念儀式如舊，但於開始之
　　　　前司儀員應先司報「紀念周開始嗣」、「主席就位」然後「全體肅立」。八、禮

　　國民黨雖「口口聲聲」不重在如任何宗教所舉行的宗教儀式，但上述儀式、儀規的細緻要求，遠比一般的宗教儀式還講究。表現出國民黨的儀式傳播具有既隱蔽又精細、刻板的特徵。

　　若僅從制度層面考察，國民黨對儀式傳播的運用相當嫻熟。細緻、繁瑣、重複的儀式營造出來的類似宗教式的傳播氛圍，實際是把人內、人際、小群體、組織、大眾傳播等各個層次的傳播形態及口語、文字、傳單、標語、新聞等各種傳播介質糅雜在一起，構造成濃厚的傳播「場域」。傳播效果研究表明，這樣的傳播「場域」有「洗腦」般的強大效果。

（二）歷史史實層面「總理紀念周」的傳播效果原因分析

　　國民黨設定種種紀念日及總理紀念周，其目的顯然是以這些紀念儀式或制度時間整合「一盤散沙」的國民黨，增強國民黨的組織性、紀律性，使之成為一個有戰鬥力的「革命」政黨，同時借助媒體的宣傳，進而使社會、民眾整合成以國民黨為中心的有機整體。然而，歷史結果是國民黨塑造的三民主義的意識形態始終是「脆弱的」〔註52〕，國民黨也始終未能把握住主流輿論的主導權，但也不能否認國民黨的儀式傳播未有絲毫效果。已有研究表明〔註53〕：孫中山的偉大形象確實影響了民國一代人，至今健在的老人仍能背誦「總理遺囑」，也影響了國人對孫中山形象的集體記憶；對於強化中國的民族主義，儀式傳播也有莫大功勞，等。但國民黨借助紀念儀式傳播，灌輸其一黨專制的意識形態的政治意圖卻完全落了空。造成這種歷史悖論的因素是錯綜複雜的。但僅從國民黨的儀式傳播而言，紀念儀式傳播的形式與傳播內容之間，紀念日的傳播主旨與社會現實之間的巨大張力，是國民黨塑造其意識形態失敗的根源。也正是兩種張力的難以彌合的長期性存在，使民國社會的中間力量——知識分子群體——看透了國民黨利用紀念日製造英

　　　　成後（1）主席先退（2）參加人員魚貫退。九、糾儀員應核簽到薄並在會場查察，如發現有無故不到或載紀念周禮堂中失儀者，應報告主席分別糾正。蔡鴻源主編：《民國法規集成》（69卷），160頁。

〔註52〕國民黨意識形態的脆弱性是公認的歷史史實，已為國內外學界所公認。高華從「三民主義」本身逐條分析了國民黨意識形態的「脆弱性的結構」，此觀點很有見地。見許紀霖、陳達凱主編：《中國現代化史（1800～1949）》（第一卷），學林出版社，361～367頁。

〔註53〕陳蘊茜從「制度時間」角度，李恭忠從政治文化角度，深入分析了「總理紀念周」儀式對國人集體記憶孫中山形象的強大功效。見李恭忠：《「總理紀念周」與民國政治文化》，《福建論壇》（人文社會科學版），2006年第1期。陳蘊茜：《時間、儀式維度中的「總理紀念周」》，《開放時代》，2005年第4期。

雄崇拜、灌輸黨義、維護專制統治的政治企圖。鑒於知識分子群體是塑造意識形態的主體力量，當知識分子背離國民黨的儀式傳播時，這意味著知識分子不僅不能幫助國民黨向民眾散播國民黨的意識形態，反而對國民黨的意識形態起到了解構的反效果。另外，由於國民黨無法切實改善農民群體的生活，各類紀念儀式也就無法得到具有的農民群體的眞心擁護。具體而言：

一是國民黨儀式傳播形式與儀式傳播內容的巨大張力。「媒介即訊息」是加拿大傳播學者麥克盧漢的名言，意指媒介本身是比媒介內容更爲重要的訊息。從這個角度而言，儀式、儀規本身即是更爲重要的訊息。而從國民黨設定的各種紀念日的儀式、儀規中能解讀的訊息主要有：

1、緬懷、崇敬孫中山，並繼承孫中山的「遺囑」；其主要體現是各類儀式均規定向總理遺像行三鞠躬禮、向總理遺像默念三分鐘、總理逝世紀念日要下半旗誌哀，等。

2、向黨員、民眾傳遞要有等級森嚴、有序的權力層級意識。這主要體現在開會、唱黨歌、行三鞠躬禮、默念三分鐘、講演、散會（禮畢）等固化的儀式程序及對違反者的懲罰措施。儀式本身是限制自由、訓育參與者的等級意識、紀律意識、規則意識的一種傳播方式，這種傳播方式既契合社會對秩序的要求，又滿足了集權統治者對權力分割的等級、森嚴的期望，故儀式傳播的最佳效果是「維繫一個有秩序、有意義的、能夠用來支配和容納人類行爲的文化世界」，即維護既定的社會政治文化秩序。這正符合國民黨通過塑造意識形態達到整合黨員，建構有力量的政黨進而整合民眾，以滿足集權的需要。

3、向社會潛移默化地重複宣示國民黨是「總理遺囑」的合法繼承者，具有執政的合法性。這主要體現在儀式的主持者、演講者及主持者對違反儀式的懲罰上。儀式既是參與者集合的固化程序，當參與者在儀式中集合時，就意味著他們將扮演不同的儀式角色。國民黨的紀念日儀式的角色基本分爲主席、司儀員、糾儀員、講演者及參與者，主席、講演者在中央爲中央常務委員擔任，在地方由各地高級黨部最高負責人，在軍隊由軍隊最高長官，講演者基本是國民黨的精英，每周的總理紀念周的講演者在 1929 年後均由中常會推定中央常務委員擔任。司儀員、糾儀員由主席指定，參與者基本是普通黨員和民眾，他們在儀式角色中永遠屬於被動捲入的多數人群，只有主席、講演者、司儀員、糾儀員才在儀式傳播中享有話語權。他們統領、掌控儀式，並通過儀式教化、傳播他們的思想、觀點與態度，參與者在儀式氛圍中自覺

或不自覺地捲入早已設定的類似宗教氛圍的傳播氛圍，並在情緒上深受傳播氛圍的影響。通過儀式程序，即提前預設了國民黨是繼承孫中山的遺志，合法執政的意識假象。

這三種訊息同時存在但有顯、隱之別。第一種是顯性的，集體公認的紀念主題；第二種披著「常識」的外衣，第三種戴著「經驗」的外衣，它們均是隱性的，僅在儀式傳播中構成儀式內容傳播的媒介平臺，僅僅是「呈現」，而不像第一種訊息那樣，能在儀式內容中直接表達。這在於，固化的儀式程序常常被人們視為諸如「人」、「政治」、「傳播」、「太陽」等「理所當然」的常識，不需解釋也能知曉一點，要解釋清楚卻相當費力。故人們常常迴避學理化的解釋而接受常識；國民黨是「中華民國」的統治者。這是民國的基本現實，多費解釋反而為人們的眼見的「經驗」所嘲笑。故第二、三種循序均需一番思索才可能獲得。

國民黨紀念日的儀式內容並不是其設定的紀念主題，偏離主題做另外闡發是經常的事，且這種闡發與紀念主題常常無直接聯繫。以「總理紀念周」為例，從紀念儀式看，紀念周的主題是紀念並宣傳孫中山的思想，紀念周的演講主題卻以宣講時事政策、工作報告為主，「講讀總理遺教」反在次要位置，成為一種裝飾。研究發現：「中央一級的『總理紀念周』，有時候會選國民黨內有理論素養的要人（比如戴季陶、胡漢民、汪精衛）作講演，闡發孫中山的思想和國民黨當局的主流意識形態；而大多數情況下，各部門、各地的『紀念周』，都是由地方或者部門長官針對實際問題作報告，很多報告的內容，只與現實政情乃至部門具體工作有關，而與紀念孫中山沒有任何直接關係，而且越到後來，『紀念周』的世俗性越明顯」。〔註 54〕結果是黨政部門的「紀念周」往往成為長官一人「作泛泛的報告，餘人作洗耳恭聽狀，淪為領導對群眾的單方面宣傳」，其傳播完全背離了儀式傳播的核心精神。由於政治報告的枯燥無味，紀念周儀式的演講內容也由「演講或政治報告」改訂為「講讀總理遺教或工作報告」。中央紀念周是「國民黨權力中心變動的晴雨錶，當國民黨權力中心轉移時，中央紀念周地位隨之下降」其影響力，規模基本隨蔣介石而轉移〔註 55〕，蔣介石借紀念周發動「新生活」運動即為最佳例證。在大學，紀念周有另一番景象，1933 年前後，羅家倫執掌中

〔註 54〕李恭忠：《總理紀念周與民國政治文化》，《福建論壇》（人文社會科學版），2006
　　　年第 1 期。
〔註 55〕陳蘊茜：《時間、儀式維度中的「總理紀念周」》，《開放時代》，2005 年第 4 期。

央大學，將全校性的「紀念周」辦成了事實上學術報告會。據《國立中央大學日刊》報導，羅家倫、黃慕松、陳公博、張治中、吳稚暉、戴季陶等政、學兩屆知名人物均在中央大學紀念周作「學術性」演講。〔註56〕不僅如此，國民黨中宣部每年制定的紀念總理誕辰、逝世等紀念辦法常常結合時局作些調整，並要求全黨各機關貫徹之。如，1929年6月3月中宣部擬定，第三屆15次中常會通過的《總理廣州蒙難七週年紀念辦法》明確要求「於舉行紀念時，須切實兼作討馮之宣傳」。〔註57〕類似的做法還有很多，由此，國民黨利用「孫中山」、「總理遺囑」等象徵符號營造集權、維護專制統治，成為國民黨黨員人人皆知而不能公開道破的秘密。雖然《總理紀念條例》明令嚴懲對紀念周「陽奉陰違」者，中小學的嚴懲措施甚至更嚴格〔註58〕，但史實卻是從中央到地方的各地紀念周，「陽奉陰違」已是潛規則，只不過介於政治高壓而不能道破而已。國民黨人因在黨國體制內不能直接道破，但黨國體制外的自由知識分子、敵對政黨、派系卻可以公開揭破，並予以抵制，這就使國民黨無法掩蓋操控紀念儀式為己所用的意圖，遂使紀念儀式傳播的社會效果被大大消減，尤其是紀念儀式的第二、三種儀式訊息被徹底解構、並在一定程度予以抵消。1928年11月12日《大公報》社論以犀利的文筆批評「偶像化紀念中山」的錯誤方法，並指出偶像化孫中山有「不止之勢」。文章說「所有全國機關每星期必開紀念周，必誦遺囑，必靜默。又官吏就職，必對遺像宣誓，而所有求官謀差者，本非黨員，而口必稱先總理或徑稱總理。下至民家集會，亦往往讀遺囑，江南人家有結婚而讀遺囑者矣。夫使紀念中山，而僅在形式與日頭禪，則一年來之情形，已可謂普遍全國念茲在茲矣，而何以國事尚無人進步如故也。是以偶像化的紀念中山，為絕對不可。」〔註59〕自由主義旗手胡適1929年9月的抨擊更尖銳。他說，「上帝可以否

〔註56〕 李恭忠：《總理紀念周與民國政治文化》，《福建論壇》（人文社會科學版），2006年第1期。

〔註57〕 《中國國民黨中央執行委員會常務委員會議錄》（八冊），244～245頁。

〔註58〕 江蘇省南通中學1928年學則「懲罰則例」第一條規定：「凡干犯總理紀念周規則者施行下列值懲罰。1、未經請假無故不到警告，警告二次以上無效者記過。2、未准病假不著軍服或制服者應施行訓誡，訓誡二次以上無效者記過。3、無故先行退席不服勸告者記過。4、不依坐次紊亂秩序者記過或緊閉。5、儀容不整發聲喧囂者記過或緊閉。6、故意叫囂者記大過或重緊閉。7、擾亂會場不服制止者退學」。見南通中學學則，http://www.ntzx.net.cn/xsg/qth/p8-2xuezeright.htm。

〔註59〕 《所以紀念孫中山先生之道》，《大公報》社論，1928年11月12日

認，而孫中山不許批評。禮拜可以不做，而總理遺囑不可不讀，紀念周不可不做，……不能不說國民黨是反動的」。﹝註60﹞共產黨人則在群眾運動綱領中提出「反對愚民政策的黨化教育」、「廢止宗教式的總理紀念周」﹝註61﹞的主張，1933 年 11 月「福建政變」後，蔡廷鍇電飭屬下各軍官兵取下青天白日帽徽及孫中山遺像，停止每周的「總理紀念周」。﹝註62﹞

二是國民黨紀念日傳播主旨與社會現實的巨大張力。無論是總理紀念周或「革命先烈」紀念日，還是國定紀念日，其主題均從各個層面或明確標榜或隱晦暗示國民黨是「總理遺囑」的合法繼承者，也只有國民黨才能帶領民眾實現孫中山的「三民主義」。但是國民黨宣稱的「三民主義」在理論上的巨大矛盾，政策層面不僅不能解答現實的質疑，也滯後於時代的需要，結果使「三民主義」成爲各種隨意性口號的堆砌。孫中山的三民主義是其長期革命實踐的產物，具有自身結構的完整性。其理論來源，孫中山自稱是「有因襲吾國固有之思想者，有歸撫歐洲之學說事迹者，有吾所獨見而創獲者。」﹝註63﹞也就是說，孫中山把英美民主主義、中國傳統文化、蘇聯革命專政思想三個不同的思想資源，在政治實踐中加以融合，最終形成了以「聯俄、聯共、扶助農工的三大政策」爲具體體現，服從於國民革命需要、完整的「動員型意識形態結構」。﹝註64﹞這一結構在「總理遺囑（一）﹝註65﹞」中有著明確的表達：

> 余致力國民革命，凡四十年，其目的在求中國之自由平等。積四十
> 年之經驗，深知欲達到此目的，必須喚起民眾及聯合世界上以平等
> 待我之民族，共同奮鬥。
>
> 現在革命尚未成功，凡我同志，務須依照余所著《建國方略》、《建
> 國大綱》、《三民主義》及《第一次全國代表大會宣言》，繼續努力，

﹝註60﹞ 胡適：《新文化運動與國民黨》，《新月》第 2 卷第 6～7 號，1929 年 9 月。

﹝註61﹞ 《學生運動的現勢與我們目前的任務——中央通告第六十二號》，《列寧青年》第 2 卷第 1 旗，1929 年 10 月。

﹝註62﹞ 蔡廷鍇：《回憶十九路軍在閩反蔣失敗經過》，載全國政協文史資料研究委員會編：《文史資料選輯》第 59 輯，中華書局，1979 年。

﹝註63﹞ 吳承寰編：《孫中山全集》（第 4 集），第 1 頁。

﹝註64﹞ 見許紀霖、陳達凱主編：《中國現代化史（1800～1949）》（第一卷），學林出版社，361～362 頁。

﹝註65﹞ 總理遺囑共二，其一是國事的囑咐，其二關於家事的。全文如下：「余因盡瘁國事，不治家產。其所遺之書籍、衣物、住宅等，一切均付吾妻宋慶齡，以爲紀念。余之兒女已長成，能自立，望各自愛，以繼余志。此囑。」

以求貫徹。最近主張開國民會議及廢除不平等條約，尤須於最短期
間，促其實現。是所至囑！

「總理遺囑（一）」共 171 字，明確表示要達到「中國之自由平等」，「必
須喚起民眾及聯合世界上以平等待我之民族」。國民黨以「政變」方式奪取政
權後，對「喚起民眾」始終採取迴避的政策與態度。〔註66〕這就與紀念日是
一種動員性的傳播方式發生內在衝突，國民黨解決的辦法是在歷次的紀念日
辦法中明確規定一律不准組織民眾團體上街遊行，各類紀念日、紀念活動絕
大多數由各級黨部召集、組織並在封閉的禮堂內舉行。最能激發民族主義情
緒，喚起民眾應對日本侵略的國恥、國難等紀念日，國民黨的紀念辦法更是
詳加規定，「講演前後不得結隊遊行及舉行任何遊藝」幾乎是國民黨國恥、國
難類紀念日的慣例，即使是總理誕辰、逝世、中華民國成立等重大紀念活動，
國民黨也是禁止「結隊遊行」。這就形成「總理遺囑」核心精神與國民黨紀念
儀式行為的直接對抗，奉「總理遺囑」為憲法的國民黨，除了修改紀念日規
定外，是無法做出合理解釋的。對此，國民黨以政治高壓壟斷「三民主義」
解釋權，迴避三民主義的基本精神與其政策行為的內在衝突，由此也就在國
民黨紀念儀式傳播中造成了「沉默螺旋」式的表面認同。

民族主義被孫中山放置在「三民主義」之首，但孫中山晚年更強調「民
權」、「民生」兩主義，蔣介石等國民黨黨政要人卻執意突出民族主義，並把
民族主義與傳統倫理文化相結合，著重宣傳「愛智勇」、突出強調「忠勇」、「孝
順」、「仁愛」、「信義」等傳統道德修養。然而，面對來自日本侵略形成的民
族危機，國民黨卻固執地執行「攘外必先安內」的對外政策，對日隱忍妥協。
也無法解釋民族主義發出的強烈質疑：為何在國難關頭，仍要反共，仍要「自
己打自己人」。蔣介石只能不顧共產黨、紅軍是有主義、有思想的政治和武裝
力量的根本事實，而把共產黨與紅軍稱之為「土匪」，只能用「服從命令」的
訓斥，回答蔡廷凱、張學良等的疑問，來擺脫在解釋問題上無法迴避的窘境。
蔣介石尚且如此，對於紀念周的演講也就更無法直面這一問題。

孫中山民權主義的核心是賦予民眾以「人權」，在「總理遺囑」中的體現

〔註66〕也正是是否要「喚起民眾」、如何喚起民眾，國民黨與共產黨有嚴重分歧，國
民黨黨內左、中、右三派的態度也不一致，左派傾向動員民眾，以民眾為革
命力量的源泉，右派則反對喚起民眾，對抵制各地的農工運動。因此，在是
否要喚起民眾問題上，它不僅是國共分裂的一大因素，也是國民黨左、中、
右三派分裂的根源之一。

是「自由平等」二字，國民黨以「訓政」訓育人民擁有監督政府的四權。然在紀念周及各類紀念日的紀念演講主題中，民權問題基本處於擱置的狀態，把此作為演講主題，在國民黨的紀念周或各類紀念日活動中也是鳳毛麟角。蔣介石更以反對不平等條約、收回權利為由，利用民眾反對西方列強的情緒攻擊英、美民主主義和自由主義，從側面迂迴狙擊「民權」。20～30 年代法西斯主義宣傳更是喧囂一時，更與「民權」背道而馳。

民生主義方面，1928～1937 年間雖被臺灣學者稱為「黃金十年」。國民經濟有所發展，但在改善民生、尤其是底層民眾的民生方面，國民黨的成就闕如。蔣介石提倡的「新生活」運動，雖喧囂一時，其本質卻是傳統文化的重複說教；在農村，蔣介石以「剿匪」為名義推行「保甲」制度，並拒絕在農村實行「土改」，分給農民田地。這就使農民無法得到「看得見」實惠，相反，各種雜稅卻讓他們感到切實的「壓迫」。這一事實顯然違背孫中山的精神。

面對來自理論的、現實的、常識的種種質疑，國民黨除了壟斷「三民主義」的話語解釋權外，在理論建構方面基本毫無建樹。國民黨沒有專門的三民主義理論研究部門，除個別之外，沒有高級專家對三民主義作學理性或政策性的深入研究〔註 67〕，這既使已脆弱的官方理論更顯粗糙，又讓三民主義口號缺乏理論的支撐，成為隨意性的符號堆砌。

綜上所述，國民黨雖在紀念日的規章制度上設定了精細的儀式，企圖借助儀式達到訓育教化的目的，但是紀念儀式蘊含的儀式訊息與紀念主題的內在張力，紀念主題與國民黨現實政策的內在衝突，及自由知識分子、敵對政黨、派系對紀念儀式的揭露、抵制，使國民黨無法合理解答人們對舉辦紀念日儀式的意義、價值的強烈質疑，這種質疑、不滿的情緒雖在國民黨的宣傳攻勢下被稀釋、粉飾或掩蓋，但不滿情緒卻以「沉默的螺旋」的方式擴散，從而徹底暴露了國民黨利用紀念儀式製造個人崇拜、施行專制獨裁的真正目的。

當儀式參與者知曉儀式是愚弄人的遊戲，他們要麼借助儀式謀官求財，成為虛假的儀式的共謀者，他們會在儀式場合以極恭敬、嚴肅的態度參與儀式，私下卻嘲諷、挖苦的方式顛覆、解構儀式的尊嚴、肅穆。依據豐富的檔案資料、各類文獻，陳蘊茜對此作了細緻、詳細的勾勒，描述了民國政、學兩界抵制、嘲諷總理紀念周的種種面向〔註 68〕，故不再一一敘述。

〔註 67〕 《所以紀念孫中山先生之道》，《大公報》社論，1928 年 11 月 12 日。
〔註 68〕 陳蘊茜：《時間、儀式維度中的「總理紀念周」》，《開放時代》，2005 年第 4

　　各類主題的紀念日也並非按照中宣部制定的紀念辦法嚴格執行。流於形式、應付、敷衍了事經常出現。對此，國民黨不得不一再刪減、合併紀念日，以取得宣傳效果。《革命紀念日簡明表》自頒佈在「集中宣傳力量增加紀念意義」的原則下，先後經過了四次修正。〔註69〕如，1930 年 5 月 22 日（3 屆 93 次中常會），中宣部根據施行的回饋情況，提出了修正《簡明表》的原則：（一）減少紀念日數；（二）合併性質相類似之紀念日，增入革命殉難烈士紀念日；（三）刪除影響較小之紀念日。〔註70〕

第三節　派系報刊相互攻擊的宣傳策略

　　1927～1937 年間，除了國共武力對峙，國民黨內蔣介石、汪精衛、胡漢民的權力爭鬥，及蔣介石與閻錫山、馮玉祥、李宗仁等地方派系的武力衝突既相互交織又相當頻繁。蔣介石雖通過收買、許願、下野、武力征伐等多種策略，削弱閻錫山、馮玉祥、李宗仁、張學良的軍事實力，並戰勝胡漢民、汪精衛兩位黨內元老，取得了國民黨黨政軍的最高實權，但蔣介石不是以光明正大的策略獲勝，也沒有獲取國民黨精英、地方派系的集體認同，反而使「反蔣」勢力此起彼伏，綿延不絕，「權鬥」猶如陰魂般，始終纏繞著國民黨。1927～1937 年間的「權鬥」更為凸出，「先有汪、蔣之鬥，中原大戰；後有『湯山事件』，而有寧粵分裂」等重大歷史事件發生。這一歷史史實已是中外學界公認，臺灣學者蔣永敬甚至認為，「胡、汪、蔣三人之分合，亦關係國民黨之分合」。〔註71〕

　　主義（思想理論）、組織（立黨結派）、宣傳（辦報刊）、行動（起義）是

期。

〔註69〕《革命紀念日簡明表》最初由李文範委員奉中常會旨意整理，中宣部再次整理後於 1929 年 7 月 1 日第三屆 20 次常會修正通過。1930 年 7 月 10 日的第 100 次中常會修正通過。1934 年 11 月 15 日第四屆 147 次中常會修正，1935 年 3 月 28 日四屆 164 次中常會再次修正，1835 年 9 月 12 日再次修正。

〔註70〕中常會把中宣部的提案交給蔣中正、吳敬恒、王寵惠、胡漢民、譚延闓、鄧澤如、古應芬、戴傳賢、邵元沖、葉楚傖、林森、張繼 12 名委員審查，並由胡漢民召集，經上述委員議決後，於 1930 年 7 月 10 日第 100 次中常會上修正通過。（《中國國民黨中央執行委員會常務委員會議錄》（十一冊），486～487 頁）

〔註71〕蔣永敬：《函電裏的人際關係與政治·序》，轉陳紅民著：《函電裏的人際關係與政治：讀哈佛——燕京圖書館藏「胡漢民往來函電稿」》，生活·讀書·新知三聯書店，2003 年，3 頁。

近代中國革命鬥爭的「四大法寶」。〔註72〕在大眾媒介相當發達的民國，這一方式更被民國政治精英運用的相當稔熟，其中，宣傳亦成爲最爲重要的環節，通過宣傳凝聚人心、構建組織、傳播主義、鼓動民眾、攻擊政敵亦是民國政治鬥爭的普遍做法。受蔣、汪、胡，閻、馮、李、張等國民黨政黨精英錯綜複雜的政治關係的變化，這一時期的派系間的新聞宣傳攻擊非常複雜、多元，爲敘述方便，把這一時期派系間的宣傳攻擊，以蔣介石爲中心分爲「擁蔣」與「反蔣」兩派，這兩派的宣傳攻擊分爲戰爭狀態下的宣傳攻擊和和平狀態下的宣傳攻擊兩種情況。

一、戰爭狀態下「擁蔣」與「反蔣」間的宣傳戰——以中原大戰爲例

自 1928 年國民政府在形式上統一中國後，蔣介石就力圖以三民主義爲基礎褫奪地方派系的軍權，達到國家的實質統一，而傳統的「大一統」思想和孫中山的國家統一思想是蔣國家統一的主要思想來源。然而，蔣在廢除各地政治分會、編遣裁軍過程中，其利益切割明顯傾向自己，引起地方派系的疑忌，觸動地方派系的封建軍閥思想，激化了寧蔣與晉閻、馮玉祥、桂系等新式軍閥之間的矛盾。編遣會議召開後，全國相繼爆發了一系列大規模的反蔣軍事行動，如桂系、西北軍、張發奎、唐生智、俞作柏、方振武、石友三、晉軍反蔣行動等，至 1930 年，全國仍有大約 20 萬軍隊反蔣。〔註73〕針對晉閻、馮玉祥的西北軍、桂系等新式軍閥，蔣氏採取不同的策略，在「和平統一」、「三民主義」、「訓政」等政治口號下，以武力鎮壓、拉攏分化等策略先後予以解決，但也遺留了許多問題。其中，新聞宣傳攻擊是蔣統一國家的重

〔註72〕 「四大法寶」是史學者從近代革命鬥爭經驗中總結出來的「理論四大架構」：「主義（思想理論）、組織（立黨結派）、宣傳（辦報刊）、行動（起義）來涵蓋革命鬥爭的方式。蔣永敬教授認爲，「此乃孫中山之經驗也」。其《中國革命史》云：「求天下之仁人志士同趨於一主義之下，以共同致力於是有立黨；求全國之人民共喻此主義，以身體而力行之，於是有宣傳，求此主義之實現，必先破壞而後有建設，於是有起義」。見蔣永敬：《函電裏的人際關係與政治·序》，轉陳紅民著：《函電裏的人際關係與政治：讀哈佛——燕京圖書館藏「胡漢民往來函電稿」》，生活·讀書·新知三聯書店，2003 年，2 頁。其實，康、梁等改良派也運用這一策略，以開會、辦報的方式組建組織，然後宣傳「改良」思想，並採取行動。

〔註73〕 董家強：《1926～1937 年蔣介石國家統一策略研究》，河南大學碩士論文，2007年，37 頁。

要策略。與此同時，地方派系也以輿論反擊抗拒蔣氏的權力滲透。

　　1930 年的中原大戰，是民國時期規模甚大的一次新式軍閥的混戰，也是「擁蔣派」與「反蔣派」最激烈的武力決鬥。中原大戰前，蔣馮、蔣桂之間均發生戰爭，蔣、閻、馮、桂及張學良等軍閥之間，彼此都相互猜忌、相互利用，互相借用以削弱對方勢力，保存、乃至壯大自身實力。但蔣一方獨大對地方派系的心理威懾，使閻、馮、桂及改組派、西山會議派等反蔣勢力，以晉閻爲重心構成鬆散的反蔣集團。而 1930 年 2 月 10 日晉閻致寧蔣「蒸電」約蔣共同下野，以弭黨爭始，至 4 月 5 日南京國民政府下令通緝閻錫山爲止，蔣、閻之間展開了歷時近兩個月，往來反復十餘封的「電報戰」。據臺灣學者陳進金研究，這場電報戰是「中原大戰的序曲」，同時也是雙方以新聞輿論方式糾結力量，動員兵力、爭取戰爭主動權的輿論交鋒時期。雙方在三民主義、和平統一、訓政建設等政治口號下，彼此環繞黨國問題相互辯論，其爭論的主要問題是軍事和黨務。軍事方面，閻氏認爲蔣以個人武力爲中心，使革命力量互相殘殺，提出戡亂不如止亂，武力討伐不能達成完成統一。蔣則指出中央始終以和平統一爲職志，但對憑藉武力謀危黨國者，仍須以武力制裁，並質疑閻氏何以不指責啓釁變亂者，反而非議戡亂的中央。黨務方面，閻氏認爲寧蔣個人凌駕黨務，致使革命黨破裂，並進一步否定國民黨三全大會指派圈定代表，認爲指派圈定代表使三全大會淪爲蔣一人的三全大會。蔣氏則反駁革命黨破裂，係因失意者和野心家勾結所致，至於三全大會採指派圈定代表方式，係國民黨一全、二全舊例，且經二屆中執會通過，完全合乎法定程序。雙方電報均經報刊公開發表，從電報上行文看，雙方似乎都以相互尊重的、理性的政治對話態度解決問題，實際上卻是借「電報戰」各有所圖。「閻錫山冀透過『電報戰』來達到其『宣示反蔣決心』。『凝聚反蔣勢力並取得領袖地位』和『質疑寧蔣的正統性與合法性』等目標，而寧蔣方面，除希望透過『電報戰』和平解決與晉閻的爭端外，亦有謀略運用的考量，包括：尋求南京各要員支持，達成一致共識；從事軍事部署，取得作戰先機；以及表現和平解決的誠意，以拉攏其他地方實力派甚至將開啓戰釁的責任歸諸於晉閻等」。〔註74〕

　　中原大戰爆發後，閻氏查封、接收了南京中央在其勢力範圍內的所有新

〔註74〕陳進金：《「電報戰」：1930 年中原大戰的序曲》，載《史學的傳承》，第 134 頁，（臺灣）近代中國出版社，1991 年版。

聞宣傳機構，並集中其所有宣傳力量攻擊南京中央，攻擊蔣搞個人武力獨裁，破壞黨國等。另外，在北平與汪精衛的改組派及鄒魯等西山會議派籌備北平擴大會議及國民政府，利用汪精衛的「正統孫中山」對抗蔣介石的「正統孫中山」，與南京國府「爭黨統」、「爭正統」、「爭千秋」。〔註75〕南京中央則剝奪閻、馮的革命身份，宣佈永久開除閻、馮、桂等反蔣派的黨籍，下令通緝，並調集各種新聞宣傳力量全力攻擊之，懲罰幫助閻氏宣傳的山西等省、市的黨務、宣傳人員。早在閻、蔣「電報戰」期間，南京中央宣傳部就於 1930 年 2 月向中央財務委員會（下簡稱中財會）提請撥發對閻錫山宣傳的特別宣傳費 5 萬元，由該部隨時應用。〔註76〕4 月下旬，中財會核定中宣部呈請製印獎懲討逆軍人袖珍日記十萬本經費 1 萬元〔註77〕。5 月 30 日，中財會又核定中宣部函請撥給平漢鐵路特別黨部討逆宣傳隊經費案，核發中宣部函陳河南省黨部討逆宣傳經費 2000 元。〔註78〕6 月，將山西省執行委員會委員郭樹棟、武肇煦等七人因散發反動文字永久開除黨籍，同月又加撥經費 7243 元，臨時費 5150 元給《中央日報》，讓其擴充篇幅，增強《中央日報》討逆宣傳力量。〔註79〕7 月，中宣部再次臨時提議撥發討逆宣傳費。〔註80〕12 月，閻、馮出國，中原大戰結束。中宣部又以「反動分子紛紛逃往海外.難免不捏造種種謠言蠱惑僑胞」為由，請求指定專門經費，擬託海外報館代為刊播中央電訊，「將黨國正確翔實消息傳播海外」。〔註81〕至於馮玉祥等反蔣派，早在中原大戰前就被視為叛逆、開除黨籍。馮玉祥於 1929 年 6 月 3日第三屆 15 次中常會上，被永遠開除黨籍。同年 6 月 3 日的總理廣州蒙難七週年紀念日還特別規定，「於舉行紀念時須切實兼作討馮之宣傳」。〔註82〕

至於雙方使用的宣傳策略幾乎完全雷同。主要有：

〔註75〕陳進金：《另一個中央：1930 年的擴大會議》，載中華民國史專題第五屆討論會秘書處：《中華民國史專題論文集・第五屆討論會》（下冊），臺北：國史館，2000 年 12 月初版，1443～1470 頁。
〔註76〕《中國國民黨中央執行委員會常務委員會議錄》（十一冊），149 頁。
〔註77〕《中國國民黨中央執行委員會常務委員會議錄》（十一冊）392 頁。
〔註78〕《中國國民黨中央執行委員會常務委員會議錄》（十二冊），46～48 頁。
〔註79〕《中國國民黨中央執行委員會常務委員會議錄》（十二冊），72 頁、80 頁。
〔註80〕《中國國民黨中央執行委員會常務委員會議錄》（十二冊），246 頁。
〔註81〕《中國國民黨中央執行委員會常務委員會議錄》（十三冊）227～228 頁。
〔註82〕《中國國民黨中央執行委員會常務委員會議錄》（八冊），288～289 頁，244～245 頁。

1、以告黨員、告民眾書等形式公佈對方的「罪惡」，宣佈對方為叛逆，民國罪人等，以爭取黨員、民眾的支持；

2、製造謠言、流言等各類虛假信息，在「叛逆」的政治標籤下攻擊、暴露對方的「罪惡」行為；

3、刊發電報、聲明等形式，製造各地支持自己，孤立對方的輿論假象；

4、散播謠諑離間對手，並極力爭取東北軍張學良的支持，等。

戰爭結束後，雙方宣傳鬥爭轉入地下，又重新披上「三民主義」的外衣。寧蔣則再次恢復閻、馮等反蔣派的黨籍，為其貼上「革命」標籤。對此，新記《大公報》從「清議」角度予以強烈的抨擊，揭示了這一策略對人民「清議」的嚴重戕害：「然譬如有人焉，其本身實質，明明封建軍閥也，而黨國則以革命元勳目之。……。政府曰元勳則元勳之，曰叛逆則叛逆之，人民對於革命之實質的認識，平時不得發為輿論，惟被顛倒於元勳叛逆之間，以坐受無窮之戰禍。其遇可哀。其責則不負也，且猶有一點使人民惶惑者……。對於政府一旦稱為叛逆之人，且即在其下野失權之後，亦復不敢坦率攻擊其為軍閥為封建為反革命。何則，此輩隨時難保不再起用，難保不更有政府再稱為元勳與同志之時，故人民不能不致疑而懷懼耳。」〔註83〕

二、和平狀態下「擁蔣」與「反蔣」間的宣傳戰──以蔣、胡間的宣傳戰為例

除了中原大戰、福建事件、蔣桂戰爭等外，1928～1937 年期間，國民黨蔣、胡、汪黨魁及各派系之間在多數時間處在「冷戰」的非戰爭狀態，彼此之間雖保持表面上友好親善，背後的內部爭鬥卻相當激烈、複雜，先友後敵，化敵為友，非敵非友，亦友亦敵，敵中有友，友中有敵，敵友之間的界限隨時空的轉換而迅速變更的現象相當普遍〔註84〕。因此，相應的新聞宣傳戰也異常激烈、複雜、多變，其操控新聞宣傳的技巧也相當隱蔽、晦澀。因此，須結合檔案材料和原始報面資料，才有可能揭示他們操控新聞宣傳的真面目。

新聞傳播領域的權力爭鬥是相當複雜、相當微妙的一門政治話語鬥爭藝

〔註83〕《清議之源泉在政府》，《大公報》，1930 年 10 月 16 日。
〔註84〕如 1933 年的福建事件中，十九路軍與兩廣之間在前後兩個月內迅速完成了盟友──政敵──盟友的循環。

術。鬥爭雙方既要利用媒體表明政治態度、政治觀點，又要防止在態度、觀點的表達中泄露自身真正弱點，那怕是蛛絲馬迹，也有可能被對手抓住，成為攻擊自己的話語把柄，除了故意留下話語漏洞、釋放試探性的政治氣球，以引導對方上鈎的宣傳策略例外。攻擊對手時既要迎合民意，把自己立在絕對正義、公正的道德制高點，爭取民眾的支持，又要防止給對手留下反攻擊的話語漏洞。揭破對方隱私、泄露對方機密要高度隱蔽，以免被對手抓住把柄，陷自己於被動狀態。經過清末民初的新聞宣傳鬥爭的洗禮的國民黨黨政要人及地方派系領袖深諳此道，當他們之間陷入權力爭鬥的漩渦時，也利用這一政治話語鬥爭藝術來攻擊對方。

20 世紀 20～30 年代國民黨蔣、汪、胡及中央與地方、地方派系之間在「和平」時期的新聞宣傳鬥爭相當普遍與複雜。蔣介石擁有南京中央的優勢，對汪、胡的宣傳攻擊及地方派系的宣傳打壓處於有利地位，但汪、胡及「反蔣派」的地方派系也利用媒體採取了種種反宣傳的策略。下面以胡漢民為重點，以陳紅民的《函電裏的人際關係與政治：讀哈佛——燕京圖書館藏「胡漢民往來函電稿」》〔註85〕提供的二手資料，分析「反蔣派」與「擁蔣派」之間的新聞宣傳的策略與技巧。從 1931 年的「約法」之爭胡漢民被蔣介石囚禁湯山到 1936 年胡漢民去世，胡氏的政治重心始終是「反蔣、抗日、剿共」，為此他在香港遙控西南與中央對峙，並秘密組建了「新國民黨」組織，拉攏地方實力派和北方的張學良、馮玉祥、閻錫山等北方派系領袖。〔註86〕報刊、通訊社、電臺等媒體自然是其「反蔣」的輿論工具，並以各種宣傳策略與技巧力圖實現其政治目標。

（一）創辦、資助報刊、通訊社及書局等新聞文化機構

這是地方派系的一貫做法，胡漢民決意反蔣後亦採取這一策略。除了於1933 年在廣州創辦《三民主義月刊》外，還在上海資助和創辦《市民報》、《民國英語周刊》、《中興報》、《南針》等報刊及遠東通訊社，以為喉舌，資助上

〔註85〕　陳紅民對此有深入、詳盡的闡述。見陳紅民：《函電裏的人際關係與政治：讀哈佛——燕京圖書館藏「胡漢民往來函電稿」》，生活·讀書·新知三聯書店。下文注釋有關胡漢民往來函電稿，均轉引該書，不再一一標明，僅在注釋後均以轉某頁的形式加注頁碼。

〔註86〕　陳紅民對此有深入、詳盡的闡述。見陳紅民：《函電裏的人際關係與政治：讀哈佛——燕京圖書館藏「胡漢民往來函電稿」》，生活·讀書·新知三聯書店，2003 年，35 頁。

海民智書局，使其成爲以出版爲掩護的政治場所。〔註87〕在天津扶植民風日報（月經費 1600 元）、新路旬刊（由新路、民風、理論三旬刊合併而成，月經費 300 元）及兩通訊社（月經費共 400 元），創辦秘密電臺等。〔註88〕除了公開發行刊物外，胡漢民還主張注重發行秘密刊物。他說「鳴宇等所擬宣傳預算爲三千五百元，屬於民心報者爲二千元，弟（筆者注：胡漢民）近閱民興報，似無甚精彩，且此時公開辦報載津滬一帶色彩不能鮮明，否則必遭禁忌，不准發行，即能發行，亦無從與各大報爭衡，而態度和平又失我撥款辦報之本旨，故弟以爲在津宣傳工作應注重發行秘密刊物，定期固好，不定期尤好，式樣務取於玲瓏，言論務求犀利，則收效必大。」〔註89〕可見，胡漢民資助創辦的目的是「反蔣」，並爲此籌集資金、組織人才從事「反蔣」的各種宣傳工作，但也在新聞宣傳的掩護下從事情報收集、聯絡各方等工作〔註90〕，甚至滲透到國民黨中宣部。劉蘆隱於 30 年代任中宣部部長，他卻是「新國民黨」的核心成員。此外，還不斷強化所辦報刊的監督與管理，在胡漢民「往來函電稿」中有許多抨擊「新國民黨」宣傳弊端的函電資料及改進的具體措施。宣傳方面所資助之報紙爲「淫詞浪語之平民小公報」〔註91〕。1933 年 11 月，由鄒魯、劉蘆隱、林翼中等召開的「中央黨務會議」制定的《中國國民黨黨務進行綱領》規定「新國民黨」的宣傳工作由「自辦宣傳刊物」、「聯絡各地現有之日報雜誌及通訊社」、「必要時之特種宣傳」三種方式組成。〔註92〕事實上，據陳紅民研究，胡漢民秘密組建的「新國民黨」，其黨務停留在宣傳上，並沒有採取強有力的行動，其內部也矛盾重重，也沒有克服國民黨宣傳的弊端。〔註93〕

〔註87〕 見陳紅民：《函電裏的人際關係與政治：讀哈佛──燕京圖書館藏「胡漢民往來函電稿」》，生活·讀書·新知三聯書店，2003 年，182～183 頁，176 頁。

〔註88〕 見陳紅民：《函電裏的人際關係與政治：讀哈佛──燕京圖書館藏「胡漢民往來函電稿」》，生活·讀書·新知三聯書店，2003 年，162～165 頁。

〔註89〕 胡漢民致鄒魯函（1934 年 1 月 14 日），往來函電稿，第 7 冊，第 21 件，轉 164 頁。

〔註90〕 陳紅民：《函電裏的人際關係與政治：讀哈佛──燕京圖書館藏「胡漢民往來函電稿」》，生活·讀書·新知三聯書店，2003 年，177～182 頁。

〔註91〕 述賢致胡漢民（6 月 16 日），「往來函電稿」，第 39 冊，第 41 件，轉 197 頁。

〔註92〕 該綱領呈報胡漢民審閱確定。見《中國國民黨黨務進行綱領》，「往來函電稿」第 28 冊，第 46 件。轉 198 頁。

〔註93〕 陳紅民著：《函電裏的人際關係與政治·讀哈佛──燕京圖書館藏「胡漢民往

（二）借力外籍媒體擴大對外宣傳，攻擊政敵、宣揚政績或尋求國際支持

這兒，外籍媒體包括在華外籍報刊、通訊社，華僑在海外創辦的各類華人報刊、通訊社及諸如路透社、法新社、美聯社等國際性通訊社。外籍媒體是國民黨權力無法控制的空白區，利於衝出南京的新聞封鎖，也可能被外人利用。胡漢民在西南特設了一家英文通訊社，每日負責將西南的重要消息，擬成英文電文，拍致上海□□社遠東分社，如遇重大事項，則隨時隨發，並拍致各國通訊社。與西南保持聯繫的，「除□□社外，有□□社（英國）□□社（美國）及□□社（俄國）□□社（德國）共四家」（原文通訊社名均以「□□」代指，似是為保密——引者）。〔註94〕同時，該英文通訊社還將所拍電訊演繹成文，郵寄香港及海內外各報館。1934 年下半年，該社共發電訊稿六百零九件，每天約四件（每件字數三百至一千多）。「海內外各報館經常採用該社之稿件者，據調查所及，已達三十餘家之多，其他尚未查及者，為數當屬不少」。〔註95〕胡的一些重要聲明如《為蔣日妥協解決中日爭端之一法》、《遠東問題之解決》，在國內發表時，均交給路透社在海外同時發表。前者刊發在《三民主義月刊》，批駁外國輿論與日本的妥協無助於中國的統一與「剿共」，希望各友邦人士「不要受日蔣宣傳的欺騙」〔註96〕；後者於 1935 年用英文在香港發表，又刊發在《三民主義月刊》上（1935.5），要求各有關國家承擔義務，「維持國際間在遠東之均勢，防止日本獨佔中國」。〔註97〕此外，胡漢民及兩廣還以新聞宣傳為手段，與南京爭奪海外僑胞。在 20～30 年代，對於國內政爭的各派來說，海外僑胞是一種特殊的、稀缺的資源，除了可以提供人力財力的支持外，他們對各派的認同、判斷具有重要的、無可替代的宣傳價值與影響力。〔註98〕與南京國民黨高度重視海外華僑一樣，胡漢民及兩廣也非常重視，並與南京展開了爭奪戰。新聞宣傳是雙方使用的工具之一。胡

來函電稿」》，生活・讀書・新知三聯書店，2003 年，205～206 頁。

〔註94〕西南執行部秘書處編：《西南黨務年報》，廣東省檔案館藏，轉 276 頁。

〔註95〕西南執行部秘書處編：《西南黨務年報》，廣東省檔案館藏，2003 年，轉 276 頁。

〔註96〕陳紅民：《胡漢民年表（1931 年 9 月～1936 年 5 月）》（上），《民國檔案》，1986年第 1 期，第 129 頁。

〔註97〕胡漢民：《遠東問題之解決》，《三民主義月刊》第 5 卷第 5 期（1935 年 5 月），第 10 頁。

〔註98〕陳紅民：《函電裏的人際關係與政治：讀哈佛——燕京圖書館藏「胡漢民往來函電稿」》，生活・讀書・新知三聯書店，2003 年，209 頁。

漢民秘密組建的「新國民黨」積極在海外華僑中發展黨員，在海外華僑中開展新聞宣傳。胡漢民曾多次指示加強海外華僑的新聞宣傳。如 1934 年 1 月對赴英留學的胡利鋒指示：「（一）宣達此間救黨救國之主張及我人應付時局之方針，正確在歐同志之認識，並引起同情與維護，……（三）推銷三民主義月刊（確定通訊地點及需要數目，當函月刊社照寄）及其他重要宣傳品」。〔註99〕同年 11 月胡氏對任命南洋英屬通訊專員林青山也有類似指示：「（四），關於本黨刊物之推銷事項：1、推銷刊物報刊月刊、日報及臨時刊物；2、推銷方法：（甲）定（訂）閱月刊、日報者，日刊社及報社方面只收郵費，停刊費用歸推銷人收入，為日常通訊費用；（乙）各種臨時刊物係隨時散佈，概不收費」。〔註100〕不僅如此，胡氏還遴選得力人才赴南洋、歐洲、美洲等地展開宣傳，如派胡利鋒到英國，派林青山、陳肇琪赴南洋。陳肇琪到南洋後，新加坡方面曾集會歡迎〔註101〕；胡氏還時常將自己最近發表的重要文件「隨函附上」，要求海外同志「廣為宣傳，使海外同志毋為寧中片面之宣傳所惑」〔註102〕；去信表揚親近兩廣的僑胞「以極刻苦之精神，集合同志創辦報章，宣傳正義，以怯僑胞之惑」。另外，在「往來函電稿」中，常見到胡漢民為海外報紙爭取經費的事。〔註103〕而對於海外僑胞的新聞宣傳主題依然是胡氏的政治主張：「抗日」、「反蔣」、「剿共」。

（三）以政治道義公開譴責對手

從道義上抨擊、譴責政敵，置對手於人民幸福、社會穩定、民族發展的

〔註99〕 胡漢民致胡利鋒函（1934 年 1 月 10 日），「往來函電稿」，第 7 冊，第 12 件。轉 213 頁。

〔註100〕 胡漢民致林青山函（1934 年 11 月 17 日），「往來函電稿」，第 10 冊，第 61 件，轉 213～214 頁。

〔註101〕 星洲全屬各黨部常委黃志超等致電胡漢民稱，「琪兄（陳肇琪——引者）惠臨，宣達盛德，闔埠同志望洋歡舞。大廈將傾，慶夫（蔣介石——引者）未去，正義所託，惟公一人」。見黃志超等致胡漢民電原稿（1933 年 4 月 22 日），「往來函電稿」，第 39 冊，第 25 件，轉 227～228 頁。

〔註102〕 胡漢民致美洲及倫敦各總支部分部函，「往來函電稿」，第 10 冊，第 5 件，轉 227 頁。

〔註103〕 胡漢民函電中提到的海外報紙，包括《醒華報》、《三民晨報》（以上加拿大）；《少年晨報》、《新民國報》、《中華公報》、《中國日報》（以上美國），《前驅日報》（菲律賓）及《巴城時報》等。胡還曾將自己在香港發表的論文稿再寄往美洲，「俾備轉刊」。見胡漢民覆美總支部函，「往來函電稿」，第 2 冊，第 17 件，轉 228 頁。

對立面，歷來是輿論攻擊政敵的一貫做法。孫中山等革命派攻擊清政府採用這一策略，國民黨攻擊中共也使用這一策略。胡漢民等「反蔣派」亦不例外。蔣介石消極抗日、與日妥協及「剿共」不力的事實，在1930年代反蔣派作為「反蔣」的宣傳彈藥。陳紅民說，1930年代的政治反對派，大都充分認識到這一點，「抗日」就成為他們反對南京當局，集合反對力量，動員民眾時最便捷的口號與武器。〔註104〕「九一八」事變後，胡漢民在《論中日直接交涉》中反對南京政府依賴國際聯盟，主張與日本政府直接交涉，通過外交壓力，迫使日本政府來「收束」軍人，主張「絕不屈伏於任何暴力之下」，「絕對不能喪失國家之主權領土」。〔註105〕「一二八」事件中，胡氏站在武裝抗日的立場上，進行了大量的宣傳工作，對全國的抗日運動給予了一定的支持與推動〔註106〕，但把上海抗戰的敗因歸罪於南京當局，批評其「勇於對內，怯於對外」的種種舉措，終使十九路軍「後援不繼」、「無兵可抽」，並將南京當局視為抗日的障礙，稱「若現在政策不變，無論何人，均無辦法」〔註107〕，並反對與日本簽訂「淞滬停戰協定」，此後，還反對南京軍隊不戰而退出熱河，反對「塘沽協定」，反對壓制十九路軍與察哈爾抗日同盟軍的抗日，等。對南京當局提出的一系列口號，如「抗日亡國論」、「長期抵抗」、「一面交涉，一面抵抗」等，均結合當局不抵抗之事實，加以駁斥與揭露，指出，「此種口號之造作，無一不對國民極巧欺騙之能事」。胡氏更多次指出，「假如政府不抗戰，那我們便說，惟有推翻不抗戰的政府」。〔註108〕除了大肆宣傳抗日倒蔣，胡氏及兩廣還用實際行動支持抗日，並以「抗日倒蔣」為名於1936年發動「六一事變」起兵反蔣。

〔註104〕陳紅民：《函電裏的人際關係與政治：讀哈佛——燕京圖書館藏「胡漢民往來函電稿」》，生活‧讀書‧新知三聯書店，2003年，273頁。

〔註105〕胡漢民：《論中日直接交涉》，《三民主義月刊》，第2卷第5期（1933年11月），23頁。

〔註106〕胡漢民對抗日與民族主義的宣傳內容，至為廣泛，主要包括抗日與民族復興，駁斥「抗日亡國論」，反對依賴國聯與英美，批駁日本的「大亞細亞主義」，批評南京的對日政策等，詳見陳紅民：《九一八事變後的胡漢民》，《歷史研究》，1986年第3期。

〔註107〕胡漢民：《淞滬抗戰（二）》，1932年3月3日，《胡漢民先生政論選編》，（二十年十月至二十三年三月），651頁。

〔註108〕胡漢民：《什麼是我們的生路》，《三民主義月刊》，第1卷第3期，（1933年3月），21頁。

　　歷史從來都是詭異的。胡漢民的「往來函電稿」也顯示，胡氏及兩廣在「抗日反蔣」的同時也與日本秘密接洽，企圖「聯日制蔣」。〔註109〕九一八事變後，日本對中國各種勢力採取分化瓦解的策略，鄒魯將這一策略形容為「對黃河流域是用『搶』，對長江流域是用『嚇』，對珠江流域是用『騙』」。〔註110〕日本的介入，南京政府與日本之間的衝突變成了一種三角關係，日本拉一方奪一方，也使南京與兩廣不得不考慮要搶著拉住日本。這就使反蔣派以「抗日」為標榜的新聞攻擊變得更加微妙：既要以此攻擊南京，又要防止被南京宣傳反利用。據此，胡漢民為西南確定對日策略三原則：「不可遂失政治之立場一也，不可上當如跛哥（陳銘樞——引者）二也，粵與英密切，不使猜疑三也」。不失「政治之立場」，是指抗日反蔣，不可上當如陳銘樞，是指福建在與日本聯絡時，未能保密，結果反被南京宣傳利用，陳銘樞等「未食羊肉先惹一身臊」。〔註111〕蕭佛成再三指出要借鑒「非常會議」的教訓，「恐陷非常會議時派劉、陳赴日，被寧方持為抨擊口實」。〔註112〕有時為了營造兩廣與日本的秘密協商的氣氛，兩廣也曾秘飭新聞檢查禁止報刊批評日本。1935 年，土肥原肥二訪粵之前，西南執行部曾通過決議，「請密飭新聞檢查機關，自今日起至日本少將土肥原抵粵之日，凡新聞紙有對於土肥原有任何批評者，一律禁止登載，以省無謂之麻煩」。〔註113〕有時為了顯示抗日的決議，也有意將「抗日」與「反蔣」脫鈎。如李宗仁等建設廣西的「中心目標」便是準備全面抗戰，他於 1933 年撰寫《焦土抗戰》一文，討論抗戰戰爭的戰略，傳誦一時。〔註114〕再如，實權人物陳濟棠與松井石根密談時，針對松井石根質疑西南「仍是表示抗日」及陳有與蔣介石妥協的可能，陳明

〔註109〕兩廣與日本接洽的實際情形，陳紅民做了詳盡分析，見陳紅民著：《函電裏的人際關係與政治：讀哈佛——燕京圖書館藏「胡漢民往來函電稿」》，生活·讀書·新知三聯書店，2003 年，287～304 頁。

〔註110〕戴書訓：《愈經霜雪愈精神——鄒魯傳》，近代中國出版社，1983 年版，臺灣，136 頁。

〔註111〕胡漢民致陳融函（16 日），「往來函電稿」，第 12 冊，第 17 件，轉 288 頁。

〔註112〕1931 年，「非常會議」期間，廣州國民政府的外交部長陳友仁化名「外友三郎」攜劉紀文，甘介侯到日本活動，希望得到日本支持。事情未成反而被南京方面披露，廣東方面極為被動。蕭佛成致胡漢民函（7 月 3 日），「往來函電稿」，第 33 冊，第 26 件，轉 302 頁。

〔註113〕陳融致胡漢民函（19 日），「往來函電稿」，第 30 冊，第 8 件。

〔註114〕李宗仁稱：《焦土抗戰》寫好後，送胡漢民，希望以胡的名義發表，藉重其身份「更可引起國內外的重視」，胡漢民完全贊同之，但認為自己是文人，不便談兵，建議仍用李之名義發表。《李宗仁回憶錄》，682 頁。

確表示，在輿論上不能不有所掩飾，「西南主張抗日，<u>正是倒鬥，大家應諒解此意</u>」（重點線係原件有）。〔註 115〕在另一場合下，陳又對日方代表解釋其「抗日」主張，「我人對日則精神上最能貫徹，而面子上不妨稍爲忽略」。〔註 116〕

胡漢民及兩廣既高調宣傳「抗日反蔣」，又秘密「聯日制蔣」的悖論，既體現出歷史人物與歷史本身的複雜性，也再次表明中國近代的民族主義仍處在轉型期：在掌握最高權力與維護國家民族利益之間的搖擺。

（四）以迂迴、隱蔽的宣傳技巧攻擊對手

這些宣傳策略主要有：製造新聞煙幕彈，玩弄詞語概念粉飾質疑，釋放政治試探氣球，利用民營報人攻擊對手，嚴懲所屬媒體的失誤或錯誤，泄露對手的「機密」等。下面以筆者能查到的個案爲例，逐一介紹。

1、偷換概念粉飾質疑

胡漢民下野後曾秘密組建反蔣的政黨組織：「新國民黨」。當 1933 年底，北平法文政聞社記者生寶堂訪問胡漢民時，針對生寶堂的提問「在華北常見報載先生有新國民黨之組織，內情如何」。胡漢民的回答是：「絕無其事，余感覺以往老黨員多能犧牲，富有革命精神，皆抱義務思想，故余惟恐國民黨員之不舊，更希望新黨員皆有老黨員之精神，由此可見新字絕非余之主張也。」〔註 117〕表面看，胡漢民斷然否認了華北等報刊的新聞造謠，但仔細推敲，胡是巧妙利用了提問的漏洞，以「老」、「新」黨員之別，來掩蓋「老」、「新」組織之別。而胡漢民爲新組織確定的名稱仍是「國民黨」，而不是「新國民黨」，故他可以說「絕無其事」，但他否認的是沒有「新」的國民黨，而不是有仍稱「國民黨」的新組織。

2、製造「新聞」，迂迴攻擊對手

如，陳融勸告胡漢民不要派胡木蘭（筆者注：胡漢民的女兒）以晚輩身

〔註 115〕陳融致胡漢民函（4 日），「往來函電稿」，第 20 冊，第 50 件，轉 291 頁。
〔註 116〕陳融致胡漢民函（26 日），「往來函電稿」，第 40 冊，第 26 件，轉 291 頁。
〔註 117〕「往來函電稿」，第 27 冊，第 42 件。此件是一「中華共和國」2 年 1 月 1 日出版的《人權早報》一篇報導的剪報，報導題爲：「法報記者到港訪胡，胡大罵張繼糊塗，自承國民黨已失國人信仰」。內容爲福建事變後胡漢民答記者問。在此剪報旁邊有胡漢民的親筆注：「生寶堂確曾來過，所記亦大致不差，譯文尚少出入，標題則閩報立場也」。足見其對報導的認可程度及此次回答的滿意，轉 148 頁。

份去探蔣介石「病危」消息的虛實，理由是「設蘭家（筆者注：胡木蘭）再去謁門（蔣介石——引者）問病，恐渠等又藉此宣傳，而我立場則再受打擊，且門亦可以乘此爲挑撥之機會。此事當乞胡先生審濾之」。〔註118〕

3、對所屬媒體的報導失誤嚴厲懲罰，力求其報導的一字一句都能絕對「正確」

如1934年正當胡漢民拉攏張學良之際，反映兩廣立場的《中興報》在有關報導中，用「張學狼」代指張學良，引起蕭佛成的震怒，要報社方面「將主稿人撤去」。〔註119〕

4、有意泄露機密，即使不能打擊對手，也讓對手「未食羊肉先惹一身臊」

1931年，南京泄露廣州國民政府的外交部長陳友仁化名「外友三郎」攜劉紀文、甘介侯到日本的秘密活動〔註120〕；1933年，南京泄露陳銘樞與日本秘密談判的內幕。1934年于右任的參事商立文泄露蔣介石發給汪精衛、于右任「適可而止，不可再起波瀾，激成意氣」〔註121〕密電給國民黨中組部控制下的民族社〔註122〕，等。這些泄密常常是匿名方式，借助「第三者」媒體，只有證據確鑿，且泄露不會被對手抓住反擊的口實，且能彰顯自身的正義，才在隸屬於媒體上刊發。

〔註118〕陳融致胡漢民函（2日），「往來函電稿」，第31冊，第41件，轉47頁。

〔註119〕陳融致胡漢民函，「往來函電稿」，第31冊，第15件，轉136頁。

〔註120〕陳紅民著：《函電裏的人際關係與政治：讀哈佛——燕京圖書館藏「胡漢民往來函電稿」》，生活・讀書・新知三聯書店，2003年，302頁。

〔註121〕《致於院長右任請勸各監委對彈劾顧孟餘案適可而止電》見電子書《總統蔣公思想言論總集——別錄（卷37）》，101頁。網址：http://www.chungcheng. org.tw/thought/class09/0022/0010.htm。

〔註122〕1934年在監察院與行政院圍繞彈劾顧孟餘貪污案的爭鬥中，汪精衛以「訓政」爲藉口制訂《補訂彈劾法》以「黨權」壓制「監察權」維護顧孟餘；處於劣勢的于右任則以輿論向汪精衛施壓，鼓動南京報紙大肆報導顧案，致使遠在南昌剿匪的蔣介石擔憂此案可能導致南京政局分裂，遂於7月15日分別向汪、於拍發了密電，此密電被于右任的參事商立文將此密電內容泄露給國民黨中組部控制的民族社，向南京報刊發送新聞通稿。此消息於7月20日被《民生報》以《蔣電汪、於勿走極端！》爲題在頭版醒目位置刊發，並致使後者被汪精衛向蔣告密，使蔣下令查封之，製造了轟動一時的《民生報》案。另筆者翻閱1934年7月份的南京報刊發現，對於民族社的通稿，除了《民生報》的醒目報導外，當時南京多數報紙未予以報導，只有《新中華報》、《中國日報》、《南京早報》、《新民報》給予淡化報導。

5、製造假新聞污蔑或逼迫對手作正面回應

虛假新聞泛濫成災是民國媒體備受詬罵的通病。從政治角度，民國假新聞大致可分爲四類，一是粉飾貪污腐化、政治劣迹及軍事敗北的假新聞，二是瓦解敵人信心的假新聞，國民黨製造的「毛匪」炸斃、「朱匪」擊斃等新聞均屬於此類，三是有意釋放政治試探氣球或煙幕彈，迫使對方做出正面回應。胡漢民「往來函電稿」記載了蕭佛成爲何鍵掩護，利用中華通訊社放一煙幕彈事。〔註 123〕陳立夫秘密去蘇俄尋求對蘇外交，也以新聞方式釋放了許多煙幕彈，等。這類假新聞在民國時期泛濫成災，被日本軍閥，及國民黨各派系反復利用，以致闢謠、更正亦成爲民國新聞的一道風景，以致「一般國民，固不盲信謠而亦未必輕信闢」、闢謠甚至上昇到「安定政局之亟務」，爲此《大公報》於 1929 年 3 月 9 日刊發社評：《闢謠之道》〔註 124〕，同年 9月 13 日又以何應欽報告中提到的「近來造謠最厲害的原因，由於共產黨改組派西山會議派反動勢力派大聯合」爲由頭刊登社評《論闢謠》，將政謠泛濫歸於「過去多年間中國政變演進之離奇同」。〔註 125〕如國民黨造謠胡漢民組建了「新國民黨」組織；四是針對輿論質疑，通過玩弄概念製造的半眞半假的新聞，如胡漢民對北卞法文政聞社記者問及「新國民黨」時的解釋。

上述策略不僅被胡漢民等反蔣派運用稔熟，也是擁蔣派、在華外籍媒體，尤其是日本媒體經常使用的新聞宣傳技巧。當政治新聞被權力完全操控，成爲權鬥的宣傳工具，政治新聞也就脫離了大眾，成爲政治角逐者話語廝殺、話語鏖戰的主戰場，雖然雙方非常重視對方的新聞宣傳，並力求從對方的新聞稿的字裏行間中讀出所需情報，但被謊言、流言、謠傳及官話、套話、廢話等政治修飾所包圍的乾癟、枯燥的政治新聞，是無法在民眾中取得信任，發揮動員民眾的媒介政治功能。而脫離民眾的權力角逐，角逐者均不能在政治上獲得全勝，只能憑藉武力或政治手腕取得暫時優勢，以胡漢民爲首的反蔣派，其綜合實力均比中共強大，胡漢民、兩廣、馮玉祥、張學良、閻錫山

〔註123〕在兩廣與蔣介石爭鬥時，湖南的何鍵遊移於南京與兩廣之間，胡漢民陣營的蕭佛成在致胡漢民函中就提到「昨日弟特在中華通訊社放一煙幕彈，爲史姑娘（筆者注：指何鍵）掩護，大概爲抑楊白之消息，冀門不疑其有別戀，未知港報有登載此項消息否？」見蕭佛成致胡漢民函（6 月 30 日），「往來函電稿」，第 34 冊，第 30 件，轉 35 頁。

〔註124〕《闢謠之道》，《大公報》，1929 年 3 月 9 日。

〔註125〕《論闢謠》，《大公報》，1929 年 9 月 13 日。

等地方實力派的綜合實力也與蔣介石的實力不相上下，但最終被蔣各個擊破，隨著胡漢民在 1936 年的去世及隨後「六一事變」的失敗，蔣介石也以軍權確立了絕對領袖地位，即是有力證據。